LAURA LIPPMAN

Denn mein ist deine Seele

GOLDMANN
Lesen erleben

Buch

Eliza Benedicts friedliche Welt als Ehefrau und Mutter droht zu zerbrechen, als sie einen Brief von Walter Bowman aus dem Gefängnis erhält. Was er ihr schreibt, katapultiert sie zurück in den Sommer, in dem sie fünfzehn war. In jenen Sommer, den sie seitdem zu vergessen versucht. Kurz vor Schulbeginn hatte Walter sie 1985 unweit ihres Elternhauses entführt und beinahe sechs Wochen gefangen gehalten. Eliza war nicht sein einziges Opfer, aber das einzige, das überlebte. Nun sitzt Walter in der Todeszelle und hat nur noch wenig Zeit bis zur Vollstreckung seiner Strafe, zu der er für Vergewaltigung und Mord an seinem letzten Opfer verurteilt wurde. Doch Bowman hat noch nicht mit dem Leben abgeschlossen und nicht vergessen, welch zerstörerische Macht er einst über Eliza hatte. Er will weit mehr von ihr als Vergebung, und dieses Mal soll sie ihm nicht entkommen …

Autorin

Laura Lippman wurde in Atlanta, Georgia, geboren und wuchs in Baltimore auf, wo sie auch heute lebt. Sie arbeitete zwölf Jahre als Journalistin für die Baltimore Sun und schreibt seit 1997 Spannungsromane. Ihre Bücher stehen regelmäßig auf den vorderen Rängen der Bestsellerlisten und wurden sämtlich mit den renommiertesten Krimipreisen ausgezeichnet: dem Edgar Allan Poe Award, dem Anthony Award, dem Agatha Award, dem Shamus Award und dem Barry Award.

Laura Lippman

Denn mein ist deine Seele

Psychothriller

Übersetzt von Eva Kemper

GOLDMANN

Die Originalausgabe erschien 2010 unter dem Titel
»I'd know you anywhere« bei William Morrow,
an Imprint of HarperCollins Publishers, New York.

MIX
Papier aus verantwortungsvollen Quellen
FSC® C014496

Verlagsgruppe Random House FSC-DEU-0100
Das FSC®-zertifizierte Papier *München Super* für dieses Buch
liefert Arctic Paper Mochenwangen GmbH.

1. Auflage
Deutsche Erstveröffentlichung Juli 2012

Umschlaggestaltung: UNO Werbeagentur, München
Umschlagmotiv: © Trevillion Images/Ilina Simeonova
Redaktion: Kristina Lake-Zapp
MR · Herstellung: Str.
Satz: omnisatz GmbH, Berlin
Druck und Bindung: GGP Media GmbH, Pößneck
Printed in Germany
ISBN: 978-3-442-47694-7

www.goldmann-verlag.de

Für Dorothy und Bernie

Teil I

Ich würde dich überall wiedererkennen

Kapitel 1

»Iso, du musst ...«

Eliza Benedict blieb am Fuß der Treppe stehen. Was musste Iso? Den ganzen Sommer über – jetzt war es August – war es ihr schwergefallen, die richtigen Worte zu finden. Nicht bei komplizierten Dingen, bei Begriffen für starke Gefühle oder abstrakte Vorstellungen oder für nicht ganz einfache Geständnisse ihrer Familie gegenüber. Sie musste nach den simpelsten Wörtern suchen, nach alltäglichen Substantiven. Sie war erst achtunddreißig Jahre alt. Wie würde ihr Verstand mit fünfzig oder mit siebzig funktionieren? Allerdings war ihre eigene Mutter mit siebenundsiebzig noch voll auf der Höhe.

Nein, offensichtlich handelte es sich um ein vorübergehendes Problem, das erst hier in Amerika, kurz nach der Rückkehr ihrer Familie aus England, aufgetreten war. Es war paradox, weil Eliza in den vergangenen sechs Jahren stets peinlich darauf geachtet hatte, keine typisch britischen Ausdrücke zu verwenden; sie fand es anmaßend, wenn Amerikaner die regionale Umgangssprache benutzten. Zu Hause brachte sie die britischen Ausdrücke nicht aus dem Kopf, aber auch nicht über die Lippen. Das machte sie oft sprachlos, so wie jetzt. Ihr fehlten nicht die Worte; die Worte überwältigten sie vielmehr, überfluteten sie, so dass sie in ihnen ertrank.

Sie setzte noch einmal an und ließ ihre Stimme die Treppe hinaufschallen, ohne dabei richtig zu schreien. Auf diese Technik war sie sehr stolz. »Iso, wir müssen zum Football.«

»Soccer«, antwortete ihre Tochter mit gedämpfter, aber hörbar verächtlicher Stimme. Diesen Ton benutzte sie schon, seit sie vor sieben Monaten dreizehn geworden war. Schubladen und Türen knallten, und als Iso weitersprach, klang sie deutlicher. (Wo mochte sie wohl gerade ihren Kopf gehabt haben, im Wäschekorb, unter ihrem Pullover, *über der Toilette*? Eliza machte sich große Sorgen um Essstörungen, bislang zum Glück unbegründet.) »Warum hast du zu Football immer Soccer gesagt, und jetzt sagst du Football, obwohl es hier Soccer heißt?«

Immerhin habe ich daran gedacht, dich Iso zu nennen.

»Es ist dein Training, und du kommst doch so ungern zu spät.«

»Football ist besser«, erklärte Albie, der direkt neben Eliza stand. Mit seinen gerade acht Jahren war er noch klein genug, um gerne an – und auf – ihrer Seite zu sein.

»Meinst du das Wort oder die Sportart?«

»Das Wort, es ist besser als Soccer«, antwortete er. »Es ist richtiger. Man spielt vor allem mit den Füßen und manchmal mit dem Kopf. Und mit den Händen, wenn man Torwart ist. Im American Football braucht man eher die Hände als die Füße – da wird der Ball nicht oft getreten. Man wirft und trägt ihn.«

»Und welchen Sport magst du lieber?«

»Football zum Spielen und American Football zum Zusehen.« Soweit Eliza wusste, hatte Albie noch keine einzige Minute American Football gesehen. Aber er fand, man solle seine Zuneigung gleichmäßig verteilen. Abends bei Tisch versuchte Albie so zu essen, dass er mit allem gleichzeitig fertig war, damit die Erbsen nicht befürchten mussten, das Huhn wäre ihm lieber.

Isobel – *Iso* – polterte die Treppe herunter. Sie hatte trotzig ihre Stollenschuhe angezogen, die sie im Haus eigentlich nicht tragen sollte. Immerhin war sie fertig, trug ihr Trikot und hatte es irgendwie geschafft, sich selbst einen französischen Zopf zu flechten. Eliza hob unwillkürlich eine Hand an ihre wilden roten Locken und fragte sich wieder einmal, wie dieses langbeinige, feingliedrige Wesen mit dem feinen Haar und einem ebenso feinen Gespür für Menschen ihre Tochter sein konnte. Den mediterranen Teint und das dunkle Haar hatte Isobel von ihrem Vater geerbt, aber davon abgesehen hätte sie ein schlaksiges Kuckuckskind sein können.

»Sind wir heute mit dem Essen dran?«, fragte sie gebieterisch wie eine Herzogin.

»Nein …«

»Bist du sicher?«

»Ja …«

»Es wäre schrecklich, wenn wir es vergessen hätten«, sagte Iso.

»Schrecklich?«, wiederholte Eliza und unterdrückte ein Lächeln.

»Beinahe so schlimm wie beim ersten Mal, als wir dran waren und du dieses widerliche Dörrfleisch mitgebracht hast.«

»Biltong, von Papas Reise nach Südafrika«, erinnerte sich Albie verträumt. »Ich fand's lecker.«

»War ja klar«, stichelte seine Schwester.

»Nicht streiten«, ging Eliza dazwischen.

»Mache ich nicht.« Albie wollte nicht nur gerecht sein, sondern auch genau. Unstimmigkeiten gingen fast immer von seiner Schwester aus. Iso verdrehte die Augen.

Früher hatten sie nie gestritten, nicht einmal einseitige Geplänkel geführt. Sie hatten sich gut verstanden, und sei es auch nur, weil Albie seine Schwester vergötterte und es ihr gefiel, vergöttert zu werden. Aber nachdem sie aus London weggezogen waren, hatte Iso beschlossen, dass sie mit Albies Verehrung nichts mehr anfangen konnte. Zu Elizas Bestürzung schien sie nach einer rabiaten Bestandsaufnahme ihres

Lebens alles über Bord geworfen zu haben, was ihrem neu erfundenen Selbst gefährlich werden konnte, von ihrem kleinen Bruder bis zur letzten Silbe ihres Namens, dem harmlosen, hübschen »bel«. (»Iso?«, hatte Peter gefragt. »Das klingt ja wie Isomatte.« Die selbst ernannte Iso hatte nur die Augen verdreht.) Ein kleiner Bruder mit Sommersprossen und roten Haaren, der zu Alpträumen und einer seltsamen Aussprache neigte – nicht britisch, aber auch noch nicht ganz amerikanisch –, passte nicht zu Isos neuem Image. Ihre Mutter auch nicht, aber das hatte Eliza nicht anders erwartet. Sie konnte nur nicht ertragen, wie Albie gekränkt wurde.

»Hast du an unsere Stühle gedacht?«, fragte Albie seine Mutter.

»Sie sind im ...« Eliza suchte nach dem richtigen Wort. »Gepäckraum.«

Aber auch das gefiel Iso nicht. »Das heißt nicht Gepäckraum, es heißt Kofferraum.«

Eliza scheuchte die Kinder ins Auto, einen Subaru Forester. Schon jetzt verbrachte sie jeden Tag viel Zeit in dem Wagen, und wenn erst die Schule anfing, würden es noch mehr Stunden werden.

Es war erst halb neun, aber schon sehr warm, und Eliza fragte sich, ob das Training doch noch ausfallen würde. Es gab eine Formel, nach der anhand von Temperatur, Luftfeuchtigkeit und Luftqualität errechnet wurde, ob Aktivitäten im Freien abgesagt werden mussten. Andere Mütter sahen wahrscheinlich im Internet nach oder ließen sich automatisch über ihr Mobiltelefon – ihr *Handy* – benachrichtigen, aber Eliza hatte längst eingesehen, dass sie nie so sein würde.

Außerdem fuhren sie zu einem Privattraining mit hohen Ansprüchen, machohaft und ausgesprochen anglophil. Die sechs Jahre in London verschafften Iso großes Prestige, und sie gab vor, viel mehr über britischen Fußball zu wissen, als sie dort gelernt hatte. Eliza war erstaunt, wie sie das schaffte: Nach ein paar Computerrecherchen bei britischen Zeitungen und Wikipedia konnte sich Iso als Expertin verkaufen, über Manchester United und Arsenal plaudern und sich als Fan der Tottenham Hotspurs ausgeben, die sie lässig nur die »Spurs« nannte. Eliza war hin- und hergerissen zwischen Bewunderung und Missbilligung für die gesellschaftlichen Ambitionen ihrer Tochter, ganz zu schweigen von ihrer Fähigkeit, diese auch umzusetzen. Sie versuchte sich einzureden, Isos Anpassungsfähigkeit sei ein Schutz in dieser Welt, trotzdem machte sie sich um die berechnende Iso viel mehr Sorgen als um den vertrauensvollen Albie. Zyniker machten sich vor, sie hätten sich schon die schlimmsten Katastrophenszenarien ausgemalt, und wurden unweigerlich davon überrascht, wie mühelos das Leben diese übertrumpfte. Träumer waren oft enttäuscht – aber nur selten von sich selbst. Eliza hatte auf dem Computer Spyware installiert und überwachte Isos Chats, die recht harmlos wirkten. Jetzt wollte Iso ein eigenes Handy haben, und Eliza wusste nicht, ob sie die SMS nachverfolgen konnte. Sie würde sich bei anderen Müttern Rat holen müssen – falls sie irgendwann mit einigen von ihnen Freundschaft schließen konnte.

Während sie auf einem schattenlosen Feld die Campingstühle aufstellte, warf sie einen neidischen Blick auf die erfahrenen Mütter, die Sonnenschirme an ihren Stühlen befestigt hatten. Eine besonders gut vorbereitete Frau hatte sogar einen tragbaren Baldachin dabei. Eliza wünschte, sie hätte schon im Juni gewusst, dass es so etwas gab, aber wahrscheinlich hätte sie es trotzdem nicht besorgt. Stühle mit kleinen Netzen als Becherhalter zu kaufen war ihr schon dekadent genug vorgekommen. Sie und Albie machten es sich unter der brennenden Sonne bequem. Albie las ganz unbefangen *Von Idioten umzingelt*, während Eliza vorgab, Isos Fortschritte beim

Training zu beobachten. Tatsächlich lauschte sie. Die anderen Mütter – und es waren durchweg Mütter, mit der einzigen Ausnahme eines arbeitslosen Vaters, der sich für Elizas Geschmack mit etwas zu viel Elan auf seine Rolle als Hausmann stürzte –, die anderen Mütter also waren freundlich, aber sie hatten schnell herausgefunden, dass Elizas Kinder nicht die gleichen Schulen besuchten wie ihre eigenen, und sahen deshalb offenbar keinen Grund, sich mit ihr anzufreunden.

»... auf der Liste der Triebtäter.«

Was? Eliza blendete die Umgebungsgeräusche aus und konzentrierte sich auf dieses Gespräch.

»Wirklich?«

»Ich habe mich beim County eintragen lassen, damit ich telefonisch Bescheid bekomme. Der Typ wohnt fünf Häuser von uns entfernt.«

»Kinder oder normale Straftaten?«

»Kinder, dritten Grades. Ich habe ihn auf der staatlichen Website herausgesucht.«

»Was heißt dritten Grades?«

»Keine Ahnung. Auf jeden Fall nichts Gutes.«

»Und er wohnt in Chevy Chase?«

Lange Pause. »Na ja, unsere Postadresse gehört zu Chevy Chase.«

Eliza musste lächeln. Seit ihrer eigenen Haussuche wusste sie, dass manche Adressen verfälscht wurden und dass selbst in diesem begehrten Bezirk, einem der reichsten in Amerika, Hierarchien über Hierarchien galten. Was war schlimmer: einen Kinderschänder in der Nachbarschaft zu haben oder zugeben zu müssen, dass man eigentlich außerhalb von Chevy Chase wohnte? Die Benedicts wohnten in Bethesda, und Peter hatte darauf geachtet, dass es in einem Umkreis von sechs Blocks keine Sexualstraftäter gab, egal welcher Art. Allerdings war einer ihrer Nachbarn, ein sechzigjähriger Angestellter im öffentlichen Dienst, einmal wegen Aufforderung zur Unzucht in einer Toilette des Smithonian aufgegriffen worden.

Nach dem Spiel – Iso hatte ihrem Team mit einem Strafstoß den Sieg gesichert, ein Erfolg, den sie lässig stilvoll hinnahm – stiegen die Benedicts wieder ins Auto und fuhren in den langen, endlosen Sommertag. Es war mittlerweile sehr heiß, am dritten Tag in Folge würde die Temperatur über fünfunddreißig Grad erreichen, und in diesem rohen Neubaugebiet ohne Bäume wirkte die Hitze noch drückender. Das viele Grün in ihrer Nachbarschaft gehörte zu den Dingen, die Eliza an ihrem Haus von ganzem Herzen liebte. Zwischen den alten, schattigen Bäumen fühlte es sich gleich vier, fünf Grad kühler an als im Geschäftsviertel entlang der nahe gelegenen Wisconsin Avenue. Ihre Straße erinnerte Eliza an Roaring Springs, das neu belebte Industriestädtchen bei Baltimore, aus dem sie stammte, an der Grenze zu einem State Park. Im Haus ihrer Eltern hatte es nicht einmal eine Klimaanlage gegeben, nur eine Reihe von Fensterventilatoren, trotzdem war es immer so kühl gewesen, dass sie gut schlafen konnten. Aber vielleicht waren ihre Erinnerungen auch überzeichnet. In den Geschichten der Lerners rankte sich um Roaring Springs beinahe etwas Mythisches. Der Ort war für sie, was Moskau für Tschechows drei Schwestern war. Nein, Moskau war immer das Ziel der Schwestern gewesen, während Roaring Springs der Ort war, den die Lerners ohne eigene Schuld hatten verlassen müssen.

Eliza hielt bei Trader Joe's an, was die Kinder als Belohnung empfanden, anders als bei »echten« Supermärkten. Beide durften sich eine Süßigkeit aussuchen, während Eliza durch die Gänge streifte und über das willkürliche Angebot des Geschäfts staunte, über die Artikel, die ohne Erklärung kamen und wieder verschwanden. Zu Sommerbeginn hatten sie und

Albie köstliche Ingwerkekse entdeckt, große, weiche Plätzchen, aber sie waren nie wieder aufgetaucht, und irgendwie war es Eliza unpassend erschienen, danach zu fragen. »Es ist doch sicher eine Erleichterung, wieder richtig einkaufen zu können«, hatten die Frauen von Peters neuen Arbeitskollegen beim Kennenlernen gesagt. Viele Amerikaner, zumindest diejenigen, die England noch nie besucht hatten, schienen mit ihren Ansichten über das Land etwa 1974 steckengeblieben zu sein. Die Frauen malten sich Elizas Zeit in England als kalt und entbehrungsreich aus, eine Zeit, in der sie neben einer kümmerlichen Heizung gehockt hatte und mit Nierenpastete und Blutwurst traktiert worden war.

Die gleichen Amerikaner, die sich England als materielle Einöde vorstellten, schrieben ihm zu viel Kultur zu, als würde das Land nur aus Shakespeare und der BBC bestehen. Eliza hatte dort einen noch stärkeren Star-Rummel erlebt als in Amerika. Während ihrer Zeit in England war Germaine Greer bei *Big Brother* eingezogen, was Eliza unglaublich deprimiert hatte, doch im Grunde empfand sie schon das Fernsehen an sich, die Allgegenwart von Bildschirmen im modernen Leben, als deprimierend. Für sie war es schrecklich, dass ihre Kinder und sogar ihr Mann mitunter von einem Moment auf den anderen wie hypnotisiert waren von einem Fernseher oder einem Computer und reglos davor verharrten.

»Manche Leute haben DVD-Player in ihren Autos«, meldete sich Albie vom Rücksitz, der sich manchmal auf nahezu unheimliche Art und Weise auf Elizas Wellenlänge einzustellen vermochte, als wäre ihr Gehirn ein Radio, an dessen Knöpfen er herumdrehen konnte. Sein Tonfall war freundlich, gedankenverloren, beiläufig, dabei wiederholte er seine Bemerkung ein, zwei Mal die Woche, seit sie das neue Auto gekauft hatten.

»Davon wird dir nur schlecht«, sagte Iso. »Du wirst ja schon vom *Lesen* reisekrank.« Sie klang, als käme ihr bereits das Lesen an sich verdächtig vor.

»Hier nicht, glaube ich«, sagte er. »Das war nur in England.« Mit England meinte Albie die Zeit, als er noch kleiner gewesen war. Hier in Amerika sollte alles Belastende hinter ihm liegen. Keine Alpträume mehr, hatte er beschlossen, und einfach so war es plötzlich mit ihnen vorbei gewesen – oder aber er schaffte es, sich eisern durch die Nacht zu kämpfen. Außerdem hatte er beschlossen, sich von einem wählerischen in einen experimentierfreudigen Esser zu verwandeln. Heute hatte er sich Cashewkerne mit Chili als Knabberei ausgesucht. Eliza ahnte schon, dass sie ihm nicht besonders schmecken würden, aber die Regel lautete, dass die Kinder aussuchen durften, was sie wollten, ohne Einschränkung, selbst wenn es nachher weggeworfen wurde. Was sollte es sonst bringen, Kindern Freiraum zum Ausprobieren und Scheitern zu geben, wenn man aus allem ein lästiges Lehrstück machte? Wenn Albie sich etwas aussuchte, das er nachher ungenießbar fand, hatte Eliza Mitleid und bot ihm an, er könne sich im kleinen Laden um die Ecke etwas anderes holen. Iso hielt sich dagegen an Altbewährtes, an beinahe kindische Leckereien wie Pirate's Booty und Frogurt. Vom Kopf her war Iso eine fünfunddreißigjährige, geschiedene Frau, vom Magen her eine Dreijährige.

Aber Wunder über Wunder, Albie mochte die Cashewkerne. Nach dem Mittagessen schüttete er sie in ein Schälchen und trug sie ins Wohnzimmer, zusammen mit seinem »Cocktail«, einer Mischung aus Fruchtpunsch und Mineralwasser. Peter hatte in seinem früheren Job häufig Leute nach Hause eingeladen, und jetzt machte sich Eliza Sorgen, Londons feuchtfröhliche Kultur könnte bei ihrem Sohn einen etwas zu lebhaften Eindruck hinterlassen haben. Allerdings galt seine Begeisterung sichtlich dem Zeremoniell, den Bildern –

den leuchtenden Farben der Getränke, den winzigen Happen Fingerfood. Eliza vertrug nur wenig Alkohol. Das gehörte zu den Dingen, die mit der Schwangerschaft gekommen und nicht wieder verschwunden waren. Auch ihr Körper hatte sich verändert, aber auf eine gute Art. Sie war bis in die Zwanziger hinein hager und ohne Kurven gewesen. Isos Geburt hatte ihr eine schmeichelhaft üppige Figur beschert, mit weiblichen Rundungen, aber gleichzeitig schlank.

Der einzige Mensch, dem Elizas Körper nicht gefiel, war Iso, die sich an Models orientierte. Vor allem an den Möchtegern-Models aus einer schrecklichen Fernsehsendung, die aus Amerika kam und in England eine unerklärliche Beliebtheit genossen hatte. Als sie zurück nach Amerika gezogen waren, hatte sich Iso nur darüber beschwert, dass die Sendung hier ein Jahr weiter war und für sie damit einer ganzen Staffel die Spannung fehlte. »Die verraten die Gewinnerin ja im Vorspann!«, hatte sie gejammert. Trotzdem hatte sie sich die Wiederholungen angeschaut, die jeden Tag zu laufen schienen, obwohl sie das Ergebnis schon kannte. Sie sah sich gerade eine Folge an, als Albie versuchte, sich unauffällig näher zu schieben, indem er Stückchen für Stückchen über den Teppich rutschte.

»Ess nicht so laut«, sagte Iso.

»Iss«, korrigierte Eliza.

Der ganze Nachmittag lag vor ihnen, träge und trotzdem irgendwie anstrengend, wie ein Gast, der mit einem Koffer voll schmutziger Wäsche eingetroffen war. Eliza hatte das Gefühl, sie sollte etwas Konstruktives tun, aber Iso lehnte ihren Vorschlag ab, Schulkleidung zu kaufen, und Peter hatte sie gebeten, die jährliche Fahrt zu Staples auf das Wochenende zu verschieben. Peter kaufte zu gerne Schulsachen ein, wenn auch nur, weil er dann den Werbespot nachspielen konnte, in dem ein Vater freudestrahlend zu »The most wonderful time of the year« durch den Laden tanzte. (Peter kam mit Sachen durch, die Iso ihrer Mutter niemals erlaubt hätte.) Für das örtliche Schwimmbad besaßen die Benedicts keine Mitgliedschaft, weil die Anzahl der Plätze gedeckelt war, und für alles andere war es draußen zu heiß. Also holte Eliza Zeichenmaterial hervor und bat die Kinder, ein paar Ideen für ihre Zimmer aufzuzeichnen. Sie versprach ihnen, sie dürften ihre Wände in jeder Farbe streichen, die ihnen gefiel, und sich bei Ikea neue Möbel aussuchen. Iso tat anfangs gelangweilt, sah sich aber nach einer Weile am Computer einige Betten an. Eliza war vom Geschmack ihrer Tochter, die zu schlichten Dingen neigte, beeindruckt. Albie entwarf sein Zimmer als prächtigen Dschungel voller Dinosaurier, für die er sich zurzeit begeisterte. Wahrscheinlich würde sich das nicht umsetzen lassen, weder bei Ikea noch in anderen Geschäften, aber es bewies eine beeindruckende Vorstellungskraft. Eliza lobte beide, gab ihnen ein Eis am Stiel und gönnte sich selbst eines mit Kirschgeschmack. Ob sie die Stiele für eine Bastelei aufheben sollten? Die Benedicts hatten schon pflichtbewusst recycelt, bevor Peter bei einer Investment-Gesellschaft für umweltbewusste Kapitalanlagen angefangen hatte.

Der Briefschlitz klapperte, als Post durchgeschoben wurde, was für ein kurzes Aufschrecken an diesem langen, stickigen Nachmittag sorgte. »Ich gehe schon!«, rief Albie, obwohl er keine Konkurrenz zu befürchten hatte. Noch vor sechs Monaten hatte sich seine Schwester mit ihm wegen einer endlosen Liste von Privilegien gebalgt und dabei das Recht der Erstgeborenen eingefordert. Sie hatten darum gestritten, die Post zu holen, beim Frühstück als Erste einen Muffin auszusuchen, Anrufe entgegenzunehmen, im Fahrstuhl den Knopf zu drücken. Jetzt stand Iso über diesen Dingen.

Albie sortierte die Post auf der Küchenanrichte. »Papa, Rechnung, Werbung, Katalog. Papa, Werbung. Werbung. Werbung. Papa. Mama! Ein richtiger Brief.«

Ein richtiger Brief? Wer sollte ihr denn einen richtigen Brief schreiben? Wer schrieb überhaupt noch Briefe? Ihre ältere Schwester Vonnie grub gerne alte Streitigkeiten aus, doch so was richtete sie meist als E-Mail an ihre Eltern. Eliza betrachtete den schlichten weißen Umschlag von einer Postfachadresse in Baltimore. Kannte sie noch jemanden aus Baltimore? Die Adresse in violetter Tinte war so säuberlich geschrieben, dass sie auch aus einem Drucker stammen konnte. Wahrscheinlich war das nur Werbung, die sich als echter Brief tarnte, ein billiger Trick.

Aber nein, dieser Brief war echt, er enthielt ein Blatt aus einem Ringbuch und einen Ausschnitt aus einem Hochglanzmagazin, ein Foto von Peter und Elizabeth auf einer Party von Peters Firma Anfang des Sommers. Die Schrift wirkte penibel und weiblich, Eliza kannte sie nicht, aber der eindringliche Ton war ihr sofort vertraut.

Liebe Elizabeth,
das ist sicher ein Schreck, dabei will ich dich gar nicht erschrecken. Noch vor ein paar Wochen hätte ich nie gedacht, dass ich noch einmal in Kontakt zu dir treten würde, was ich nur für fair gehalten habe, und zwar mehr als zwanzig Jahre lang. Aber wenn man direkt vor sich ein Zeichen sieht, kann man es nur schwer ignorieren, und plötzlich war da dein Foto im Washingtonian, der normalerweise so gar nicht mein Fall ist, aber du würdest staunen, was ich heutzutage alles lese. Du bist natürlich älter geworden, du bist jetzt erwachsen, und das offensichtlich schon eine ganze Weile. Aber ich würde dich überall wiedererkennen …

»Von wem ist der Brief, Mama?«, fragte Albie. Sogar Iso schien vage an dieser Kuriosität interessiert zu sein, an diesem Brief für ihre Mutter, deren Name sonst nur auf Katalogen und Erinnerungen vom Zahnarzt stand. Sahen die Kinder, wie ihre Hände zitterten, bemerkten sie den kalten Schweiß auf ihrer Stirn? Eliza hätte den Brief am liebsten zusammengeknüllt und von sich geschleudert, aber damit hätte sie die beiden nur neugierig gemacht.

»Von jemandem, den ich kannte, als ich jung war.«

Wie es aussieht, werden sie meine Strafe bald endlich vollstrecken. Ich will den großen Wörtern – Tod, Hinrichtung und so weiter – gar nicht ausweichen, ich will nur genau sein. Es ist nun mal meine Strafe. Ich wurde zum Tode verurteilt, und das habe ich akzeptiert.

Ich dachte, ich hätte alles akzeptiert, aber dann habe ich dein Foto gesehen. Auch wenn es manch einem vielleicht komisch vorkommt, habe ich doch das Gefühl, dass ich dich am meisten um Verzeihung bitten muss, dass ich für das, was ich dir angetan habe, nie gebüßt habe, für das Verbrechen an dir nie zur Rechenschaft gezogen wurde. Andere empfinden das sicher nicht so, aber sie werden mich recht bald sterben sehen und dann zufrieden sein, zumindest glauben sie das. Ich akzeptiere auch, dass du vielleicht nichts von mir hören willst, habe sogar zu einer kleinen List gegriffen, damit dich dieser Brief erreicht – eine wohlmeinende Dritte, ein Mensch, dem ich absolut vertraue, hat mir dabei geholfen. Das hier ist übrigens ihre Handschrift, nicht meine, und ich lasse sie den Brief schreiben, um neugierigen Blicken zu entgehen, zu deinem Schutz ebenso wie zu meinem. Aber ich wüsste zu gern, was für ein Leben du führst. Sicher ein ziemlich nettes, mit einem Mann, den man wegen seiner Arbeit auf Partys fotografiert, über die im Washingtonian berichtet wird, er im Smoking und du in einem Abendkleid. Du siehst ganz anders aus, aber immer noch gleich, wenn du weißt, was ich meine. Ich bin stolz auf

dich, Elizabeth, und ich würde mich sehr freuen, von dir zu hören. Möglichst bald, haha!
Dein Walter

Und nur für den Fall, dass sie sich nicht mehr an den vollständigen Namen des Mannes erinnerte, der sie in dem Sommer, in dem sie fünfzehn Jahre alt gewesen war, entführt und beinahe sechs Wochen lang festgehalten hatte, für den Fall, dass sie noch jemanden in der Todeszelle kannte, dass sie den Mann vergessen hatte, der mindestens zwei Mädchen getötet hatte und verdächtigt wurde, viele weitere ermordet zu haben, wenngleich er *sie* hatte leben lassen – nur für den Fall, dass sie das alles vergessen hatte, hatte er hilfsbereit hinzugefügt:
(Walter Bowman)

Kapitel 2

1984

Walter Bowman sah gut aus. Wer etwas anderes behauptete, war ein Quertreiber, auf dessen Urteil man nicht bauen konnte. Er hatte dunkles Haar, grüne Augen und wurde leicht braun, auch wenn er eine typische Nato-Bräune bekam. Allerdings war er kein Soldat, sondern Automechaniker und arbeitete in der Werkstatt seines Vaters. An warmen Tagen hätte er gern ohne sein T-Shirt gearbeitet, aber davon wollte sein Vater nichts hören.

Er sah sogar so gut aus, dass seine Familie ihn deswegen aufzog, vielleicht, damit er nicht eingebildet wurde. Gut, er war nicht besonders groß, aber das waren die meisten Filmstars auch nicht. Das hatte ihm Claude, der Friseur, erzählt. Claude wollte Walter natürlich nicht mit einem Filmstar vergleichen – genau wie Walters Familie und wie jeder andere in der Stadt schien Claude darauf bedacht zu sein, Walter nicht übermütig werden zu lassen. Aber eines Tages erwähnte Claude, er habe in einem Kasino in Las Vegas Chuck Norris gesehen.

»Der Typ ist winzig. Aber alle Filmstars sind ja klein«, sagte Claude, als er gerade fertig wurde. Walter liebte das Gefühl, wenn der Pinsel über seinen Nacken strich. »Sie haben große Köpfe, aber sie sind klein.«

»Wie klein?«, fragte Walter.

»So groß wie mein Daumen«, antwortete Claude.

»Nein, mal ehrlich.«

»Eins siebzig, eins zweiundsiebzig. Etwa wie du.«

Genau das wollte Walter hören. Wenn Chuck Norris etwa so groß war wie er, war das beinahe so, als wäre Walter wie Chuck Norris. Aber eine Sache musste er doch klarstellen.

»Ich bin eins fünfundsiebzig groß. Das ist der Durchschnitt bei Männern, wusstest du das? Eins fünfundsiebzig bei Männern, eins zweiundsechzig bei Frauen.«

»Ist das der Durchschnitt oder der Median?«, fragte Claude. »Das ist nämlich nicht das Gleiche.«

Walter wusste nicht, worin der Unterschied bestand. Er hätte fragen können, aber er vermutete, dass Claude es eigentlich auch nicht wusste, und außerdem hätte sich der Friseur nur über seine Dummheit lustig gemacht.

»Der Durchschnitt«, antwortete er.

»Na, irgendwer muss ja durchschnittlich sein«, sagte Claude, der groß war, aber dürr und irgendwie komplett rosa – blasse, fleckige Haut, hellrotes Haar, wässrige Augen, die er ständig zusammenkniff, weil er jahrelang auf die Haare auf seiner Friseurschere gestarrt hatte. Alle versuchten ständig, Walter in seine Schranken zu weisen, ihn kleinzuhalten, ihn von dem abzuhalten, was er werden konnte. Sogar Frauen und Mädchen schienen sich an dieser Verschwörung zu beteiligen. Denn Walter fand trotz seines guten Aussehens einfach kein Mädchen, das sich mit ihm verabreden wollte, nicht einmal zu einem einzigen Date. Das konnte er nicht begreifen. Am Anfang lief es immer ganz gut, und er konnte das Mädchen in ein Gespräch verwickeln. Er las viel, er wusste viel, er konnte aus einem Vorrat interessanter Anekdoten schöpfen. Zum Beispiel nahm er Claudes Geschichte über Chuck Norris in sein Repertoire auf, wobei er eine eigene kleine Pointe einbaute und mit Daumen und Zeigefinger andeutete, wie winzig Chuck Norris war. Dafür erntete er meist ein Lachen oder zumindest ein Lächeln.

Aber dann geschah etwas – er konnte nie genau sagen, was –, und das Gesicht des Mädchens wirkte plötzlich verschlossen. Die Stadt war klein, bald machte es den Eindruck, als wollte keine einzige junge Frau mit Walter Bowman ausgehen. Und wenn einmal eine neue Familie in die Stadt zog, eine mit Töchtern, klatschte offenbar jemand über ihn, denn auch diese wollten sich nicht mit ihm treffen.

Dann sah er eines Tages, als er Besorgungen für seinen Vater machte, ganz in der Nähe von Martinsburg ein Mädchen die Straße entlanglaufen. Es war heiß, und sie trug Shorts über einem lavendelfarbenen Badeanzug. Es gefiel ihm, dass sie einen Einteiler trug. Das war sittsam. Er bot ihr an, sie mitzunehmen.

Sie zögerte.

»Wohin du willst«, fügte Walter hinzu. »Von Tür zu Tür. Die Klimaanlage ist so kalt, dass du einen Pulli brauchst.«

Es war wirklich kalt. Als sie einstieg, sah er, was die plötzliche Kühle mit ihren Brüsten machte, die groß waren für ein so zierliches Mädchen. Nicht, dass er sie angestarrt hätte. Er sah nur ein Mal hin.

»Wohin willst du?«, fragte er.

»Zum Rite Aid«, antwortete sie. »Ich will mir Make-up kaufen, aber meine Mutter sagt, ich darf nicht. Dabei ist es doch mein Geld, oder?«

»Du musst dich gar nicht schminken.« Er hatte das als Kompliment gemeint, aber sie wurde rot und ballte die Fäuste, als wollte sie mit ihm streiten. »Ich wollte nur sagen, dass du Glück hast, du siehst auch so gut aus, aber du hast recht. Es ist dein Geld, du solltest damit machen können, was du willst.« Er konnte sich nicht bremsen. Vielleicht war das sein Problem, vielleicht redete er einfach zu viel. »Aber du solltest nichts Illegales damit kaufen, keine Drogen oder so was. Sag Nein zu Drogen.«

Sie verdrehte die Augen. Sie war noch jung, jünger, als er zuerst gedacht hatte. Wahrscheinlich war sie nicht älter als fünfzehn, aber sie fühlte sich Walter sichtlich überlegen. Lag es daran? Wichen ihm die Mädchen deshalb immer aus? Einige Mädchen – reizlose, dümmliche – hatten nichts gegen seine Gesellschaft, aber Walter interessierte sich nicht für irgendwen. Er sah gut aus. Er sollte eine Freundin haben, die genauso gut oder noch besser aussah. Jeder wusste doch, wie das lief. Eine schöne Frau konnte mit dem hässlichsten Mann der Welt zusammen sein, aber ein Mann brauchte eine Frau, die ihn übertraf, alles andere war eine Schande. Walter verdiente etwas Besonderes.

»Ich rauche Gras«, erzählte das Mädchen.

Er glaubte ihr nicht. »Machst du das gerne?«

Die Frage schien sie zu überraschen, als würde es nicht darum gehen, ob man es gerne machte oder nicht. »Schon«, antwortete sie verunsichert. Wahrscheinlich kannte sie auch nicht den Unterschied zwischen Durchschnitt und Median, aber Walter kannte ihn jetzt. Er hatte ihn nachgeschlagen. Er schlug immer nach, wenn er etwas nicht wusste. Niemand musste dumm sein. Dumm zu sein war eine Entscheidung. Er lernte ständig irgendwas. Er kannte die Hauptstädte aller amerikanischen Bundesstaaten und arbeitete an den Hauptstädten der ganzen Welt.

»Und wie ist das so?«, fragte er.

»Kennst du das nicht?«

»Nein, das hat sich nie ergeben.«

»Willst du es rausfinden? Ich habe was dabei.«

Eigentlich wollte er es nicht herausfinden, aber er wollte, dass das Mädchen noch etwas länger bei ihm blieb.

»Wie heißt du?«, fragte er.

»Kelly. Mit ›y‹, aber ich überlege, ob ich mich nicht lieber mit ›i‹ schreibe. In meiner Klasse gibt es schon drei Kellys. Wie heißt du?«

»Walt.« So nannte er sich nie, aber er konnte es ja mal versuchen, vielleicht brachte es ihm Glück. Noch in derselben Stunde zeigte sie ihm in einer kleinen Bucht am Fluss, wie man Gras rauchte. Sie behauptete, er würde es falsch machen, dabei machte er das mit Absicht, um einen klaren Kopf zu bewahren. Er hielt nichts von Drogen oder Alkohol, aber wenn er so tun musste, als würde er Gefallen daran finden, um mehr Zeit mit diesem Mädchen zu verbringen – Kelly, Kelli, wie auch immer –, dann würde er das tun. Jetzt wünschte er sich, sie würde einen Bikini tragen. Einen Einteiler konnte man nicht so leicht ausziehen, daraus konnte man ein Mädchen nicht nach und nach schälen. Er wusste, dass er es langsam angehen musste, aber er konnte es nicht, es gelang ihm einfach nicht. Sie lag auf dem Bauch, ausgestreckt auf einem langen, flachen Felsen. Claudes Pinsel fiel ihm ein, und er pustete ihr in den Nacken. Sie zog die Nase kraus, als wäre ein Insekt auf ihr gelandet. Als er ihr den Rücken massieren wollte, schüttelte sie seine Hand ab. »Nein«, sagte sie. Er berührte sie wieder, aber dieses Mal nicht zwischen den Schulterblättern, sondern zwischen den Beinen. »He«, sagte sie. »Lass das.« Jetzt klang sie nicht mehr so groß und überlegen. Er wollte nett sein, streichelte ihren Nacken, strich ihr übers Haar. Aus Zeitschriften wusste er, dass für Mädchen ein Vorspiel wichtig war. Aber es lief nicht so wie geplant. Erst später, als sie weinte, ging er im Geiste die möglichen Folgen durch: Sie wurde seine Freundin, sie erzählte es ihren Eltern, sie erzählte es anderen Mädchen, vielleicht sogar der Polizei, sie hörte nicht mehr auf zu weinen. Und ihm wurde klar, dass ihm nur eine Möglichkeit blieb.

»Woher hast du die Kratzer, Walter?«, fragte sein Vater beim Abendessen.

»Ich habe angehalten, um auszutreten, und bin direkt in einen dieser Dornenbüsche gelaufen, die am Highway wachsen«, antwortete er. Wenn jemand seinen Pick-up an der Route 118 gesehen hätte, wäre die Sache damit erklärt.

»Du hast ganz schön lange gebraucht, um den Keilriemen zu besorgen.«

»Ich habe doch schon gesagt, dass ich bis nach Hagerstown fahren musste, und da hatten sie auch keinen. Ich habe einen bestellt.«

»Hätte schwören können, bei Pep Boys in Martinsburg hätten sie gesagt, sie haben, was ich brauche.«

»Nein, sie hatten die falsche Größe. Die Leute in diesen Läden haben keine Ahnung. Keine Arbeitsmoral, und Kundenservice interessiert sie auch nicht.«

Das genügte, um seinen Vater in eine Tirade über den Untergang der Kleinunternehmer zu stürzen.

Am Wochenende wurde in allen Lokalnachrichten über Kelly Gore, das vermisste Mädchen, berichtet. Sie hat ihren Namen gar nicht mehr ändern können, dachte Walter. Eine Woche verging, ein Monat, der ganze Sommer, ein Jahr. Er nannte sie in Gedanken Kelly, die Göre. Er hatte ihr schon gezeigt, wer das Sagen hatte. Es hätte nett werden können, sie hätte nicht mit ihm zum Fluss fahren dürfen, um Gras zu rauchen, das Gras hatte ihn durcheinandergebracht, wahrscheinlich war er nicht mal ihr Erster gewesen, dabei war sie erst vierzehn, wie es in den Nachrichten hieß. Schlampe. Junkie. Schon die Tatsache, dass sie nie gefunden wurde, dass man ihn nicht schnappte, dass die Polizei nie mit ihm sprach, dass sich niemand meldete und aussagte, er habe Walter Bowmans Pick-up an diesem Tag auf dem Hügel beim Fluss gesehen, dass sie diesen Teil des Flusses nicht einmal absuchten – all diese Dinge bewiesen, dass er das Richtige getan hatte.

Wenn er frei hatte, unternahm er lange Spazierfahrten und suchte nach weiteren Mädchen, die er mitnehmen konnte.

Kapitel 3

»Haha«, las Peter erstaunt. »Er hat tatsächlich ›haha‹ geschrieben.«

»Wenn er am Computer Mails schreiben dürfte, hätte er wahrscheinlich ein Zwinkermännchen dahintergesetzt, das mit dem Semikolon.«

Peter hielt den Brief auf Armeslänge von sich, obwohl er nicht weitsichtig war, zumindest noch nicht. Er war ein Jahr jünger als Eliza. Den Brief betrachtete er wie ein Gemälde, wie ein abstraktes Porträt von Walter Bowman oder eines dieser dreidimensionalen Bilder, die eine Zeit lang so beliebt gewesen waren. Von Nahem betrachtet waren es Wörter in schrillem, säuberlichem Violett. Aus der Entfernung verschmolzen sie zu einem lavendelfarbenen Wirrwarr, einem impressionistischen Entwurf violetter Hügel.

Peter war an diesem Abend gegen halb acht nach Hause gekommen, was zurzeit recht früh für ihn war, aber Eliza hatte ihm erst von dem Brief erzählt, als die Kinder oben waren.

Sie hätte mit einer vertrauten Losung unauffällig darauf anspielen können: *der Sommer, als ich fünfzehn war.* Im Laufe der Jahre hatte sie schon unterschiedlichste Dinge damit erklärt. Etwa wenn sie das Kino verlassen musste, weil der Film eine unerwartete Wendung genommen hatte, oder dass sie ihr Haar nicht kurz tragen wollte, obwohl ihr das besser gestanden hätte als ihr Schnitt, der weder lang noch kurz noch irgendwas war. Wenn sie es recht bedachte, hatten sie diese Losung schon lange nicht mehr benutzt, nicht seit Peter Anfang des Jahres nach Amerika zurückgekehrt war und sich an den Wochenenden Häuser angesehen hatte.

»Das viktorianische Haus, das dir gefallen hat, ist in der Nähe von Point of Rocks – na ja, im Nachbarbezirk«, hatte er ihr über Skype erzählt. »Es liegt eine Stunde außerhalb der Stadt, aber an der Pendlerstrecke, und es ist da oben wirklich hübsch. Viele Leute machen das so. Ich dachte nur …«

»Du dachtest, ich würde mich da nicht wohlfühlen. Wegen des Sommers, als ich fünfzehn war.« Sie sahen sich an, aber irgendwie auch aneinander vorbei. Damit kam sie bei Skype nie ganz klar.

»Ja.«

»Ich weiß nicht, vielleicht doch. Aber wenn du pendeln würdest, wie wäre es dann mit Roaring Springs, wo ich aufgewachsen bin?«

»Auf dieser Strecke verkehren die Züge nicht lange genug, Schatz. Und wir bräuchten zwei Autos, weil ich zum Bahnhof fahren müsste.«

»Oh.« Sie wusste immer noch nicht, warum Point of Rocks nach wie vor im Rennen war, Roaring Springs aber nicht. Würde er da nicht auch zum Bahnhof fahren müssen? »Mir wäre es jedenfalls lieber, wenn du nicht so weit pendeln müsstest. Vielleicht können wir uns etwas näher an der Stadt leisten. Mit einer Bahnstrecke in der Nähe, das fände ich am besten.«

Sie konnten, gerade eben, also taten sie es, und damit war alles beschlossen.

»Diese blöde Party«, sagte er jetzt, während er noch den Brief betrachtete. »Du wolltest nicht mal hingehen. Ich wäre nie darauf gekommen, dass wir uns um so etwas Gedanken machen müssen.«

»Ich ehrlich gesagt auch nicht. Ich wollte nicht zu der Party gehen, weil ich, na ja, weil ich einfach nicht hinwollte. Ich hätte nie gedacht ... er hat in den ganzen Jahren kein einziges Mal versucht, Kontakt zu mir aufzunehmen, auch nicht zu meinen Eltern oder zu Vonnie, und sie sind viel leichter zu finden, weil sie immer noch Lerner heißen. Nachdem ich deinen Namen angenommen habe und wir umgezogen sind, erst nach Houston, dann nach London ...«

Peter schenkte sich ein Glas Weißwein ein, von dem Eliza nippte. Das tat sie immer mal wieder, aber selbst seit Peter auf bessere Weine umgestiegen war, fand sie den Geschmack säuerlich und herb. Sie zog Albies Cocktail aus Fruchtpunsch und Mineralwasser vor.

»Er sitzt also in der Todeszelle, liest den Gesellschaftsteil im *Washingtonian* ...«

»Fast schon witzig. Aber eben nur fast.«

»Willst du ihm antworten?«

Sie hatten im Wohnzimmer an den gegenüberliegenden Enden des Sofas gesessen, Elizas Füße auf Peters Schoß. Jetzt stellte sie sein Weinglas auf einen Untersetzer, damit es keine Ringe machte, und kuschelte sich an ihn, obwohl es im Zimmer sehr warm war und die Klimaanlagen an den Fenstern brummten. Wieder dachte sie an das Haus in Roaring Springs, das nur mit Fensterventilatoren kühl geblieben war, selbst in den heißesten Sommernächten. Erderwärmung? Ein trügerisches Gedächtnis? Beides?

»Ich weiß es nicht. Schon das beunruhigt mich. Ich sollte

erschüttert sein oder wütend. Das bin ich auch. Aber vor allem fühle ich mich bloßgestellt. Als würde jetzt jeder Bescheid wissen, als würden mich die Leute morgen anders ansehen, wenn ich das Haus verlasse.«

Peter sah zu dem Brief hinüber. Er lag auf der Truhe, die sie als Couchtisch benutzten. »Die Kinder hat er nicht erwähnt.«

»Nein. Er weiß nur, dass ich mit einem bekannten Mann verheiratet bin und ein grünes Kleid habe. Aber der Brief wurde an unsere Adresse geschickt, Peter, von einem Postfach in Baltimore aus. Jemand hat das für ihn gemacht. Es weiß noch jemand Bescheid.«

»Wahrscheinlich eine Frau. Eine Frau mit einem violetten Stift. Walters Schwester?«

»Das glaube ich nicht. Seine Familie hat nach der Verhaftung im Grunde jeden Kontakt abgebrochen. Sie hat nicht einmal die Verhandlungen besucht.«

Sie drückte das Gesicht gegen seinen Hals. Er duftete nach einem Aftershave, das für Eliza besonders britisch roch, frisch und nach Zitronen. Sie wusste nicht, wo es hergestellt wurde, nur dass Peter es seit der Zeit in London trug. Sie betrachtete diese Jahre als Reifezeit, in der sie erwachsen geworden waren, obwohl ein Paar in den Dreißigern mit kleinen Kindern eigentlich viel weiter hätte sein sollen. Ihr Selbstbild war immer von Peters Arbeitsstellen geprägt worden. Während er als Journalist für den *Houston Chronicle* gearbeitet hatte, waren sie sich jung und unkonventionell vorgekommen, ihr Leben hatte etwas Ungeplantes, Chaotisches gehabt, bis hin zu ihrem abgedrehten kleinen Haus in Montrose. Sein Sprung zum *Wall Street Journal* war mit der Geburt der Kinder zusammengefallen, aber sie waren in Montrose geblieben, wenn auch ohne die wilden Partys, für die sie berühmt gewesen waren, Partys mit harmlosen Trinkgelagen, bei denen sich erstaunliche Pärchen zusammenfanden. Mindestens drei Ehen in ihrem Bekanntenkreis hatten sich auf diesen Partys angebahnt, und zwei waren zerbrochen. Es war, als hätte Peter mit seinem ernsthaften, spießigen Job – ganz zu schweigen von Frau und zwei Kindern – beweisen müssen, dass er noch jung, noch flexibel genug für einen Neuanfang war.

London hatte das geändert. Schon ein paar Monate nach ihrer Ankunft waren aus ihnen richtige Erwachsene geworden. Eliza war nicht sicher, ob es an Peters Stelle als Büroleiter oder an der Stadt selbst gelegen hatte. Vielleicht resultierte ihre neu gewonnene Reife aus der enormen Entfernung zu allem und allen, die sie kannten. Wieder in Amerika angekommen fühlte sie sich alt, beinahe hausbacken. Dabei hatte ihre Mutter ihr erstes Kind erst mit sechsunddreißig bekommen und besaß noch mit weit über siebzig jugendliche Energie. Vielleicht war es ihre altmodische Rollenverteilung – Vollzeitmutter, Vollzeitversorger –, die sie ausbremste, die ihnen das Gefühl gab, alt und nicht mehr auf dem Laufenden zu sein.

»Es klingt bestimmt komisch, aber ich habe Walter irgendwie vergessen. Das heißt, ich habe vergessen, dass er hingerichtet werden sollte. Er hat nie geglaubt, dass er so sterben würde.«

Peter setzte sich zurecht, verlagerte ihr Gewicht und schob ihren Arm zur Seite, der auf seiner Hemdbrust einen feuchten Streifen hinterließ. »Das stand aber nicht in dem Brief.«

»Damals. In dem Sommer, als ich fünfzehn war. Wahrscheinlich hat er geglaubt, es würde mit einem Kugelhagel in Zeitlupe enden, wie im Kino. Und nicht mit einer Verkehrskontrolle an der Grenze zu Maryland.«

Peter drückte ihr einen Kuss auf den Kopf. Seine Haut war warm, aber das war sie immer. Selbst wenn er still dasaß, verströmte er Energie.

»Ich liebe dich«, sagte er.

»Ich liebe dich auch.«

»Du weißt gar nicht, was Liebe ist.«

Das war ein Scherz, ein eingespielter Dialog zwischen ihnen, so alt und eingeschliffen, dass sich Eliza nicht erinnern konnte, wie er entstanden war, nur dass er ihr ein Gefühl der Sicherheit verlieh.

»Wie eklig«, sagte Iso von der Tür aus. »Doch nicht vor allen Leuten.« Eliza fragte sich, wie lange Iso dort schon gestanden und was sie gehört hatte. Konnte sie sich daraus etwas zusammenreimen? *Der Sommer, als ich fünfzehn war, Kugelhagel, allgemeine Verkehrskontrolle.*

»Was brauchst du, Schätzchen?«, fragte Eliza.

Iso verzog das Gesicht. Vielleicht wegen des »Schätzchens«, vielleicht störte sie auch der bloße Klang von Elizas Stimme. »Ich wollte dich daran erinnern, dass du mein Spurs-Trikot wäschst, falls du es vergessen hast. Ich will es morgen anziehen.«

»Habe ich. Ich habe es gewaschen, meine ich, nicht vergessen. Aber das Trikot ist für das nasskalte England gemacht, Iso, nicht für Montgomery County bei dreißig Grad im Schatten. Kannst du nicht ein T-Shirt anziehen wie die anderen Kinder?«

»Nein. Hast du auch meine Socken gewaschen? Heute Morgen musste ich mir ein Paar aus dem Wäschekorb kramen.«

»Ja, die Socken auch.«

»Weißt du was, Isobel«, warf Peter ein, »wenn du mit einem iPod umgehen kannst und dem Fernseher und dem Computer und dem Festplattenrekorder, könntest du wahrscheinlich auch lernen, wie man die Waschmaschine bedient.«

Iso sah ihn an, als hätte er Portugiesisch gesprochen. Sie fand Peter nicht so nervtötend wie Eliza, aber sie ließ sich von ihm nichts sagen. Ohne eine Antwort stolzierte sie davon.

»Ich will nicht, dass sie etwas davon wissen«, sagte Eliza. »Noch nicht. Das ist mir am wichtigsten. Albie ist gerade erst diese schrecklichen Alpträume losgeworden, und Iso ist sensibler, als sie tut.«

»Das ist deine Entscheidung«, antwortete Peter. »Aber damit läufst du Gefahr, dass ihnen jemand anders davon erzählt. Vor allem, wenn die Hinrichtung näher rückt.«

»Wer denn? Du nicht, meine Eltern auch nicht. Und Vonnie ist manchmal unberechenbar, aber nicht einmal sie würde das gegen unseren Wunsch tun.«

Peter zuckte unverbindlich die Schultern. Er war zu höflich, um offen zu sagen, dass er seiner Schwägerin beinahe jede Art von schlechtem Benehmen zutraute. Es war komisch, dass Peter und Vonnie nach so vielen Jahren immer noch wie Hund und Katze aufeinander reagierten, obwohl sie so viel gemein hatten, einen ähnlichen Intellekt, ähnliche Interessen, sogar ihre Karrieren wiesen einige Parallelen auf. *Du nennst das komisch,* spottete Vonnie in Elizas Kopf, *ich nenne das typisch Freud. Er wollte eine Mutter, also hat er eine geheiratet.* Peter beschrieb Vonnie diplomatischer: *Sie ist geradeheraus. Man weiß immer, was sie denkt.*

Eliza wollte Zustimmung von Peter hören. »Sonst weiß niemand davon.«

»Walter weiß davon, Eliza. Walter weiß davon, und er hat dich gefunden. Er könnte jemandem davon erzählen. Er hat schon jemandem davon erzählt: der Frau, die den Brief geschrieben hat. Und die ganz offensichtlich unsere Adresse hat, wobei man Adressen heutzutage sowieso leicht herausfinden kann.«

»Na ja, aber niemand – o Mist. Dieses Arschloch. Dieser Möchtegern-Journalist, Garrett. Aber der interessiert sich sicher längst für andere reißerische Geschichten, wenn er überhaupt noch lebt. Könnte man es Ironie des Schicksals nennen, wenn er bei einem scheußlichen, obszönen Verbrechen gestorben wäre?«

»Ich weiß nicht, ob das passen würde, aber es hätte auf jeden Fall etwas von ausgleichender Gerechtigkeit.«

»Aber Walter hat nie mit ihm geredet. Während der Verhandlung nicht, und schon gar nicht nach dem Buch. Wahrscheinlich fand er das Buch noch schlimmer als ich.«

»Aber es gibt dieses Buch noch. Früher wäre solcher Schrott über echte Verbrechen einfach untergegangen, hätte in einer Handvoll Secondhand-Buchläden Staub angesetzt, und den Rest hätten die Herausgeber eingestampft. Jetzt bist du mit Onlineshops und eBay und Print on Demand nur einen Mausklick entfernt, wenn sich jemand an deinen echten Namen erinnert. Wer weiß, vielleicht hat er das Buch für Kindle hochgeladen und verkauft es für neunundneunzig Cent das Stück.«

Wegen Mausklicks machte sich Eliza keine Sorgen, aber wenn sie sich bei der Gefängnisverwaltung beschwerte, würden weitere Menschen erfahren, wer sie war und wo sie lebte. Warum sollte sie ihnen vertrauen? Da wäre es besser, Walter zu ignorieren, obwohl sie wusste, wie unberechenbar er werden konnte, wenn jemand das wagte. Allerdings nicht dort, wo er jetzt war, hinter Schloss und Riegel. Und normalerweise nicht ihr gegenüber. Nicht gegenüber dem »Mädchen, das davongekommen ist«, um die scheußliche Kapitelüberschrift aus dieser widerlichen Schmierage zu zitieren. Als wäre sie ein Mädchen aus einer Jazz-Ballade, ein Objekt romantischer Begierde. *Das Mädchen, das davongekommen ist*. Das, wie es im Buch wiederholt hieß, »den Aussagen nach nur vergewaltigt wurde«. Nur. Den Aussagen nach.

Dieser Satz konnte nur von einem Mann stammen, der nie vergewaltigt wurde.

»Warten wir ab, was er tut«, sagte sie zu Peter. »Entweder lässt er die Sache fallen oder nicht. Wie er schon sagt: Ihm bleibt nicht viel Zeit. Und er wird nicht für das hingerichtet, was er mir angetan hat.«

In dieser Nacht überraschte sie Peter im Bett damit, dass sie den ersten Schritt machte, und es wurde guter Sex, mit diesen besonderen Kleinigkeiten, auf die Paare nach einer langen Ehe meist verzichten. Dabei mussten sie leise sein, einmal hielt sie Peter den Mund zu, weil sie fürchtete, die Kinder würden ihn hören. Aber es war wichtig für sie, sich in dieser Nacht daran zu erinnern, dass ihr Körper ihr gehörte, zu wissen, *das* war Sex, *das* war Liebe. Sie hatte ihr Leben verdient. Sie hatte es geschaffen, durch pure Willenskraft und viel Hilfe von Peter und ihrer Familie. Es war ihr gutes Recht, es zu schützen.

Aber als sie einschlief, während ihr Mann sich an sie schmiegte, kamen wieder die anderen zu ihr. Maude und Holly, gefolgt von den vielen gesichtslosen Mädchen, die Walter vermutlich auch getötet hatte, obwohl es keine Beweise gab. Zwei, vier, sechs, acht – manche schätzten, dass es mehr als zehn waren. Alles in allem waren sie bemerkenswert freundliche und nachsichtige kleine Geister. In dieser Nacht allerdings beharrten sie traurig darauf, dass es nicht nur um Eliza ging, sondern dass sie berücksichtigt werden mussten bei jeder Entscheidung, die Eliza im Hinblick auf Walter traf. Holly, wie üblich die Wortführerin, erinnerte Eliza daran, dass ihr Leben in gewissem Sinne auch den Geistern gehörte. Eliza war selbst Phantomen gegenüber höflich und widersprach nicht.

Während die anderen schließlich nach und nach verschwanden, verharrte Holly länger in Elizas Gedanken, um etwas Privates zu besprechen. »Ich war das letzte Mädchen«, sagte sie. »Dich hätten sie nicht so nennen sollen. Ich war die Letzte, und er wird für das sterben, was er mir angetan hat.«

»Ach, Holly, was macht das für einen Unterschied? Letzte oder Vorletzte? Das sind doch nur Worte. Wen kümmert das?«

»Mich«, antwortete Holly. »Und du weißt, warum, auch wenn du immer so tust, als wüsstest du es nicht. Haha!«

Kapitel 4

1985

Point of Rocks. Der Name hatte ihm schon immer gefallen, er hatte ihn seit Jahren auf Schildern gesehen, aber es nie geschafft, hinzufahren. Jetzt war er dort, aber der Ort unterschied sich kaum von den anderen Städten am Potomac. Nicht einmal von seiner eigenen Stadt daheim in West Virginia. »Fast wie im Himmel« stand auf den Nummernschildern, und dem musste Walter zustimmen. Trotzdem fuhr er gerne herum und wünschte sich, er könnte mehr von der Welt sehen.

Als er klein gewesen war, nicht älter als vier oder fünf, war sein Vater mit ihm nach Friendsville in Maryland gefahren, von wo aus man drei Staaten sehen konnte – Maryland, West Virginia, Pennsylvania. Enttäuscht hatte er festgestellt, dass die Gegend nicht markiert war, wie eine Karte oder ein Quilt, und dass man keine Grenze zwischen den Staaten erkennen konnte. Er hatte zu seinem Vater gesagt, es wäre doch schön, wenn sie nach Westen fahren könnten zu den Four Corners, von denen seine ältere Schwester erzählt hatte.

»Wenn das Wörtchen wenn nicht wär'«, hatte sein Vater gesagt. Das war einer seiner Lieblingssprüche. Von Urlaub hielt er nichts. Jahre später, als Walter in der Werkstatt seines Vaters mitarbeitete und merkte, wie gut die Geschäfte liefen, fühlte er sich ein wenig betrogen. Sie hätten verreisen und sich etwas mehr gönnen können. Vielleicht nicht den ganzen Weg nach Westen, aber zu diesem großen Vergnügungspark in Ohio mit der höchsten Achterbahn der Welt. Oder sein Vater hätte Walter, seine Mutter und seine Schwester in den Urlaub schicken können, wenn er wirklich der Ansicht war, er könne die Werkstatt nicht für sieben Tage schließen oder in der Obhut eines seiner Angestellten lassen. Walter war nur ein Mal weggefahren, nach Abschluss der Highschool. Die Fahrt war nach Ocean City in Maryland gegangen, und es war ihm vorgekommen, als hätte er mehr Zeit im Bus als in der Stadt selbst verbracht.

Jetzt arbeitete Walter für seinen Vater und bekam auch keinen Urlaub, nur sonntags und mittwochs hatte er frei. Was sollte er mit diesen einzelnen Tagen anfangen? Heute war Sonntag, und er überlegte schon, umzudrehen und nach Hause zu fahren. Schließlich schrieb kein Gesetz vor, dass ein Mann an seinem freien Tag etwas unternehmen musste, keine Regel besagte, dass er den Tag nicht vor dem Fernseher verbringen konnte, bevor er das Abendessen mit seiner Familie genoss. In letzter Zeit ließ seine Mutter manchmal Andeutungen fallen, er könne sich eine eigene Wohnung suchen und ausziehen, aber noch ignorierte er sie. Er wollte nur von zu Hause weg, um mit jemandem zusammenzuziehen und ein eigenes Heim zu gründen. Moment mal – war das vielleicht sein Problem? War es für ihn so schwer, Frauen kennenzulernen, weil er sie nicht nach Hause mitnehmen konnte? Es kursierten reichlich Witze über Männer, die bei ihren Eltern lebten, aber bislang hatte er sich nicht angesprochen gefühlt. Er arbeitete in der Werkstatt seines Vaters. Warum sollte er nicht zu Hause bleiben, bis er sich ein richtiges Haus leisten konnte, nicht nur ein winziges Apartment, das man pro Woche mietete, mit einer Herdplatte und einem Minikühlschrank? In einem einzigen Zimmer zu wohnen war doch kein echtes Leben. Er würde auf das wahre Leben warten. Die große Liebe, ein richtiges Haus, Teilhaberschaft bei seinem Vater. Er hatte seinen Vater schon gefragt, warum sie den Namen *Autowerkstatt Bowman* nicht zu *Bowman und Sohn* ändern konnten. Seine Schwester, die mittlerweile verheiratet war, aber noch in der gleichen Straße wohnte, hatte gemeint, das klänge nicht gut, und sein Vater hatte geantwortet, es sei ihm zu teuer, das Schild und die Drucksachen auszuwechseln, und als Walter gesagt hatte, das Schild würde doch reichen … – Moment, war das ein Mädchen?

Ja, war es, ein großes, gut gebautes Mädchen, überzogen mit einem Hauch von Gold, ihr Haar und ihre Haut verschmolzen beinahe mit den Getreidefeldern links und rechts der Straße. Sie ging etwas komisch, mit langen Schritten, aber sie war sehr hübsch und hatte einen großartigen Körper, wie ein Filmstar. Er fuhr langsamer.

»Soll ich dich mitnehmen?«

Sie wirkte verwirrt und den Tränen nahe. »Apple Court eins null drei, Point of Rocks. Apple Court eins null drei, Point of Rocks.«

»Ich kann dich hinbringen, du musst mir nur sagen …«

Sie schüttelte den Kopf und wiederholte weiter ihre Adresse. Sie sah aus, als wäre sie mindestens achtzehn, aber sie benahm sich wie eine Sechsjährige. Oh.

»Ganz ruhig, keine Aufregung, ich bringe dich nach Hause. Wir müssen jemanden finden, der mir den Weg erklärt, aber das schaffen wir schon, in Ordnung?«

Sie stieg in seinen Pick-up. Donnerwetter, war sie hübsch. Schade, dass sie behindert war oder zurückgeblieben oder wie man das jetzt nannte.

»Hast du dich verlaufen?«

Sie nickte, vor lauter Weinen musste sie nach Luft schnappen. Schließlich brachte sie mühsam heraus, dass sie mit ihrer Mutter ein Geschäft besucht hatte, dann hatte sie Durst bekommen und in dem Laden einen Trinkbrunnen gesucht, aber als sie zurückgekommen war, hatte sie ihre Mutter nicht mehr gefunden, und jetzt wollte sie nach Hause laufen.

»Hast du immer noch Durst? Möchtest du etwas trinken? Eine Limonade vielleicht?«

»Nach Hause«, sagte sie. »Apple Court eins null drei, Point of Rocks.«

»Ich bringe dich nach Hause«, sagte er. »Aber ich muss sowieso anhalten, um nach dem Weg zu fragen. Wenn du etwas trinken oder essen möchtest, sag Bescheid.«

Er hielt bei dem nächsten kleinen Laden, den er sah, einem Sheetz. Sein Vater spielte gern mit dem Namen: Er zog den Vokal bis zum »t« in die Länge. *Sheeeeeeeeeeeet* – dann wartete er einen kurzen Moment, bevor er das »z« folgen ließ. Und seine Mutter lachte jedes Mal, als hätte er einen neuen Witz gemacht. Mehr wollte Walter gar nicht. Eine Frau, kleine, vertraute Scherze. Das sollte doch nicht so schwer sein.

Er hielt am abgelegenen Ende des Parkplatzes, wo sein Pick-up von der Kasse aus nicht zu sehen war. Im Laden kaufte er zwei Dosen Limonade und ein paar Süßigkeiten. Nach dem Weg fragte er nicht, zumindest nicht nach dem Weg zum Apple Court 103. Stattdessen fragte er, ob man in der Nähe irgendwo gut angeln könne.

Zuerst gefiel es ihr, das hätte er schwören können. Er sagte ihr, es sei ein Spiel, und fütterte sie für jeden Schritt, den sie schaffte, mit M&Ms. In Wahrheit hatte sie es vielleicht schon mal getan. So was passierte mit Zurückgebliebenen. Die stellten alles Mögliche an. Eine seiner Mitschülerinnen hatte die Schule wechseln müssen, weil sie sich mit den älteren Jungs eingelassen hatte. Sie hatte den Körper einer Frau und den Verstand eines kleinen Mädchens. Das war doch keine Art, zu leben. Er tat diesem Mädchen hier einen Gefallen, wenn man es recht bedachte. Später, als er ihre Leiche auf die Schulter hob und tief in den Wald trug, wo hoffentlich niemand nach ihr suchen würde, zumindest nicht in nächster Zeit, stiegen beinahe zärtliche Gefühle in ihm auf. Sie konnte in diesem Leben unmöglich glücklich gewesen sein. So war es für alle besser.

Pünktlich zum Abendessen war er zu Hause.

Kapitel 5

Elizas Eltern wohnten nur dreißig Minuten von dem neuen Haus entfernt, ein weiterer Pluspunkt. (Komisch, aber je mehr Vorzüge Eliza in Gedanken aufzählte – die Bäume, den Garten, die Nähe zu ihren Eltern –, desto stärker fragte sie sich, ob ihr irgendetwas daran missfiel, das sie sich nicht eingestehen wollte.) Sie war davon ausgegangen, dass sich ihr Leben sofort mit dem ihrer Eltern verflechten würde, von denen sie so lange getrennt gewesen war, und dass sie sich ständig sehen würden. Aber bisher hatten sie sich nicht öfter als einmal im Monat getroffen, meist zu einem hastigen Mittagessen in einem Restaurant mitten in Bethesda, das niemandem wirklich missfiel und daher alle enttäuschte.

Vielleicht waren sie es nur nicht mehr gewohnt, im größeren Familienkreis zu funktionieren; Eliza hatte seit ihrem College-Abschluss mindestens zweieinhalbtausend Kilometer entfernt gewohnt. Außerdem arbeiteten ihre Eltern, beide Ende siebzig, immer noch, auch wenn ihr Vater die Zeit in seiner Praxis eingeschränkt hatte. Ihre Mutter war Akademikerin und lehrte an der University of Maryland in der Innenstadt von Baltimore. Sie spielten nicht die gesetzten Großeltern, deren Leben sich nur um ihre Enkel drehte, und das hätte Eliza auch nicht gewollt. Sie hatte nur geglaubt, sie würde die beiden öfter sehen.

In dieser Woche trafen sie sich allerdings im Haus ihrer Eltern zum Abendessen, einem alten Farmhaus, das 1985 noch zu einem ländlichen Dörfchen im Westteil von Howard County gehört hatte. In ihrer Straße fühlte man sich wie auf dem Land, auch wenn von allen Seiten Neubaugebiete näher rückten. Inez kamen diese neuen Häuser wie Schlachtschiffe vor, die sich in einem Hafen sammelten, bereit für den Angriff. Über die hohen Strommasten, die in der Ferne aufragten, schüttelte sie sich voller Abscheu, obwohl sie nicht an die angeblichen Gesundheitsrisiken glaubte. Sie fand sie einfach hässlich. »Stell dir mal vor, wie Don Quichotte darauf reagiert hätte«, sagte sie oft.

Trotzdem hatten die Lerners nicht lange gezögert, hierherzuziehen und ihr geliebtes Haus in Roaring Springs zu verlassen, damit Eliza eine andere Highschool besuchen konnte. Die Wilde Lake Highschool im Nachbarbezirk hatte gerade weit genug entfernt gelegen, damit eine neue Schülerin, die sich Eliza nannte, keine Assoziationen hervorrief. Hätte sich allerdings jemand aus dem alten Schulbezirk hierher versetzen lassen, wäre Elizas Identität aufgeflogen. Ihre Eltern hatten ihr mehrfach erklärt, dass es bei diesen Veränderungen nicht um Scham oder Geheimnisse ging. Sie waren umgezogen, weil sie alle ihr altes Viertel mit düsteren Erinnerungen verbanden, weil ein Teil von dem, was sie dort so geliebt hatten – der Bach, die bewaldeten Hügel, das Gefühl der Einsamkeit –, befleckt war. Über die Dinge, die sich draußen in der Welt getan hatten, sprachen sie nicht, weil die Welt nichts zu Elizas Heilung beitragen konnte. Wäre Eliza zu ihren Freundinnen an die Catonsville Highschool zurückgekehrt – was sie selbst entscheiden musste, wie ihre Eltern betonten –, wäre man sicher rücksichtsvoll mit ihr umgegangen, daran hatten sie keinen Zweifel. *Zu* rücksichtsvoll. Sie wollten nicht, dass ihre Tochter in Watte gepackt wurde, dass die Menschen in ihrer Umgebung aufpassten, was sie sagten, und bei bestimmten Gesprächen plötzlich in verdächtiges Schweigen verfielen, wenn Eliza unvermutet auftauchte. Ein neues Haus, ein neuer Anfang. Für sie alle. Ein neues Haus mit einer Alarmanlage und einer zentralen Klimaanlage, die Inez scheußlich fand, weil sie nicht mehr bei offenem Fenster schlafen konnten.

Iso und Albie liebten das Haus ihrer Großeltern mit all den

faszinierenden Dingen, die sich bei Großeltern immer finden ließen. Aber die echte Verlockung war für sie das Softeis im nahe gelegenen Rita's. Als sie mit ihrem Großvater zu einem Nachtisch losgezogen waren, erzählte Eliza ihrer Mutter von Walters Brief.

»Was willst du machen?«, fragte sie.

»Nichts«, antwortete Eliza.

»Nichts zu tun ist auch eine Reaktion«, sagte Inez. »Wenn man nichts tut, tut man trotzdem etwas.«

»Ich weiß.«

»Davon gehe ich aus.«

Sie saßen auf der eingefassten Veranda hinter dem Haus, deren Aussicht sich kaum verändert hatte, seit die Lerners dort wohnten. Sie hatten das Haus schnell gekauft, beinahe instinktiv, einen Monat nach Elizas Rückkehr. Es war größer als das Steinhaus aus dem achtzehnten Jahrhundert, das sie aus Roaring Springs kannten, und in beinahe jeder Hinsicht besser ausgestattet: neuere Bäder, großzügiger bemessene Zimmer. Aber als Vonnie in den Weihnachtsferien mit übler Laune nach Hause gekommen war, unzufrieden mit ihrer Leistung im ersten Studienquartal an der Northwestern University, hatte sie einen Wutanfall bekommen, weil ihre Eltern sie bei einer so wichtigen Familienangelegenheit nicht gefragt hatten. Vonnie hatte schon immer zu dramatischen Auftritten geneigt, auch wenn sie kaum Grund dazu hatte, und ihre Familie war an das Schauspiel mehr oder minder gewöhnt.

Aber niemand, nicht einmal so gut ausgebildete Psychiater-Eltern wie die Lerners, wäre darauf gefasst gewesen, dass ihre ältere Tochter sagte: »Von jetzt an dreht sich doch alles nur noch um Elizabeth – Entschuldigung, *Eliza*.«

Dieser Spruch fiel beim Abendessen, und er war auf so vielen Ebenen schlichtweg falsch, dass sekundenlang niemand etwas sagte. Schon sachlich gesehen war er falsch, weil die Lerners gerade eine Welt erschaffen wollten, in der sich weder alles darum drehte noch *nicht* darum drehte, was Eliza geschehen war. Außerdem waren sie immer gerecht gewesen und hatten nie eine Tochter der anderen vorgezogen, sondern deren Unterschiede respektiert. Vonnie war ihre neurotische Überfliegerin. Eliza hatte schon als Elizabeth zu den außergewöhnlichen Kindern gehört, die einfach zufrieden vor sich hin lebten. Ihre Noten waren gut, und sie beteiligte sich fröhlich an Gruppenaktivitäten, bei denen sie sich weder hervortat noch blamierte. Unweigerlich wurde von Außenstehenden, aber auch von Inez und Manny, von Vonnie und sogar von Eliza selbst spekuliert, das sei nicht ihrem angeborenen Temperament zuzuschreiben, sondern eine außergewöhnliche, unterbewusste Entscheidung, sich aus allem herauszuhalten: Sollte Vonnie ruhig die Preise und Ehrungen bekommen, sogar die ganze Welt, wenn sie wollte.

Außerdem spielte Eliza schon als kleines Mädchen für ihre große Schwester bereitwillig die gehorsame Sklavin, was die klassische Rivalität unter Geschwistern wahrscheinlich aushebelte. Gutmütig nahm sie jede Folter hin, die ihre Schwester in frühen Jahren für sie erdachte. Als Neugeborene weinte sie noch, wenn Vonnie sie kniff, was die frischgebackene große Schwester bei jeder sich bietenden Gelegenheit tat. Aber sobald Eliza laufen konnte, folgte sie ihrer Schwester überallhin, und nicht einmal Vonnie konnte lange auf jemanden böse sein, der sie so offensichtlich anhimmelte.

Dafür konnte sie offenbar einen erstaunlichen, brodelnden Groll darüber hegen, wie das Unglück ihrer Schwester die Familiendynamik verändert hatte.

»Würdest du mit Eliza tauschen wollen?«, fragte ihr Vater Vonnie nach der unsäglichen Bemerkung.

Eliza war gespannt, was ihre große Schwester antworten würde. Als sie noch Elizabeth gewesen war, hätte Vonnie eindeutig nicht mit ihr tauschen wollen, deshalb war die Vorstellung seltsam, sie könnte es jetzt wollen. Und wenn doch? Was würde das bedeuten?

»So habe ich das nicht gemeint«, antwortete Vonnie. Ihre Wut war verraucht, regelrecht verpufft vor Verlegenheit. »Ich wollte nur sagen, dass wir jetzt kaum etwas machen können, das nicht von dem kontrolliert und beeinflusst wird, was … was passiert ist.«

»Na ja, das trifft auf Eliza zu, deshalb finde ich es richtig, wenn es auch auf uns als Familie zutrifft«, sagte ihr Vater. »Es ist uns allen passiert. Nicht das Gleiche natürlich – was Eliza erlebt hat, war eine einzigartige Erfahrung, und was deine Mutter und ich erlebt haben, war das auch. Und du hast genauso etwas Einzigartiges erlebt, als du zur Uni gefahren bist, noch bevor es vorüber war.«

Manny achtete stets darauf, möglichst neutrale Wörter zu benutzen – *erlebt*, nicht *erlitten* oder auch nur *durchgemacht*. Das tat er nicht, weil er zu Euphemismen neigte, sondern weil er und Inez nicht Elizas Leben definieren wollten. »Wenn es um dich geht, bist du die Expertin«, sagte ihr Vater oft. Eliza fand das extrem tröstlich, es war ein überraschendes Geschenk von ihren Eltern, die mit ihrem Wissen, ihrer Ausbildung und Erfahrung die Expertenrolle hätten übernehmen können, wenn sie es gewollt hätten. Wahrscheinlich kannten sie Eliza in manchen Dingen wirklich besser als sie sich selbst, aber sie wollten diese Macht nicht beanspruchen. Manchmal wünschte sich Eliza, sie würden es tun oder ihr zumindest ab und zu einen Wink geben.

»Ich hätte auch später mit der Uni anfangen können«, erinnerte Vonnie ihren Vater. Das stimmte. Sie hatte angeboten, den Studienbeginn an der Northwestern zu verschieben, wenn auch eher halbherzig, und ihre Eltern hätten vielleicht einen Teil der Studiengebühren verloren. Außerdem unterschieden ihre Eltern auch nach Elizas Rückkehr zwischen echten Problemen, wie sie es nannten – Elizas Bedürfnis, das Haus nachts abgeriegelt zu wissen, nicht einmal ein Fenster durfte offen stehen, auch nicht in den schönsten Frühlingsnächten –, und vorgeschobenen Gründen oder Versuchen, sich mit ihrer Vergangenheit einen unfairen Vorteil zu verschaffen.

Dabei neigte eher Vonnie dazu, sich durch ihre Schwester Aufmerksamkeit zu sichern. Zu viel erzählte sie ihren neuen College-Freunden natürlich nicht. Aber sie deutete eine schreckliche Tragödie an, ein unvorstellbares Ereignis, das es in die landesweiten Nachrichten geschafft hatte. Vielleicht blieb sie in ihren Anspielungen zu grob. Wenn in den nächsten Jahren Vonnies College-Freundinnen zu Besuch kamen, waren sie sichtlich überrascht, eine scheinbar normale High-school-Schülerin zu sehen, mit allen Gliedmaßen und ohne offenkundige Entstellungen. Wenigstens eine hatte geglaubt, Eliza sei eine junge Flötistin und hätte einen Arm verloren, weil sie jemand vor eine U-Bahn gestoßen hatte.

»Weißt du noch, wie schrecklich Vonnie das Haus anfangs fand?«, fragte Eliza ihre Mutter. »Jetzt bekommt sie schon einen Anfall, wenn ihr nur überlegt, euch zu verkleinern.«

»Ich glaube, ein paar Jahre haben wir noch, toi, toi, toi.« Inez klopfte mit den Knöcheln auf einen kleinen, rustikalen Tisch, auf dem ihre Gläser mit einer Mischung aus Tee und Limonade standen. Was für die meisten Menschen ein Arnold Palmer und in den koreanischen Imbissläden in Baltimore ein Halb und Halb war, hatten die Lerners schon immer »Sonnenschein« genannt. Auf einem behelfsmäßigen Campingplatz in West Virginia hatte Eliza, damals noch Elizabeth, Walter gezeigt, wie er gemacht wurde. Erst, wie man den Tee zubereitete, indem man ihn in einem Krug in die Sonne stellte, dann die selbst gemachte Limonade aus nichts weiter als Zitronen, Wasser und Zucker. Walter dachte, Saft würde aus Dosen mit gefrorenem Konzentrat kommen; die Limonade war für seinen Geschmack fast schon zu echt, zu herb. Aber gemischt mit dem Tee hatte er sie gemocht. »Wie heißt das?«, fragte er Eliza, aber sie wollte es ihm nicht verraten. »Es hat keinen Namen«, antwortete sie daher. »Das ist nur Tee mit Limonade.« »Wir sollten uns einen Namen ausdenken«, sagte er, »dann können wir das Zeug an der Straße verkaufen.« Wie die meisten von Walters Plänen war das leeres Gerede.

»Wohin wollt ihr ziehen, wenn ihr das Haus doch mal verkauft?«, fragte sie ihre Mutter jetzt.

»In die Innenstadt von Washington, ich glaube, das Viertel heißt jetzt Penn Quarter.«

»Nicht nach Baltimore?«

Inez schüttelte den Kopf. »Wir waren zu lange weg. Damit verbindet uns nichts mehr. Außerdem könnten wir in Washington wahrscheinlich beide Autos abgeben und beinahe überall zu Fuß hingehen. Zum Theater, zu Restaurants. Du kennst mich doch, bei mir heißt es alles oder nichts, Stadt oder Land, keine halben Sachen. Wenn ich nicht zusehen kann, wie mir Rehe den Garten verwüsten, will ich in tiefen, köstlichen Zügen Kohlendioxid und fauligen Müll einatmen und jeden Bettler im Viertel beim Namen kennen. Ich bin wie Eva Gabor und Eddie Albert in *Green Acres*.«

Eliza musste lachen, als sie sich ihre unkonventionelle, ungekünstelte Mutter als überdrehte Großstädterin auf dem Land vorstellte. Die Kinder platzten herein, auf den Gesichtern noch Spuren ihrer Lieblingseisdiele, die in Neonschrift DAS EIS ZUM GLÜCK versprach. Sie fühlte sich vollkommen sicher, wie hinter geschlossenen und verriegelten Fenstern.

Die Fenster standen offen. Das war es, was heute Abend an diesem Haus anders war. Sie freute sich für ihre Mutter, auch wenn sie sich nicht vorstellen konnte, wie sich ein solches Leben anfühlen musste.

Eliza fuhr über die gewundenen Landstraßen nach Hause, auf denen sie vor zwanzig Jahren das Autofahren gelernt hatte. Ihre Fahrlehrerin, eine Frau mit einem Pferdegesicht, hatte Eliza ständig erzählen müssen, wie beliebt sie früher gewesen sei. Unterwegs hatte sie auf die Häuser ihrer Exfreunde gezeigt und zu jedem eine kleine Biografie geliefert. Sportarten, Haarfarbe, welches Auto derjenige fuhr. Eliza wusste, dass die Fahrlehrerin das nur bei Mädchen tat, die sie für beliebt hielt, und nahm dieses seltsame Verhalten als Kompliment. Aber es wirkte auch befremdlich, wie Prahlerei, ein unangebrachtes Konkurrenzverhalten bei einer Frau, die längst über so etwas stehen sollte. Als die Fahrlehrerin sie einmal über die Route 40 fahren ließ und dabei unablässig von ihren Liebesgeschichten erzählte, hätte Eliza am liebsten gesagt: »Sehen Sie den Burgerladen da drüben, das Roy Rogers? Dahin war ich unterwegs, als ich den ersten Mann getroffen habe, der mit mir Sex hatte. Sport hat er nicht getrieben, aber er hatte dunkles Haar und grüne Augen und fuhr einen roten Pick-up. Und wenn er mit einem Mädchen Schluss machen wollte, hat er ihm meist das Genick gebrochen. Nur mir nicht. Ich war die Einzige, die er nicht umgebracht hat. Was glauben Sie, warum er das getan hat?«

»Mama?«, meldete sich Albie vom Rücksitz. »Du fährst auf der falschen Straßenseite.«

»Nein, Schatz, ich ...« O Gott, er hatte recht. Entsetzt riss sie das Lenkrad stärker herum als nötig und sah nur noch etwas Weißes hinter dem Auto vorbeihuschen.

»Was war das?«, fragte Albie.

»Ein Reh«, antwortete Iso, zutiefst gelangweilt von ihrer Beinahebegegnung mit dem Tod.

»Es war aber weiß.«

»Das war der Schwanz.«

Ein Reh. Eliza war erleichtert, dass ihre Kinder es auch gesehen hatten, denn sie war sich ebenso unsicher wie Albie, was ihrem Auto ausgewichen war. Einen Moment lang hatte sie geglaubt, es hätte ein Mädchen sein können, mit langem, weißblondem Haar. Ein Mädchen, das um sein Leben rannte.

Kapitel 6

1985

»Möchtegern«, sagte ihre Schwester.

»Bin ich nicht«, widersprach Elizabeth, aber ihre Stimme ging dabei in die Höhe, weil sie nicht wusste, was Vonnie meinte, und Vonnie stürzte sich auf diesen kleinen, zuckenden Zweifel wie ihre Katze Barnacle auf eine Schlange im Garten.

»Damit meint man Mädchen wie dich, die sich für Madonna halten.«

»Tue ich gar nicht.«

Insgeheim hoffte Elizabeth doch, dass sie ihr ähnelte, zumindest ein klein wenig, soweit es die Einschränkungen durch ihre Eltern erlaubten. Ihre Eltern stellten selten verbindliche Regeln auf. Vonnie gaben sie großen Spielraum – sie musste zu keiner festen Zeit zu Hause sein, allerdings sollte sie anrufen, wenn sie länger als bis Mitternacht ausbleiben wollte, und sie vertrauten darauf, dass ihre Tochter nie zu jemandem ins Auto stieg, der getrunken hatte. Aber in diesem Sommer merkte Elizabeth plötzlich, dass ihr alle möglichen Sachen verboten waren. Sie durfte sich nicht die Haare färben, nicht einmal mit einer Tönung zum Auswaschen. Oder den ganzen Tag im Einkaufszentrum oder in dem Roy Rogers an der Route 40 verbringen. (»Du kannst fernsehen, so viel du willst, du kannst lange Spaziergänge machen oder ins Schwimmbad gehen, aber nicht einfach irgendwo rumhängen«, hatte ihre Mutter erklärt.) Und die fingerlosen Spitzenhandschuhe aus dem Einkaufszentrum, in das die Mutter einer Freundin sie gefahren hatte, durfte sie zwar prinzipiell tragen, aber beim bloßen Anblick hatte ihre Mutter schon geseufzt.

Sobald Vonnie zu ihrem Job bei einer Tagesfreizeit für unterprivilegierte Kinder gegangen war, zog Elizabeth die Handschuhe an und begutachtete sich im Spiegel. Sie hatte sich einen Streifen elastischer Spitze aus dem Nähkorb ihrer Mutter in die rötlichen Locken gebunden und ein pinkfarbenes T-Shirt mit der Aufschrift WILD GIRL übergestreift, obwohl sogar ihr klar war, dass das meilenweit an der Realität vorbeiging. Trotz des typisch schwülen Augusttags trug sie einen bauschigen schwarzen Rock über knielangen Leggings, dazu schwarze Lederstiefeletten mit Einsätzen aus künstlichem Zebrafell. Sie fand sich wunderbar. Vonnie war nur neidisch.

Ihre große Schwester mochte sie einfach nicht, davon war Elizabeth überzeugt. Ihre Mutter hatte gesagt, das würde nicht stimmen, in diesem Alter würden sich Schwestern nie gut verstehen, aber das sei eine wichtige Entwicklungsstufe, die sie durchmachen müssten. Bei dieser Erklärung hatte ihre Mutter hoffnungsvoll geklungen, als könnten sich ihre Worte durch bloßes Aussprechen bewahrheiten. Elizabeth war jetzt fünfzehn Jahre alt, Vonnie beinahe achtzehn, und sie hatte ihr Leben mit dem deutlichen Gefühl verbracht, sie habe eine großartige Party verdorben und Vonnie sei unglücklich, seit aus dem Lerner-Trio ein Quartett geworden war.

Elizabeth begriff nicht, warum. Vonnie erntete immer noch die meiste Aufmerksamkeit und war in allem, was sie tat, überragend, während Elizabeth im Mittelfeld mitschwamm. Vonnie war gut in der Schule, sie hatte bei der Landesmeisterschaft der NFL – nicht der National Football League, sondern der National Forensic League, also beim Hochschuldebattieren – teilgenommen und einen der ersten Plätze in der Kategorie Ad-hoc-Debattieren belegt. Es war kein Spaziergang, wenn die ohnehin streitlustige große Schwester darin geschult war, bestimmt und aus dem Stegreif über jedes Thema zu reden. Im Herbst wollte Vonnie an die Northwestern University gehen, um bei Charlton Hestons Schwester zu lernen. Natürlich war Charlton Hestons Schwester dort nur eine Dozentin unter vielen, die Schauspiel unterrichtete und jeden annehmen musste, der sich für ihre Kurse einschrieb, aber bei Vonnie klang das nach einer großen Sache: *Ich gehe im Herbst an die Northwestern. Ich nehme bei Charlton Hestons Schwester Unterricht.* Sie war zwar nur gut zwei Jahre älter als Elizabeth, ihr aber drei Schuljahre voraus, weil sie durch ihren Geburtstag im September früher hatte eingeschult werden können, während Elizabeths Geburtstag im Januar lag. Elizabeth machte das nichts aus. Dadurch ging Vonnie umso früher weg. Sie freute sich schon darauf, wie es war, allein zu Hause zu sein. Wenn Vonnie erst einmal verschwunden war, würde Elizabeth vielleicht herausfinden, was sie selbst gut konnte, wofür sie Talent besaß. Ihre Eltern behaupteten beharrlich, sie habe Talente, sie müsse sich nur konzentrieren. Doch bisher hatte sie durch das Konzentrieren bloß eine erstaunliche Begabung entdeckt: beim Blumengießen für fremde Leute, die in diesem langen, langweiligen Sommer Glück hatten und verreisen konnten, schmutzige Bücher auszugraben. Erica Jong und Henry James und in einem Haus, versteckt hinter der *Encyclopedia Britannica,* den kompletten Ian Fleming. *Der Spion, der mich liebte* – das war schon was anderes als der Film.

Sie verließ das Haus ohne ein bestimmtes Ziel im Sinn, aber die einzigen Orte, die sie interessiert hätten, waren ihr ohnehin ausdrücklich verboten. Ihre Eltern hielten Roaring Springs, den Ort, in dem sie wohnten, für etwas Besonderes, aber Elizabeth fand ihn einfach sterbenslangweilig. Roaring

Springs bestand aus nicht mehr als ein paar alten Steinhäusern, Überresten eines alten Industriestädtchens aus dem neunzehnten Jahrhundert, nur gut einen Kilometer von der belebten Frederick Road entfernt. Aber weil ihr Grundstück an einen State Park mit dichtem Wald grenzte, konnte niemand in ihrer Nähe bauen. Die Abgeschiedenheit gefiel ihren Eltern, und selbst Vonnie beklagte sich nie über ihr schrulliges Steinhaus inmitten von anderen schrulligen Steinhäusern, in denen größtenteils Menschen wie ihre Eltern lebten, allerdings ohne Kinder. Ganz Roaring Springs gab sich entschlossen exzentrisch und war stolz darauf, man kümmerte sich nicht um Trends oder Modeerscheinungen. Und jeder behauptete, er würde das Fernsehen verabscheuen. Sie hatten auch gut reden: Die Bezirksverwaltung hatte noch kein Kabel verlegt, weshalb Elizabeth MTV oder VH-1 nur sehen konnte, wenn sie nach der Schule Freundinnen besuchte. Sie fragte sich allerdings, woher ihre Mutter genug über Madonna wusste, um etwas gegen sie zu haben. In der Praxis ihres Vaters lagen Hochglanzmagazine für die Eltern, die im Wartezimmer blieben, während er mit ihren Kindern sprach, aber sie glaubte nicht, dass es bei ihrer Mutter auch Zeitschriften gab. Natürlich hatte Eliza sie nie besuchen dürfen, weil sie im Staatsgefängnis arbeitete.

Bei einer kleinen, altmodischen Familienkonditorei auf der Frederick Road blieb Eliza stehen und betrachtete die Leckereien im Schaufenster. Vonnie hatte vor ein paar Tagen gesagt, Elizabeth wäre zwar dünn und flach wie ein Brett, aber sie würde zu einem Speckbauch neigen und sollte lieber aufpassen. Das Problem mit Vonnie war, dass sie manche Sachen nur aus Bosheit sagte, während andere zwar gemein waren, aber stimmten, und es war schwer, beides auseinanderzuhalten. Elizabeth drehte sich zur Seite, strich ihr T-Shirt glatt und musterte ihren Bauch. Sie fand ihn ganz in Ordnung. Es hätte besser ausgesehen, wenn sie Brüste gehabt hätte, richtige Brüste statt dieses Nichts im A-Körbchen. Richtige Brüste hätten ihr passende Proportionen verliehen. Aber heute war sie zufrieden mit ihrem Aussehen. Sie starrte auf die Auslage der Konditorei und überlegte hineinzugehen, aber das Problem war, dass sie *alles* haben wollte: die feinen Waffelkekse, die raffinierten rosa-grünen Plätzchen, die Cannoli, die Liebesknochen. In letzter Zeit wurde sie nie satt, egal was sie aß. Theoretisch hätte sie von jeder Sorte etwas kaufen, es essen und sich dann übergeben können, aber den Teil mit dem Übergeben hatte sie trotz aller Tipps und Ermutigungen von Seiten ihrer Freundinnen bislang nicht geschafft.

Sie ging weiter die Frederick Road entlang und versuchte, ihr Spiegelbild in den Fenstern zu entdecken. Elizabeth wollte wissen, wie sie aussah, wenn niemand hinblickte. Sie wollte über sich selbst stolpern, wie zufällig, ihr Spiegelbild überrumpeln, aber diesen Trick musste sie noch üben. Sie war sich immer einen Sekundenbruchteil voraus, und das Gesicht, das sie dann sah, war zu gefasst: der Mund verzogen zu einem, wie sie hoffte, schüchternen und dadurch anziehenden Lächeln, das Kinn gesenkt, um ihre Nase und die Nasenlöcher zu kaschieren, die sie absolut scheußlich fand. »Schweinenase« hatte Vonnie gesagt, und der Name war hängen geblieben, obwohl ihre Mutter meinte, sie hätte eine Stupsnase. Als sich Elizabeth von ihrer Mutter zum sechzehnten Geburtstag eine Nasenoperation gewünscht hatte, hatte es ihrer Mutter im ersten Moment die Sprache verschlagen, was an sich schon ein bemerkenswertes Ereignis war. Sie war Psychiaterin, aber auf einem spannenden Gebiet: Sie arbeitete mit Straftätern in einem besonderen Gefängnis für Geisteskranke. Zu Elizabeths Enttäuschung redete sie nie über ihre Arbeit. Elizabeth hätte zu gerne etwas über die Männer erfahren, mit denen ihre Mutter zu tun hatte, und darüber, was sie getan hatten. Sie war sich relativ sicher, dass ihre Mutter im Moment mit einem Jungen arbeitete, der seine Eltern, seine Adoptiveltern, umgebracht hatte, und das nur, weil sie ihn nach seinem Ergebnis in einem Test gefragt hatten. Er sah ganz gut aus; Elizabeth hatte sein Foto in der Zeitung gesehen. Aber ihre Mutter achtete peinlich darauf, nie über ihre Fälle zu sprechen. Ihr Vater war ebenfalls Psychiater und erzählte auch nie von seiner Arbeit, aber er saß ja nur den ganzen Tag in seiner Praxis und hörte Teenagern zu. Elizabeth war überzeugt davon, dass sie schon alles wusste, was ihr Vater wusste, wenn nicht mehr.

Ihre Freundinnen fanden die Arbeit ihrer Eltern seltsam und unheimlich. Sie glaubten, die Lerners könnten Gedanken lesen, was albern war, oder leichter Lügen durchschauen als »normale« Eltern. »Sie können doch nicht hexen«, widersprach Elizabeth ihnen.

In mancher Hinsicht ließen sich ihre Eltern leichter täuschen als andere. Elizabeth erzählte ihnen so viel, dass sie gar nicht auf den Gedanken kamen, ihre Tochter könnte ihnen etwas verschweigen. Natürlich sprach Elizabeth größtenteils über ihre Freundinnen – über Claudia, die mit ihrem Freund schlafen wollte, als ihre Eltern einmal über das Wochenende verreisten, über Debbie, die mit Bier und Gras experimentierte, und über Lydia, die beim Ladendiebstahl erwischt wurde. Wenn sie diese Geschichten erzählte, erkundigten sich ihre Eltern stets behutsam, ob sie selbst darin verwickelt war, und Elizabeth konnte jedes Mal mit reinstem Gewissen verneinen. Dadurch fiel es ihr leichter, für sich zu behalten, was sie nicht erzählen wollte. Zum Beispiel, dass sie nach zu viel Essen versuchte, sich zu übergeben. Das war nicht gut, das wusste sie, aber sie wusste auch, dass es nur dann zu einem Problem wurde, wenn man nicht mehr aufhören konnte. Und weil es ihr noch nie gelungen war, sich tatsächlich zu übergeben, war es doch sicher nicht schlimm, dass sie es versucht hatte. Claudia meinte, sie sollte eine Feder oder eine Borste von einem Besen nehmen, wenn sie den Finger nicht weit genug in den Hals bekam, aber das war eklig. Wenn sie nur an eine Feder dachte, wurde ihr schlecht, aber durch die Feder selbst nicht. War das seltsam? Wahrscheinlich. Elizabeth sorgte sich oft, sie könnte seltsam sein. Im Gegensatz zu Vonnie wollte sie nie auffallen, wollte keine große Aufmerksamkeit erregen. Sie wollte normal sein. Sie wollte nur, dass ein einziger Junge sie so ansah wie, wie – wie Bruce Springsteen in diesem Video, wenn er unter dem Auto hervorrollte und wusste, dass die Frau vor ihm nichts für ihn war, und er sie trotzdem wollte.

Keine ihrer Freundinnen wohnte in der Nähe. Sie wohnten auf der anderen Seite der Frederick Road in Häusern, in die Elizabeths Mutter im Leben nicht einziehen würde, um eine ihrer Lieblingsfloskeln zu nennen. *Da würde ich im Leben nicht wohnen, da würde ich im Leben nicht einkaufen, da würde ich im Leben keinen Urlaub machen.* Schließlich hatte Vonnie gefragt: »Willst du im Leben überhaupt irgendwas machen?« Seit dieser Frage rissen sie Witze darüber und zählten auf, was sie alles im Leben machen wollten. Trotzdem hegte ihre Mutter eine tiefe Abneigung gegen alles Moderne. Sie hatte in ihrem Haus in der Stadt bleiben wollen, das nahe der Innenstadt gelegen hatte, an einem hübschen grünen Platz rund um das Washington Monument. Aber etwa zur Zeit von Vonnies vierzehntem Geburtstag hatte Elizabeths Vater eine Möglichkeit gesehen, eine Praxis in den Vororten zu eröffnen, wo die Eltern eher geneigt waren, Hilfe für ihre Kinder zu suchen. Und wo sie, was auch nicht unwichtig war, dafür bezahlen konnten. Der Kompromiss lautete Roaring Springs, dreißig Minuten von der Arbeitsstelle ihrer Mutter am Patuxent Institute und keine zehn Minuten von der Praxis ihres Vaters in Ellicott City entfernt. Dass er tagsüber so nah war, verschaffte Elizabeth an diesen Sommertagen Freiheit. Aber die reichte nicht weit, wenn man allein war und so viele Regeln beachten musste.

Sie kehrte zu dem Park zurück und spazierte am Sucker Branch entlang, einem kleinen Bach. Wenn sie seinem Ufer folgte, würde sie an der Route 40 rauskommen, nicht weit vom Roy Rogers entfernt, vielleicht anderthalb Kilometer. Zumindest glaubte sie, dass sie dort rauskommen würde. Sie durfte nicht direkt zum Roy Rogers gehen, weil sich dort viele Jugendliche trafen und ihre Eltern der Überzeugung waren, die meisten Probleme würden durch untätiges Herumhängen verursacht. Aber sie fanden es gut, wenn Elizabeth im Sommer viel Zeit im Freien verbrachte. Wenn sie ihnen also erklären würde, dass sie nur dem Bach gefolgt und zufällig dort gelandet war und vom Laufen schrecklichen Durst bekommen hatte, wäre das sicher in Ordnung. Falls sie überhaupt fragten. Elizabeth würde zum Roy Rogers gehen und sehen, ob jemand dort war. Falls nicht, konnte sie trotzdem einen Mokkashake bestellen, vielleicht mit Pommes frites. Und dann, dachte sie fest entschlossen, würde sie sich übergeben, das würde sie heute lernen. Die Sorgen über ihr Gewicht waren nebensächlich; sie musste nicht abnehmen, sie wollte nur den Speckbauch loswerden, falls sie denn einen hatte, wovon sie immer noch nicht überzeugt war. Aber sie wollte etwas erzählen können, wenn sie in zwei Wochen ihre Freundinnen zum zweiten Highschool-Jahr wiedersah. Irgendwas musste sie doch für den Sommer vorzuweisen haben. Sie hatte keinen Freund so wie Claudia. Sie traute sich nicht zu klauen, so wie Debbie und Lydia, und die Bar ihrer Eltern interessierte sie nicht. Sie musste in diesen letzten Sommerwochen etwas tun, das als Erfolg durchgehen konnte, und das Spucken zu lernen wirkte am vielversprechendsten.

Dem Bach zu folgen, der nach den schweren Regenfällen am Wochenende hoch stand, war viel schwieriger als erwartet.

Sie versank mit ihren Stiefeletten im Matsch, und als sie die Stelle erreichte, an der sie den Bach überqueren wollte, stellte sich heraus, dass das unmöglich war. Das ungewöhnlich tiefe Wasser bedeckte die Steine, über die sie hatte hüpfen wollen, und floss ziemlich schnell. Unsicher blieb sie stehen. Nachdem sie es so weit geschafft hatte, wäre es schade gewesen umzukehren, zumal sie meinte, schon den Verkehr auf der Route 40 hören zu können. Sie musste ganz in der Nähe sein.

Dann sah sie am anderen Ufer einen Mann, der sich auf eine Schaufel stützte.

»So schnell fließt das Wasser nicht, du kannst durchwaten«, sagte er. »Hab ich auch gemacht.« Dem Aussehen nach war er im College-Alter, aber irgendwas sagte Elizabeth, dass er nicht aufs College ging, nicht nur seine Art zu reden, sondern auch die Kleidung und die billige Baseball-Kappe, die er sich tief in die Stirn gezogen hatte. »Geh einfach da rüber, zu dem umgefallenen Baum. Das Wasser reicht dir höchstens bis zum Schienbein.«

Elizabeth tat, was er gesagt hatte, zog die Schuhe aus und klemmte sie sich unter die Arme, dass sie wie kleine Flügel hinter ihrem Rücken herausragten. Wie Flügel mit Zebramuster und Absätzen. Er hatte recht, vor der Strömung musste sie keine Angst haben, obwohl ihr das Wasser mit seinen ganzen Bakterien nicht geheuer war. Zum Glück hatte sie erst vor zwei Jahren eine Tetanusspritze bekommen, als sie auf einen rostigen Nagel getreten war. Und der Mann war nett, er wartete auf der anderen Seite, um ihr die Böschung hinaufzuhelfen, wobei er sie an den Handgelenken festhielt. Er war nicht viel größer als sie mit ihren eins sechzig, vielleicht zehn Zentimeter, muskulös, aber schmal. Er wirkte attraktiv mit seinen grünen Augen und den ebenmäßigen Zügen. Der einzige Makel war seine übermäßig schmale Nase. Er sah aus, als würde ihm die Welt stinken, dabei war er derjenige, der ein wenig roch. Wahrscheinlich, weil er an einem so heißen Tag gegraben hatte. Sein T-Shirt zeigte am Kragen und unter den Achseln Flecken, ein Schweißtropfen hing an seiner Nase.

»Danke«, sagte sie.

Er ließ sie nicht los.

»Danke. Es geht schon. Hier kann ich gut stehen.«

Er umklammerte ihre Handgelenke noch fester. Sie wollte sich losreißen und verlor dabei ihre Stiefeletten. Eine rollte gefährlich nah ans Wasser. Sie wehrte sich stärker, und er hielt sie fest, mit unbewegter Miene, als würde er alles aus großer Entfernung beobachten, als wäre nicht er derjenige, der sie festhielt.

»Mister, *bitte*.«

»Ich bringe dich hin, wohin du willst«, sagte er.

Kapitel 7

Eliza hatte sich nie selbst gegoogelt. Warum auch? Eliza Benedict würde nicht den Weg ins Internet finden, und die Geschichte von Elizabeth Lerner war vorüber, das Ende schon vor Jahren geschrieben. Auf Peter stieß man überall im Netz – der Großteil seiner Arbeit stand auf kostenpflichtigen Seiten, aber immerhin –, vertreten von seinen Wörtern aus beinahe einem Jahrzehnt, wahrscheinlich mehr als eine Million, wenn man seine Zeit beim *Chronicle* in Houston dazuzählte. Seit er bei der Investment-Gesellschaft arbeitete, tauchte er in dieser Schattenwelt noch häufiger auf: als Quelle, als bekannte Persönlichkeit, als Ratgeber und Referenz für diese neuartigen Finanzprodukte, die Eliza nicht verstand. Sie verstand nicht einmal den Begriff »Finanzprodukt«. Ein Produkt sollte echt sein, konkret, fassbar, etwas, das man in eine Tüte oder einen Karton packen konnte.

Schon vor Walters Brief hatte Eliza gewusst, dass sie gelegentlich auf Bildern neben Peter zu sehen war, vor allem seit Peter zur »dunklen Seite« – seine Bezeichnung – übergelaufen war und sie »Zweckveranstaltungen« besuchen mussten. Diese Bezeichnung stammte von ihr, aber Peter musste darüber lachen. »Eine Party kann man das nicht nennen«, hatte sie nach ihrem ersten Ausflug in seine neue Welt gesagt. »Und richtiges Essen wurde auch nicht serviert, nur Fingerfood, das man ohne Kleckern nicht essen konnte. Nein, das war eindeutig eine Zweckveranstaltung.«

Peter hatte auf dem Bett gesessen und gelacht, aber in Gedanken war er weder bei der Party noch bei der richtigen Bezeichnung dafür gewesen. »Lass das Kleid an«, hatte er gesagt. »Die Schuhe auch.« Das hatte sie. Aber auch Peters Bewunderung für sie an diesem Abend hatte sie nicht dazu gebracht, nach Bildern von sich zu suchen, obwohl sie mehrfach fotografiert worden waren. Sie hasste es regelrecht, Fotos von sich zu sehen. Es war ein banales, einfallsloses Klischee, aber bei ihr steckte mehr Wahrheit darin als bei anderen, die das Gleiche von sich behaupteten. Sie war jedes Mal entsetzt über ihre Fotos. In ihrer Vorstellung war sie größer, und ihr Haar lag nicht so unordentlich. Sie und Peter passten überhaupt nicht zueinander, sie sahen aus wie ein Otter mit einem ... Igel. Peter mit seinem gedrungenen, muskulösen Körper und dem dicken, glänzenden Haar war der Otter, während sie den Igel gab. Nicht irgendeinen Igel, sondern Frau Tiggy-Wiggel von Beatrix Potter. Sogar in teuren Kleidern wirkte sie, als hätte sie gerade erst Schürze und Haube abgelegt wie eine glückliche kleine Hausfrau, die es kaum erwarten konnte, nach Hause zu kommen und den Tee aufzusetzen.

Was der Wahrheit in gewisser Weise recht nahe kam.

Das Kleid, das Peter so angeregt hatte, war nicht besonders verführerisch, aber weil sie sich normalerweise anders anzog, reichte dieser Reiz des Neuen. Die Schuhe hatte sie in einem Anfall von Verschwendungssucht in London gekauft, was ziemlicher Wahnsinn gewesen war bei dem damaligen Wechselkurs. Vonnie hätte die gleichen Schuhe in New York für beinahe den halben Preis besorgen und sie Eliza bei einer ihrer Geschäftsreisen mitbringen können. Mit dem Kauf hatte sie das Gesicht wahren wollen, nachdem man sie in einer Boutique in Knightsbridge, einem dieser Läden, deren Kleidung unter Missachtung des weiblichen Körpers geschneidert war, herablassend behandelt hatte. Die Schuhe waren auf dem Foto im *Washingtonian* nicht zu sehen, dafür aber das Kleid – smaragdgrün mit U-Boot-Ausschnitt. Sie betrachtete es genau. Dieses Foto hatte Walter gesehen, damit hatte er sie gefunden. Sah sie wirklich noch so ähnlich aus wie als Teenagerin? Bei ihrer letzten Begegnung war sie beinahe achtzehn gewesen, und obwohl sie seit dem Sommer, in dem er sie entführt hatte, mehr Rundungen bekommen hatte, wirkte sie für ihr Alter immer noch jung. Auch mit zehn Pfund über ihrem Idealgewicht hatte sie ein schmales, scharf geschnittenes Gesicht. Vielleicht hatte ihm das schon gereicht, um sie zu erkennen. Das und ihr gekürzter Vorname, der keine besonders gute Tarnung bot, wenn jemand ihren richtigen Namen kannte.

»Mama?« Dem Klang nach kam Albies Stimme aus der Küche. »Gibt es gleich Mittagessen?«

»Ja, bald«, rief sie vom Schreibtisch im Wohnzimmer zurück. Sie starrte immer noch auf das Foto und versuchte nicht zum ersten Mal, sich so zu sehen, wie Walter sie gesehen hatte. Den beiden anderen bekannten Opfern, beides große, blonde Mädchen, sah sie nicht ähnlich. Sie wusste, warum er sie entführt hatte, aber warum hatte er sie leben lassen? Angeblich hatte er sie gehen lassen wollen, als er Richtung Point of Rocks fuhr, aber war das nur eine nachträgliche Ausrede? Es änderte nichts. Man hatte schon Hollys Leiche am Grund einer Schlucht gefunden und Maude, das Mädchen aus Maryland, das er im Patapsco State Park vergraben hatte.

Zum allerersten Mal dachte Eliza daran, ihren alten Namen in eine Suchmaschine einzugeben. *Was Freud wohl dazu sagen würde?*, hätte Vonnie geschnaubt. Aber bis das Internet alltäglich geworden war, hatte sich Elizas Identität als Eliza Benedict so verfestigt, dass sie nie über Elizabeth Lerner nachgedacht hatte. Der Name war verbreitet, es wurden mehrere Elizabeths aufgeführt, in Stammbäumen, Pressemitteilungen und Blogs. Der erste Eintrag, den sie über sich selbst fand, stammte aus diesem scheußlichen Buch. *Mord auf dem Berg* war ein widerlicher Schnellschuss von Jared Garrett, einem skurrilen Polizei-Groupie. Er hatte Walters Geschichte mit einer Faszination verfolgt, die sogar Teenager als unangebracht durchschaut hätten. Bei Google stand ein Auszug, und Eliza sprang ihr Name aus dem schwerfälligen Text entgegen.

Elizabeth, ein knabenhaftes, fast kindliches Mädchen, sagte aus, Walter habe mehrere Wochen lang keinen Versuch unternommen, Geschlechtsverkehr mit ihr zu erzwingen, bis irgendwann Annäherungsversuche folgten. Erstaunlicherweise ließ er sie am Leben. Für Walter bestand offensichtlich ein Unterschied zwischen Elizabeth und seinen anderen Opfern, allerdings erläuterte er die Beziehung nie näher. In einem Verhör durch die Staatspolizei gab er nur zu Protokoll: »Es war nett mit ihr.« Auf die Frage, ob sie eine Geisel gewesen sei, antwortete Bowman: »Habe ich etwa Lösegeld verlangt?« Seine Antworten konnten nicht von der Frage ablenken, welche Art von Beziehung tatsächlich zwischen den beiden bestanden hatte.

»Was machst du gerade, Mama?« Albie lehnte mit den Händen in den Hosentaschen im Türrahmen. Er wirkte nicht besonders interessiert daran, was seine Mutter tat, nur gelangweilt genug, um zu fragen.

»Nichts«, antwortete sie, leerte den Browser-Verlauf und schloss Windows. Sie wollte nicht, dass Isos neugierige Finger auf eine dieser Websites stießen. »Hast du Hunger? Was willst du zum Mittagessen haben?«

»Die Sandwiches von Oma?«, fragte er hoffnungsvoll. Peters Mutter bereitete aus feinem Roastbeef und dunklem Brot raffinierte Sandwiches zu, mit Gurkenscheiben in braunem Senf, Meerrettich und einer anständigen Prise Salz und Pfeffer.

»Es kann sein, dass ich nicht die gleichen Zutaten dahabe wie Nonnie, aber etwas Ähnliches bekomme ich hin«, antwortete sie, während sie in Gedanken schnell den Inhalt des Kühlschranks durchging. Die eingelegten Gurken würden genügen für das Erlebnis, das Albie sich wünschte, weil es ihm vor allem um das Kleinschneiden und Kombinieren ging und darum, etwas Alltägliches als aufregendes Ritual zu gestalten. Albie liebte es, etwas zuzubereiten, und bei einem Kind, das man so leicht zufriedenstellen konnte, wäre es eine Schande gewesen, ihm den Gefallen zu verweigern. Vor allem, seit sich Iso über alles ärgerte, was Eliza tat. »Sprech nicht so laut, Mama«, hatte sie neulich im Trader Joe's gesagt. »Sprich«, hatte Eliza korrigiert und sofort ein schlechtes Gewissen bekommen, weil sie versucht hatte, ihre Tochter mit Grammatik in die Schranken zu weisen. Nicht, dass es funktioniert hätte.

Albie nahm ihre Hand, als wäre der Weg in die Küche kilometerlang. Sie wünschte, er wäre es und Albie würde drei, vier Jahre lang dieses Alter behalten, dann ein Jahrzehnt lang neun sein und die nächsten zehn Jahre lang zehn. Aber nachdem sie Kinderliteratur studiert hatte, wusste sie, dass es keinen Zauber gab und keine Magie, die ein Kind ein Kind bleiben ließ oder es vor der Welt beschützte. Beinahe immer fingen die

Probleme sogar damit an, dass die Eltern klüger sein wollten als das Schicksal. *Bleib auf dem Weg. Berühre nicht die Spindel. Sprich nicht mit Fremden. Pflücke nicht die Rose.*

Kapitel 8

1985

Dieses Mal war er zu weit gegangen, buchstäblich. Er war Mittwochmorgen aufgebrochen, ohne besonderen Plan, wie er sich sagte, und immer weitergefahren, bis sich die Landschaft verändert und ihn plötzlich die Zivilisation angesprungen hatte. Jetzt würde er es auf keinen Fall mehr pünktlich zum Abendessen nach Hause schaffen. Und überall waren Mädchen, aber nie allein; sie waren in Gruppen, in Scharen unterwegs. Als er an einem Einkaufszentrum hielt, wurde ihm vom Anblick der vielen Mädchen dort mit ihren bauchfreien Tops und kurzen Shorts fast schwindlig. Er lehnte sich gegen das Geländer im ersten Stock und beobachtete, wie sie unten träge ihre Bahnen zogen, in die Imbisshalle huschten, wo sie kurz die Jungs trafen, um danach in den Ladenbereich zurückzukehren. Die Jungen wirkten verdutzt über diese sprunghaften Wesen. Sie waren zu unreif, sie konnten den Mädchen nicht geben, was sie wollten.

Aber das konnte auch er nicht, wenn er nicht eine allein erwischte und die Gelegenheit bekam, Süßholz zu raspeln. Dieses Mal würde er es langsam angehen, ganz langsam.

Er kam an einem umzäumten Schwimmbecken vorbei, suchte sich eine Stelle auf dem Parkplatz und warf verstohlen Blicke durch den Maschendrahtzaun. Die Mädchen hier wirkten wie verwoben miteinander. Sie berührten sich nicht, aber unsichtbare Fäden schienen sie zu verbinden, ihre Körper bewegten sich in müßigem Gleichklang. Sie drehten sich gleichzeitig um, setzten sich gleichzeitig auf, kämmten sich im gleichen Moment das Haar. Auch um diese Mädchen schwirrten Jungs, töricht und unterwürfig. Sie hatten keine Chance.

Er schnappte den missbilligenden Blick einer älteren Frau auf, einer Mutter mit ledriger Haut, und zog weiter.

Als er beinahe aufgegeben hatte und überlegte, wie er die lange Strecke mit dem Pick-up erklären sollte – er konnte tanken, aber den Tacho nicht um hundert, hundertzwanzig, hundertfünfzig Kilometer zurückdrehen –, sah er das richtige Mädchen. Groß, üppig, mit einem Gang, als wäre ihr Körper noch neu, als hätte sie ihn von jemandem geliehen und müsste ihn abends in gutem Zustand zurückgeben. Sie lief auf dem Gehweg eines Viertels, das wie eine Geisterstadt wirkte; es war so verlassen und still, als wären sie die letzten Menschen auf Erden. Er hielt an und fragte sie dank einer plötzlichen Eingebung nach dem Weg zum Einkaufszentrum, obwohl er ihn kannte. Vom Gesicht her war sie nicht so hübsch, wie er gehofft hatte – Earl, der andere Mechaniker in der Werkstatt seines Vaters, pflegte solche Mädchen als »Gesichtsbaracke« zu bezeichnen. Dafür setzte sie einen rührend ernsten Ausdruck auf, als wollte sie ihm auf keinen Fall eine falsche Auskunft geben. Aber sie vertauschte immer wieder die Straßennamen und versuchte, ihm den Weg über Anhaltspunkte zu erklären, die er nicht kennen konnte – das Haus der Baileys, der Kindergarten, den ihre Schwester besuchte, das Geschäft der Familie High.

»Ehrlich gesagt komme ich da nicht ganz mit«, gestand er mit einem verlegenen Lächeln. »Willst du in die gleiche Richtung? Vielleicht kannst du mir den Weg zeigen.«

Nein, nein, so weit wollte sie nicht. Sie musste nur zum Bus zur Route 40.

Konnte er sie wenigstens bis dahin mitnehmen?

Die Sonne brannte so stark, dass alles weiß und unwirklich aussah. Blass, wie das Mädchen war, verbrachte es die Nachmittage nicht am Pool. Sie war auf dem Weg zur Arbeit. Er könne sie zur Arbeit bringen, bot Walter an, und dann könne sie ihm den Weg aufmalen auf – wo arbeitete sie?

»In einer Eisdiele.«

»Friendly's? Swensen's? Baskin-Robbins?«

»Sie gehört zu keiner Kette. Der Laden ist ein bisschen altmodisch.«

Dann könne sie ihm den Weg auf eine Serviette zeichnen, wenn er sie abgesetzt hatte. Sei das ein Angebot?

Er wartete, bis sie im Fahrerhaus saß und sie ein kurzes Stück gefahren waren, dann merkte er an, sie werde vermutlich zu früh bei der Arbeit sein. Sie hatte den Bus nehmen wollen, und im Bus hätte sie viel länger gebraucht als im Auto auf dem direkten Weg. Er habe Hunger, behauptete er und fragte, ob sie ebenfalls hungrig sei und er irgendwo anhalten und ihnen etwas holen solle.

Sie antwortete, sie könne bei der Arbeit umsonst essen.

Prima, das sei ja toll, aber natürlich erwarte er nicht, dass das auch für ihn galt.

»Das geht auch nicht«, erwiderte sie. »Der Chef passt genau auf, er achtet immer darauf, dass die Mädchen niemandem etwas ausgeben.«

»Ihren Freunden, meinst du?«, fragte er, und sie errötete zutiefst. »Hast du einen festen Freund?«

Sie dachte über die Frage nach, was ihm seltsam vorkam. Für ihn war das eine klare Ja-oder-nein-Frage. Vielleicht hatte sie einen Freund, der sie nicht befriedigte. Vielleicht wollte sie mit ihm Schluss machen, war aber zu mitfühlend und wollte seine Gefühle nicht verletzen. Was für ein liebes Mädchen.

»Aber wir haben nur Eis«, sagte sie, ohne seine Frage zu beantworten, »keine Burger oder Hotdogs oder Pizza. Eine Zeit lang hatten wir warme Brezeln, aber die wollte keiner, und ...«

Vielleicht konnten sie dann zu diesem Imbiss fahren, den

er kannte, unten am Fluss? Da stand eine Blechbude, beinahe wie ein altmodischer Wohnwagen, und dort gab es großartige Steaksandwiches. Einen solchen Imbiss gab es nicht, schon gar nicht in der Nähe, aber in der Werkstatt hatte Walter einen eleganten Kunden von den Steaksandwiches erzählen hören, die er als junger Mann gegessen hatte, damals in Wisconsin.

Walter verirrte sich auf der Suche nach dem Steakladen, den es nicht gab, fuhr immer weiter und merkte schließlich, dass sie einen State Park erreicht hatten. Er unterhielt sich mit ihr und fragte noch einmal, ob sie einen Freund habe. Sie wollte nicht recht mit der Sprache heraus, verneinte aber schließlich. Gut. Er wollte kein Mädchen, das seinen Freund betrügen würde. Sie wurde nervös, ihr Blick huschte hin und her, aber er versprach ihr, dass sie pünktlich zur Arbeit kommen würde. Er sagte ihr, es würde ihn aber wundern, dass ein so hübsches Mädchen keinen Freund hätte. Das hörte sie gerne, er konnte es ihr ansehen, trotzdem drückte sie sich leicht gegen die Tür. Die Straße endete, er hielt an und behauptete, er habe sich geirrt, der Steakladen stünde auf der anderen Seite des Bachs, aber sie könnten ihn überqueren und wären in fünf Minuten bei dem Imbiss, wenn sie nur seine Hand nähme. Als sie das tat, kitzelte er mit dem Mittelfinger ihre Handfläche; den Trick hatte Earl ihm verraten, bevor er zu den Marines abgehauen war. Es war ein Zeichen, und wenn das Mädchen einen mochte, kitzelte es zurück. Es genügte schon, wenn sie die Hand nicht wegriss, beschloss er, allein das bewies, dass sie mitmachen wollte.

Er wollte sich Zeit lassen, aber sie redete ständig über die Arbeit, machte sich Sorgen, sie würde zu spät kommen, und dann fing sie an zu weinen. Als er sie küsste, weinte sie noch mehr, dabei war er ziemlich sicher, dass er gut küsste. Sie weinte so heftig, dass ihr ekliger Schnodder aus der Nase lief, und er hörte auf, sie zu küssen.

»Dann willst du wohl nicht meine Freundin sein«, stellte er fest. Sie weinte immer noch. Warum waren Mädchen nur so widerspenstig? Sicher, er wohnte ziemlich weit weg. Sie würden sich nur an seinen freien Tagen sehen können. Trotzdem sollte sich dieses Mädchen, das sonst niemand wollte, doch geschmeichelt fühlen, dass ein Mann, ein gut aussehender Mann, es begehrte. Ein Mann, bei dem sie es gut haben könnte, wenn sie es nur zuließ.

»Erzählst du jemandem davon?«, fragte er.

Sie sagte, das würde sie nicht tun, und er hätte ihr gerne geglaubt. Aber das konnte er nicht. Also tat er, was nötig war. Er stampfte gerade die Erde in dem aufgefüllten Loch fest, das er gegraben hatte, als er das andere Mädchen entdeckte. Wie viel hatte sie gesehen? Nichts, alles? Er dachte schnell nach und erklärte ihr dann, wie sie den Bach durchqueren konnte. Als er ihr die Hände entgegenstreckte, zögerte sie nicht. Ihre Hände fühlten sich kühl und glatt auf seiner Haut an, auf der nach dem Graben neue Schwielen brannten. Wenn jemand Grund gehabt hätte loszulassen, dann er. Es tat weh, sie festzuhalten. Er musterte ihr Gesicht. Würden Frauen doch nur nicht so viel lügen, dann hätte er sie fragen können, ob sie etwas gesehen hatte, ohne sich zu verraten. Es war wie in diesem alten Rätsel mit den beiden Indianern auf einer Insel, von denen einer immer log und der andere immer die Wahrheit sagte, man aber mit einer bestimmten Frage trotzdem seine Antwort bekam. Er konnte sich nur nie erinnern, wie die Frage lautete. Was sollte er sie fragen? Aber er hatte ohnehin zu lange gebraucht, sie zu fest gepackt und sich damit verraten.

»Du bleibst jetzt bei mir«, sagte er, als er sie auf dem Sitz neben sich anschnallte und ihr die Hände mit einem Seil von der Ladefläche fesselte.

Erst dann fragte er: »Wie heißt du?«

Kapitel 9

Sie beschloss, Walter einen Brief zu schreiben, mehr nicht. So beschrieb sie ihre Entscheidung, als sie Peter und ihren Eltern davon erzählte. »Ich schreibe ihm einen Brief«, sagte sie, »mehr nicht.« Ein Brief wäre privat und endgültig. (Allerdings ging sie davon aus, dass seine Post von Gefängnisangestellten gelesen würde. Und sie machte sich immer noch Sorgen wegen seiner Vertrauten, wegen der Frau, die den Brief für ihn geschrieben hatte, auch wenn Eliza ihm nicht über die Postfachadresse in Baltimore antworten wollte.) Ein Brief schien ihr die beste Möglichkeit zu sein, die Sache einzudämmen.

Aber wenn sie sich in den wenigen freien Momenten, die einer Mutter blieben, an Peters Computer setzte, kamen ihr jedes Mal Zweifel. Briefe schrieb man heutzutage nicht mehr beiläufig. Selbst in ihrer Zeit in London hatte sie nie Briefe geschrieben. Anrufe über den großen Teich waren nicht allzu teuer, und für rasche Mitteilungen oder die Einzelheiten ihrer Besuche zu Hause boten sich Mails an. Eliza konnte sich nicht erinnern, wann sie zum letzten Mal einen Brief geschrieben hatte, und der an Walter war der erste echte Brief seit Jahren, wahrscheinlich seit Vonnie für ihre wütenden Schriebe, ihre ganze Familie hätte sie enttäuscht, auf den Computer umgestiegen war. Diese kurze Manie hatte sie mit Anfang dreißig durchgemacht, unter dem Einfluss eines in Verruf gekommenen Therapeuten, mit dem sie vermutlich auch eine Affäre gehabt hatte. Aber wie sollte man sonst mit einem Gefängnisinsassen kommunizieren?

Eliza musste bei dem Gedanken lächeln, diese Frage würde wunderbar auf Peters und ihre Liste mit Sätzen passen, die sie nie von sich erwartet hätten. Die Liste führten sie schon seit der Collegezeit, beinahe seit dem Tag, an dem sie sich kennengelernt hatten, und im Grunde bestand sie aus Kommentaren, die sie zufällig aufgeschnappt hatten: *Die Bouillabaisse ist der Hammer. Ich habe meinen Poncho im Ritz Carlton vergessen. Brathähnchen macht mich ganz scharf.*

Allerdings war *Wie soll ich mit einem Mann im Gefängnis kommunizieren?* nicht ganz so skurril und schon gar nicht einzigartig. Nicht in der weiten Welt und schon gar nicht in Elizas Welt, mit einer Mutter, die am Patuxent Institute arbeitete, und Elizas eigener Vergangenheit. Vielleicht hatte diese Frage sogar kommen müssen, und wenn Eliza sich Grübeleien über solche Dinge gestattet hätte, wäre ihr klar gewesen, dass Walter diese Welt nicht ohne eine Art Manifest verlassen würde. Wobei sich das nicht unbedingt an sie richten musste. Sie hatte sich fast schon etwas darauf eingebildet, wie sie sich in aller Öffentlichkeit versteckt hatte. Sie hatte es nicht unbedingt bewusst darauf angelegt, sich vor Walter zu verbergen, aber mit Peters Nachnamen und dem Umzug nach London hatte sie sich beinahe unsichtbar gefühlt.

Walter hatte immer zu Selbstüberschätzung geneigt, er hatte sich für größer gehalten, als er war, und zwar in jeder Hinsicht. So hatte er steif und fest behauptet, er sei eins fünfundsiebzig groß, obwohl er eindeutig höchstens eins siebzig maß. Als er über seine Größe redete und sich diese nicht vorhandenen Zentimeter zusprach, war er so wütend geworden, wie Eliza es selten erlebt hatte. Das war eine der wenigen Gelegenheiten, bei denen sie das Gefühl gehabt hatte, die Oberhand zu besitzen – ein gleichzeitig erschreckender und schöner Moment. Das konnte sie sich bei Walter nicht herausnehmen – zumindest glaubte sie das. Als später Begriffe wie »Stockholm-Syndrom« gebraucht wurden – nicht von ihren Eltern, von niemandem, der ihr nahestand, sondern von Staatsanwälten, Journalisten und diesem widerlichen Jared Garrett –, erschien ihr das beleidigend oberflächlich. So abgestempelt zu werden weckte in ihr einen bleibenden Widerwillen gegen Klatsch, und sie gab sich so zurückhaltend, dass viele Leute sie für desinteressiert hielten, dabei war sie in Wahrheit nur krankhaft höflich. Sie fand es schrecklich, wie fasziniert Iso von Prominenten war, wie sie Zeitschriften und Internetfotos studierte und über Kleider, Frisuren und Benehmen von Menschen urteilte, denen sie nie begegnet war. Aber Eliza konnte Iso ihre heftige Abneigung nicht erklären, solange sie nicht bereit war, ihr alles zu erzählen. Eines Tages würde sie es tun, aber jetzt noch nicht.

Es war schon spät, nach zehn. Peter besuchte noch eine Veranstaltung, die ihr erspart blieb, weil der Babysitter abgesagt hatte. Während sie am Computer Zeit vertrödelte, leuchtete am unteren Bildschirmrand ein Icon auf und zeigte ihr, dass ihre Schwester diese Unterwelt betreten hatte.

Hi, Vonnie, tippte sie ein.

Eliza! Das Ausrufezeichen drückte Überraschung aus, wenn auch nicht unbedingt Freude. Eliza hatte noch nie einen Chat mit ihrer Schwester begonnen, und bei Vonnies Versuchen hatte sie betont wortkarg reagiert. **Was gibt's?**

Nichts. Wollte nur was schreiben.

WAS? Genauso gut hätte Vonnie schreiben können: *Peter schreibt. Ich schreibe. Du nicht.* Was das betraf, hatte sie immer ihr Revier abgesteckt. Dabei schrieben beide nicht mehr. Peter hatte es für die Finanzwelt aufgegeben, und Vonnie arbeitete als Herausgeberin einer Zeitschrift, die so klein und spezialisiert war, dass sie im Gegensatz zu den großen Medien nicht unter Problemen durch das Internet litt. Was nie große Summen eingebracht hatte, konnte keine großen Verluste einfahren. Vonnie gab ein Magazin über Außenpolitik heraus, das hundertfünfzig Dollar im Jahr kostete und noch dröger war als seine Abonnenten mit ihrem Durchschnittsalter von siebenundfünfzig. Die Abonnenten verlangten mittlerweile auch einen gewissen Zugriff über das Internet, aber Vonnie wehrte sich mit Händen und Füßen dagegen. »Das Leben läuft nicht getaktet«, sagte sie gerne. »Ich will eine Zeitschrift machen, die sich noch echtes Nachdenken leistet, ohne Reaktionen nach der Stoppuhr.«

Einen Brief, antwortete Eliza, ihrer Familie gegenüber reflexhaft ehrlich. Aber sie zögerte, bevor sie hinzufügte: **an Walter Bowman.**

WAS???
??

Es war komisch, von Vonnie eine Antwort wie von einem Teenager zu bekommen. Sie hätte auch schreiben können: **Jetzt echt?**, oder: **Im Ernst?**

Er hat mir geschrieben.

Sekunden später klingelte das Telefon.

»Was soll der Scheiß?«, fragte Vonnie.

»Ich könnte auch Iso sein. So spät ist es noch nicht.«

»Bist du aber nicht. Nächstes Mal passe ich besser auf, versprochen. Aber lass mich die Frage wiederholen: Was soll der Scheiß?«

»Ich habe mir das gut überlegt. Sein Brief ist ...« Sie rechnete kurz nach. »... vor etwa zehn Tagen gekommen.«

»Und ich höre erst jetzt davon? Mom und Dad hast du es bestimmt erzählt.«

Das hatte Eliza gründlich vermasselt. Aber Vonnie war schrecklich anstrengend, ständig fordernd und immer um Aufmerksamkeit bemüht. Eliza hatte ihr nichts erzählt, um genau dieses Gespräch zu vermeiden. Jetzt versuchte sie, dieses Detail zu übergehen.

»Er hat mich auf einem Foto auf der Gesellschaftsseite erkannt. Wenn man weiß, dass wir in Bethesda wohnen, sind wir offenbar leicht zu finden. Ich schätze, er hat die Adresseintragungen eingesehen.« Wieder ging sie auf Nummer sicher, indem sie Vonnie nichts von Walters Komplizin erzählte. Ob doch Jared Garrett dahintersteckte, auch wenn es sich scheinbar um eine Frau handelte und Eliza sich nicht vorstellen konnte, dass diese perfekte violette Schrift von ihm stammte?

»Aber wieso willst du ihm antworten?«

»Weil …« Sie überlegte sich spontan eine Antwort, dann fiel ihr auf, dass sie sogar der Wahrheit entsprach. »Weil er sonst immer wieder schreibt, bis ich es tue. Ich kenne ihn, Vonnie.«

»Der Kerl ist ein Soziopath. So jemanden kann man nicht kennen. Er langweilt sich im Gefängnis. Da ist es kein Wunder, dass er sich meldet und mal sehen will, ob er eine Reaktion von dir bekommt. Das ist sein Problem, nicht deins. Ignorier ihn einfach.«

Vonnie war sich noch nie bei irgendetwas unsicher gewesen.

»Der Termin für seine Hinrichtung wurde festgelegt.«

»Da hast du es. Der Mann ist ein Sadist. An deiner Stelle würde ich ihm schreiben und ihn fragen, ob er sich vor seinem Ende bei all seinen Opfern meldet. Vor allem bei den Tacketts.«

»Wieso ›vor allem‹?«, fragte Eliza etwas zu scharf. Sie hatte immer empfindlich auf diese Art von Hierarchie unter Walters Opfern reagiert, nicht zuletzt weil sie gewissermaßen gleichzeitig ganz oben und ganz unten stand. Sie war das interessanteste Opfer, weil sie lebte, und aus dem gleichen Grund das uninteressanteste. Holly war die Hübscheste, das Goldkind. Holly war auf besonders brutale Art gestorben.

»Na ja, weil ihr Tod der Grund für seinen Tod ist, nicht wahr? Ihretwegen wird er hingerichtet.«

»Stimmt.« Maude hatte er in Maryland getötet, wo die Todesstrafe zwar noch auf dem Papier existierte, aber immer seltener angewendet wurde. Holly Tackett war in Virginia ermordet worden, wo man sich offenbar nicht mit solchen Skrupeln aufhielt. »Aber wieso sollte er den Tacketts schreiben, was sollte er sagen?«

»Erst mal könnte er gestehen. Das ist doch nicht zu viel verlangt, oder?«

Ohne es auszusprechen, dachte Eliza: *Für Walter wäre das enorm.* Walter sagte nie etwas, das er nicht sagen wollte. Er hasste nichts so sehr, wie zugeben zu müssen, dass er sich geirrt hatte, selbst bei Nebensächlichkeiten. Er hatte Eliza zum ersten Mal geschlagen, als sie ihn bei einem Gespräch über den Krieg von 1812 berichtigt hatte. Es war ein seltsamer Schlag gewesen – er hatte ihr die Faust in den Magen gerammt, dass es ihr den Atem verschlug, wie bei einer Prügelei unter Jungen. Aber sie hatte ihn nie wieder berichtigt, auch wenn er noch so falschlag, und er lag oft falsch, egal ob es sich um Geschichte, Mathe oder nichtige Fragen über Grammatik und Sprachgebrauch handelte. Und häufig auch um Menschen. Eliza kannte niemanden, der sich so stark in Menschen täuschte, vor allem in Frauen.

»Hör mal, Eliza«, sagte Vonnie mit sanfterer Stimme. »Du bist einfach zu nett. Vergiss Walter. Das geht natürlich nicht, ich weiß, aber ...«

»Du würdest staunen. Ich habe kaum an ihn gedacht, vor allem in den letzten Monaten nicht.«

»Hmm.«

Eliza wusste, wie sie bei ihrer Schwester das Thema wechseln konnte. »Was hat sich bei dir getan?«

»Nichts. Alles. Ich bin um diese unmenschliche Zeit online, weil ich die Nachrichten aus dem Nahen Osten in Echtzeit verfolgen will. Ich kann nicht mehr auf die Morgenzeitung warten, nicht mal auf CNN. Schrecklich, wie schnell sich die Welt jetzt dreht und wie oberflächlich alle geworden sind. Wir müssen mehr denken, nicht schneller. Morgen ist wieder der Außenminister oder irgendein Regierungssprecher mit großspurigen O-Ton-Schnipseln in allen Nachrichten, und die Leute bloggen wie verrückt. Das ist nicht produktiv. Außenpolitik ist zu differenziert, da spielen Jahrhunderte Geschichte hinein, so was kann man nicht auf einen platten Sermon reduzieren. Das soll nicht parteiisch klingen«, sagte sie, als wollte sie ihre eigenen Argumente testen. »Es geht mir um eine intellektuelle Debatte. Diese Themen brauchen Ernsthaftigkeit.«

Eliza widersprach ihr nicht. Sie sah es genauso, aber ihre Sorgen lagen vor der eigenen Haustür. Die Welt drehte sich wirklich zu schnell, trotzdem war es komisch, diese Klage von der koffeingeputschten Vonnie zu hören. Iso und Albie wurden zu schnell groß, Peters neuer Job verschlang zwölf, vierzehn Stunden am Tag für die Aussicht, in ein oder zwei Jahren wirklich reich zu sein.

Für sie selbst vergingen die Tage in zäher Trägheit. Sie waren angefüllt mit Terminen und Aufgaben, und am Abend war Eliza erschöpft. Aber sie zockelten voran wie Dinosaurier, wie Sauropoden oder Stegosaurier, laut Albie die langsamsten dieser Urzeitviecher.

Nachdem Eliza ihrer Schwester noch eine Viertelstunde verständnisvoll zugehört und ihr praktisch in jedem Punkt beigepflichtet hatte, entschuldigte sie sich damit, sie sei müde. Aber statt sich schlafen zu legen, blieb sie vor dem Computer sitzen und schrieb. Sie kannte sich gut genug, um zu wissen, dass sie nicht nur zufällig jetzt die rechten Worte fand, um Walter zu schreiben. Als Peter eine Stunde später nach Hause kam, saß sie immer noch am Computer. Aber sie schloss das Dokument schnell, weil sie an diesem Abend nicht noch einmal über das Thema reden wollte, auch nicht mit einem geneigteren Zuhörer. Sie hatte genug von Walter.

Kapitel 10

1985

Sie war noch nie draußen zur Toilette gegangen. Bei dem, was ihr gerade geschah, sollte sie sich vielleicht nicht ausgerechnet daran festhalten, das wusste sie, trotzdem war es ihr peinlich. Sie wollte den Mann davon überzeugen, dass sie brav sein würde, wenn er sie eine Toilette an einer Tankstelle oder in einem Fast-Food-Laden benutzen ließ, aber davon wollte er nichts hören. Er war nicht grob oder grausam. Er schüttelte nur den Kopf und sagte: »Nein, das geht nicht.«

Zu dieser Zeit hatten sie seit drei Stunden in dem Pick-up gesessen. Er hatte zum Tanken gehalten, aber selbst getankt und ihr vorher gesagt, es wäre keine gute Idee, wenn sie versuchen sollte auszusteigen. »Ich will dir nicht wehtun«, erklärte er, als besäße sie die Kontrolle, als würde ihr Verhalten bestimmen, was er tat. Er hielt mit der Beifahrertür direkt neben der Zapfsäule; hätte sie die Tür geöffnet, hätte sie sich nur schwer nach draußen zwängen können, und selbst dann hätte sie zwischen der Tür und dem Tankschlauch gestanden. Sie hätte natürlich auf der anderen Seite aussteigen können, durch die Fahrertür. Während die Zapfsäule vor sich hin klickte – die Säule auf der staubigen freien Tankstelle war alt, und der Preis stieg langsam, Cent für Cent –, testete sie seine Reaktion, indem sie sich leicht nach links beugte. Er stand schneller an der Fahrertür, als sie es für möglich gehalten hätte.

»Brauchst du was?«

»Ich wollte einen anderen Radiosender einstellen.«

»Es läuft gar nicht«, wandte er ein. »Ich lasse den Schlüssel beim Tanken nicht stecken. Ich kannte mal einen Typen, der das gemacht hat, und sein Auto ist in die Luft geflogen. Er ist brennend immer im Kreis gerannt.«

»Es sollte für nachher sein«, erwiderte sie beinahe schuldbewusst. Wieso hatte sie ein schlechtes Gewissen, wenn sie einen anderen Radiosender einstellen wollte? Er hatte sie entführt. Aber das Seltsame war, dass sich dieser Mann nicht benahm, als würde er etwas Falsches tun. Damit erinnerte er sie ein wenig an Vonnie, vor allem als sie noch jünger gewesen waren. Nach irgendwelchen Gemeinheiten hatte Vonnie ganz erstaunt über Elizabeths Reaktion getan und sich auf den kleinsten Fehltritt ihrer Schwester gestürzt, um ihr eigenes Verhalten zu entschuldigen. Als Elizabeth drei war, hatte Vonnie sie im Garten an einen Baum gefesselt und sie den ganzen Nachmittag dort gelassen. Auf die Schelte ihrer Eltern hatte Vonnie geantwortet: »Sie hat mit meinem Spirographen gespielt und sich ständig Teile in den Mund gesteckt. Ich wollte nur nicht, dass sie erstickt.« Am ersten April hatte sie für Elizabeth Milch mit Ovomaltine anrühren sollen und ihr ein scheußliches Gebräu aus Hustensirup und Cayennepfeffer unter die hellbraune Milch gemischt. Als Elizabeth husten und würgen musste, hatte Vonnie vorwurfsvoll gesagt: »Du hast gekleckert.« Als wären die Flecken schlimmer als die boshaften Gedanken des Menschen, der dieses abscheuliche Getränk zubereitet hatte.

»Gefällt dir meine Musik nicht?«

Sie wog ihre Antwort ab. Sie hatten Countrymusik gehört, die fast alle ihre Freundinnen uncool fanden. »Sie ist okay«, sagte sie. »Aber ich mag auch anderes.«

»Was hörst du denn so?«

»N-n-neuere Sachen.«

»Madonna«, sagte er mit einem Blick auf ihre fingerlosen Spitzenhandschuhe. »Ich wette, Madonna.«

»Ja, stimmt. Aber auch …« Sie überlegte angestrengt, welche Musik sie mochte. »Whitney Houston. Scritti Politti. Kate Bush.«

Bis auf den ersten Namen war das Vonnies Musik, und Elizabeth war nicht sicher, warum sie sie für sich beanspruchte. Weil sie damit älter und klüger wirkte? Oder weil sie ahnte, dass der Mann die meisten nicht kannte und ihr das ein Stückchen Macht verlieh?

»Sie ist verdorben«, sagte er.

»Kate Bush?«

»Whitney Houston. ›Saving all my love for you?‹ Ja, genau. Sie hat eine Affäre mit einem verheirateten Mann. So was macht man nicht.«

»Aber sie liebt ihn. Und ist es nicht schlimmer, was er macht?«

»Frauen sind besser als Männer. Die meisten wenigstens. Männer sind schwach, deshalb müssen Frauen stark sein.« Er drückte auf einen Knopf am Radio, damit es wieder auf seinen Sender sprang, obwohl sie das Gerät gar nicht angefasst hatte. Mit einem Klacken schaltete sich der Zapfhahn aus, und sie hoffte, er müsste zum Bezahlen in die Tankstelle gehen, dann würde sie … sie sah sich um. Was würde sie? Erstaunlich, wie schnell die Umgebung ländlich geworden war, sie waren mitten in der Einöde. Selbst wenn sich die Gelegenheit bot, aus dem Pick-up zu springen, wohin sollte sie laufen? Als er später an einem Autoschalter für sie einen Hamburger kaufen wollte, versuchte sie der Bedienung zu sagen, dass er sie entführt hatte, aber er nahm ihre Hand, drückte fest zu und sagte: »Über so was macht man keine Witze, Elizabeth.« (Sie hatte ihm ihren Namen genannt, nachdem er darauf bestanden hatte, doch seinen kannte sie noch nicht.) Die Kassiererin, kaum älter als Elizabeth, wirkte so gelangweilt, als würde sie so etwas jeden Tag sehen. Sie reagierte sogar leicht verärgert, vielleicht war sie Pärchen leid, die ihre Streitigkeiten und kleinen Scherze vor ihr austrugen. Das Mädchen hatte schlimme Akne und krauses Haar, und seine Uniform spannte sich über dem breiten Oberkörper. Elizabeth hätte am liebsten gerufen:

»Er ist nicht mein Freund! Ich hatte noch nie einen Freund! Ich bin dir ähnlicher, als du denkst, nur dass ich noch zu jung bin, um zu arbeiten oder Auto zu fahren.«

Er hielt ihre Hand weiter fest. Dabei übte er gerade so viel Druck aus, dass sie das Gefühl hatte, er würde ihr im nächsten Moment jeden Knochen brechen, wenn sie ihm nicht gehorchte. Dann streichelte er ihr über die Innenseite des Arms. Sie musste an ein Spiel denken, das sie mit ihren Freundinnen gespielt hatte. Dabei schloss man die Augen und versuchte zu erraten, wann ein streichelnder Finger die Armbeuge erreichte. Je nachdem, wo er landete, war man entweder sexbesessen oder frigide. Alle protestierten kreischend, wenn bei ihnen sexbesessen herauskam, dabei war das natürlich das eigentliche Ziel.

Bei Elizabeth hatte das Ergebnis immer frigide gelautet, weil sie weit vor der Armbeuge Stopp gesagt hatte.

Mit vollem Tank fuhren sie weiter. Eine Stunde später bat sie ihn, zur Toilette gehen zu dürfen. Sie rechnete damit, dass er mit ihr schimpfen würde, wie ihr Vater es sonst tat, weil sie nicht an der Tankstelle gefragt hatte. Aber er seufzte nur und sagte: »Na gut, ich suche eine Stelle, wo du ungestört bist.«

Es dauerte einen Moment, bis sie begriff, was er meinte.

»Kann ich nicht einfach bei einer Tankstelle oder einem Burger-Laden gehen? Oder in einem Restaurant?«

»Nein«, antwortete er. »Davon halte ich nichts.« Wie sie schon merkte, war das seine Art. Er sagte Nein, aber im Gegensatz zu ihren Eltern nannte er keine Begründung, gab ihr nicht genug Informationen, um zu diskutieren.

»Ich bin auch brav«, sagte sie. »Ich will nicht draußen machen.«

»Klein oder groß?«, fragte er.

Sie wollte erst lügen, dachte dann aber, dass ihn das auch nicht umstimmen würde. »Klein.«

»Zieh das Höschen lieber ganz aus«, sagte er. »Manche

Mädchen lassen es an einem Bein, aber wenn du sauber bleiben willst, ziehst du am besten Höschen und Shorts aus und hockst dich hin. Und nimm die Füße weit auseinander.«

Ihr wurde übel, als sie ihn das Wort *Höschen* sagen hörte. Sie dachte daran, was er ihr später antun würde. Sie dachte an ihre Eltern, die sich mit Vonnie zum Abendessen hinsetzten und sich fragten, wo sie blieb. Noch würden sie sich keine Sorgen machen. Im Vergleich zu den meisten Eltern, die Elizabeth kannte, waren sie gelassen und unaufgeregt. Sie vertrauten ihrer Tochter. Sie würden sich ärgern, weil Elizabeth nicht angerufen hatte, und sich eine Gardinenpredigt über Rücksichtnahme zurechtlegen und darüber, dass ihre Freiheiten auch Verantwortung mit sich brachten. Sorgen würden sie sich erst machen, wenn es dunkel wurde, und das war im August erst spät, etwa gegen acht.

Sie legte Shorts und Unterhose ordentlich auf einen Stein, hockte sich über den Boden und urinierte weinend, dann wackelte sie mit den Hüften, um hoffentlich die letzten Tropfen abzuschütteln. Sie wollte sich nicht mit Blättern abtupfen, wie er geraten hatte. Was, wenn sie aus Versehen Giftefeu erwischte?

»Warum weinst du?«, fragte er im Pick-up. Immerhin fesselte er sie nicht wieder.

Als es dunkel wurde, wählte er zwischen mehreren kleinen Motels und entschied sich schließlich für einen u-förmigen Bau. »Das machen wir nicht oft«, sagte er. »Heute gönnen wir uns was, weil wir beide einen langen Tag hatten und eine richtige Matratze brauchen. Morgen besorge ich ein Zelt und Schlafsäcke.« Nachdem er im Zimmer das Bett überprüft und gesehen hatte, dass es am Boden festgeschraubt war, fesselte er sie an Händen und Füßen und steckte ihr einen Knebel in den Mund. Wieder weinte sie, die Tränen rannen zu ihren Mundwinkeln.

»Schscht«, machte er. »Wenn ich dir irgendwann vertrauen kann, ist das nicht mehr nötig. Du musst dir mein Vertrauen verdienen, klar? Wenn du das schaffst, gebe ich dir jede Freiheit. Aber wenn du dich nicht benimmst, töte ich dich und deine ganze Familie. Ich töte deine Familie, während du zusiehst, und dann dich. Glaub nicht, das würde ich nicht tun.«

Ihre Eltern hatten ihr Vertrauen ganz ähnlich erklärt – bis auf die Sache mit dem Töten. Sie weinte noch mehr und fragte sich, wie schlimm es werden würde. Sie kannte natürlich Geschichten über Vergewaltigungen, bei ihren Lesevorlieben sogar eine ganze Reihe. Und vor vier Jahren hatte sie zusammen mit Millionen anderer eine Folge einer Seifenoper gesehen, in der eine vergewaltigte Frau ihren Vergewaltiger heiratete. Bis dahin hatten Luke und Laura natürlich schon viel durchgemacht. Sie waren zusammen durchgebrannt, waren knapp dem Tod entronnen und sich nähergekommen. Sie waren verliebt, und Laura hatte Luke verziehen. Vonnie hatte lautstark und ausführlich erklärt, das sei totaler Mist. Aber an dem Nachmittag, an dem die Hochzeit lief, war Vonnie da und sah genauso gebannt zu wie Elizabeth und ihre Freundinnen. Sie fanden den Bräutigam nicht besonders attraktiv, aber sie verstanden, wie anziehend es wirkte, dass er seine Braut so sehr liebte und dass diese Liebe ihn zu Verbrechen und enormen Risiken getrieben hatte. Dass dazu ein Angriff auf die Frau gehörte, die er angeblich liebte, war heikel, aber sie verstanden es. So geliebt zu werden, so begehrt zu werden, dass es einen Mann wahnsinnig machte – was konnte sich ein Mädchen Schöneres wünschen?

»Hör mal«, sagte der Mann, »kannst du tapfer sein? Kannst du brav sein?«

Sie nickte, obwohl sie vom Gegenteil überzeugt war.

»In Ordnung«, sagte er. »Ich nehme dir den Knebel ab. Aber du musst brav sein. Weißt du, was ich damit meine? Kein

Schreien und kein Weinen. Wenn du einen Ton von dir gibst, kneble ich dich wieder und zeige dir, wie man einem Menschen wehtut. Leg dich lieber nicht mit mir an. Schlaf einfach, wir reden morgen über alles.«

Ohne den Knebel wollte sie im ersten Moment schreien, so laut sie konnte, aber sie brachte keinen Ton heraus. Die Angst war zu groß. Er hielt die Hände nah an ihren Hals. Ihr fiel der Erdhügel ein, an dem sie den Mann zuerst gesehen hatte, mit einer Schaufel in der Hand. Er hatte nicht offen gesagt, was er getan hatte, trotzdem wusste sie es. Er war fähig, jemanden zu töten. Er hatte es schon getan. In diesem Moment beschloss Elizabeth, alles zu tun, um zu überleben. Sie würde alles ertragen, was er mit ihr vorhatte, solange sie weiterleben durfte.

»Wie heißt du?«, flüsterte sie.

»Walter«, antwortete er. »Manchmal überlege ich, ob ich mich lieber Walt nennen sollte. Was meinst du?«

Sie hatte schreckliche Angst, es gäbe nur eine richtige Antwort und sie würde die falsche wählen. »Klingt beides nett«, sagte sie daher.

Er beobachtete sie weiter, jederzeit bereit, ihr den Mund zuzuhalten. Sein Blick war unbeteiligt, neugierig. Sie hatte an ihren Tränen zu schniefen und zu schlucken, war aber sonst still, wie er befohlen hatte. Er nahm die Hand weg – und schlief ein.

Irgendwann schlief sie auch ein, und so blieben sie beide liegen, wie sie waren, nebeneinander auf der Bettdecke. Er berührte sie nur ein Mal, als er sie auf die Seite drehte und sich beschwerte: »Du schnarchst.«

Kapitel 11

In den nächsten Tagen glich der Brief an Walter dem rosa Elefanten aus der Denksportaufgabe, man solle denken, woran man wolle, nur nicht an einen rosa Elefanten. *Hatte er ihn bekommen? Genügte er? Würde Walter enttäuscht sein?*

Sie hatte versucht, einen höflich endgültigen Ton anzuschlagen. Ja, sie sei verheiratet und lebe in dieser Gegend. (Eigentlich albern, so vage zu schreiben, obwohl er ihre genaue Adresse kannte.) Iso und Albie erwähnte sie nicht, mit keinem Wort. Walter war kein Pädophiler, auch wenn es angesichts seiner jungen Opfer immer wieder Fragen in diese Richtung gegeben hatte, und sie glaubte nicht, dass er ausbrechen, und schon gar nicht, dass er dann nach Bethesda kommen würde. Aber dass sie Kinder hatte, war zu persönlich, um ihm davon zu erzählen. Sie schrieb, es sei *interessant*, von ihm zu hören, *aber nicht ganz unerwartet*. Wie hatte sie mit diesen Wörtern gekämpft und jedes einzelne ganz genau abgewogen! Was würde Walter aus »nicht ganz unerwartet« herauslesen? Er war erstaunlich gut darin, zu hören, was er hören wollte, und Bedeutungen zu erkennen, die außer ihm niemand sah. Bei einem Semiotikseminar im College hatte sie unwillkürlich gedacht, Walter hätte es mit Derrida gut aufnehmen können. Walter reduzierte alles auf einzelne Wörter und gab ihnen die Bedeutung, die er wollte, rechtfertigte jede seiner Taten. Er war wie eine Figur aus *Alice im Wunderland* oder aus einem der späteren *Oz*-Bücher, aus dem mit der Stadt, in der alle Bewohner extrem umständlich redeten. Plappermäuler, so hießen sie.

Trotzdem vermied sie beim Schreiben mit Bedacht alles, was ihm Ärger einbringen könnte, obwohl kein Gefängniswärter den Brief zu Gesicht bekommen würde. Walter war besonders unberechenbar und angriffsbereit, wenn er glaubte, jemand wolle ihm schaden. Statt an das Gefängnis schickte sie ihre Antwort an das Postfach, das auf dem Brief als Absender stand. Ihr war klar, dass damit Walters Komplizin – falls es nicht doch Jared Garrett war – sie vielleicht zuerst lesen würde, obwohl sie in dem frankierten, adressierten Brief in einem zweiten, verschlossenen Umschlag steckte. Aber wer Walter auch half – er kannte sie schon und wusste, wo sie wohnte. Hätte sie den Brief an das Gefängnis geschickt, hätte ein einziger geschwätziger Wärter ihr Leben aus der Bahn werfen können.

Außerdem verstand sie jetzt, warum er einen Mittelsmann benutzt hatte. Häftlinge durften nicht jedem schreiben, wie sie nach kurzem Stöbern auf der Internetseite der Gefängnisse von Virginia herausgefunden hatte. Der *Besserungsanstalten*, wie es offiziell hieß. Der Begriff klang für sie blauäugig naiv und vollkommen falsch. Sicher sollten Häftlinge in Gefängnissen rehabilitiert werden, aber sie begriff nicht, wie man von jemandem in der Todeszelle behaupten konnte, er säße in einer Besserungsanstalt. Es sei denn, man betrachtete den Tod als Besserung.

Am stärksten hatte sie mit dem Ende zu kämpfen. *Grüße?* Unsinn. *Alles Gute?* Eher: *Alles Schlechte.* Schließlich unterschrieb sie nur mit ihrem Namen, ganz ohne Wünsche.

Die Zeit, ihre alte Freundin, tat dezent ihr Werk. Der Brief rückte in Elizas Gedanken in den Hintergrund wie eine Socke, die hinter dem Trockner verschwand. Oder, vielleicht treffender, wie etwas Verderbliches hinter dem Kühlschrank, das irgendwann stinken oder Ungeziefer ins Haus locken würde, aber vorübergehend eine kurze, sorgenfreie Gnadenfrist genoss. Im Augenblick war sie zu beschäftigt damit, alles für den Schulbeginn vorzubereiten. Hier würden die Kinder verschiedene Schulen besuchen, Iso würde mit dem Bus zu ihrer Middleschool fahren, während Albie zu Fuß zur Grundschule gehen konnte. Elizabeth würde beide morgens auf den Weg bringen müssen, was ihr nichts ausmachte. Das war ihr Job, ihre Aufgabe, und darin war sie, wie sie sich insgeheim eingestand, großartig. Nur insgeheim, weil solche Ansichten nirgends gern gehört wurden. Vonnie bekam beinahe einen Anfall bei der Vorstellung, dass Eliza die Mutterrolle als Vollzeitjob ansah, noch dazu als erfüllenden. Selbst ihre Mutter fragte sich, welche Erfüllung Eliza darin noch finden konnte, als die Kinder größer wurden. Immer wieder spielte Inez darauf an, dass Eliza doch sicher irgendwann ihr Studium fortsetzen, ihren Abschluss nachholen würde. Die Frauen in Peters Welt, die Eliza bei diesen unzähligen »Zweckveranstaltungen« traf, erkundigten sich stets nach ihrer »außerhäuslichen Tätigkeit«, danach, ob sie arbeitete oder früher gearbeitet hatte. Doch ihre Höflichkeit konnte nicht verbergen, dass Elizas Tätigkeit für sie keine Arbeit war. Sie war vielleicht schwer und sicher ermüdend. Aber keine Arbeit.

Das war in Ordnung. Was Eliza tat, betrachtete sie selbst nicht als Arbeit, dafür genoss sie es zu sehr. Sie war hervorragend darin. Sie gehörte nicht zu diesen salbungsvoll perfekten Müttern, die raffinierte Essenspakete packten und für Klassenfeiern nie auf fertige Leckereien zurückgriffen. Aber sie ließ sich fast nie aus der Ruhe bringen und nahm alles, wie es kam. Eine kleine Krise dann und wann gefiel ihr sogar – ein eiliges wissenschaftliches Schulprojekt, verlorene Hausaufgaben, verlorene Sachen überhaupt. Wenn Eliza anfing zu suchen, blieb nichts verschwunden. Sie kannte ihre Kinder so gut, dass sie leicht nachvollziehen konnte, wo sie gedankenverloren etwas an die falsche Stelle legten. Zum Beispiel wusste sie, dass Iso ihre Zahnspange beim Fernsehen herausnahm, deshalb fand sie die Spange oft auf der Armlehne des Sofas wieder. Sie wusste, dass der verträumte Albie so tief in seiner Fantasie lebte, dass alles Teil dieser Welt werden konnte. Sein

Tornister fand sich schon mal auf dem Kopf von Tante Vonnies riesigem Stoffhund wieder und ließ das Tier beinahe wie einen Erzbischof aussehen, wobei Albie es wahrscheinlich auf einen Zauberer angelegt hatte.

Als sie gerade auf allen vieren unter dem Bett nach Albies verlorenem Turnschuh – *Sneaker* – suchte, klingelte das Telefon. Albie hatte seine Sandalen anziehen müssen, was ihm nichts ausgemacht hatte, bis Iso ihn damit aufzog. Danach war er die fünf Straßen bis zur Schule gelaufen, als ginge es zur Guillotine, und hatte den ganzen Weg lang geschnieft und gejammert. Eliza hatte ihm versprochen, sie würde seine Schuhe noch an diesem Tag finden und sie ihm vielleicht sogar in der Mittagspause bringen. Sie schnappte sich den Schuh, dessen Gegenstück erstaunlicherweise in der Gästetoilette im Erdgeschoss aufgetaucht war, und rannte zum Telefon. Das konnte sie sich einfach nicht abgewöhnen. Selbst wenn beide Kinder sicher im Haus waren, rechnete sie bei jedem Klingeln mit einem möglichen Notfall. Dabei würde sich bei einem echten Notfall eher der muntere Klingelton ihres Handys melden. *Geschafft*, gratulierte sie sich, als sie das Telefon im Schlafzimmer abnahm.

»Spreche ich mit Elizabeth?«, fragte eine Frauenstimme.

Beinahe hätte Eliza automatisch mit Nein geantwortet.

»Elizabeth Benedict?«, hakte die Frau nach. Aber diese Namen traten nie zusammen auf. Das war sicher ein Telefonwerber, der irgendeine öffentliche Liste abarbeitete, vielleicht die Adressliste des Bezirks. Allerdings benutzte sie, abgesehen von Führerschein und Pass, auf allen offiziellen Dokumenten den Namen Eliza, schon seit sie sich 1968 an der Wilde Lake Highschool eingeschrieben hatte. Konnten Callcenter auf die Daten der Kraftfahrzeugbehörde zugreifen?

»Ja, aber setzen Sie mich bitte auf Ihre Sperrliste. Ich kaufe nichts am Telefon.«

»Ich will auch nichts verkaufen.« Die Frau sprach mit rauer Stimme und lachte kehlig. »Ich bin die Vermittlerin.«

»Welche Vermittlerin?«

»Ich habe Walters Brief an Sie weitergeleitet. Er würde Sie gern auf seine Anrufliste setzen.« Wieder dieses kehlige Lachen. »Nicht zu verwechseln mit der Robinson-Liste.«

»Wie bitte?«

»Er darf bis zu fünfzehn Leute per R-Gespräch anrufen. So viele hat er natürlich längst nicht. Nur seinen Anwalt und mich, soweit ich weiß. Er kann Sie ohne das Wissen seines Anwalts auf die Liste setzen lassen. Aber Sie müssen zustimmen. Wollen Sie?«

»Will ich …«

»Zustimmen.« Die Frau wurde hörbar ungeduldig. »Es reicht allerdings nicht, es mir zu sagen. Sie müssen einen offiziellen Antrag beim Gefängnis stellen. Dann kommt der Papierkram. Ohne Papierkram geht gar nichts.«

»Ich … nein, ich glaube nicht. Nein.«

»Es ist Ihre Entscheidung«, sagte die Frau, um dieser offensichtlichen Tatsache sofort zu widersprechen. »Aber ich finde, Sie sollten Ja sagen.«

»Entschuldigung, wer sind Sie überhaupt?«

»Eine Freundin von Walter.« Sie redete überstürzt weiter, als wollte sie eine Frage vorwegnehmen, die ihr ständig gestellt wurde. »Ich bin keine von diesen Verrückten, die sich in Häftlinge verknallen. Ich bin gegen die Todesstrafe. Ganz allgemein, aber ich konzentriere mich auf Virginia, vor allem seit Maryland sie faktisch ausgesetzt hat. Ich bin mit mehreren Häftlingen befreundet und engagiere mich für sie. Aber Walter liegt mir besonders am Herzen. Wussten Sie, dass Virginia an zweiter Stelle aller Bundesstaaten steht, was die Anzahl von Hinrichtungen betrifft? In Texas gibt es natürlich mehr, aber die Bevölkerung ist auch viel größer. Und wenn Sie wüssten, wie Berufungen hier aussehen ...« Wieder dieses Lachen. Sie setzte es ein wie ein Satzzeichen, auch wenn es völlig unangebracht war.

»Wenn Sie Walter wirklich kennen ...«

»Ich kenne ihn«, schnappte die Frau, hörbar beleidigt darüber, dass Elizabeth das infrage stellte.

»Ich wollte sagen, wenn Sie seine und meine Geschichte kennen, wissen Sie auch, dass ich nie mit ihm in Kontakt stand.«

»Glauben Sie, dass er es verdient hat, für seine Taten zu sterben?«

»Was ich glaube, ist egal. Er wurde für den Mord an Holly Tackett zum Tode verurteilt, und ihre Eltern haben sich deutlich für die Todesstrafe ausgesprochen. Ich wurde nicht gefragt.«

»War Ihre Mutter nicht Quäkerin?«

»Meine Großmutter«, antwortete Eliza verunsichert. Hatte sie das Walter erzählt? Sie hatten in den Wochen, die sie bei ihm war, viel geredet, aber sie hatte darauf geachtet, nicht zu viel von sich preiszugeben. Schon mit fünfzehn war sie so klug gewesen, nicht Walters Neid und Missgunst zu wecken, und sie hatte erkannt – wenn auch erst durch die Entführung –, dass sie wirklich eine beneidenswerte Familie hatte. Zum Beispiel hatte sie ihm nicht erzählt, dass ihre Eltern Psychiater waren, und schon gar nicht, dass ihre Mutter mit geisteskranken Straftätern arbeitete. Ihr Haus hatte sie als durchschnittlich beschrieben, als älteres Terrassenhaus auf der Südseite der Frederick Road, um ihn von der richtigen Spur abzubringen, falls er seine Drohungen irgendwann wahr machen wollte. Sie konnte sich nicht erinnern, über ihre sanftmütige Großmutter gesprochen zu haben. Ihre Großmutter hatte das Bethaus der Quäker im Norden von Baltimore besucht und sich gewünscht, die Mädchen würden zur Friends School gehen, trotz der weiten Entfernung. Sie hatte sogar angeboten, das Schulgeld zu bezahlen.

Später – *danach* – war diese Möglichkeit wieder zur Sprache gekommen; man hatte überlegt, Elizabeth – jetzt Eliza – könnte die Friends School besuchen und während der Woche bei ihrer Großmutter wohnen. Aber Eliza hatte Einspruch eingelegt. Sie wollte an eine größere Schule wechseln, nicht an eine kleinere. Sie brauchte einen Ort, an dem sie als Neue nicht so auffiel.

»Ihre Großmutter würde bestimmt nicht wollen, dass Walter hingerichtet wird.«

»Bei diesem Gespräch ist mir … unwohl«, sagte Eliza. »Das verstehen Sie sicher. Ich muss jetzt leider aufhören.«

Ihr fiel auf, dass sie zu dieser Frau – warum hatte sie sich eigentlich nicht vorgestellt? – freundlicher war, als sie es zu einer Telefonwerberin gewesen wäre.

»Es tut mir leid«, sagte die Frau so ernsthaft, dass es Eliza jeden Anflug von Selbstgerechtigkeit austrieb. »Ich lasse mich manchmal mitreißen. Walter kann davon ein Lied singen. Er wäre böse, wenn er wüsste, dass ich Sie aufgeregt habe. Es ist nur … ich kann so wenig tun. Für ihn. Den Kontakt zu Ihnen herzustellen war endlich mal eine Gelegenheit, ihm einen Stein in den Garten zu werfen.«

Einen Stein in den Garten werfen. Elizabeth wusste nicht, wann sie diese Formulierung zum letzten Mal gehört hatte.

»Er würde nicht wollen, dass ich Sie bedränge. Das ist nicht seine Art. Er würde so gerne mit Ihnen reden. Aber er will Sie auf keinen Fall belästigen.«

»Will er über etwas Bestimmtes mit mir sprechen?«

»Nein«, antwortete die Frau. »Es geht ihm schlecht. Er weiß, dass er sterben wird. Damit hat er sich abgefunden. Er sitzt länger als jeder andere in Virginia in der Todeszelle. Haben Sie das gewusst? Er hat andere Männer kommen und … gehen sehen. Ich glaube, allmählich hat er gedacht, er würde nie an die Reihe kommen; sein Fall war so außergewöhnlich. Aber das wissen Sie ja.«

Eliza wusste nicht, in welcher Hinsicht Walters Fall so außergewöhnlich sein sollte, aber sie wollte über dieses Thema nicht diskutieren.

»Sagen Sie mir bitte, wie Sie heißen?«, bat sie die Frau.

»Warum?« Die Frage klang misstrauisch und skeptisch. Eliza hätte beinahe gelacht. *Sie haben mich angerufen, auf Walters Bitte hin, Sie haben ihm ermöglicht, mir zu schreiben, und jetzt fragen Sie nach* meinen *Absichten?*

»Weil ich darüber nachdenken und Sie zurückrufen will.«

»Ich hoffe, Sie haben nichts vor«, warnte die Frau sie. »Machen Sie uns keinen Ärger. Wir haben nichts Falsches getan.«

Das ist lächerlich, dachte Eliza. Erst jetzt fiel ihr ein, auf ihrem Telefon nach der Anruferkennung zu sehen. Die Nummer war unterdrückt. »Das ist lächerlich«, sagte sie laut. »Sie haben mich angerufen. Sie wollen einen riesigen Gefallen von mir und verlangen sofort eine Antwort. Ich will nur darüber nachdenken können.«

»Ich melde mich wieder«, sagte die Frau. »Anfang nächster Woche. Wissen Sie, wir haben nicht mehr viel Zeit.«

Kapitel 12

1985

Das Haarband, dachte Walter, als er zwei Tage später die Baltimorer Zeitung las. *Dieses verdammte Madonna-Groupie-Haarband.* Wann war es heruntergefallen? War sie so durchtrieben, dass sie es absichtlich hatte fallen lassen, als er sie in den Pick-up zog? An ihre Stiefeletten hatte er gedacht, weil sie Schuhe brauchte und diese reichen mussten, bis er ihr vernünftigere besorgen konnte. Es war egal. Auf der Suche nach ihr hatte man das Haarband gefunden und danach das Grab. In der Zeitung, die den Ereignissen einen Tag hinterherhinkte, hieß es, die Leiche müsse erst noch exhumiert werden. Dabei würde sofort herauskommen, dass es sich um ein anderes Mädchen handelte. Tatsächlich war die Tote wahrscheinlich längst ausgegraben und identifiziert, während er hier bei verbranntem Kaffee und halb rohen Eiern saß.

Er hatte an einem Rastplatz im Westen Marylands Halt gemacht, kurz vor der Gabelung, an der man sich zwischen der Fahrt nach Westen, Richtung Cumberland, oder nach Pennsylvania im Norden entscheiden musste. Der Osten, Richtung Baltimore, kam nicht infrage. *Nach Norden, nach Norden, nach Norden*, sagte ihm sein Hirn, *dann nach Westen.* Aber sein Pick-up hatte Nummernschilder aus West Virginia, und die sah man außerhalb seines Heimatstaats nicht oft auf großen Straßen. Er hatte sogar selbst schon nach diesen blau-goldenen Schildern Ausschau gehalten. Sicher, auf dem Ohio Turnpike waren sie wahrscheinlich nicht so selten, trotzdem wollte er nur ungern in diese Gegend fahren, nicht zuletzt, weil er sie nicht kannte. Ihm ging auf, dass er gar kein Abenteurer war. Er hatte gedacht, er würde unbedingt reisen wollen, ferne Orte sehen, und jetzt wollte er nur noch nach Hause zurückkehren. Aber das konnte er nicht. Nicht mit ihr und vielleicht nie wieder. Wie sollte er seinen Eltern erklären, dass er so lange weg gewesen war? Egal was er mit ihr machte, er würde eine Menge Fragen beantworten müssen.

Elizabeth sah die Auswahl der kleinen Jukebox durch, die auf dem Tisch stand. Ihre Bekanntschaft, wie er es nannte, dauerte gerade sechsunddreißig Stunden, und schon hatte sie gelernt, nur zu reden, wenn sie angesprochen wurde, und nicht endlos über jede Kleinigkeit zu plappern, die ihr durch den Kopf ging. Sie besaß richtig gute Manieren. An diesem Morgen hatte sie Rührei und einen englischen Muffin bestellt und sich nicht beschwert, als sie stattdessen Spiegeleier auf Weizentoast bekommen hatte. Der Kellnerin, einer angehenden Schönheit mit flammend rotem Haar und einer umwerfenden Figur, konnte Walter ansehen, dass sie oft Sachen durcheinanderbrachte und nie dafür geradestehen musste. Als er sie hatte zurückrufen und zusammenstauchen wollen, hatte Elizabeth gesagt: »Nein, ist schon in Ordnung.« Sie knabberte am Eiweiß rund um den Dotter, was zeigte, dass es nicht in Ordnung war, aber ihm gefiel, wie rücksichtsvoll sie war. Die Kellnerin, ganze neunzehn oder zwanzig Jahre alt, sah glatt durch ihn hindurch. Hielt sie Elizabeth für seine Freundin? Oder für seine Nichte? Wahrscheinlich für seine Schwester, dachte er. Das wäre die glaubwürdigste und einfachste Version.

Klüger wäre es gewesen, sie zu töten, das wusste er. Sie zu töten, die Leiche loszuwerden – er sollte sich dieses Mal gar nicht die Mühe machen, ein Grab auszuheben, sondern sie einfach an einer unzugänglichen Stelle liegen lassen, es gab hier noch genug abgelegene Ecken – und nach Hause zu fahren. Er könnte seiner Familie erzählen, er habe einen Angelausflug gemacht, Probleme mit dem Wagen gehabt und auf ein Ersatzteil warten müssen. Er habe sich nicht gemeldet, weil er nicht mit einem R-Gespräch anrufen wollte und sich ein Ferngespräch nicht leisten konnte; schließlich habe er jeden Penny gebraucht, um den Mechaniker bar zu bezahlen. Es gab keine Verbindung zwischen ihm und der Leiche im Patapsco State Park oder sonst einem Mädchen. Die Kleine hier war die Einzige, die ihm gefährlich werden konnte.

Als sie angestrengt versuchte, die Eier hinunterzuwürgen, erinnerte sie ihn an jemanden. *Sie ist wie ich*, dachte er. Sie ist nett und höflich, sie strengt sich an, und niemand hört sie, niemand beachtet sie.

»Hast du einen Freund?«, fragte er.

Bevor sie eine Frage beantwortete, dachte sie nach. Er merkte, dass sie das auch tat, um ihre Antwort abzuwägen und ihn nicht zu verärgern. Das war gut.

»Nein«, antwortete sie. »Noch nicht.«

»Wie alt bist du denn?«

»Fünfzehn.«

»Das ist zu jung für einen Freund.« Er hatte schon versucht, etwas mit Mädchen in ihrem Alter oder kaum darüber anzufangen, aber auch bei Fünfzehnjährigen gab es solche und solche. Sie gehörte zu der besseren Gruppe.

»Letzten Sommer habe ich im Ferienlager einen Jungen getroffen, der war so was wie mein Freund, aber das zählt nicht, weil man sich da nichts vornimmt.«

»Wie meinst du das?« Er hatte wirklich keine Ahnung, wovon sie redete. Er hoffte sogar, ihre Antwort könnte etwas Licht auf eines der vielen Dinge werfen, die er bei Frauen nicht verstand.

»Na ja, im Ferienlager sind die Tage verplant. Man kann nirgendwohin gehen, weder ins Kino noch ins Einkaufszentrum oder auch nur zu McDonald's. Also setzt man sich im Bus nebeneinander oder geht schwimmen oder hält Händchen …« Als sie das sagte, errötete sie. Vielleicht hatte er sich geirrt, vielleicht hatte sie doch schon mehr gemacht. »Man hat keine richtigen Verabredungen, und am Ende des Ferienlagers ist es vorbei. Einmal hat er mich angerufen, aber wir wussten nicht, worüber wir reden sollten. Ich habe ihm ein paarmal geschrieben, aber er hat nie geantwortet.«

»Ach, so meinst du das.« Eigentlich hatte er es nicht verstanden, aber weil ihm dazu nichts einfiel, wollte er das Thema wechseln. »Hör mal, was würdest du machen, wenn ich jetzt einfach aufstehe, bezahle, zu meinem Pick-up gehe und wegfahre?«

Wieder antwortete sie nicht sofort.

»Elizabeth?«

»Ich würde wohl die Leute hier fragen, ob ich ihr Telefon benutzen darf, meine Eltern anrufen und ihnen sagen, wo ich bin.«

»Weißt du, wo du bist?«

»In etwa. Nicht genau. Aber die Leute hier könnten es mir sagen, oder?«

Er sah sich um. »Sprich nicht so laut. Das ist mein Ernst.«

Sie zuckte zusammen. Es war erstaunlich, wie leicht er sie kontrollieren konnte. Gut so.

»Ich würde meine Eltern anrufen«, flüsterte sie, »und dann würde ich warten, bis sie mich abholen.«

»Wie sieht mein Auto aus?«

»Rot.«

»Marke? Modell?«

Sie brauchte einen Moment, um die Frage zu verstehen, dann schüttelte sie den Kopf. »Keine Ahnung.«

»Nummernschild?«

»Darauf habe ich nicht geachtet.«

Sie war eine miese Lügnerin. *»Elizabeth.«*

Mit gesenktem Kopf flüsterte sie das Nummernschild.

»Pass auf«, sagte er. »Du musst bei mir bleiben.«

»Ich würde es keinem sagen«, versprach sie. »Wenn du das willst, sage ich nichts.«

»Doch, du würdest es sagen. Weil du es für richtig hältst, und ich sehe dir an, dass du immer versuchst, das Richtige zu tun. So wie ich. Dabei habe ich gar nichts gemacht. Aber das wird keiner glauben. Dieses andere Mädchen wollte während der Fahrt aussteigen, ist gestürzt und hat sich den Kopf angeschlagen.«

Laut ausgesprochen klang das für ihn plausibel. Es hätte tatsächlich so passieren können, und wer hätte ihm geglaubt? Das war wirklich ungerecht.

»Aber das kauft mir keiner ab, oder?« Dass Elizabeth es nicht glaubte, konnte er sehen. In dieser Hinsicht war ihr Gesicht interessant. Man hätte sie als offenes Buch beschreiben können, aber Walter fand, dass dieser Ausdruck es nicht ganz traf. Ein Blick auf ein offenes Buch zeigte nur Wörter auf einer Seite, man sah nicht die ganze Geschichte. Ihr Gesicht glich … einem Aquarium voller Fische: Alle Gedanken und Gefühle waren sichtbar, sie bewegten sich träge, ohne Eile, irgendwohin zu gelangen.

»Ich wollte ihr nichts tun«, versuchte er es. Das stimmte sogar, zumindest ging es in Richtung Wahrheit, doch er merkte, dass sie immer noch zweifelte. »Ich habe Fehler gemacht, aber das tut jeder. Die Leute hören einfach nicht zu, weißt du? Mädchen. Sie hören nicht zu. Nie haben sie genug Zeit.«

»In der siebten Klasse im FB-Kurs Englisch haben wir dieses Buch gelesen, *Von Mäusen und Menschen*«, setzte sie an.

»FB-Kurs?«

»Ach, ähm, Förderkurs für Begabte. Aber das ist mein einziger Förderkurs.« Es war ihr peinlich, dass sie beim Angeben aufgefallen war, und das gefiel ihm. Erst hatte sie nicht gemerkt, dass sie angegeben hatte, aber jetzt gestand sie es ein. Das war wichtig. »Jedenfalls ist da dieser Mann, der keinem was tun will, aber er ist sehr stark, und als sich seine Hand in den Haaren einer Frau verfängt, will er sie beruhigen, und dabei bricht er ihr das Genick.«

»Und was passiert mit ihm?«

Eine lange Pause. »Na ja, er war behindert. Manche Leute würden sagen, zurückgeblieben, aber meine Eltern mögen dieses Wort nicht.«

»Es ist doch nur ein Wort.«

Sie funkelte ihn an, als wollte sie ihm widersprechen, bevor sie es sich anders überlegte. »Das stimmt. Es ist nur ein Wort.« Wunderbar, wie sie ihm nachsprach. »Er konnte nicht einschätzen, was er tat. Dabei wollte er niemandem schaden. Einmal hat er einen Welpen beim Streicheln getötet.«

»Wer sich an Hunden vergreift, ist das Letzte.«

»Er wollte dem Hund nichts tun. Er hat ihn nur gestreichelt. Er wusste nicht, wie stark er ist. Das war sein Problem.«

»Was ist aus ihm geworden?«

Er sah ihr an, dass sie kurz überlegte zu lügen. »Sein Freund hat ihn getötet. Er war zu rein für diese Welt. Das hat meine Lehrerin gesagt. Er ist ewig ein Kind geblieben, im Körper eines Mannes, und er konnte in dieser Welt nicht leben.«

Die Beschreibung imponierte ihm. Ewig ein Kind im Körper eines Mannes. Sie sprach in gewisser Weise sein Selbstbild an. Natürlich nicht der Teil mit dem Kind. Er war alles andere als zurückgeblieben. Er war kompliziert. Wahrscheinlich war das sein Problem. Er war zu kompliziert, zu nachdenklich, so voller Ideen, dass er nicht so leben konnte, wie man es von ihm erwartete. Er hätte an einem aufregenden, interessanten Ort zur Welt kommen sollen, nicht in einer Kleinstadt, in der niemand Ambitionen besaß. Dallas zum Beispiel wirkte auf ihn wie eine Stadt, in der Ehrgeiz und Männlichkeit belohnt wurden. In dieser Fernsehserie waren alle Männer echte Kerle, groß und stark, sogar die Versager. Vielleicht sollten sie nach Dallas fahren.

Und sie mussten zusammenbleiben, zumindest vorerst. Er konnte sie nicht freilassen, aber er konnte auch nichts Endgültiges tun, noch nicht. Das war das Problem, wenn man zu viel Zeit mit einem Mädchen verbrachte, vor allem, wenn sein Gesicht alle Ängste und Träume widerspiegelte. Es war, als würde man dem Truthahn für Thanksgiving einen Namen geben. Nicht, dass ihn ein Name je davon abgehalten hätte, um die Keule zu bitten, wenn es so weit war.

»Kennst du noch mehr Geschichten?«, fragte er sie. »Wie die von gerade, nur vielleicht netter?«

»Na ja, der Mann, der das geschrieben hat, ist mit seinem Pudel Charley durch Amerika gefahren. Also, in echt.«

»Und was ist passiert?«

»Alles Mögliche.«

»Erzähl mir unterwegs davon.«

Er ließ sie das Bad benutzen, nachdem er überprüft hatte, dass es nur eine Toilette gab, kein Fenster nach draußen und dass im Gang ein Zigarettenautomat stand. Davor konnte er warten, ohne aufzufallen, an den Schubladen ziehen und nach Kleingeld tasten. Mit dreizehn hatte er einmal fünfundsiebzig Cent in dem Münztelefon vor der Werkstatt seines Vaters gefunden, und es war ihm wie ein Wunder vorgekommen. Als eine Kellnerin – nicht die rothaarige, eine ältere Frau – neugierig zu ihm herübersah, sagte er ganz spontan: »Ihr erstes Mal, wissen Sie? Sie hat ihre Tage. Unsere Mama ist tot, und sie hat Panik.«

»Das arme Ding. Soll ich mal nachfragen, ob sie Hilfe braucht?«

»Ach, nein, danke. Sie ist schüchtern. Das würde es noch schlimmer machen.« Die Frau glaubte ihm, sie lächelte ihm zu. Vielleicht würde er mit einer kleinen Schwester nicht mehr so bedrohlich auf Frauen wirken. Diese Kellnerin war zwar alt und verdorrt, aber andere Frauen, Frauen in seinem Alter, fänden es vielleicht ebenfalls sympathisch, wenn sich ein Mann um seine Schwester kümmerte.

Die Erinnerung an das Münztelefon brachte ihn auf eine Idee, und er bat die Kellnerin, ihm fünf Dollar zu wechseln. Er rief in der Werkstatt seines Vaters an und sprach mit C. J., die sich um die Buchhaltung und das Telefon kümmerte. Er sei zu den Marines gegangen, erzählte er ihr. Hätte den Pickup einem Freund verkauft und sein Konto aufgelöst, so mager es war. (Noch am gleichen Tag wollte er an einem Geldautomaten so viel wie möglich abheben oder eine Bank suchen, die seinen Scheck einlöste.) Nein, sie sollte bitte nicht seinen Vater ans Telefon holen. Der würde nur losbrüllen. Wegen seines Pick-ups, nicht weil sein einziger Sohn und Mitarbeiter zu den Marines abgehauen war.

Er legte auf und lauschte auf das Rauschen des Wassers, und als sie herauskam, fragte er: »Hast du dir die Hände gewaschen?« Sie schüttelte verschämt den Kopf, und er schickte sie zurück. Sie war ein braves Mädchen. Sie würde tun, was er ihr sagte.

Kapitel 13

»Jetzt reicht es«, sagte Peter, als Eliza ihm am nächsten Morgen von dem Anruf erzählte. Er kochte gerade Kaffee für den riesigen Thermobecher, den er jeden Tag zur Arbeit mitschleppte. (Sie hatte schon geschlafen, als er nach Hause kam, und war zwar wach geworden, als er zu ihr ins Bett schlüpfte, hatte aber so spät kein ernstes Gespräch anfangen wollen. Außerdem hatten sie sich angewöhnt, sich alle Neuigkeiten in dem ruhigen Moment zu erzählen, wenn die Kinder in der Schule waren und Peter frühstückte.) »Wer ist sein Anwalt? Das sollte doch herauszufinden sein.«

»Du kommst zu spät«, sagte sie.

»Dafür lohnt es sich.«

Nach fünf Minuten am Computer und weiteren fünf am Telefon verlangte Peter ein Gespräch mit Jefferson D. Blanding, einem Anwalt einer gemeinnützigen Organisation in Charlottesville. Eliza konnte nicht anders, sie fand es beeindruckend, wie ihr Mann sich schützend vor sie warf. Diesen Zug hatte sie bei ihm schon bewundert, bevor sie ein Paar wurden. Peter kümmerte sich um alles und jeden, nicht nur um sie. Er musste nicht das Sagen haben, aber wenn sich eine

Situation zuspitzte – wenn es Streit über eine Rechnung gab, ein Auftragnehmer nicht leistete, was er versprochen hatte, Probleme am Flugschalter auftraten –, dann nahm er das Heft in die Hand. Er war energisch, ohne unhöflich zu werden, und suchte gezielt nach Lösungen, statt seinem Ärger durch Schikanen Luft zu machen. In England hatte er sich eher bedeckt gehalten, deshalb war es besonders aufregend, diese Seite an ihm wieder zu erleben, und das ihretwegen.

»Als er begriffen hat, warum ich ihn anrufe, war er richtig nett«, sagte Peter. »Er klang sogar leicht entsetzt, aber er hat alles auf die Frau geschoben. Er hat gesagt, sie würde es gut meinen, aber sie wäre der Sache nicht gewachsen.«

»Wer ist sie?«

»Barbara LaFortuny.«

»Ernsthaft?«

Peter lachte. »Ja, und er schwört, sie würde wirklich so heißen. Klingt wie der Künstlername einer Stripperin.«

Eliza dachte an ihr Telefonat, die unangenehm raue Stimme. »Wie alt ist sie?«

»Das habe ich nicht gefragt, aber ich hatte den Eindruck, sie müsste über vierzig oder fünfzig sein. Sie hat als Lehrerin in Baltimore gearbeitet. Vor ein paar Jahren hat ein Schüler sie mit einem Messer angegriffen. Sie wurde ziemlich schwer verletzt und hat in einem Vergleich Geld bekommen, weil die Schule sich trotz mehrerer Warnungen geweigert hatte, den Jungen aus ihrem Unterricht zu nehmen. Man sollte meinen, dass sie nach einem solchen Vorfall für stärkere Opferrechte ist, aber stattdessen setzt sie sich für Häftlinge ein. Sie hat sich mit den Zuständen in Staatsgefängnissen und dann mit der Todesstrafe befasst. Und sich irgendwie mit Walter angefreundet.«

»Sie hat extra betont, sie wäre keine von *diesen* Frauen. Du weißt schon, Frauen, die sich in Häftlinge verlieben.«

»Nein, verliebt ist sie nicht. Aber wie besessen davon, dass seine Hinrichtung ausgesetzt wird. Noch mehr als Walter, sagt sein Anwalt. Er meint, sie würde vielleicht eigenmächtig handeln, ohne Walters Wissen.«

Eliza schüttelte den Kopf. Die Art des Briefes, der Tonfall – das war eindeutig Walter.

»Sie hätte mich auf einem Foto nicht erkannt. Und wie hätte sie meinen neuen Nachnamen sonst herausfinden sollen? Walter hat geschrieben, er hätte das Foto gesehen und mich erkannt.« *Ich würde dich überall wiedererkennen.* »Ist sie schwarz, diese Barbara LaFortuny?«

»Auf die Frage bin ich gar nicht gekommen. Warum?«

»Sie hat nicht so geklungen. Aber eine Lehrerin in Baltimore und …« Verlegen verstummte sie.

Peter drohte ihr grinsend mit erhobenem Zeigefinger. »Kommst du jetzt mit Vorurteilen, Eliza? Glaubst du, nur Schwarze haben ungewöhnliche Namen?«

»Nein, nein«, widersprach sie. »Nur, weil sie in der Stadt unterrichtet …«

Peter musste lachen.

»… in der Stadt unterrichtet und sich für Häftlinge einsetzt, obwohl sie selbst angegriffen wurde.« Aber jetzt musste sie auch lachen, ohne Angst, bloßgestellt zu werden. Sie wusste nicht genau, woher die Redensart stammte, sicher wie in Abrahams Schoß zu sein, aber genauso fühlte sie sich bei Peter. Sicher, beständig, ohne Vorbehalt geliebt. Erst als sie sechs Monate lang offiziell zusammen waren, hatte sie ihm von Walter erzählt. Begonnen hatte es mit einem Streit darüber, nachts bei offenem Fenster zu schlafen. Peters Anliegen war verständlich – der Frühling in Neuengland, der wie immer spät kam, hatte ihnen endlich den ersten perfekten Abend beschert, und sie wohnten in der zweiten Etage eines maroden Wohnhauses voller Studenten. Aber sie war seltsam stur geblieben, war wütend geworden und hatte geweint. Diese Hartnäckigkeit bei der sonst kompromissbereiten, gelassenen Eliza hatte Peter so verblüfft, dass er nachgegeben hatte. Am nächsten Morgen hatte sie sich bei Waffeln im O'Rourke's entschuldigt. Sie hatte ihr Verhalten nicht weiter erklären wollen, aber sie konnte nicht an sich halten: Die Geschichte brach sich Bahn, als hätte Eliza sie noch nie erzählt. Und in gewisser Weise hatte sie das auch nicht. Sicher, sie hatte ausgesagt, sie war vereidigt und mehrfach von verschiedenen Seiten befragt worden. Sie hatte alles ihren Eltern erzählt, die sie außerdem zu einer einfühlsamen Therapeutin geschickt hatten.

Aber aus freien Stücken hatte Eliza die Geschichte noch nie preisgegeben, und sie sagte auch nicht das Wichtigste im »Leadsatz«, um einen Begriff aus Peters späterem Job zu benutzen: »Als ich fünfzehn war, wurde ich von einem Mann entführt«, begann sie. »Er hat gedacht, ich hätte ihn bei etwas gesehen und könnte ihn identifizieren. Eigentlich komisch, weil mit fünfzehn alle Erwachsenen für mich gleich aussahen, weißt du, was ich meine? Er ist mir nicht aufgefallen, ich hätte ihn auch nicht beschreiben können. Trotzdem hat er mich entführt.«

Peter bedrängte sie nicht mit Fragen. Das sollte später als Journalist sein Markenzeichen werden. Eliza hörte Peters Kollegen einmal sagen, er sei ein Meister der Pause, er könne Stille schaffen, die mit Vertraulichkeiten gefüllt werden wollte.

»Ich war fünf Wochen lang bei ihm. Genauer gesagt neununddreißig Tage. Fünf Wochen, vier Tage. Einen Tag weniger als die Flut in der Bibel. In der Sonntagsschule fand ich immer, vierzig Tage und vierzig Nächte wären gar nicht so lang. ›Das ist doch nur ein guter Monat‹, habe ich gedacht. Aber das kann wirklich lange sein.«

Die Waffeln waren mit dicker Blaubeersauce angerichtet.

Eliza, die ihren Teller normalerweise leer machte, presste die Zinken der Gabel auf die Waffeln, drückte sie platt, bis sich das Gitter auflöste.

»Kurz vor Ende hat er noch ein Mädchen entführt. Danach wurde eine Großfahndung ausgelöst, und die Polizei hat uns gefunden. Aber da war sie schon tot.«

»Sie war tot«, wiederholte Peter. »Heißt das – er hat sie ermordet?«

Eliza nickte. »Das war nicht das erste Mal. Keiner weiß, wie viele Mädchen er umgebracht hat. Als ich ihm in dem State Park hinter unserem alten Haus über den Weg gelaufen bin, hat er gerade ein Mädchen begraben. Einige Leute behaupten, er habe ein Dutzend Mädchen ermordet, bevor er geschnappt wurde.«

Eliza wartete mit angehaltenem Atem. Peter fragte nicht: »Warum hat er dich nicht getötet?«, sondern: »Wie wurdest du gerettet?«

Beinahe hätte sie geantwortet: »Ich weiß nicht, ob ich wirklich gerettet wurde.« Aber Melodramatik lag ihr nicht, und im Grunde hatte sie keinen Zweifel daran, dass sie gerettet worden war. »Ziemlich unspektakulär. Er hat eine rote Ampel überfahren und einfach losgeredet, als wir angehalten wurden. Nachher kam heraus, dass uns morgens eine Angestellte in einem Piggly Wiggly gesehen hatte. Wir sind ihr komisch vorgekommen, da hat sie die Polizei gerufen.«

»Was hat sie bemerkt, das vorher niemandem aufgefallen ist? Wart ihr nie draußen unterwegs?«

Sie wollte Peter nicht anlügen oder ihn täuschen, aber sie konnte ihm auch nicht die ganze Wahrheit erzählen. »Es ist schon komisch, was man alles nicht sieht. Er hat mir die Haare abgeschnitten – der Schnitt war wirklich schrecklich, ich musste weinen. Ich habe zwar nicht ausgesehen wie ein Junge, was er eigentlich wollte, aber ich habe auch nicht ausgesehen wie auf meinem Foto, das überall gezeigt wurde. Und ich hatte Angst vor ihm, ich bin still gewesen und habe nicht versucht, jemanden auf uns aufmerksam zu machen.«

»Weißt du was?«, fragte Peter.

»Was?«, fragte sie ängstlich. Sie hatte keine Vorstellung davon, was als Nächstes passieren würde. Bisher hatte sie sich erst einem Menschen anvertraut, damals in der Highschool, und das war böse ausgegangen.

»Ich glaube, du brauchst noch einen Kaffee.« Statt die Kellnerin heranzuwinken, die an einem anderen Tisch beschäftigt war, stand er auf, holte die Thermoskanne hinter der Theke hervor und schenkte Eliza nach. In diesem Augenblick wusste sie, dass Peter immer für sie sorgen würde, wenn sie ihn ließ.

Nach diesem Muster lebten sie jetzt seit zwanzig Jahren; sie kümmerten sich umeinander und teilten ihre Aufgaben zwischen der Welt da draußen und ihrem Heim auf. Peter focht die Kämpfe außerhalb aus, während Eliza darauf achtete, dass die Fenster immer geschlossen und verriegelt waren und die Alarmanlage funktionierte. Sie waren ein Team.

Im Laufe der Zeit hatte sie natürlich mehr und detaillierter davon erzählt. Peter fragte nie, warum sie als Einzige Glück gehabt hatte. Er nahm es als gegeben an und war froh darüber. »Wir überlegen auch nicht, warum der Blitz an einer bestimmten Stelle einschlägt«, sagte er einmal. Als er später für eine Londoner Zeitschrift am ersten Jahrestag von Hurrikan Katrina Berichte aus New Orleans schreiben sollte, verfasste er eine wunderbare Passage über die Deiche, von Menschen entworfene und instand gehaltene Systeme, die spektakulär gescheitert waren. Er beschrieb die Willkür des Wassers, das ein Viertel völlig zerstörte und ein anderes relativ unversehrt ließ. Obwohl er nichts gesagt hatte, glaubte Eliza, dass er diese Worte für sie geschrieben hatte, als eine Art Sonett, als weiteren Beweis, dass Peter verstand. Walter war eine Naturkatastrophe, die sich durch menschliches Versagen zur Tragödie ausgewachsen hatte. Eliza hatte sich auf einer Seite des Deichs befunden, Holly auf der anderen. Man musste nicht fragen, warum.

Jetzt sagte Peter, bevor er seinen Aktenkoffer packte, um zur Arbeit zu gehen: »Der Anwalt, Blanding, hat mir gesagt, dass Walter seine Telefonliste bestimmen kann, aber nicht die Besucherliste. Es ist beinahe unmöglich, ihn zu besuchen. Aber irgendwann bittet dich Walter vielleicht darum. Und wenn du es willst, würde es bei dir vielleicht gehen, wegen deiner Vergangenheit.«

Sie glaubte nicht, dass sie Walter besuchen wollte, war sich sogar ziemlich sicher, trotzdem fragte sie sich, was Peter an ihrer Stelle geantwortet hatte. »Was hast du ihm gesagt?«

Er wirkte überrascht. »Natürlich, dass es deine Entscheidung ist. Ist es ja auch. Ich gehe davon aus, dass du ihn nicht sehen willst, aber vielleicht ja doch. Eines kann ich dir sagen: Mir ist es lieber, wenn du Walter besuchst, wo überall Wachen sind, als wenn du dich mit dieser Barbara LaFortuny triffst. Die macht mir eher Angst.«

Er drückte ihr einen Kuss auf die Schläfe, sagte: »Auf zum Brötchenverdienen«, und machte sich auf den Weg zu einem seiner Zwölf-Stunden-Tage. Eliza konnte nicht mehr nachvollziehen, woraus Peters Arbeit bestand. Sie wusste, was Risikokapital war, und sie wusste, dass man Peter zum Teil wegen seiner klaren Sprache und der Fähigkeit angeheuert hatte, auch laienhaften Investoren komplizierte Anlageformen zu erklären. Aber sie verstand nicht recht, was er tat, und schon gar nicht, warum es so gut bezahlt war, und fand das ein wenig besorgniserregend. Ihre alten Freunde, die fast alle bei Zeitschriften arbeiteten, waren von Übernahmen oder Lohnkürzungen betroffen oder wurden gefeuert, während es ihrer Familie bestens ging. Auch hier musste man nicht fragen, warum.

Sie setzte sich an den Computer und gab den Namen »Barbara LaFortuny« ein. Für eine Aktivistin war sie verdächtig inaktiv, sie hinterließ in der Öffentlichkeit kaum Spuren, nur auf der Seite des Baltimorer *Beacon Light* stand ein Abriss über sie; um den ganzen Artikel lesen zu können, hätte Eliza bezahlen müssen. Dafür reichte ihr Interesse nicht, und sie war erleichtert, als sie merkte, wie niedrig die Schwelle dafür lag: Sie wollte keine drei Dollar fünfundneunzig ausgeben, um mehr über Barbara LaFortuny herauszufinden. Aber ihre Finger wanderten weiter, gaben den Namen unter der Bildersuche ein und zuckten zurück, als ein einziges Foto angezeigt wurde: eine Frau, deren Gesicht zu drei Vierteln bandagiert war. Erstaunlich, welche Kraft ein Bild im Vergleich zu Wörtern besaß. Vor nicht einmal fünf Minuten hatte Peter vor ihr gestanden und erzählt, diese Frau, Walters Vorkämpferin, sei bei einem Messerangriff verletzt worden. Das hatte nicht ausdrücken können, wie schrecklich es war.

Deshalb erzählte Eliza selten von der Vergewaltigung. Worte konnten nicht vermitteln, was Walter ihr angetan hatte, wie tief sein Verrat ging, der brutaler war als die Tat an sich. Und kein Foto, kein Bild konnte den Schaden zeigen, den er verursacht hatte. Eliza wollte nicht darum wetteifern, am meisten gelitten zu haben, immerhin standen zwei tote Mädchen und hinter ihnen ein ganzer Kader möglicher Opfer jederzeit bereit, um ihr zu sagen, sie hätte noch Glück gehabt. Trotzdem konnte sie nicht umhin, sich Barbara LaFortuny überlegen zu fühlen. Nur ein wenig. Ihr fiel eine Gedichtzeile ein, irgendwas mit Menschen, die über Leiden gut Bescheid wussten. Aber Elizabeth hatte die Erfahrung gemacht, dass niemand, nicht einmal die Mehrzahl der Opfer, über Leiden gut Bescheid wusste. Deshalb war es besser, nie darüber zu reden.

Kapitel 14

1985

Sie fuhren weiter. Einen Plan, ein bestimmtes Ziel konnte Eliza nicht ausmachen. Es war runter nach Virginia gegangen, das zeigten die Schilder am Highway, und manchmal überquerten sie den Shenandoah nach West Virginia. Walter verdiente etwas Geld mit Gelegenheitsarbeiten – zum Beispiel hackte er Holz für Leute, die ihre Ferienhäuser auf den kommenden Winter vorbereiten wollten, der schlimm werden würde, wie Walter meinte, so schlimm wie der letzte Winter mit einem der heftigsten Schneestürme, die je über das Gebiet hinweggezogen waren. »Das spüre ich in den Knochen«, sagte er, und das meinte er buchstäblich. Er hackte Holz, arbeitete im Garten, reparierte irgendwas. Elizabeth war verblüfft, dass er so leicht Arbeit fand, dass die Leute sie nicht wahrnahmen und nie fragten, warum sie bei Walter und, nach dem Labor Day, nicht in der Schule war. Vielleicht hielt man sie für tumb, so wie Lennie in *Von Mäusen und Menschen*. Sie sprach wenig. (Walter hatte klargemacht, dass sie nur auf direkte Fragen zu antworten hatte, und das so einfach wie möglich.) Und obwohl Walter ihr neue Kleidung gekauft hatte – zwei Jeans, ein paar T-Shirts, einen Pullover, alles von J. C. Penney –, sah sie immer etwas schmuddelig aus, weil sie die Sachen drei-, viermal tragen musste, bevor sie einen Waschsalon benutzen konnten. Dabei ließ er sie sogar allein, was er nur selten tat. Sie musste sich hinter einem Bettlaken ausziehen, sei es in einem Motel oder beim Campen, und ihm ihre Kleidung reichen. Er fesselte sie an den Händen, aber nicht an den Füßen und machte sich nach den ersten Malen auch nicht mehr die Mühe, sie zu knebeln.

Sie hätte das Zimmer oder das Zelt natürlich in das Laken

gehüllt verlassen können. Ihre Füße waren frei. Sie hätte um Hilfe rufen können, als er sie nicht mehr knebelte. Aber es war zu peinlich. Sie stellte sich immer wieder die ersten Minuten vor: sie nur in einem Laken, die Leute, die mit dem Finger auf sie zeigten und lachten oder vielleicht Schlimmeres taten. Und schon ihr … unschöner Körper, der Speckbauch, der durch das Fast Food und das Essen unterwegs deutlicher hervortrat. Sie konnte sich nicht vorstellen, in einem Laken herumzulaufen und Angst zu haben, jemand könnte etwas sehen, das Laken könnte sich lösen.

Der wahre Grund war jedoch, dass sie sich gar nicht vorstellen konnte zu fliehen. Er würde sie umbringen, er würde ihre Familie umbringen. Sie träumte davon, gerettet zu werden, hoffte, betete, aber sie war der festen Überzeugung, ihre Rettung müsse von außen her erfolgen und nicht durch eigene Kraft.

Manchmal überlegte sie, wo sie zu Hause zu einer bestimmten Zeit wäre. Um Viertel nach zehn malte sie sich zum Beispiel die öde Langeweile eines Vormittags in der Schule aus, wenn die Verheißungen des Tages schon abgeflaut waren und das Ende in unmöglicher Ferne erschien. Um vier Uhr nachmittags sah sie sich auf dem Sofa liegen, wie sie beim Fernsehen Hausaufgaben machte – für sie der Höhepunkt der Aufsässigkeit. Ihre Eltern erlaubten ihr, vor oder nach den Hausaufgaben fernzusehen, doch niemals währenddessen. Aber es konnte sie niemand verpetzen, weil Vonnie jetzt das College besuchte. War Vonnie nach Elizabeths Verschwinden überhaupt ans College gegangen? Wahrscheinlich schon. Elizabeth hoffte es. Eine enttäuschte Vonnie war wirklich schrecklich. Ihre große Schwester war offenbar der Ansicht, sie sollte immer bekommen, was sie wollte, mehr noch als andere. Der Wirbel um ihre College-Bewerbungen hatte die ganze Familie in Aufruhr versetzt. In den Wochen, in denen die Zusagen –

und in einem denkwürdigen Fall eine Absage von der Duke University – eintrudelten, wagte niemand, die Post hereinzuholen, aber wenn Elizabeth vor Vonnie nach Hause kam, warf sie manchmal heimlich einen Blick in den Briefkasten. Sie begutachtete die Umschläge, bei denen, wie sie wusste, alles davon abhing, wie dick oder dünn sie waren, und träumte von dem Tag, an dem dort ihre Briefe warten würden. Aber sie traute sich nicht, den Kasten zu leeren, und selbst ihre Eltern traten dieses Privileg an Vonnie ab.

Während sie im Pick-up die einschläfernd vertrauten Straßen entlangfuhren, sagte Walter: »Erzähl mir eine Geschichte. Erzähl mir was über diesen Mann und seinen Hund.«

Das tat sie. Das Problem war nur, dass sie *Die Reise mit Charley* nie gelesen hatte. Sie hatte das Buch angefangen, es aber langweilig gefunden, nicht das, was sie nach *Von Mäusen und Menschen* und *Die Straße der Ölsardinen* erwartet hatte. Aber sie traute sich nicht zuzugeben, dass sie gelogen hatte – Walter schätzte Ehrlichkeit über alles und hatte ihr klargemacht, dass sie ihm immer die Wahrheit sagen musste. Also erfand sie nach und nach Geschichten und versuchte sich vorzustellen, was Steinbeck und sein Pudel unterwegs erlebt haben könnten. In weiten Teilen bediente sie sich bei einem Buch, das ihr Vater letzten Sommer gelesen hatte, *Blue Highways*, und das ihre Eltern dazu angeregt hatte, mit ihnen auf Nebenstraßen Maryland, Pennsylvania und Virginia zu erkunden. Gott, war das langweilig gewesen. Unterwegs mit Walter entdeckte sie manchmal einen Platz, eine Stadt, eine Tankstelle, die sie von diesen Tagesausflügen wiederzuerkennen glaubte, aber sie war sich nie sicher.

»Erzähl mir noch eine Geschichte«, wiederholte Walter. Der Tag war grau und durchwachsen, untypisch für diese Jahreszeit. Für den Sommer, der auf dem Kalender noch anhielt, war er zu kühl, aber nicht frisch genug für den Herbst. Es war schwül, die Luft so feucht und unbefriedigend wie eine Katzenwäsche.

»Na ja, einmal sind sie nach … Tulsa gefahren.«

»Tulsa? Nach Milwaukee?«

»Ich erzähle es nicht der Reihenfolge nach, sondern so, wie es mir einfällt.«

»Wo sind sie noch mal losgefahren?«

»In New York.«

»Und wo sind sie am Schluss?«

»Das kann ich nicht sagen. Es würde zu viel verraten.« Sie konnte es ihm nicht sagen, weil sie sich alles spontan ausdachte, aber auch, weil sie Angst davor hatte, was passieren würde, wenn Mr. Steinbeck und sein Pudel irgendwann nicht mehr weiterfuhren. Wenn sie nie ankamen, würde Walter sie nie leid werden, er würde nicht in irgendeinem Wald ein Loch ausgraben und sie dort lassen.

»Na gut. Was ist in Tulsa passiert?«

»Sie haben auf dem Gehweg eine Kette gefunden. Also, Charley hat sie gefunden, beim Spazierengehen. Sie hatte violette Steine …«

»Die heißen Amethyste.«

»Ja, weiß ich.« Sie hätte nur nicht gedacht, dass Walter es auch wusste. Manchmal überraschte er sie mit seinen Kenntnissen. Noch überraschender war allerdings, was er nicht wusste, ganz alltägliche Dinge manchmal, die selbst kleine Kinder verstanden. »Amethyste in einer altmodischen Fassung aus dicken goldenen Rechtecken, offensichtlich ein antikes Schmuckstück. Aber es war niemand zu sehen, und an der Straße standen nur komische alte Häuser. Sie konnten sich nicht vorstellen, dass dort jemand so eine Kette besaß. Charley hob sie mit der Nase vom Gehweg auf …«

»Ach, das hat er erfunden. So was kann ein Hund nicht.«

Sie hatte das Gefühl, sie müsste Steinbeck und Charley

verteidigen, obwohl die Geschichte von ihr stammte. »Das ist dichterische Freiheit.«

»Was soll das sein?«

Sie war nicht sicher, ob sie es erklären konnte. »Wenn man ein Dichter ist oder ein Autor, darf man manche Sachen schreiben, auch wenn sie nicht ganz stimmen. Man darf zum Beispiel schreiben, es hätte eine Sonnenfinsternis an einem Tag gegeben, an dem gar keine war, wenn man das braucht. Glaube ich.«

»Und braucht man für so was eine Erlaubnis?«

»Was meinst du?«

»Wie bei einem Führerschein oder einer Jagdlizenz. Muss man sich irgendwo eine Erlaubnis holen und was dafür zahlen?«

Sie hätte ihn zu gerne angelogen. Vonnie hätte das gemacht, sie ließ gerne andere, meist Elizabeth, so auflaufen, dass sie später wie Idioten dastanden. Aber dafür würde er sie bestrafen. »Nein, das darf eigentlich jeder. Man nennt das nur so.« Sie überlegte, wie sie das in der Schule genannt hatten. »Das ist eine Redewendung.«

»Also ist dichterische Freiheit nicht nur für Dichter da?«

»Genau. Irgendwie so. Ach, egal. Jedenfalls hat Charley diese Kette gefunden. Sie war wertvoll, und sie wollten die echte Besitzerin finden. Aber wie sollten sie das anstellen? Wären sie von Tür zu Tür gegangen und hätten die Kette herumgezeigt, hätte irgendein unehrlicher Mensch gesagt: ›Ja, die gehört mir.‹«

»Man muss fragen, ob jemand eine Kette verloren hat«, sagte Walter, »und dann lässt man sie sich beschreiben. Oder noch besser: Sie hätten zur Polizei gehen und fragen sollen, ob es in der Gegend einen Einbruch gegeben hat, und von da aus weitersuchen, oder?«

»So ähnlich haben sie es gemacht. Ein paar Straßen weiter

haben sie ein Geschäftsviertel gefunden, da gab es ein Antiquitätengeschäft. Es gehörte einem Holocaustopfer.«

»Einer von denen, die die Nazis umbringen wollten.«

»Stimmt.« Wieder war sie erstaunt, dass sie ihm den Holocaust nicht erklären musste. Walter hatte skeptisch reagiert, als sie gesagt hatte, sie bräuchte Damenbinden, obwohl er über die Menstruation Bescheid wusste; er hatte sie nur für zu jung gehalten. »Ich dachte, wenn es so weit ist, bekommt man Brüste«, hatte er gesagt, und sogar er hatte gemerkt, dass er ihre Gefühle verletzt hatte. Später erklärte er, er habe zwar eine Schwester, die sei aber dreizehn Jahre älter als er, und er wisse nicht viel über Mädchengeheimnisse, wie er es nannte.

»Der Juwelier war ganz alt und gebeugt, und er hatte eines von diesen Dingern, mit denen sich Juweliere Sachen ganz genau ansehen.« Einen Herzschlag lang wartete sie ab, ob das zu den seltsamen Sachen gehörte, die Walter kannte, aber er warf nichts ein, und sie hatte keine Ahnung, wie das Ding hieß. »Mr. Steinbeck hat ihn gefragt, ob er vor Kurzem für jemanden eine Kette repariert hat.«

»Vielleicht war der Kunde gerade auf dem Weg zu ihm«, sagte Walter. Ständig musste er diskutieren. »Davon hätte der Juwelier nichts gewusst.«

»Aber die Kette war nicht kaputt, sie war poliert und glänzte. Er war sich ziemlich sicher, dass jemand sie auf dem Heimweg verloren hat. Und er hatte recht. Ein junges Mädchen hatte eine Kette von seiner Mutter weggebracht, um sie als Überraschung säubern und reparieren zu lassen, dann war sie ihr auf dem Weg nach Hause aus der Tasche gefallen. Sie hatte schreckliche Angst, ihrer Mutter davon zu erzählen, weil die Kette ein altes Familienerbstück war.«

»Woher wusste der Juwelier das alles? Das ist doch passiert, nachdem sie gegangen war.«

»Er wusste das nicht, aber er hat Mr. Steinbeck gesagt, wie

er das Mädchen finden kann, und der hat von ihr den Rest der Geschichte gehört.«

»Hat sie ihm eine Belohnung angeboten?«

»Ja, aber er wollte keine annehmen, er hat gesagt, man brauche nicht dafür belohnt zu werden, dass man das Richtige tut.«

So endeten fast alle ihre Geschichten über Mr. Steinbeck und Charley. Sie vollbrachten eine gute Tat und wollten nachher keine Belohnung annehmen. Sie hoffte, Walter würde irgendwann erkennen, dass es Lohn genug war, das Richtige zu tun – sie freizulassen und sich zu stellen. Aber bis jetzt hatte das Duo aus Mann und Hund schon Boston, Atlanta, Milwaukee, den Crater Lake, den Yellowstone Park – zum Glück war ihre Familie quer durchs ganze Land gefahren, als sie acht gewesen war, das lieferte ihr reichlich Stoff – und jetzt Tulsa bereist und ständig gute Taten vollbracht, ohne dass sich Walter irgendwie beeindruckt zeigte.

Abends in einem der Motels, die Walter bevorzugte, in denen Bargeld und Männer mit jungen Mädchen niemanden neugierig machten, fragte er sie, ob ihre Periode vorüber sei.

»Ja«, antwortete sie. Ihr war plötzlich flau im Magen, und sie zog die Knie an. Bis jetzt hatte er sie noch nicht angefasst, nicht auf diese Art. Bis jetzt. Aber vielleicht nur, weil er gedacht hatte, sie sei noch ein Kind und damit tabu.

»Kann ich die dann erst mal wieder in den Wagen legen?« Er hielt die Schachtel mit den Damenbinden hoch.

»Ja.«

»Für wie lange?«

»Einen Monat.« Sie zögerte verschämt. »Manchmal auch länger.«

Ein Monat. Würde er sie wirklich noch einen Monat bei sich behalten? Hatte sie noch genug Geschichten über Charley und Mr. Steinbeck für einen Monat? Sie hoffte es.

Kapitel 15

Du bist für mich wie ein offenes Buch soll in der Regel nicht wohlwollend klingen. Damit kritisiert man, man wirft dem anderen Naivität vor und deutet an, er würde versuchen, jemanden zu manipulieren, es aber nicht schaffen. *Ich habe dich durchschaut* fühlt sich ähnlich düster an. Und sogar: *Ich würde dich überall wiedererkennen.*

In einer langen, glücklichen Beziehung allerdings schaffen so viel Vertrautheit und unmittelbares Verstehen eine angenehm behagliche Atmosphäre. Als Peter eines Abends früh genug nach Hause kam, um mit den Kindern zu Abend zu essen, und sagte, seinetwegen könnten sie sich jetzt einen Hund anschaffen, durchschaute Elizabeth seine Motive sofort. Er war immer aus einer ganzen Reihe von Gründen gegen einen Hund gewesen – Schmutz, Haare, die Möglichkeit, dass Albie eine Allergie entwickelte. Aber der wichtigste Einwand war für ihn, dass sich Eliza um den Hund kümmern müsste, obwohl sie gesagt hatte, das würde ihr nichts ausmachen. Jetzt verkündete er beim Abendessen vor den Kindern, er habe seine Meinung geändert. Eliza fühlte sich etwas überrumpelt, es hätte doch sein können, dass sie keinen Hund mehr haben wollte. Wenn Peter seine Stimme von Nein zu Ja ändern konnte, warum fragte er sie dann nicht, ob sie ihre Meinung umgekehrt nicht auch geändert hatte?

»Einen richtigen Hund«, sagte Peter.

»Was meinst du mit ›richtigem Hund‹?«, fragte Iso, die kleine Anwältin. Eliza sah ihr an, dass sie gespannt war wie ein Regenschirm – einer der wenigen britischen Ausdrücke, die sie sich gestattete. Das Bild gefiel ihr besser als das vom Flitzebogen.

»Nicht so einen Handtaschenhund, den man herumschleppt. Und keinen Terrier. Die sind zu aufgedreht. Einen Labrador oder … einen Schäferhund.«

»Ich will keinen Rassehund, wenn so viele Mischlinge in Tierheimen auf ein neues Zuhause warten«, sagte Eliza, während Iso rief: »Schäferhund!«, und Albie dagegenhielt: »Schwarzer Labrador!«

»Nein, das Tierheim ist eine gute Idee«, beschloss Peter. »Mischlinge sind gesünder und klüger. Solange es ein richtiger Hund ist. Samstag fahren wir hin.«

Bis dahin waren es noch drei Tage, und die zielstrebige Iso fand schnell heraus, dass sie sich die Hunde im örtlichen Tierheim online ansehen konnten. Eine günstige Möglichkeit, wie Albie fand: »Dann können wir über die Hunde reden, ohne ihre Gefühle zu verletzen.« Als Peter sich abends ansah, welche Hunde die Kinder ausgesucht hatten, einige aussortierte und andere absegnete, wurde Eliza klar, was er bei einem Hund unter »richtig« verstand. Groß. Peter wollte einen großen Hund haben. Sie fragte sich, ob der Anwalt, Jefferson D. Blanding, Peter wohl mehr über Walter oder Barbara LaFortuny erzählt hatte. War es das, was dahintersteckte?

Nach allem sorgfältigen Suchen und vernünftigen Diskutieren ließen sie am Ende einen Hund die Wahl treffen. Reba, ein zotteliger Mischling aus Terrier und Schäferhund mit traurigen Augen, hatte sie mit dem schicksalsergebenen Blick eines Hundes angesehen, der nie genommen wurde. Reba hatte rekordverdächtige achtzehn Monate in dem Tierheim verbracht, das keine Tötungen vornahm. Peter hatte Einwände – die Hündin war nicht klein, aber auch nicht groß oder Respekt einflößend, und Iso ließ beiläufig boshafte Bemerkungen darüber fallen, sie besäße keine Ausstrahlung. Aber Eliza und Albie waren hingerissen, sie warfen sich für die Hündin in die Bresche, und eine Woche später, nach erstaunlich viel Papierkram und nötigen Empfehlungen, zog Reba bei ihnen ein.

»Können wir sie wenigstens umtaufen?«, fragte Iso. »Sonst glauben alle, wir hätten sie nach der Schauspielerin aus dieser albernen Sitcom benannt.«

Eliza begriff erst nach einem Moment, dass Reba McEntire, die für sie immer noch eine Country-Sängerin war, jetzt offenbar in einer Sitcom mitspielte. Ob Iso sich noch an ihre Zeit als kleines Kind in Texas erinnerte, in der Eliza eine seltsame Vorliebe für CMT, einen Sender für Country-Videos, entwickelt hatte? Sie hatte Reba sehr gemocht. Es gab eine Reihe von Videos, die zusammen eine kurze Geschichte über einen Mann und eine Frau erzählten, in einer Gegend wie in einem Liebesroman, vielleicht auf einer der Inseln vor der Küste von South Carolina. Reba hatte darin eine Ärztin gespielt, die ihre große Liebe in Guatemala oder sonst wo kennenlernte, aber die beiden kamen nie zusammen, und irgendwie war das in Ordnung. Madonna in den Achtzigern, Reba in den Neunzigern – wer war jetzt ihre Lieblingssängerin, als das erste Jahrzehnt eines neuen Jahrhunderts zu Ende ging? Eliza war nicht sicher, ob sie überhaupt einen aktuellen Popstar hätte nennen können. Zumindest nicht aufgrund seiner Songs. Ohne sich dafür zu interessieren, wusste sie, welche Sängerin von ihrem Freund verprügelt wurde, welche man wegen Ladendiebstahl verhaftet hatte und welche immer wieder in der Reha landete. Nur ihre Musik kannte sie nicht.

»Nein«, antwortete Eliza so heftig, dass es sie beide überraschte. »Man ändert Namen nicht so einfach.«

»Ich schon«, erinnerte sie Iso. »Und du auch.«

»Wie meinst du das?«

»Du hast früher Elizabeth geheißen und dich irgendwann Eliza genannt.«

Sie waren zusammen mit Albie im Garten und sahen zu, wie

sich Reba an ihr neues Leben gewöhnte. Die Hündin schien der Sache nicht zu trauen. Sie entfernte sich ein paar Schritte von ihnen, dann wandte sie den Kopf, als wollte sie fragen: *Darf ich das?* Sogar ihr Schnüffeln wirkte zögerlich und halbherzig.

Eliza konnte sich gerade noch zurückhalten, bevor sie herausplatzte: »Woher weißt du das?« Schließlich musste sie sich nicht dafür verteidigen, dass sie ihren Namen abkürzte. Stattdessen sagte sie: »Ich bin schon so lange Eliza, dass ich den Namen Elizabeth manchmal ganz vergesse.«

»Er steht doch auf deinem Führerschein.«

Das stimmte. Allerdings ... »Was hast du mit meinem Führerschein gemacht?«

Iso errötete. »Ich habe neulich ein Pfefferminzbonbon gesucht und in dein Portemonnaie gesehen.«

»Die Pfefferminzbonbons sind aber nicht in meinem Scheinfach, Iso.« Eliza wartete ab, ohne ihr etwas vorzuwerfen, aber sie sollte auch nicht denken, sie würde ungeschoren davonkommen.

»Ich habe auch noch einen Dollar gebraucht. Ein Mädchen in meiner Klasse hat Geburtstag, und jeder gibt einen Dollar für ein Geschenk.«

»Einen Dollar?« *Ach komm, Iso. Wenn du schon lügst, dann richtig.*

»In meiner Klasse sind fünfundzwanzig Leute. Wir kaufen ihr eine Geschenkkarte von iTunes.«

»Macht ihr das bei jedem Geburtstag?«

Sie hatte Iso erwischt. Auch ihre Tochter war wie ein offenes Buch, zumindest noch. Eliza dachte an ihre eigenen Eltern, die sicher viel über ihre kleinen Geheimnisse gewusst hatten, und daran, wie nachsichtig sie gewesen waren. Wahrscheinlich hatten sie gedacht: *Was schadet es denn, dass sie sich wie Madonna verkleidet, wenn wir nicht hier sind? Was schadet es, wenn sie die Abkürzung durch den Wald nimmt, um zu dem*

Burger-Laden an der Route 40 zu gehen? Wenigstens bekommt sie viel frische Luft und Bewegung. Sie hatten recht gehabt, aber auch unrecht. Alles konnte schaden.

»Ähm ... nein. Aber bei ihr ist es was Besonderes. Sie ...«

Es war komisch, ihre Tochter lügen zu sehen. Zumindest hätte sie es komisch gefunden, wäre es nicht gleichzeitig erschreckend gewesen.

»Sie hat so eine Krankheit. Irgendwas mit den Nerven. Man sieht nichts.«

Wenigstens war das eine geschickte Lüge. So musste Iso keine Klassenkameradin im Rollstuhl oder mit Beinschiene vorzeigen. Aber Eliza hatte von diesem Spielchen genug.

»Nimm nicht einfach Geld aus meinem Portemonnaie, ohne zu fragen, Iso, in Ordnung? Nicht mal einen Dollar. Ohne meine Erlaubnis solltest du gar nicht reinsehen. Ich bin deine Mutter, trotzdem erwarte ich so was wie Privatsphäre.«

»Du gehst doch auch in mein Zimmer«, sagte Iso. »Du hast auch in mein Portemonnaie gesehen.«

»Weil ich nach verlorenen Sachen gesucht habe. Nicht, um zu spionieren. Nicht ...« Sie senkte die Stimme, damit Albie, der Reba bei ihrer Erkundung des neuen Gartens begleitete, sie nicht hörte. »... um zu stehlen.«

»Ich habe nicht gestohlen!« Vehement, trotzig. »Das war kein Stehlen. Ich habe einen Dollar gebraucht. Hättest du etwa gewollt, dass ich als Einzige nichts dazugebe?«

Sie war so selbstgerecht in ihrer Wut, dass Eliza ein Lächeln unterdrücken musste. Wie schnell sie sich von ihrer eigenen Geschichte überzeugt hatte! Wenigstens hatte sie das von ihrem ursprünglichen Thema abgelenkt.

Oder auch nicht. »Ich will keinen Hund, der *Reba* heißt«, sagte Iso plötzlich.

Die Hündin hob den Kopf und sah sich fragend nach ihnen um. Ein Lächeln konnte man das nicht nennen, sollte es wohl auch nicht. Anthropomorphismus. Aber Eliza erkannte den Anflug einer zögerlichen, aufkeimenden Zufriedenheit, die sie verstand. *Habt mich bitte lieb. Tut mir nicht weh.*

»Sie kennt ihren Namen«, rief Albie begeistert.

Als Eliza zwei Tage später mit Reba nach Hause ging, nachdem sie Albie zur Schule gebracht hatten, fiel ihr ein grünes Auto auf, das ihr folgte. Es war eines dieser merkwürdigen Autos, die Albie so toll fand und die Eliza mit ihrer hohen, rundlichen Form vage an die Dreißigerjahre erinnerten, an Gangster und Spelunken, obwohl die Autos selbst nicht bedrohlich aussahen, ganz im Gegenteil. Sie waren beinahe knuddelig, wenn man das von Autos behaupten konnte, und so unbefangen eigenartig, dass sie reizend wirkten. Beinahe wie Albie.

»Elizabeth!«, rief eine Frauenstimme aus dem Auto.

Eliza zwang sich, sich nicht umzudrehen und weiterzugehen.

»Elizabeth«, beharrte die Ruferin.

Reba war stehen geblieben, um den Boden näher zu inspizieren, und Eliza brachte es nicht fertig, der Hündin eine Freude zu verweigern, und sei sie noch so klein. Sie ließ sich viel zu schnell einschüchtern. Eliza wünschte sich, Reba würde das Leben etwas mehr genießen und nicht ständig so verdammt dankbar sein.

»Dann eben Eliza.« Ein entnervtes Nachgeben, als wäre Eliza ein bockiges Kind.

»Ja?« Eliza wandte sich nur leicht um. Die Frau hatte das Fenster auf der Beifahrerseite heruntergefahren, war aber aus diesem Winkel kaum zu erkennen.

»Warum haben Sie sich nicht vorher umgedreht?« Sie sprach in genau dem Ton, den Eliza bei Iso möglichst vermied. Streitsüchtig, fordernd. Bei diesem Ton musste man einfach widersprechen.

»Ich wusste nicht, wen Sie meinen.«

Die Frau in dem Auto trug eine riesige Sonnenbrille. Eliza fragte sich, ob ihr klar war, wie befremdlich das wirkte, ob ihr bedrohliches Aussehen Absicht war oder sie einfach nicht darüber nachgedacht hatte. Ihr üppiges Haar in der Farbe von gesponnenem Zucker formte sich zu mehreren Frisuren, als hätte sie diese beeindruckende Mähne in sechs oder acht einzelne Strähnen geteilt und jeder einen anderen Stil verpasst. Sie trug Locken und Wellen und sogar zwei Arten Ponys: einen kurzen Pony über der Stirn und lange Strähnen, die über die Wangen hingen.

»Das ist doch Ihr Name, oder?« Das musste Barbara LaFortuny sein. *Bitte*, dachte Eliza, *lass sie das sein*. Sie mochte gar nicht daran denken, was es bedeuten würde, wenn plötzlich immer mehr Leute auftauchen und sie mit ihrem alten Namen ansprechen würden. Vor ihrem inneren Auge erhob sich eine Armee von Frauen, die Walter jeden Wunsch erfüllten. Von diesem Bild sprangen ihre Gedanken zu ihrem geliebten Künstler Henry Darger und seinen verstörenden Porträts der Fünfzigerjahre-perfekten, putzmunteren, perversen Vivian Girls. Die Walter Girls, seine eigene Privatarmee.

Aber Walter lag nichts an Armeen. Auf seine groteske Art gab es für ihn immer nur eine Frau. Zumindest war das sein Ziel. Manchmal hatte er das sogar gesagt. *Ich will nur die Eine finden. Ich suche nur nach der richtigen Frau für mich.*

»Mein Name ist Eliza.«

»Ihr richtiger Name«, sagte die Frau.

»Mein Name«, wiederholte sie, »ist Eliza. Vielleicht verwechsele ich Sie.« Sie unterbrach sich, um ihren Versprecher zu korrigieren. »Vielleicht haben Sie mich verwechselt.«

»Vielleicht habe ich Sie etwas verwirrt«, sagte die Frau kichernd.

Sie nahm ihre Sonnenbrille ab. Obwohl sie damit die Narbe enthüllte, die von einem Augenwinkel nach unten verlief, wirkte sie ohne die Gucci-Brille weniger bedrohlich. Eliza fiel ein, was Peter ihr erzählt hatte. Eine Lehrerin, die im Klassenzimmer angegriffen wurde und sich jetzt für Häftlinge einsetzte. Auf dem Papier klang das nach jemandem, den Eliza mögen würde.

»Er braucht Sie, Elizabeth.«

Sie schüttelte den Kopf.

»Also gut, Eliza.«

»Es geht nicht um meinen Namen«, sagte sie. »Er braucht mich nicht.«

»Doch, er braucht Sie.«

Sie versuchte es noch einmal. »Er hat kein Recht, mich zu brauchen.«

Die Frau beugte sich über den Vordersitz, als wollte sie Eliza bitten einzusteigen. Reba knurrte. Sie wirkte überrascht, dann schien ihr das Geräusch zu gefallen. Selbstsicherer knurrte sie noch einmal. Barbara LaFortuny – wer sollte es sonst sein? – wich zurück, hob etwas auf und streckte Eliza ein zusammengefaltetes Blatt entgegen.

»Er hat mich gebeten, Ihnen das persönlich zu geben. Er wollte ganz sicher wissen, wann Sie es bekommen haben. Zeit ist wichtig für ihn. Die Uhr tickt. Das Datum steht schon fest.«

Eliza betrachtete das weiße Papier in Barbaras Hand – ein einzelnes Blatt, wie viel mochte es enthalten, wie viel Schaden konnte es anrichten? – und nahm es widerwillig entgegen. Ein Beweis, dachte sie. Wenn die Frau losfuhr, würde sie sich auch das Nummernschild merken. Sie würde sich jede Einzelheit dieser Begegnung merken. Was sie mit diesen Erinnerungen anstellen würde, wusste sie nicht, aber sie würde sich erinnern.

Barbara LaFortuny hatte schöne Hände – manikürte Nägel, interessante, aufdringlich funkelnde Ringe – und, der kurzen

Berührung ihrer Finger nach zu urteilen, weiche Haut. Ihre Frisur mochte exzentrisch sein, aber diese Frau besaß genug Zeit und Geld für sich. Eliza faltete das bereits geknickte Blatt noch einmal auf die Hälfte und steckte es in die Tasche ihrer Fleecejacke, die sie über ihr T-Shirt gezogen hatte. Es war der erste Herbstmorgen. Auf dem Weg zu Albies Schule war sie fröhlich gewesen, hatte seine Tasche getragen, während er Rebas Leine gehalten hatte.

»Komm mit …« Sie verschluckte den Namen der Hündin. Barbara LaFortuny sollte nichts über ihre Familie erfahren. Sie wusste schon jetzt viel zu viel. War dieses grüne, verspielte Gangster-Auto ihr und Albie morgens zur Schule gefolgt? Sie überlegte, ihr Handy aus der Tasche zu ziehen und LaFortuny zu fotografieren, damit sie das Bild an Albies und Isos Schulen zeigen konnte, aber das Auto rollte bereits davon. Nummernschilder aus Chesapeake Bay. Rettet die Bucht. Rettet Walter. An Anliegen mangelte es Barbara LaFortuny nicht.

Zu Hause setzte Eliza Teewasser auf, aber dann klingelte das Telefon, mitten im Gespräch kam etwas von FedEx, der Kessel pfiff, und die einschüchternd hochtechnisierte Waschmaschine fing an, mit einem Fehlercode zu piepen, weswegen Eliza das Handbuch suchen musste, und bevor sie sich's versah, war es halb vier am Nachmittag, Zeit, Albie abzuholen, viel zu warm für ihre Fleecejacke, und sie trieb wieder im Sog des Familienlebens. Erst um zehn Uhr abends hatte sie genug Zeit und Ruhe, um den Brief zu lesen, um elf fiel ihr ein, dass sie ihn in die Tasche gesteckt hatte.

Er war nicht mehr da.

Kapitel 16

1985

Obwohl – oder gerade weil – Walter in der Nähe aufgewachsen war, hatte er nie die Luray Caverns besucht, ein riesiges Höhlensystem im Osten der USA, und so setzte er sich in den Kopf, dass er und Elizabeth dort einen Tag verbringen sollten. Die Idee war unvernünftig, weil sie ständig knapp bei Kasse waren, aber die Schilder am Highway lockten ihn. Er wollte die Höhlen unbedingt sehen, ganz zu schweigen von den Oldtimern, auch wenn er nicht verstand, warum bei den Luray Caverns alte Autos gezeigt wurden. Er redete sich ein, der Besuch würde Elizabeth Freude machen.

Zu seiner Überraschung widersprach sie, hielt das Ganze für Verschwendung. Er hatte in letzter Zeit immer weniger Jobs gefunden, und sie hatten öfter draußen geschlafen, obwohl es nachts in den Bergen kälter wurde.

»He, ich will nur etwas Nettes für dich machen.« Wer war sie überhaupt, dass sie mit ihm über Geld stritt? Dass sie überhaupt mit ihm stritt? Sie gab selten Widerworte, und es gefiel ihm nicht, dass sie jetzt damit anfing. Diese Entwicklung sah er mit Sorge. Sie brauchte mehr Disziplin.

»Ich war da schon«, sagte sie. »Vor zwei Jahren erst.«

»Und wie war es?«

»Ganz nett. Ich weiß nur noch, wie man sich den Unterschied zwischen Stalagmiten und Stalaktiten merken kann.«

Eigentlich wollte er nicht fragen, aber sie würde es offenbar nicht von sich aus erklären. »Und wie?«

»Stalaktiten mit einem ›t‹ tropfen von der Decke. Stalagmiten wachsen am Grund der Höhle.«

»Na, dann könnte man sich doch genauso gut ›g‹ für Grund merken, oder?«

Das ließ sie kleinlaut werden.

»Klar, das würde auch gehen.«

»Und du warst zwar da, aber ich noch nicht. Ist das fair?«

»Du hast gesagt, das sollte etwas für mich sein.« Das stimmte und war gleichzeitig zum Aus-der-Haut-Fahren. »Wenn es nach mir ginge, würde ich das Geld lieber für etwas anderes ausgeben.«

»Zum Beispiel?«

»Keine Ahnung. Für ein Abendessen in einem Restaurant, statt immer nur Fast Food oder irgendwas Kaltes aus dem Supermarkt. Was zum Anziehen.«

»Ich habe noch weniger Klamotten als du.«

Sie setzte an, etwas zu erwidern, überlegte es sich dann anders und ließ sich mit einem so tiefen Seufzer in den Beifahrersitz fallen, dass ihr Atem den Pony hochblies, der ihr in die Augen hing. In diesem Moment erkannte Walter, wie es sein würde, irgendwann eine Tochter in diesem Alter zu haben, wie aufreibend und innig und erschreckend.

Im nächsten Augenblick wurde ihm klar, dass er nie eine Tochter haben würde, auch keinen Sohn und keine Frau. Etwas kam auf ihn zu, etwas Großes. Wegen seiner Taten, das ja, aber auch weil es sein Schicksal war. Wenigstens sein Tod würde heldenhaft sein. Eine Verfolgungsjagd, ein Kampf. Er würde einen großen Tod sterben, und das gefiel ihm.

Aber was hatte er eigentlich getan, außer sich das verschaffen zu wollen, was andere hatten und als selbstverständlich annahmen, was ihnen in den Schoß fiel? Überall sah er Pärchen, die Händchen hielten und das Zusammensein genossen. Männer, die längst nicht so gut aussahen und wahrscheinlich auch nicht so viel konnten wie er, waren mit umwerfenden Frauen zusammen, und er begriff nicht, wie das zustande kam. Am Anfang hatte er sich nur eine Freundin gewünscht, und eine Freundin hatte er sich gewünscht, weil er irgendwann eine Ehefrau und dann Kinder haben wollte. Sicher, er war es überstürzt angegangen, hatte schlechte Entscheidungen getroffen. Aber gute Entscheidungen fielen schwer, wenn man jemanden nicht richtig kennenlernen konnte. Wie sollte man nach der Schulzeit überhaupt Bekanntschaften schließen? Bei der Arbeit in der Werkstatt seines Vaters hatte er keine Chance, Frauen kennenzulernen. Mit den wenigen, die überhaupt kamen, ergab sich kein Gespräch, und in seinem Overall sah er kleiner aus, als er war. Und selbst wenn sie über den Overall hinwegsehen könnten, wenn sie sein nettes Gesicht und seine grünen Augen bemerkten, dachten sie wahrscheinlich: »Ach, ein Schrauber.« Schrauber! Hatten die Leute überhaupt eine Ahnung, wie klug man sein musste, um Autos zu reparieren? Ärzte waren auch nicht schlauer als Mechaniker, sie spielten nur um größere Einsätze. Ärzte konnten sich spezialisieren. Einer kümmerte sich um das Herz, einer um das Hirn, ein dritter um Knochen. Er und sein Vater reparierten alles, einheimische und ausländische Autos, und sie waren ehrlich. Niemand, der sie kannte, hatte ihnen je etwas vorzuwerfen gehabt. Einmal war ein Fremder durch die Stadt gekommen und liegen geblieben, mit einem neueren Auto mit einer elektronischen Zündanlage, was immer schwierig war. Trotzdem hatten sie den Mann noch am selben Tag wieder auf die Straße schicken können und ihm damit die Kosten für ein Motel erspart, und er hatte doch tatsächlich gefragt, warum sie seine Bremsklötze erneuert hatten, die so dünn gewesen waren wie abgelegte Babystrampler. Der Mann war groß gewesen, nur etwa sechs oder sieben Jahre älter als Walter, der damals siebzehn gewesen war, hatte aber sehr wichtiggetan. In seinem Auto hatte es nach Zigarren gerochen, und als sie den Motor nach der Reparatur angelassen hatten, um alles zu überprüfen, hatte aus dem Radio Opernmusik gedröhnt. Walter glaubte keinen Moment lang, dass dem Mann diese

Musik tatsächlich gefiel. Er war nur darauf aus, andere zu beeindrucken. Gleichzeitig war Walter klar, dass es wahrscheinlich funktionierte und die Mädchen wirklich beeindruckt waren. Frauen waren so oberflächlich.

»Wir fahren zu den Höhlen«, erklärte er Elizabeth. »Das ist gut für die Bildung.«

Sie seufzte noch tiefer, und als das zu wenig war, schob sie die Unterlippe vor und machte ein regelrecht unanständiges Geräusch. Ihm juckte die Hand. Er verpasste ihr eine Ohrfeige, nur eine leichte, und freute sich, als ihr Tränen in die Augen traten.

Die Führung gefiel ihr, das sah er ihr an, auch wenn sie für die Höhlen nicht warm genug angezogen waren. Bald würden sie mehr Kleidung brauchen, Jacken, Pullover und Stiefel. Er musste ihr Leben ordnen und feste Arbeit finden. Aber ohne Zeugnisse bekam er keine Stelle als Mechaniker, und eine eigene Werkstatt würde zu viel Startkapital und Fixkosten bedeuten. Außerdem hätte er am liebsten einen Reparaturladen für alles eröffnet, nach dem Motto: »Was Sie kaputtmachen, kann ich reparieren.« Oder: »Ich bringe alles in Ordnung, von der kaputten Tür bis zum gebrochenen Herzen.« Den Satz hatte er von Earl geklaut, dem Kollegen, der zu den Marines abgehauen war. Er war jünger als Walter gewesen, aber nett, einer der wenigen Menschen, die ihn nicht wie einen Idioten behandelten. Könnte Walter nicht auch Soldat werden? Nein, das war nicht wie in diesen alten Filmen, in denen man zur Fremdenlegion ging und abtauchte. Oder wie in diesem Streifen vor ein paar Jahren, in dem ein Mann mit zweihunderttausend Dollar Lösegeld mit einem Fallschirm aus dem Flugzeug gesprungen war. Junge, war die Frau in diesem Film hübsch gewesen, genau sein Typ. Dünn, aber mit großen Brüsten und einem herausfordernden Lächeln. Konnte er für Elizabeth ein

Lösegeld bekommen? Kein großes, nach allem, was er über ihre Eltern wusste. Sie erzählte ständig, sie hätten wenig Geld. Computer konnten einen immer finden, egal wohin man ging. Immerhin hatte er diesen Film *WarGames* gesehen. *Was sollte er tun?* Er war in Gedanken so damit beschäftigt, seine Alternativen oder besser mangelnden Alternativen durchzugehen, dass er kaum auf die Führung achten konnte.

Die Höhle war nicht voll, außer ihnen nahm nur eine Schulklasse an der Führung teil. Die noch jungen Kinder, nicht älter als zehn oder elf, waren laut und begeistert vom Schall und Echo ihrer Stimmen. Elizabeth betrachtete sie mit eigenartigem Blick, als könnte sie sich nicht daran erinnern, jemals so jung gewesen zu sein. Dann wurde ihm klar, dass nicht das Alter sie von den Kindern trennte. Er war es, das Leben, das er für sie geschaffen hatte. Elizabeth gehörte nicht mehr in ihre Welt, in eine Welt mit Eltern und Fernsehen und Abendessen und Schule. Sie hatte das so bereitwillig akzeptiert, dass er ein wenig den Respekt vor ihr verlor. Sicher, am Anfang hatte er ihr eine Scheißangst eingejagt und ihr gezeigt, dass er ihr wehtun konnte – jäh, brutal, ohne große Anstrengung. Aber nach diesen ersten Tagen hatte er nie wieder die Hand gegen sie erhoben, und trotzdem blieb sie. Diesen Tag zählte er nicht mit, das war nur ein Knuff gewesen, eine Warnung. In gewisser Weise hatte er sie am Hals. Warum dieses Mädchen, das nur über ihn gestolpert war? Warum konnte er nicht ein Mädchen haben, das er ausgesucht hatte? Das war alles so unfair.

Er könnte sie freilassen, jetzt sofort. Er könnte ihr auf die Schulter tippen, ihr sagen, er würde zur Toilette gehen, sie solle sich nicht rühren, und sie würde gehorchen. Er könnte auch warten, bis sie zur Toilette gehen wollte, könnte seine üblichen Regeln und Ermahnungen abspulen, wie viel Zeit sie hätte und dass sie mit niemandem reden dürfte, nicht einmal wenn sie angesprochen wurde, und dass sie es sonst zweifellos bereuen würde. Und wenn sie wieder herauskam, würde er verschwunden sein. Wie lange sie wohl warten würde? Er war fast versucht, sich irgendwo zu verstecken und abzuwarten, wann sie sich an jemanden wandte. Wahrscheinlich würde sie den ganzen Tag sitzen bleiben, bis ihr ein Wachmann mitteilte, sie würden schließen.

Er könnte auch langsam zurückweichen, den Blick fest auf die schmalen Schultern in dem Sweatshirt gerichtet, das sie angeblich scheußlich fand, sich leise zurückziehen, bis er im Sonnenlicht stand, dann losrennen, in seinen Pick-up springen und wegfahren, um sich einen Vorsprung zu sichern.

Wie viel wusste sie, was konnte sie der Polizei erzählen? Eine Leiche, Maude, hatten sie bereits gefunden, aber Elizabeth wusste nicht, wo die anderen Mädchen waren, sie wusste nicht einmal, dass es andere Mädchen gab, obwohl er darauf angespielt hatte, wie weit er gehen würde, wenn man ihn wütend machte oder herausforderte. Allerdings konnte Elizabeth ihnen von seinem Pick-up erzählen. Sie konnte seinen Namen nennen und sagen, dass er aus West Virginia stammte. Auch andere Dinge hatte er ihr erzählt, Dinge, die man nun mal erzählte, wenn man viel Zeit mit jemandem verbrachte; allerdings war das nichts, wodurch man jemanden finden konnte. Was er gerne aß, was er im Fernsehen sah, von seiner einzigen Reise ans Meer und davon, wie enttäuscht er gewesen war, vor allem von diesen Bonbons, den Salt Water Taffys, die längst nicht so besonders waren, wie die Leute immer erzählten.

Er könnte sie gehen lassen, könnte zulassen, dass die singenden Zehnjährigen sie langsam umringten, aufnahmen und weitertrugen, bevor sie es bemerkte. Altersmäßig war sie nicht weit von ihnen entfernt, egal was sie dachte. Sie war immer noch ziemlich unschuldig, mit ihren Geschichten über diesen Hund. Und ihren Tränen nachts im Badezimmer, wenn sie dachte, er könnte sie nicht hören, oder vor dem Einschlafen, wenn sie versuchte, sie mit ihrem Kissen oder der Faust zu unterdrücken. *Du bist nur ein Kind,* wollte er ihr sagen. *Geh zurück, sei wie sie.* Es war nicht zu spät. Er konnte …

Sie drehte sich um, ihre Blicke trafen sich, und der Augenblick, der Impuls war vergangen. Wem wollte er etwas vormachen? Sie hatten einander am Hals.

Kapitel 17

Erst zwei Tage später fand Eliza das Blatt wieder, in der Altpapiertonne, mit einem Bild von Albie auf der leeren Seite. Darauf fuhren er und Reba auf einem Tandem.

»Albie, warum hast du auf …« Sie musste kurz überlegen, wie sie es formulieren sollte. »… auf Mamis Brief gemalt?«

»Ich war im Wohnzimmer und hatte eine Idee, und ich wollte nicht nach oben gehen und meinen Block holen, und Papa sagt immer, wir sollen nicht das Papier aus dem Druckerfach nehmen, wir sollen Schmierpapier nehmen, und das habe ich in seinem Abfalleimer gefunden, wo es überhaupt nicht hingehört, und ich dachte, ich kann darauf malen, und dann habe ich es zum Altpapier gelegt, weil es mir nicht gefallen hat, das Fahrrad sieht nicht richtig aus.«

Er sprudelte die Worte nur so heraus, als würde er mit einer Strafe rechnen. Aber anders als Iso versuchte Albie nicht, sie zu täuschen. Noch nicht.

»Das ist schon in Ordnung.« Sie überlegte, wie sie ihn fragen konnte, ob er den Brief gelesen hatte, ohne anzudeuten, er hätte ihn interessieren können. »Er hat bestimmt unwichtig ausgesehen. Lauter langweiliges Zeug.«

»Er war im Abfall«, erinnerte Albie sie. »Ich dachte, das ist ein Formalbrief.«

»Ein Formal… – ach, ein Formbrief. Ja, das stimmt. Hast du Hausaufgaben auf?«

»Nein«, antwortete Albie mit einem ehrlich enttäuschten Seufzer. Er hätte sich gern wie Iso in ihrer Middleschool mit Arbeit zuschütten lassen, stattdessen kam er mit wenigen leichten Aufgaben nach Hause. »Wir sollen Multiplizieren üben, und ich kann die Zwölferreihe schon.«

»Dann kannst du dir einen Film ansehen, wenn du willst.«

Albie überdachte das ungewöhnliche Angebot seiner Mutter. Eliza schränkte die Kinder nicht in ihrem Fernsehkonsum ein, aber sie schlug das Fernsehen normalerweise auch nicht als Zeitvertreib vor. »Ich glaube, ich spiele lieber mit Reba«, sagte er. Er ging in den weiten, langen Garten. Beinahe zu lang, dachte Eliza, obwohl der Garten für sie eigentlich das Beste am Haus war. An einigen Stellen am hinteren Zaun verlor sie Albie aus den Augen. Aber Reba war bei ihm, erinnerte sie sich, und die Hündin wurde mit jedem Tag selbstsicherer. Erst hatte sie Barbara LaFortuny angeknurrt, jetzt verbellte sie den Postboten auf seiner täglichen Runde. Eliza hatte Peter von diesem klischeehaften Verhalten erzählt und sich darüber gewundert. Warum bellten Hunde Postboten an? »Weil es funktioniert«, hatte Peter geantwortet. »Jeden Tag bellen sie, und jeden Tag verschwindet der Postbote wieder.«

Sie setzte sich so an den Schreibtisch im Wohnzimmer, dass sie den Garten einsehen konnte. Dieser Brief war in einer kleinen, schnörkeligen Schriftart gedruckt, durch die Barbara LaFortuny viel Text auf der Seite unterbringen konnte. Albie hatte ihn für einen Formbrief gehalten, und in gewisser Weise hatte er recht. Der Stil klang gestelzt, beinahe, als wäre der Text aus einer anderen Sprache übersetzt. Vielleicht hatte Barbara LaFortuny ihn ohne Walters Wissen geschrieben. Jedenfalls klang Walters zweiter Brief trocken, dumpf, wie seine eintönigen Aufzählungen, was er alles mit – für – Frauen tun würde, wenn sie ihn nur ließen. Nicht im Bett, sondern nette Dinge: die Tür aufhalten, ohne besonderen Anlass Blumen schicken, sich wichtige Jahrestage merken.

Es wäre schön, dich zu sehen. Für mich natürlich, aber auch für dich, glaube ich. Ich habe dich immer gemocht. Ich habe dir nie wehgetan, nicht absichtlich.

Wehtun war in Walters Welt offenbar ein Euphemismus für töten. Er konnte doch nicht ernsthaft glauben, er hätte ihr nichts angetan. In seinem ersten Brief hatte er geschrieben, er wolle Wiedergutmachung leisten.

Ich glaube, ich bin nicht mehr der Mann, den du kanntest. Ich bin gebildeter. Habe viel gelesen. Ich habe darüber nachgedacht, was für ein Mensch ich war, und dieser Mensch bin ich nicht mehr. Ich empfinde echte Reue für den Schmerz, den ich den Mädchen und ihren Familien zugefügt habe. Ich bin länger hier als jeder andere, deutlich länger. In dieser Hinsicht gelte ich als frappante Ausnahme. Ich weiß ja nicht, ob du über mich auf dem Laufenden bist.

Als wären sie alte Freunde, als hätte sie ihn auf Facebook gesucht oder gemeinsame Bekannte gefragt, wie es ihm ging. Als müsste man bei irgendetwas auf dem Laufenden bleiben. Ein Brief von Walter war für sie, als hätte ein vertriebener Einwohner von New Orleans ein Telegramm mit dem Absender »Katrina« bekommen. He, wie geht's dir? Denkst du noch an mich? Das waren ganz schön wilde Zeiten, was?

Ich weiß ja nicht, ob du über mich auf dem Laufenden bist, aber bei meinem Prozess gab es ungewöhnliche Umstände.

Ein Geschworener meldete sich und gab zu, es sei im Besprechungszimmer zu verbotenen Diskussionen gekommen. Eine der Geschworenen war mit einem Anwalt verheiratet, und sie erzählte allen, ich würde in Maryland nie die Todesstrafe erhalten – das tat ich auch nicht, aber das konnte sie nicht wissen, und sie hätte nicht darüber sprechen dürfen. Also konnte man nur in Virginia einigermaßen sicher mit meiner Hinrichtung rechnen. Ich will dich nicht mit juristischen Details langweilen, aber in Virginia herrschen drakonische Gesetze, eine Berufung ist sehr schwer zu erreichen.

Frappant, drakonisch. Walter glaubte, wenn man große Wörter benutzte, würde man gebildet klingen. Sie sah direkt vor sich, wie er über der Seite »Testen Sie Ihren Wortschatz« im *Reader's Digest* brütete. Gab es im Gefängnis den *Reader's Digest*? Den *Washingtonian* hatten sie immerhin.

Jedenfalls haben sich meine Berufungen aus diesem und anderen Gründen lange verschleppt, mit vielem Auf und Ab und Hin und Her. Ich bin seit zweiundzwanzig Jahren hier. Der Nächste bringt es auf zehn Jahre. Damit bin ich wohl der Dienstälteste im Todestrakt.

Das musste sie Walter lassen: Dienstältester im Todestrakt besaß einen gewissen Humor, und Walter hatte nie über sich lachen können. Wenn er so etwas schreiben konnte, musste er sich ein Stück weit geändert haben.

Ich muss zugeben, dass ich im Laufe der Jahre oft an dich gedacht habe. Über dein Foto in der Zeitung habe ich mich gefreut, aber überrascht war ich nicht. Ich hatte erwartet, dass du ein Leben mit Partys und Fotografen führen wür-

dest. Du hattest immer etwas Besonderes an dir, ein gewisses Funkeln.

Ein Funkeln, aber kein Strahlen. Sie erinnerte sich, wie er langsamer gefahren war, als er Holly entdeckt und ihren Anblick in sich aufgesogen hatte. »Das Mädchen hat ein richtiges Strahlen an sich.«

Doch auch auf die Gefahr hin, dich zu beleidigen, war ich überrascht, als Barbara – die hervorragend recherchieren kann – mir erzählte, dass du keinen Beruf ergriffen hast. Natürlich habe ich höchsten Respekt vor der Mutterrolle, und wenn mein Leben anders verlaufen wäre, wäre ich wahrscheinlich dankbar gewesen, wenn meine Ehefrau ihre Familie an erste Stelle gesetzt hätte. Aber für dich hatte ich mir eine andere Zukunft vorgestellt.

Mit diesen Worten, mit diesem Absatz hatte Walter etwas viel Schlimmeres getan, als sie zu beleidigen. Mit zitternden Händen schob Eliza das Blatt Papier in den Schredder neben Peters Schreibtisch, mit der Schrift nach unten, damit sie nur Albie und Reba auf ihrem Tandem zwischen die Zähne der Maschine gleiten sah. Walter hatte dieses Blatt nie berührt, sagte sie sich. Er hatte Barbara die Worte diktiert. *Vielleicht waren das nicht einmal seine eigenen Worte*, dachte sie. Soweit sie wusste, hätte auch Barbara LaFortuny das ganze Drama inszenieren können. Aber nein, das war Walters Stimme, auch wenn sie dieses Mal seltsam klang.

Weil das ihre Panik noch nicht dämpfen konnte, leerte sie den Behälter des Schredders direkt in den Mülleimer und trug den Müll in die Garage, obwohl Papier in die Recyclingtonne des Countys gehört hätte. Wäre es möglich gewesen, hätte sie den Müll sofort zur örtlichen Deponie gefahren oder ihn auf ihrem Rasen verbrannt, aber offene Feuer waren in ihrer Gegend verboten.

Doch selbst wenn sie zugesehen hätte, wie Walters Worte verkohlten und in lodernden Flammen aufgingen, hätte sie immer noch gewusst, was sie schon hätte erkennen müssen, als Barbara LaFortunys unheilvoller kleiner Wagen sie auf der Straße verfolgt hatte: Walter wusste nicht nur, wo sie wohnte, was ihr Mann tat und wie sie aussah. Er wusste, dass sie Kinder hatte, und, noch viel wichtiger: Er wollte ihr klarmachen, dass er das wusste.

Er wollte etwas von ihr. Einen Besuch, einen Anruf. Er wollte etwas, und wenn sie nicht mitspielte, würde er Iso und Albie benutzen, um es zu bekommen.

Kapitel 18

1985

Während sich der September hinzog, bat Eliza, Walter solle sie die Schule besuchen lassen. Er sagte, er würde ihre Bitte überdenken. Diesen Ausdruck benutzte er gerne, wenn sie sich etwas wünschte, das sie offensichtlich nicht bekommen konnte – mehr Kleidung, Abendessen in Restaurants, einen Anruf bei ihren Eltern, eine Freundin. »Ich werde das überdenken«, sagte er dann, und nichts änderte sich.

»Ich mache auch nichts Falsches«, sagte sie. Sie wusste, dass ihre Bitte zum Scheitern verurteilt war, aber sie konnte nicht anders. »Ich will doch nur zur Schule gehen und lernen. Bildung ist wichtig. Das sagst du doch auch immer.«

»Stimmt«, gab er zu. »Aber das wird nicht funktionieren. Wir bräuchten einen festen Wohnsitz.«

»Würde mir gefallen«, sagte sie, bevor sie sich schnell verbesserte: »Das würde dir bestimmt gefallen.«

»Im Moment ist das nicht drin. Wir müssen in Bewegung bleiben.«

»Es ist illegal, wenn man unter sechzehn nicht zur Schule geht«, sagte sie. »Wenn dich jemand mit mir sieht, hält er dich vielleicht an und stellt dir Fragen. Am Anfang, im Sommer war das egal, aber jetzt haben wir Herbst.«

»Noch nicht, nicht auf dem Kalender.«

Aber das Wetter war herbstlich. Früher war der Herbst ihre liebste Jahreszeit gewesen, die Tage voller Verheißungen, die Nächte kühl und frisch. Der Herbst hatte ihr immer das Gefühl gegeben, alles könnte passieren. Sogar das Wort Herbst gefiel ihr. Sie würde wieder zur Schule gehen, mit ihrer neuen Kleidung – Vonnie strapazierte ihre Sachen so, dass Eliza nur selten etwas auftragen musste –, ihrem aufgestockten Schlamperetui, ihrer blitzblanken Heftmappe. Dieses Jahr wäre sie ordentlicher und besser vorbereitet. Sie würde sich anstrengen, Einsen zu bekommen, statt sich mit Zweien zufriedenzugeben. Bis Thanksgiving hatten sich solche Träume meist abgeschliffen, aber September und Oktober waren eine goldene Zeit.

»Ach, es gibt doch reichlich Gründe, warum eine Fünfzehnjährige nicht in der Schule ist«, sagte er. »Ich kann mir nicht vorstellen, dass es jemandem auffällt. Ist es bis jetzt auch nicht.«

Er hatte recht. Die Leute schienen sie gar nicht zu bemerken. Ihre Blicke glitten über Eliza hinweg, an ihr vorbei, aber niemand sah ihr in die Augen, trotz ihrer stummen Schreie, man solle sie sehen, sie wahrnehmen. Weil er ihr das Haar geschnitten und gefärbt hatte? Er achtete nicht auf den Schnitt, färbte aber akribisch nach. (»*Nice 'n' Easy*«, hatte Walter abfällig gesagt. »Vielleicht für Friseurschwuchteln.«)

Manchmal allerdings konnte sie beobachten, wie Frauen auf Walter mit vorsichtigem Interesse reagierten. Aber das hielt nie lange an. Kellnerinnen oder Verkäuferinnen ließen die Blicke von oben bis unten über ihn gleiten und verwickelten ihn in ein Gespräch. Dann zogen sie sich ebenso schnell wieder zurück. Elizabeth hatte tonnenweise darüber gelesen, was Mädchen bei Jungs falsch machten, und fragte sich, welche Fehler Jungs machten. Walter war … übereifrig. Nein, das stimmte nicht. Er war höflich, interessiert. Er versuchte, sie aus der Reserve zu locken. Aber erwachsene Frauen wandten sich von Walter ab, als würde er streng riechen.

Elizabeths Bitte, die Schule besuchen zu dürfen, setzte Walter einen seltsamen Floh ins Ohr, und er beschloss, dass sie von jetzt an nachmittags Bibliotheken besuchen und lesen würden. Er bestand darauf, dass sie ihre Auswahl von ihm absegnen ließ. Manchmal musste sie einen Roman zurückstellen und ein Sachbuch lesen, wobei ihm offenbar nie auffiel, dass die Texte über Geschichte, Naturwissenschaften und Mathematik viel zu einfach für sie waren. Walter las meist Geschichtsbücher oder Autozeitschriften, aber irgendwann – in Fredericksburg, Virginia, glaubte Elizabeth, allerdings brachte sie die Orte immer wieder durcheinander – fand er ein hellgrünes Buch mit dem Titel *Wenn das Biest die Schöne zähmt: Was Frauen wirklich wollen* und fing mit großem Interesse an zu lesen.

Wie sich zeigte, las Walter nicht besonders schnell, und obwohl sie mehrere Tage lang in Fredericksburg blieben – er hatte Arbeit bei einem privaten Umzugsunternehmen gefunden, dessen Besitzer nichts dagegen hatte, wenn Walters »kleine Schwester« ihm hinterherlief –, schaffte er in den Stunden, die ihm zur Verfügung standen, nur das erste Drittel des Buchs.

Als sie am Ende der Woche weiterzogen, musste Walter erschrocken feststellen, dass die nächste Bibliothek das Buch nicht besaß. Und in der Bibliothek der übernächsten Stadt stand es bei den nicht ausleihbaren Büchern, für die Nutzer an der Ausleihtheke unterschreiben mussten, weil sie Bestseller waren. Er schickte Elizabeth los, um danach zu fragen.

Sag, es wäre für deine Mutter, sagte Walter, und das tat sie, obwohl sie beinahe an ihren Tränen erstickte. Ihre Mutter hätte so ein Buch nie gelesen. Sie hätte darüber höchstens gelacht.

Die Bibliothekarin schien nicht zu bemerken, wie aufgewühlt Elizabeth war. Sie gab ihr das Buch und sagte nur: »Für die Exemplare in der Ausleihe haben wir eine Warteliste mit mehr als fünfzig Namen.«

Walter stahl das Exemplar, das sie bekamen, und rechtfertigte sich Elizabeth gegenüber lang und breit. »Die Bücher werden von Steuerzahlern bezahlt«, sagte er. »Ich bin Steuerzahler, und ich gehe fast nie in Bibliotheken. Warum sollte ich mir dieses eine Buch nicht nehmen?«

»Du zahlst jetzt doch gar keine Steuern«, bemerkte Elizabeth. »Für deine Jobs wirst du immer bar bezahlt. Und in Virginia hast du auch nie Steuern gezahlt.«

»Mehrwertsteuer«, sagte Walter. »Benzinsteuer. Ich zahle meinen Teil, und ich bekomme nichts dafür zurück. Ich bin ja nicht wie diese Frau, die mit ihrem Cadillac Essensmarken holen fährt.«

»Das ist ein Märchen«, sagte Elizabeth, die noch wusste, wie hitzig ihr Vater bei Tisch darüber diskutiert hatte, gerade erst letztes Jahr. War das wirklich erst ein Jahr her? 1984 erschien ihr unglaublich weit entfernt. Ihre Eltern hatten natürlich Mondale unterstützt, und Elizabeth hatte eine Wahlkampfveranstaltung besucht, um vielleicht einen Blick auf Geraldine Ferraro werfen zu können. Als sie später in der Schule von ein paar der cooleren Jungs aufgezogen wurde, hatte sie zurückgerudert und behauptet, sie würde die Demokraten nicht mögen, ihre Eltern wären für Mondale, aber sie nicht. Jetzt hatte sie ein schlechtes Gewissen deswegen und wegen der vielen Male, bei denen sie ihre Eltern verraten oder verleugnet hatte. Sicher, ihre Mutter zog sich nicht wie die anderen Mütter an, und sie trug ihr Haar zu lang, offen und nicht richtig frisiert. Sie hatte es nicht verstanden, als sich Elizabeth einen Ballonrock gewünscht hatte. Sie verstand grundsätzlich nicht, warum Elizabeth irgendetwas wollte. Sie behauptete zwar, sie würde es verstehen – immerhin war sie Psychologin –, aber Elizabeth merkte, dass sie ihrer Mutter ein Rätsel war, dass sie nicht begriff, warum ihre Tochter in einer Familie aus schwungvoll lauten, unangepassten Dickköpfen unbedingt so sein wollte wie alle anderen, um ja nicht aufzufallen.

Walter las Elizabeth abends aus dem gestohlenen Buch vor. Er fand es offenbar großartig, weise und tiefgründig, und zum Teil interessierte es Elizabeth tatsächlich. Das Buch riet Frauen, sie sollten zu einer »natürlicheren« Beziehung zu Männern zurückkehren, ihre »angeborene Sanftheit« pflegen und akzeptieren, dass Männer rau und ein wenig wild waren. Außerdem sollten Frauen sich klarmachen, dass die besten Männer diejenigen waren, die für sie sorgten – nicht finanziell, sondern emotional. Sie sollten Männer nicht nach Äußerlichkeiten wie Kleidung oder Aussehen beurteilen, sondern sich Männer suchen, die nett waren und sie unterstützten.

»Das ist das Problem«, sagte Walter. »Genau das mache ich, aber es hilft nicht. Kein bisschen.«

Elizabeth überlegte, was mit »natürlich sein« gemeint war. Hieß das, man sollte sich nicht die Beine rasieren und sich nicht die Haare föhnen und frisieren? Ihre Mutter trug ihr Haar lang und offen, aber die Beine rasierte sie sich. Elizabeth hatte sich die Beine nicht mehr rasieren können, seit Walter sie entführt hatte, und jetzt waren sie mit einem weichen Flaum bedeckt. Sie hätte ihre Beine niemandem zeigen wollen, aber sie mochte, wie sie sich anfühlten. Nachts allein im Bett oder in einem Schlafsack strich sie sich über die Beine oder befühlte ihre Achseln. Vielleicht verwandelte sie sich ja in etwas Neuartiges, Gewaltiges, in ein Tier, das gegen Walter kämpfen oder von ihm weglaufen konnte, flink und behände.

Aber sie würde nicht entkommen. Niemals.

Walter wurde das Buch wichtiger als die Geschichten, die Elizabeth erzählte, und manchmal bat er sie, während der Fahrt daraus vorzulesen. Besonders gut gefiel ihm das Kapitel über eine gefühlskalte, ehrgeizige Geschäftsfrau, die glaubte, sie würde jemanden suchen, der genauso war wie sie.

»Maureen, 29, hat scheinbar alles, was man sich wünschen kann«, las Elizabeth vor. »Die schlanke, brünette Frau arbeitet für eine große Kaufhauskette in Texas in einem Team für Expansion. Tagsüber trägt sie maßgeschneiderte Anzüge, ihr glattes braunes Haar kämmt sie zu einem Chignon …«

»Was ist das?«, fragte Walter. »Ein Schien-jong?«

»So was wie ein Dutt, nur schicker«, antwortete Elizabeth. Sie strich ihre eigenen kurzen Locken zurück, die sich nicht mehr frisieren ließen. »Das schreibt man C-h-i-g-n-o-n.« Wenn Walter diesen Abschnitt später lesen würde – den Teil, den sie tagsüber schaffte, las er immer noch einmal –, würde er sie vielleicht fragen, warum sie ihm ein falsches Wort genannt hatte.

»Na gut. Les weiter.«

Sie hatte die Stelle verloren und fand sie erst nach einem Moment wieder. »Abends lässt sie es sich locker auf die Schultern fallen, wenn sie in den Clubs und Bars von Dallas nach einem Mann sucht. Sie glaubt, sie wüsste genau, was sie will – einen karrierebewussten Mann, der ihr mindestens ebenbürtig ist, und die K.-o.-Kriterien kann sie jederzeit aufzählen. ›Kein Muttersöhnchen, das noch zu Hause wohnt.‹«

»Man ist doch kein Muttersöhnchen, nur weil man zu Hause wohnt«, warf Walter ein.

»›Kein Muttersöhnchen, das noch zu Hause wohnt. Keinen Dicken. Eine Glatze ist in Ordnung, wenn er wirklich gut aussieht und fit ist. Kurz gesagt – keinen Verlierer.‹ Trotz ihrer genauen Vorstellungen und ihrer gezielten Suche findet Maureen einfach nicht den richtigen Mann. Sie trifft zwar erfolgreiche Männer mit gutem Einkommen und gestähltem Körper, aber sie wird immer von ihnen enttäuscht, weil sie ihrer natürlichen Weiblichkeit nicht treu geblieben ist. Sie will eine Jägerin sein. Sie hat die natürliche Ordnung verletzt und wird nie den richtigen Mann finden, wenn sie nicht lernt, sich zurückzulehnen, zu entspannen und zu warten, bis er sie findet.«

Das brachte Elizabeth zum Grübeln. Ihre Heldin Madonna trug einen Gürtel mit der Aufschrift »Boy Toy«, dabei war es eindeutig andersherum, sie spielte mit den Jungs, benutzte sie und machte Schluss. Seit letzten Winter *Susan ... verzweifelt gesucht* angelaufen war, hatte Elizabeth den Film viermal gesehen, und mit dem Ende war sie immer noch nicht glücklich. Rosanna Arquette war schon süß – süß genug, dass ihr Freund, ein Rockstar, ein Lied über sie geschrieben hatte –, aber es war doch komisch, dass sie am Ende mit dem richtig gut aussehenden Typen zusammen war, während Madonna den nicht so tollen bekam, den mit der Stachelfrisur. Und ganz am Anfang des Films hatte Madonna mit einem anderen Mann im Bett gelegen, also war es mit dem stacheligen Typen nicht die wahre Liebe, da konnten sie sich noch so leidenschaftlich küssen. Am Ende des Films wirkten die beiden eher befreundet als verliebt, sie mampften Popcorn und lachten. Erst letzten Monat hatten Madonna und Sean Penn geheiratet, während über ihnen Pressehubschrauber dröhnten. Sie war jetzt schlanker – nicht dass sie vorher dick gewesen wäre – und trug das Haar kürzer und glatter. Elizabeth hatte gelesen, dass die beiden heiraten wollten und dass der Antrag von ihr gekommen war, weil sie gewusst hatte, dass er sich das wünschte. Wie war es wohl, wenn man wusste, dass ein Mann einen heiraten wollte, und so überzeugt davon war, dass man selbst die Frage stellte? Der Autor dieses Buches würde von Madonna sicher nicht viel halten.

»Ob Maureen wohl irgendwann einen Mann gefunden hat?«, überlegte Walter.

Elizabeth blickte überrascht auf. »Ich glaube, die gibt es gar nicht.«

»Doch, sicher. Das ist ein Sachbuch. Steht auf dem Rücken.« Er zeigte auf den Genreaufkleber. Elizabeth überlegte, ob sie ihn lieber abkratzen sollten, ob sie nicht Ärger bekommen konnten, wenn jemand das Buch so weit von seiner Heimat entdeckte. Aber wenn sie jemand wegen eines gestohlenen Buchs anzeigte, würde die Polizei sie vielleicht endlich finden.

»Ich meine, es gibt sie schon, aber wahrscheinlich wurden ihr Name und ein paar Einzelheiten geändert.«

»Warum sollte man so was machen?«

»Ich weiß nicht, warum, ich weiß nur, dass es gemacht wird. Meine Mutter hat es mir mal erklärt. Eine Freundin von ihr arbeitet bei einer Frauenzeitschrift, und da gibt es diese – mir fällt das Wort nicht ein. Sie suchen echte Geschichten, aber die Leute gibt es eigentlich nicht.«

»Doch, doch. Maureen ist echt«, sagte Walter. »Genauso echt wie Mr. Steinbeck und Charley und die Leute, die sie treffen.«

Elizabeth überkam ein leichter Anflug von Panik. Was würde passieren, wenn Walter herausfand, dass sie die Abenteuer von John Steinbeck und seinem Pudel erfunden hatte? Wenn Walter herausfand, dass *Die Reise mit Charley* in der Bibliothek stand, und er beschloss, das Buch zu lesen? Täuschungen mochte er gar nicht. Und trotzdem ließ er sich von diesem Buch täuschen. Auch Elizabeth hatte nicht immer begriffen, welche Freiheiten sich solche Autoren herausnahmen, sie hatte früher die *Seventeen* und die *Mademoiselle* gelesen und jedes Wort für eine Offenbarung gehalten. Aber sie war froh gewesen, als ihre Mutter erklärt hatte, dass die Texte nicht die Wahrheit widerspiegelten, dass die Autoren Geschichten von echten Leuten zurechtbogen und sie diesen glamourösen, erfundenen Menschen zuschrieben, weil die Käufer genau so etwas lesen wollten. Walter allerdings würde diese Information nicht gefallen.

»Ich würde diese Maureen gerne kennenlernen«, sagte Walter. »Sie ist bestimmt immer noch Single. Na ja, sie ist älter als ich, und wahrscheinlich hat sie dazu auch eine Regel. Frauen sind in der Hinsicht wirklich komisch. Sie sollten dankbar sein, wenn ein jüngerer Mann sie attraktiv findet. Eines Tages sind sie so weit, aber dann ist es zu spät, und keiner will sie mehr. Ich habe schon in der Highschool nicht verstanden, warum die Mädchen im ersten Jahr immer mit Jungs aus dem zweiten und dritten ausgehen wollten statt mit welchen aus ihrem Jahrgang.«

Elizabeth, die ihr zweites Highschool-Jahr gerade verpasste, dachte an die Jungs in ihrem Alter. Die meisten von ihnen waren so klein. Und nicht nur körperlich. Sogar Elizabeth, die weder besonders groß noch rundlich war, kam sich zwischen ihnen riesig vor.

»Diese Maureen könnte schon Spaß mit mir haben«, sagte Walter. »Sie würde darum betteln.«

Ohne das Buch auf dem Schoß hätte Elizabeth wahrscheinlich die Knie angezogen und die Arme um die Beine geschlungen. Bis jetzt hatte Walter sie nicht angefasst. Nicht auf diese Art. Manchmal zog er am Kragen ihrer Jacke, wenn sie ihm zu schnell ging, oder zerrte sie am Arm in eine andere Richtung. In den ersten Nächten hatte sie mit gefesselten Händen und Füßen im Bett gelegen und damit gerechnet, dass er sich an ihr vergreifen würde. Das andere Mädchen, das er begraben hatte, hatte er vergewaltigt. Zweifellos. Er hatte es nie gesagt, trotzdem war sie sich sicher. Sie dachte oft an das Mädchen, dabei kannte sie nicht mehr als seinen Vornamen. Maude. Was für ein altmodischer Name. Wahrscheinlich war sie in der Schule deswegen gehänselt worden. Es sei denn, sie war richtig, richtig hübsch und beliebt. Hübsche Mädchen konnten alles überstehen. Aber hübsche, beliebte Mädchen würden nie in Walters Pick-up steigen. Elizabeth hätte es nicht getan, wenn sie die Wahl gehabt hätte, und sie war nicht besonders hübsch oder beliebt. Trotzdem wäre ihr nicht eingefallen, sich zu einem Fremden ins Auto zu setzen.

Andererseits könnte es auch so gewesen sein, dass Walter auf der Route 40 unterwegs war, es plötzlich anfing zu regnen und er ihr anbot, sie mitzunehmen. Unter solchen Umständen hatte sie sich auch einmal mitnehmen lassen. Der Mann hatte sie gefragt, wohin sie wollte, und sie hatte ihm aus Angst, ihre Eltern würden von der Fahrt etwas mitbekommen, nicht ihre Adresse gegeben, sondern gesagt, sie sei unterwegs zur Bowlingbahn, den Normandy Lanes, nur anderthalb Kilometer entfernt. Er hatte nachdenklich genickt und war in die richtige Richtung losgefahren, aber dann hatte er gemeint: »Es regnet zu stark. Ich warte, bis der Schauer vorbei ist. Sicher ist sicher.« Er war auf einen Parkplatz gefahren, hatte den Arm in ihre Richtung ausgestreckt und das Handschuhfach geöffnet, um eine kleine Kristallflasche mit einer bernsteinfarbenen Flüssigkeit herauszuholen, von der er einen langen Schluck trank.

»Beim Autofahren soll man nicht trinken«, hatte Elizabeth gesagt.

»Man soll auch nicht per Anhalter fahren«, hatte er geantwortet, aber seine Worte klangen nicht bedrohlich. Er hatte noch einen Schluck getrunken und sich bei laufendem Motor einen Radiosender angehört, der Oldies spielte. Als der Regen nachließ, hatte er sie zur Bowlingbahn gebracht.

Also war Elizabeth auch einmal zu einem fremden Mann ins Auto gestiegen. Aber hätte sie sich von Walter an einem hellen, warmen Augusttag mitnehmen lassen? Wahrscheinlich nicht. Warum hatte Maude das getan? Hatte sie sich überhaupt mitnehmen lassen, oder hatte Walter sie am Arm gepackt, so wie Elizabeth, und sie in das Auto gezerrt?

Walter redete nicht oft über Maude, nur ganz nebenbei, als Warnung. Aber er gab gerne Kommentare über die Mädchen ab, die er sah. »Die könnte schon Spaß mit mir haben«, meinte er, wenn er ein Mädchen mit einer guten Figur sah. »Ich weiß, was ich mache. Diese Mädchen verkaufen sich unter Wert, sie begreifen nicht, was die Welt ihnen zu bieten hat. Die träumen nur von Filmstars.«

Und jetzt redete er so über Maureen, mit lauter scheußlichen Details, aber so nüchtern, als würde er von einem Einkauf im Supermarkt sprechen. Was zuerst wohin wandern würde: sein Mund an ihre Halsgrube, seine Zunge in ihr Ohr, dann seine Finger ... *Hör doch bitte auf*, dachte Elizabeth verzweifelt und versuchte, seine Stimme auszublenden, aber Walter beschrieb weiter Schritt für Schritt. Es schien nicht einmal ihn selbst anzumachen. Er klang, als würde er auswendig gelernte Anweisungen herunterbeten, wie eine Verführungsszene aus einem Liebesroman, die ein Roboter vorlas, reduziert auf einen Lageplan, der ihm sagte, wann was wo sein sollte.

»Sie würde richtig darum betteln«, fuhr er fort. »Aber ich würde sie warten lassen. Eine Frau wie Maureen muss man erst mal klein machen. Genau das will das Buch erklären. Frauen müssen warten. Das sagt schon ihre Anatomie. Sie warten, sie empfangen. Männer sind aktiv, Männer geben.«

Elizabeth hatte das Buch beinahe genauso oft gelesen wie Walter – schließlich hatten sie im Auto oder in den Motelzimmern keine andere Lektüre, abgesehen von einer Ausgabe des *Paten,* die sie bei einem Garagenflohmarkt hatte kaufen dürfen –, und sie glaubte nicht, dass das die Aussage war, so scheußlich das Buch auch sein mochte. Aber sie war zu klug, um ihm zu widersprechen.

»Sieh mal das Mädchen da drüben«, sagte Walter plötzlich und fuhr langsamer. »Die hat ja ein richtiges Strahlen an sich.«

Kapitel 19

Abends, als die Kinder schliefen – besser gesagt, als Albie schlief, Iso verschickte wahrscheinlich unter ihrer Bettdecke SMS mit dem unzulänglichen Handy, das ihre Eltern ihr geschenkt hatten –, erzählte Eliza Peter von dem zweiten Brief. Sie wünschte, sie hätte ihn nicht geschreddert, dann hätte Peter ihn selbst lesen können, und sie hätte sich das Erzählen erspart. Er hörte kommentarlos zu, hob aber die Augenbrauen bei einigen eigenartigen Formulierungen, die sie noch nennen konnte. *Dienstältester im Todestrakt. In Virginia herrschen drakonische Gesetze. Ich will dich damit nicht langweilen.* Eliza wurde klar, dass sie den Brief nahezu Wort für Wort auswendig kannte.

»Was willst du machen?«

»Ich weiß es nicht«, antwortete Eliza. »Ich habe plötzlich das Gefühl, ich hätte die Sache nicht mehr unter Kontrolle. Diese Frau – oder Walter – könnte sich jederzeit an die Medien wenden, könnte ihnen mitteilen, wer ich bin und wo ich wohne.«

»Ich kann mir nicht vorstellen, dass eine verantwortungsbewusste Zeitung über dich schreiben würde, wenn du nicht mit ihr zusammenarbeiten willst«, sagte Peter. Er wollte ihr nicht widersprechen, er wollte die Sache nur begreifen und jeden Aspekt berücksichtigen.

»Leider sind eine Menge Zeitungen alles andere als verantwortungsbewusst. Und wenn sie Jared Garrett gefunden hat? Ist dir klar, wie ungeschützt wir dastehen, wir alle?«

Sie zeigte ihm, was passierte, wenn sie ihre Adresse bei Google Maps eingab und sich weiter zu Street View klickte. Ihr Haus war zu sehen. Das war natürlich nichts Neues für Peter, der seine Karriere als Journalist nicht zuletzt dem problemlosen Umgang mit Computerrecherchen zu verdanken hatte. Trotzdem merkte sie, dass der Anblick ihn ebenso fesselte wie sie. Als Eliza das Foto des weißen Backsteinhauses betrachtete, komplett mit klassischem Gartenzaun, stellte sie sich dazu unwillkürlich die pulsierende Musik aus einem Horrorfilm vor. Barbara LaFortuny hatte dieses Haus gesehen, sie war daran vorbeigefahren und hatte Walter – ja, was hatte sie ihm erzählt? Jede Kleinigkeit war schon zu viel. Wahrscheinlich stellte die Frau eine Akte über Peter zusammen, dem man von allen im Haus am leichtesten folgen konnte, weil er in der Öffentlichkeit die tiefsten Spuren hinterlassen hatte. Aber würde sie es dabei belassen? Was, wenn sie bei einem von Isos Fußballspielen am Spielfeldrand auftauchte? Oder Eliza und Albie auf dem Weg zur Schule folgte, seine Fantasie anregte und ihn auf alle möglichen Fragen brachte? *Wer ist die Frau? Warum will sie mit dir reden? Woher hat sie die Narbe im Gesicht?* Was, wenn Barbara LaFortuny sich mit Reba anfreundete und sie durch den Zaun mit Leckerchen fütterte? Wenn sie Reba vergiftete, weil die Hündin sie angeknurrt hatte? Würde sie …

Ein allzu vertrauter Kinderschrei gellte durch die Nacht.

»Albie«, rief Eliza, um ihn wissen zu lassen, dass sie kam.

»Albie«, wiederholte Peter. »Ich hatte gehofft, das hätten wir hinter uns.«

Das hatte ich auch gehofft, dachte Eliza, während sie, immer zwei Stufen auf einmal nehmend, die Treppe hinauflief. *Und nicht nur das.*

Albies Alpträume hatten kurz nach ihrem Umzug nach London angefangen. Sämtliche Kinderärzte und Bücher sagten Eliza, nach einer großen Veränderung seien Alpträume normal bei einem Kind, aber Albies Alpträume kamen Eliza ungewöhnlich vor. Zum einen waren sie unglaublich detailliert, so voll starker Bilder und überraschender Wendungen, dass es ihr beinahe in den Fingern juckte, sie aufzuschreiben. Es war auch spannend zu sehen, wie sein Unterbewusstsein harmlose Dinge vom Tage umformte. Ein Buch wie *In der Nachtküche*, das Eliza extrem unheimlich fand, berührte Albie überhaupt nicht. Dafür tauchten andere, eigentlich harmlose Figuren auf. Taps, dem Tolpatsch, einem kleinen Hund, stand Schaum vor dem Maul. (Dafür gab sie Peter die Schuld, weil er den Kindern *Wer die Nachtigall stört* gezeigt hatte.) Madeline, das sonst reizende Mädchen aus Paris, entpuppte sich als Hexe, die Leute kniff und dann alles abstritt. Und nur selten entkam Peter Hase Herrn Gregors Mistgabel. Dieser Traum war immer wiedergekehrt, seit Eliza in einem Londoner Restaurant, das sie besonders mochten, vor Albies Augen ein Hasengericht gegessen hatte.

Das Auffallendste an Albies Alpträumen aber war die Tatsache, dass Iso meist darin mitspielte, und immer schwebte sie in Gefahr. An diesem Abend erzählte er zwischen heftigen Schluchzern und kleinen Schlucken Wasser eine erschreckende Geschichte. Die Familie hatte eine neue Bäckerei besucht, und Iso wollte ihre Brille nicht aufsetzen, die sie im wahren Leben auch nicht brauchte. (Eliza und Peter warfen sich über Albies Kopf hinweg einen Blick zu; dieses Detail kannten sie aus dem Film *Die Brady Family*, den Albie abgöttisch liebte. Für ihn war das keine witzige, augenzwinkernde Komödie, sondern ein echter Appell, das Leben voll auszukosten und nicht darauf zu achten, was andere für cool hielten. Wenn man ab und an ein Lied schmetterte, mit Autodieben plauderte und zu jedem nett war, würde man am Ende gewinnen.) Iso verschwand, und weil die anderen den Besuch in der Bäckerei ohne sie nicht genießen konnten, suchten sie hektisch nach ihr. Sie fanden sie in einem Lagerraum voller Mehlsäcke, und sie war so platt, als hätte sie jemand zu einem Lebkuchenmädchen ausgerollt – und ihr die Beine weggenommen.

»Sie hatte keine Beine mehr?«

Albie nickte schuldbewusst, als könnte man den Traum als Beweis für zwiespältige Gefühle seiner erfolgreichen Schwester gegenüber interpretieren, die mühelos Anschluss an eine Gruppe Gleichgesinnter gefunden hatte, während er sich immer noch um neue Freunde bemühte. Aber Eliza glaubte nicht, dass Albie irgendwelche zwiespältigen Gefühle hegte. Er liebte Iso, er wollte sein wie sie. Nie hätte er ihr etwas angetan, nicht einmal in seiner Fantasie. Er machte sich ernsthaft Sorgen, ihr könnte etwas zustoßen. Was wusste oder vermutete Albie über seine Schwester? Wusste er mehr als Eliza? Oder spiegelte er nur ihre Ängste wider?

»Machst du dir Sorgen um Iso? In Wirklichkeit, nicht im Traum?«

Albie dachte nach. »Nein, ich mache mir nie Sorgen um sie. Sie sich auch nicht um mich, glaube ich. Manchmal fände ich das schön.«

Das war interessant. »Wie meinst du das?«

»Es wäre nett, wenn sie mal fragen würde, wie es in der Schule war oder wie es mir geht.«

»Fragst du sie denn?«, wollte Eliza wissen.

»Ja. Machen wir alle. Nur Iso nicht. Du fragst Papa, Papa fragt dich, und ihr beide fragt mich und Iso auch, aber Iso fragt nie irgendwen irgendwas.«

»Sie ist …«, setzte Peter an.

»In der Pubertät«, beendete Albie den Satz für ihn. »Das sagst du ständig, aber was heißt das?«

»Das ist mitten in der Nacht etwas schwer zu beantworten«, sagte Peter.

»Es ist noch nicht mal Mitternacht«, widersprach Albie. Ihr kleiner Träumer nahm die Dinge manchmal sehr wörtlich.

»Na gut, sagen wir so«, antwortete Peter. »In der Pubertät passiert so viel im Körper, dass man eine Zeit lang etwas anders ist als sonst.«

Albie überlegte. »Wie bei einem Transformer?«

»So ähnlich, aber nur innerlich. Es ist anstrengend, so schnell so viel zu wachsen. Deswegen ist Iso manchmal so mürrisch.«

»Sie ist immer mürrisch.«

Eliza hätte Iso gern verteidigt, aber Albie hatte recht. Sie war immer mürrisch. Es war traurig, das laut zu hören und zugeben zu müssen, dass Iso nicht nur launisch war. Bei ihr gab es, zumindest zu Hause, nur eine Laune: knurrig und nörgelig.

»Willst du heute Nacht bei uns schlafen?«, fragte sie stattdessen, obwohl das für die beiden Erwachsenen eine beengte, schlaflose Nacht bedeutet hätte, zumal sich Reba in letzter Zeit gern in ihr Bett schlich.

»Nein, dazu bin ich zu groß«, antwortete Albie. »Aber kann ich das richtige Licht anlassen?« Mit dem richtigen Licht meinte er seine Nachttischlampe statt des Nachtlichts, das ihm den Weg zu seinem und Isos Badezimmer auf dem Flur wies. Im Schimmer der richtigen Lampe ließen sie ihn allein. Er schlief schon, bevor sie die Schwelle überquerten, aber Eliza ging nicht zurück, um die Lampe auszuschalten. Falls er noch einmal wach wurde, würde es wichtig für ihn sein, dass die Lampe noch brannte und sie ihr Versprechen gehalten hatten.

»Das ist meine Schuld«, sagte Eliza unten im Wohnzimmer. »Er ist so sensibel, dass er merkt, wie nervös und angespannt ich in letzter Zeit bin.«

»Könnte sein. Oder es ist nur ein Zufall.«

»Vielleicht hat er den Brief gelesen«, sagte sie zerknirscht, als würde ihre Unachtsamkeit auf unterbewusste Absichten hindeuten.

»Was?«

Sie erklärte, wie sie den Brief aus den Augen verloren hatte, und erzählte von Albies Bild auf der Rückseite. »Ehrlich gesagt mache ich mir Sorgen, dass Iso den Brief in den Papierkorb geworfen hat. Oder ich war es selbst, weil ich vergessen habe, was ich in der Tasche hatte. Sie schnüffelt gerne herum. Neulich hat sie meine Handtasche durchsucht und Gott weiß, was noch.«

»Na gut, aber es ist doch so«, sagte Peter, schenkte sich ein Glas Wein ein und setzte für sie den Teekessel auf. Hinter den Töpfen und Pfannen kramte er eine Packung teurer Kekse hervor, die Eliza gehamstert hatte. Sie gehörten zu den wenigen Dingen, die sie nicht mit den Kindern teilten, weil die beiden sie zu achtlos und zu schnell in sich hineinstopften. »Wenn einer von beiden den Brief gelesen hätte, könnte er das nicht lange vor dir geheim halten. Nicht einmal aus Angst, er würde Ärger bekommen, weil er geschnüffelt hat. Besonders Albie nicht. Also denk erst mal nicht mehr daran. Wo liegt denn eigentlich das Problem?«

Sie schüttelte den Kopf. Ihre Sorgen konnte sie nicht einfach vergessen, indem sie Tee trank und ihre geliebten Kekse aß. Sie war nicht Albie.

»Ich sehe das so«, sagte Peter. »Walter will direkten Kontakt zu dir haben. Der Wunsch steht ihm nicht zu, und das weiß er. Das schreibt er auch. Aber indirekt droht er dir. Er rückt immer näher, er zeigt dir, wie viel er über dich erfahren hat und dass er über diese LaFortuny an deine Familie herankommt. Wenn er dir offen drohen oder auch nur etwas verlangen würde, könntest du dich bei der Gefängnisverwaltung beschweren. Schon für seine bisherigen Aktionen könntest du ihm Probleme bereiten. Das tust du nicht, weil für dich mit jeder Person, die deine Vergangenheit kennt, die Gefahr größer wird, die Geschichte könnte herauskommen. Und das macht dir Sorgen, weil die Kinder nichts erfahren sollen.«

»Auch sonst niemand. Die Leute werden anders, wenn sie davon wissen.« Ihr fiel das einzige Mädchen ein, dem sie sich an der Highschool zumindest teilweise anvertraut hatte, und wie hässlich es geworden war, als den beiden der gleiche Junge gefiel. Die andere wusste, dass Eliza vergewaltigt worden war, und setzte Gerüchte in Umlauf, sie wäre eine Schlampe, die es mit jedem trieb, weswegen sich der Junge für sie entschieden hätte.

»Walter will dich sehen«, wiederholte Peter. »Und die Briefe, die Anrufe, seine Komplizin, das alles soll dir zeigen, dass er vielleicht an die Öffentlichkeit geht, wenn du ihn nicht besuchst. Oder dass er ein Interview gibt. Oder wieder Hinweise darauf streut, wie viele Mädchen er tatsächlich ermordet hat. Ich glaube ja, dass die Zeitungen aus Washington und Baltimore deine Privatsphäre schützen, wenn du nicht mit ihnen reden willst. Aber wie du richtig sagst, gibt es auch genug, die nicht so anständig wären. Meiner Meinung nach will Walter andeuten, dass er dir das erspart, wenn du ihn besuchst.«

»Das ist so ungerecht.«

»Ist es. Aber du musst dich nach dem richten, was *du* willst, nicht nach irgendwelchen Grundsätzen. Du willst den Kindern noch nicht erzählen, was du erlebt hast, aber sie sollen es auch nicht von jemand anderem hören. Wie kannst du das Ziel am besten erreichen?«

»Vielleicht will Walter Geld, um sich Privilegien zu erkaufen oder Dinge, die er sich allein nicht leisten kann.«

»Vielleicht. Aber seine Freundin Miss LaFortuny ist doch wohlhabend, oder? Ich glaube, Walter wäre beleidigt, wenn du ihm Geld anbietest.«

»Walter hat kein Recht, wegen irgendetwas beleidigt zu sein, das ich tue.«

»Stimmt. Walter hat auf nichts ein Recht. Und wenn du aushalten kannst, was passiert, wenn du ihn ignorierst, dann mach das. Wenn du den Kindern in einer jugendfreien Fassung erzählen willst, was dir passiert ist, als du fünfzehn warst, stehe ich hinter dir. Wir können sogar deine Eltern bitten, uns ein paar Experten auf dem Gebiet zu nennen, und uns Rat holen, wie wir darüber reden sollen. Wir haben immer gewusst, dass dieser Tag kommen würde. Wir haben nur nicht damit gerechnet, dass Walter den Zeitpunkt vorgibt.«

»Nein«, sagte Eliza. Sie knabberte bedächtig an ihrem Keks, damit sie länger etwas davon hatte. »Albie verkraftet das nicht, und Iso kann es nicht für sich behalten, wenn wir es nur ihr erzählen.«

»Iso kann Geheimnisse sehr gut für sich behalten. Meiner Erfahrung nach zu gut.«

»Ihre eigenen«, sagte Eliza, die an ihre durchwühlte Handtasche dachte. »Nicht die von anderen. Außerdem würde sie es ihm vielleicht erzählen, damit er sich aufregt.«

»Na gut, das wäre eine Möglichkeit. Die andere ist, nichts zu tun und abzuwarten, was passiert, womit wir uns im Grunde der Gnade von Walter und dieser unberechenbaren Miss LaFortuny ausliefern.«

Eliza verzog das Gesicht. Sie mochte die Frau nicht und hatte gleichzeitig ein schlechtes Gewissen, weil LaFortuny anscheinend gute Absichten hegte. Dennoch hatte sie etwas Unheimliches an sich.

»Die letzte Möglichkeit wäre, Walter den direkten Kontakt zu dir zu ermöglichen. Mit einem Anruf oder einem Besuch. Ein Brief hat ihm offensichtlich nicht gereicht.«

Der Teekessel pfiff. Er hatte Elizas Mutter gehört, ein alberner, anachronistischer Gegenstand, typisch späte Siebziger. Er bestand aus Emaille und sollte aussehen wie ein Kugelfisch. Inez fand ihn schon kurz nach dem Kauf scheußlich. Eliza fand ihn auch scheußlich, aber als sie und Peter in ihrem letzten Unijahr zusammenzogen, konnte sie es sich nicht leisten, die alten Sachen ihrer Mutter abzulehnen. Nachdem der Fisch mit ihnen von der Wesleyan University nach Houston, London und wieder zurück in seinen Heimatstaat Maryland gezogen war, war er Eliza wegen seiner puren Ausdauer und Langlebigkeit ans Herz gewachsen. Ihre Küche beherbergte viele abgelegte Dinge von Inez – Kleinigkeiten ohne eigene Geschichte, ohne Besonderheit –, und alle waren ihr lieb und teuer. In Gedanken ging Eliza all diese kleinen Relikte aus dem Haus in Roaring Springs durch – eine bestimmte Rührschüssel, ein Flaschenöffner, ein langer Löffel, mit dem sie die Tee-Limonade-Mischung, die die Lerners »Sonnenschein« nannten, umrührte. Sie hatte geweint, richtig geweint, als ein schlichter Tonkrug, in den sie ihre Küchenhelfer stellte, bei dem Umzug nach Amerika verschwunden war. Am Ende war er in einem falsch beschrifteten Karton unversehrt wieder aufgetaucht, und wieder hatte sie geweint, dieses Mal vor Freude.

»Ein Anruf«, sagte sie. »Einen Anruf schaffe ich. Aber es muss klar sein, dass wir nur während der Schulzeit reden.«

»Glaubst du, dass er damit zufrieden ist?«, fragte Peter. »Dass du dir dann keine Sorgen mehr machen musst?«

Sie kaute zaghaft auf ihrem Keks herum. »Wahrscheinlich nicht.«

»Eliza – weiß ich alles, was passiert ist?«

»Nein«, antwortete sie ihrem Mann. »Ich weiß nicht einmal, ob ich das tue.«

Kapitel 20

1985

»Sieh mal die Kleine da drüben, die hat ein richtiges Strahlen an sich«, sagte Walter.

Wo waren sie? Am Stadtrand von Manassas, Virginia, so ziemlich dem östlichsten Punkt, den sie erreichten. Walters Weg erinnerte sie an den Spirographen, den Vonnie und sie als kleine Kinder besessen hatten. Sie bewegten sich in einem festen Kreis, in einem Muster, das ihm sinnvoll erschien, und zogen weite Schleifen durch das westliche Virginia, das westliche Maryland und den östlichsten Teil West Virginias. Sie fragte sich, ob er seine Heimatstadt umkreiste, ob er genauso unter Heimweh und Sehnsucht nach seinen Eltern litt wie sie. Dabei konnte er doch jederzeit nach Hause zurückkehren, oder? Sie würde mit Walter kein Mitleid wegen seines Heimwehs haben. Es war ganz anders als bei ihr. Er konnte sich frei bewegen. Sollte sie irgendwann von ihm wegkommen, würde sie auf jeden Fall ...

»Geh hin und rede mit ihr«, sagte Walter.

Das Mädchen stand hinter einer provisorischen Theke voller Gläser mit etwas Selbstgemachtem. Ein Schild versprach, der ganze Erlös würde Darlene Fuchs zugutekommen, wer auch immer das sein mochte.

»Was?«

»Geh hin und rede mit ihr. Freunde dich mit ihr an.«

»Wie soll ich das machen? Das kann ich nicht.«

»Klar kannst du.«

Sie konnte es nicht, nicht mehr, und sie würde es auch nicht tun.

»Dann mache ich es halt«, sagte Walter wütend, schaltete in einen niedrigeren Gang und wendete. Elizabeth hatte ihn beim Fahren beobachtet und überlegt, ob sie nicht mit dem Pick-up wegfahren könnte, aber die Gangschaltung war ihr ein Rätsel. Wenn sie bei Vonnies Fahrstunden auf dem Rücksitz gesessen hatte, war ihr alles einfach vorgekommen, aber beide Autos ihrer Eltern hatten ein Automatikgetriebe. Und sogar bei Walter knirschte die Kupplung des alten Pick-ups manchmal.

»Hallo, Entschuldigung.«

Das Mädchen – Elizabeth sah sofort, dass sie noch ein Mädchen war, noch jünger als sie selbst, aber groß und gut gebaut – umgab mehr als ein Strahlen. Sie war so hübsch wie ein Filmstar und hatte langes, glattes Haar. Die Frisur war nicht allzu modern, stand ihr aber. Ihre seegrünen Augen wurden durch ihre hellgrüne Oxfordbluse von Ralph Lauren hervorgehoben, auf der ein winziger Polospieler prangte. Elizabeth hatte gedacht, der Popperstil wäre längst out, aber zu diesem Mädchen passte er.

»Ja?«, fragte sie. Sie sprach mit einem Südstaatenakzent, aber nicht so wie Walter. Sie klang anders, eleganter.

»Ich möchte für meine Schwester Kleidung kaufen, aber ich kenne mich in dieser Gegend nicht gut aus und dachte, wo du so gut angezogen bist, könntest du uns vielleicht helfen.«

Sie sah an sich hinunter, als hätte sie vergessen, was sie trug, als wäre ihr perfektes Outfit reiner Zufall. Dabei hatte sie die Oxfordbluse mit karierten Bermudas kombiniert, die den gleichen Grünton enthielten. Und um den Hals hatte sie sich einen rosafarbenen Pullover geknotet, der die zweite Farbe der Bermudas aufnahm. Sie sah gar nicht aus wie ein Mädchen, das an einem schönen Samstagnachmittag am Straßenrand Marmelade verkaufte. Sie sah aus, als würde sie zu einem Footballspiel gehören. Als Cheerleaderin. Und wenn nicht als Cheerleaderin, dann mit einem Freund oder einer Truppe Freundinnen, die auf der Tribüne herumkicherten. Hinter ihr zog sich eine lange Auffahrt einen Hügel hinauf, ohne dass ein Haus zu sehen war. Auf einem Schild an einem Pfosten stand: »T'n'T Farm«. Irgendwoher wusste Elizabeth, dass dort keine echte Farm lag, sondern ein regelrechtes Anwesen, etwas Prachtvolles, das sich hinter diesem albernen Namen versteckte, und das war nichts anderes, als hintenrum anzugeben.

»Ich weiß nicht mehr, ob ich das hier in der Nähe gekauft habe, aber wenn Sie zum Einkaufszentrum fahren ...«

»Wie kommen wir dahin?«

»Es ist nicht weit. Sie fahren einfach weiter und biegen links auf die ...«

»Ich bin nicht von hier. Die Namen sagen mir nichts. Liegt das auf deinem Weg? Könntest du ein Stück mit uns fahren und uns den Weg zeigen? Ich gebe dir fünf Dollar für die Mühe.«

Sie schüttelte den Kopf.

»Fünf Dollar für dich und zehn für deine Sammlung. Das ist bestimmt mehr, als du heute schon eingenommen hast.«

Tu es nicht, dachte Elizabeth. *Bitte nicht*. Aber das Mädchen hatte sich schon die kleine Blechkassette mit dem Geld geschnappt und stieg in die Fahrerkabine des Pick-ups, nachdem Elizabeth herausgesprungen war und ihr die Tür aufgehalten hatte. Elizabeth staunte darüber, dass sie ihre Gläschen einfach stehen ließ, ganz im Vertrauen darauf, dass sie noch dort sein würden, wenn sie zurückkam. Im Vertrauen darauf, dass sie überhaupt zurückkommen würde.

»Hast du die Marmelade selbst gemacht?«, fragte Elizabeth.

»Hm-hm. Sie ist aus grünen Paprika, nach einem alten Rezept aus der Familie meiner Mutter. Mein Vater meinte, in dieser Gegend Paprikamarmelade zu verkaufen wäre, Eulen nach Athen zu tragen, aber ich fand das besser, als Autos zu waschen oder Kuchen zu verkaufen.«

»Wer ist Darlene Fuchs?«

»Ein Mädchen aus meiner Klasse, an der Middleburg Middleschool.« Also war Holly jünger als sie selbst, höchstens vierzehn. »Sie hat ein Hodgkin-Lymphom, und ihre Familie ist nicht versichert.«

Elizabeth spürte, wie das Mädchen sie musterte. Darin lag keine Wertung, ihr prüfender Blick war nicht boshaft oder zickig, sie nahm nur ihren Pick-up, ihre Kleidung, Walters Akzent bewusst zur Kenntnis. Hätten sie in einer Notlage gesteckt, hätte das Mädchen für sie vielleicht auch gesammelt. Sie hätte ihnen den Weg zum Einkaufszentrum gezeigt. Elizabeth allerdings hatte sie schon als anders abgestempelt, als jemanden, der nicht war wie sie. Deshalb bemerkte sie niemand, wurde Elizabeth klar. Walter hatte sie irgendwie angesteckt, hatte sie zu einem Teil seiner Welt gemacht.

»Hast du keine Angst, dass jemand deine Marmelade stiehlt?«, fragte Elizabeth.

»Nicht in dieser Gegend«, antwortete das Mädchen. »Meistens schließen wir nachts nicht einmal die Türen ab.«

»Wie heißt du?«

»Holly«, antwortete sie. Elizabeth wartete, aber Holly fragte nicht: Und du? Sie war unhöflich auf diese Art, die nur besonders höflichen Menschen eigen war: Sie waren so eingenommen von ihren hervorragenden Manieren, dass sie sie manchmal glatt vergaßen.

Ungeduldig und begierig ruckelte der Pick-up vorwärts. Ein brandiger Geruch mit einer süßlichen Note stieg auf. Walter hatte zu viel mit der Kupplung gearbeitet, um es den Hügel hinauf zu schaffen. »Holly«, sagte er. »Ein hübscher Name.«

»Danke.«

»Ein hübscher Name für ein hübsches Mädchen. Du bist eine reizende junge Frau, und du brauchst jemanden, der sich um dich kümmert. Ich wette, du glaubst nicht an diesen ganzen Emanzenquatsch. Man muss nur sehen, wie die Arbeit in der Natur aufgeteilt ist. Die Männchen jagen und verteidigen und sorgen für Nahrung, die Weibchen kümmern sich um die Jungen und bauen das Nest aus. Wenn eine Frau keine Kinder haben will, ist das eine Sache. Aber wenn Frauen nicht zu Hause bleiben wollen, ist das unnatürlich.«

Holly rutschte hin und her, sie blickte von Elizabeth zurück zu Walter. Elizabeth merkte, dass Walter seine Erkenntnisse aus dem Buch einsetzte, wenn auch in seinen eigenen Worten. Sie wusste natürlich, dass er das Buch mochte, immerhin hatte er es aus der Bibliothek gestohlen. Aber ihr war bis jetzt nicht klar gewesen, dass Walter den Text wörtlich nahm, dass er ihn für so einfach und narrensicher hielt wie ein Kuchenrezept. Sag das und das, dann findest du eine Freundin. Sie wollte ihm sagen: *Sie geht doch erst zur Middleschool.* Sie wollte sagen: *Sie versteht nicht, wovon du redest.* Stattdessen blickte sie durchs Fenster auf die verwischten grüngoldenen Farben von Virginia in der ersten Herbstwoche.

Sie musste daran denken, wie sie als kleines Mädchen, fünf, sechs Jahre alt, unbedingt die hundert Plastikpuppen bestellen wollte, die für einen Dollar auf den letzten Seiten eines Comics angeboten wurden, wahrscheinlich bei *Betty and Veronica.* Hundert Puppen für einen Dollar! Das klang zu gut, um wahr zu sein. Vermutlich war es das auch nicht, warnte sie ihre Mutter. Die Puppen wären sicher winzig klein und billig. Aber es war Elizabeths Dollar, sie konnte ihn ausgeben, wofür sie wollte. Sie bestellte die Puppen, und als sie kamen, waren sie noch kleiner und billiger, als ihre Mutter prophezeit hatte. Aber ihre Mutter sagte nicht: *Ich hab's dir doch gesagt,* oder: *Lass dir das eine Lehre sein.* Sie sagte: »Komm, wir machen einen Puppenbaum.« Sie knoteten Kräuselband um die Puppen und hängten sie an die Äste eines eingetopften Ficus. Als ihr Vater abends nach Hause kam, lachte er laut los. »Billie

Holiday lässt grüßen«, prustete er. Und dann: »Inez, mit den geisteskranken Straftätern hast du wirklich die richtige Nische für dich gefunden.«

Nach einem Moment der Verblüffung lachte auch ihre Mutter, dann erklärte sie Elizabeth die Anspielung. Billie Holiday hatte Ende der Dreißigerjahre über die Opfer von Lynchmorden gesungen, die an Bäumen erhängt wurden. Ihre Eltern spielten ihr das Lied, »Strange Fruit«, auf der Stereoanlage ihres Vaters vor, nachdem er die Platte aus einem dicken Album mit fünf oder sechs Scheiben gezogen hatte, auf das er extrem stolz war. Das Cover zeigte ein Aquarell von einer Frau mit einer Blume im Haar. Sie redeten mit Elizabeth über die Geschichte des Südens und über Bürgerrechte. Sie waren lieb und gründlich und voller Rücksicht. Es war nur so, dass Elizabeth diesen Baum geliebt hatte. Sie fand ihn wunderschön, und es machte sie traurig, dass ihr Vater ihn zu einem morbiden Scherz degradierte. Walter glich Elizabeth mit sechs Jahren; er sah nur, was er sehen wollte. Sicher, er war ein erwachsener Mann, und er hätte nicht so dumm sein dürfen, einem albernen Buch zu glauben. Trotzdem weckte er in diesem Moment ihren Beschützerinstinkt, und er tat ihr leid.

Er tat dir leid?

Der Staatsanwalt in Virginia schleuderte ihr die Worte entgegen, so wie ein ungeduldiger Vater oder Lehrer ein Kind bei einer offensichtlichen Lüge anblaffen würde. Und das, nachdem dieser Staatsanwalt, im Gegensatz zu dem in Maryland, immer freundlich und behutsam mit ihr umgegangen war. Der in Maryland hatte sich von Anfang an entnervt gegeben.

Aber jetzt waren sie diesen Tag zum ersten Mal in allen Einzelheiten durchgegangen. Sie hatten stundenlang geredet, und Elizabeth, die sich jetzt Eliza nannte, war müde.

»Nicht unbedingt leid. Aber ich habe verstanden, was in seinem Kopf vorgeht.«

»Dann hat dir Holly sicher noch mehr leidgetan.« Der junge Anwalt nickte ihr aufmunternd zu. »Weil du genau wusstest, was sie durchmacht.«

»Ja«, sagte sie, weil er das hören wollte. Und nach einem kurzen Blick auf ihre Eltern: »Nein.«

»Du hattest kein Mitleid mit Holly.« Er sprach tonlos, als würde ihr das klarmachen, wie lächerlich sie war. »Du konntest nicht nachvollziehen, was sie durchgemacht hat.«

»Ich wusste nicht, was sie denkt. Ich habe sie ja nicht gekannt.«

»Sie hat doch geweint. Und du wusstest, wie du dich gefühlt hast, als Walter dich entführt hat.«

»Ja, aber …«

Der Staatsanwalt unterbrach sie. »Mehr musst du gar nicht sagen. Sie hat geweint, sie war aufgeregt, und ihr war klar, dass sie in einer schlimmen Situation steckte. Hör mal, Elizabeth« – vor Gericht würde sie noch Elizabeth sein –, »entscheidend ist, dass Walter Holly entführt und den Inhalt der Geldkassette gestohlen hat. Also konzentrieren wir uns darauf. Als sie gehen wollte, hat er es nicht erlaubt, richtig?«

»Richtig.« Holly war sogar noch hübsch, wenn sie weinte. *Mister, Mister. Bitte lassen Sie mich gehen. Mein Papa gibt Ihnen Geld, Mister.*

»Und er hat ihr Geld gestohlen?«

»Er wollte es haben, und sie hat es ihm gegeben.«

»Aber das war, nachdem sie gesagt hatte, dass sie gehen will, richtig? Wie viel später?«

»Eine Stunde? Vielleicht mehr, vielleicht weniger. Die Uhr im Pick-up war kaputt. Walter hat oft gesagt, der Schuster hat die schlechtesten Schuhe, und das Auto eines Mechanikers ist nie so schön wie die, die er repariert.«

Der Staatsanwalt interessierte sich offenbar nicht für Walters Weisheiten.

»Er hat also Hollys Geld genommen.«

»Ja, um für uns Hamburger zu kaufen.«

»Richtig. Trotzdem hat das Geld Holly gehört, und Walter hat es ihr weggenommen. Gewaltsam.«

»Ja, schon. Ich meine, er hat ihr die Kassette weggenommen, sie wollte sie ihm nicht geben. Er hat sie nicht geschlagen oder so was, aber er musste Hollys Arme wegbiegen, um sie zu bekommen.«

Der Staatsanwalt nickte. »Er hat also das Geld genommen und dann ...?«

»Hat er es mir gegeben und mich zu McDonald's reingeschickt, um Essen zu kaufen, weil er meinte, Holly würde nicht brav sein, wenn wir zum Autoschalter fahren.«

Die Stille im Raum erinnerte Eliza/Elizabeth an etwas, das sie im Chor der Middleschool gesungen hatte, eine Zeile aus Robert Frosts Gedicht »Innehaltend inmitten der Wälder an einem Schneeabend«. Diese Stille war wie die Wälder im Gedicht – dunkel und tief. Aber nicht anheimelnd, wirklich nicht, alles andere als anheimelnd. Sie konnte ihre Mutter buchstäblich schlucken hören. Sie hörte – sah nicht, sondern hörte –, wie ihr Vater die Hand ihrer Mutter nahm, das knappe Luftholen des Staatsanwalts. Plötzlich konnte sie alles hören. Das Summen der Neonröhren, das leise Blubbern des Wasserspenders auf dem Flur, ihre Hände, die über die Beine ihrer schwarzen Hose auf und ab strichen. Baumwoll-Twill mit Bundfalten, dazu eine hochgeschlossene Bluse mit einer Brosche am Hals, wie sie es in einem Film gesehen hatte.

»Kannst du das wiederholen, Elizabeth?«

»Er hat mir das Geld gegeben und mich zu McDonald's reingeschickt, um Essen zu kaufen.« Sie war stolz darauf, wie sie das sagte, Wort für Wort, beinahe genauso wie beim ersten Mal. Das war bei solchen Sachen sehr wichtig. Aber der Staatsanwalt sah nicht aus, als wäre er stolz auf sie.

»Und du …«

»Ich habe drei Hamburger Royal gekauft. Walter mag keine Gurken, deswegen musste ich warten, bis seiner frisch gemacht wurde. Und ich musste mir merken, welche die normale Cola war und welche die Cola light. Walter hat normale Cola getrunken, aber er fand, Mädchen sollten Cola light trinken, weil man von Limo dick werden kann, wenn man nicht aufpasst. Wir sind einfach davon ausgegangen, dass Holly das Gleiche isst wie wir, da sie nicht gesagt hat, was sie will. Und ich musste zusehen, dass ich genug Ketchup-Tütchen bekam. Sie geben einem nie genug, nur zwei kleine, und wenn man nicht richtig fragt, werden sie knurrig.«

»Knurrig?«

»Das hat Walter gesagt. Ich bin mit den Sachen zum Auto gegangen, dann sind wir ein Stück gefahren, bis zu einer Ecke, wo wir essen konnten, möglichst noch mit warmen Pommes. Holly wollte nicht essen, also hat Walter ihre Sachen genommen und die Gurken rausgepult. Keine Ahnung, warum er das mit seinem Burger nicht auch gemacht hat.«

»Elizabeth?«

»Ja?«

»Als du bei McDonald's warst – warum hast du niemandem gesagt, was gerade passiert?«

»Was meinen Sie?«

»Dass du entführt wurdest und dass dein Entführer mit einem zweiten Mädchen im Auto sitzt?«

Das hatte sie noch niemand gefragt, aber es war auch noch niemand den Tag so genau mit ihr durchgegangen. Bei ihrer Rettung hatte man ihr nur gnädig kurze Fragen gestellt. *Wie ging es ihr? Was hatte er ihr angetan? Hatte er …?* Sie hatte ihnen von Holly erzählt, dem Schrei in der Nacht, dem Lagerplatz in den Bergen, den Orientierungspunkten, an die sie sich erinnerte. Und wochen-, monatelang hatte das genügt. Aber jetzt liefen die Vorbereitungen für Walters Prozess, und alles, wirklich alles, musste in sämtlichen Einzelheiten besprochen werden. Genauso musste sie ihre Geschichte erzählen, in ihren eigenen Worten. Sie dachte, das würde sie tun.

Die Hamburger hatte sie vergessen.

»Das konnte ich nicht. Er hat gesagt, er würde mir wehtun.«

»Er hat doch im Auto gesessen. Mit Holly.«

»Ja, weil er ihr nicht vertrauen konnte.«

»Und dir schon?«

»Wenn ich brav war, war er netter zu mir.« Sie sah zu ihren Eltern hinüber. Ihre Mutter nickte ihr aufmunternd zu, obwohl sie ein wenig benommen wirkte. Ihr Vater sah wütend aus, aber nicht auf sie. Er starrte den Staatsanwalt an.

»Wie hast du dir Walters Vertrauen verdient?« Bei dieser Frage des Staatsanwalts konnten sich ihre Eltern nicht mehr beherrschen.

»Also wirklich …«, setzte ihre Mutter an. »Warum müssen Sie …«, sagte ihr Vater. Eliza merkte, dass er den gleichen Ton wie als Psychiater anschlagen wollte, aber er hatte seine Stimme nicht so wie sonst unter Kontrolle.

»Was glauben Sie wohl, was Walter Bowmans Anwalt mit dieser Information anstellen wird?« Der Staatsanwalt sprach tonlos, so wie die Sportlertypen an Elizas neuer Schule, die Mädchen auch sagen würden, sie seien es nicht einmal wert, aufgezogen zu werden. »Sie hatte eine Chance, zu fliehen und sie beide zu retten. Sie hat sie nicht genutzt.«

»Dann rufen Sie Eliza nicht in den Zeugenstand«, riet ihr Vater. »Wir haben nichts dagegen einzuwenden.«

»Ich brauche ihre Aussage über die Geldkassette und darüber, dass Walter Holly festgehalten hat. Für die Todesstrafe muss ich ihm die Entführung oder eine andere schwere Straftat nachweisen, und die Vergewaltigung können wir nicht beweisen.«

Eliza überlegte, bis ihr klar wurde: Er sprach von Holly. Sie konnten nicht beweisen, dass Walter Holly vergewaltigt hatte. Was er Eliza angetan hatte, zählte nicht.

»Elizas Verhalten stimmt mit Dutzenden anderer Entführungsfälle überein«, sagte ihre Mutter.

»Stockholm-Syndrom, ich weiß.« Der Staatsanwalt klang verbittert und herablassend. »Hat bei Patty Hearst ja wunderbar funktioniert.«

»Nein, nicht Stockholm-Syndrom, nicht ganz. Sie hat nicht mit ihrem Entführer sympathisiert. Aber Elizabeth« – ihrer Mutter fiel es schwer, an ihren neuen Namen zu denken – »ist noch jung; sie hat geglaubt, er hätte wirklich so viel Macht, wie er sagte. Er hat sie bedroht. Und uns auch.«

Der Staatsanwalt sah Eliza an. Sie nickte, dann stellte sie fest, dass ihm ein Nicken nicht reichen würde. »Er hat mir immer wieder gesagt, dass er mich und meine Familie umbringt, wenn ich versuche wegzulaufen. Er würde sie umbringen, während ich zusehe, hat er behauptet.«

Er blickte in seine Notizen. »Auf der Straße, als ihr Holly zum ersten Mal gesehen habt – warum bist du ausgestiegen und hast Holly in der Mitte sitzen lassen?«

»Weil Walter das so wollte.«

»Hat er das gesagt?«

»Nein, das war auch so klar. Er hat mich nur angesehen, und ich wusste, dass die Neue neben ihm sitzen soll.«

»Die Neue?«

»Holly. Aber da war sie noch nicht Holly. Ihren Namen habe ich erst im Pick-up erfahren.«

»Du warst auch mal die Neue.«

Eliza verstand nicht, worauf er hinauswollte. »Eigentlich nicht. Als er mich entführt hat, gab es kein anderes Mädchen.«

»Du hast ihn mit einer Schaufel an einem Grab gesehen.«

»Ja, aber das wusste ich nicht. Ich wusste nur, dass er gegraben hat.«

»Ein Grab für Maude Parrish.«

»Das ist das Mädchen, das dort gefunden wurde, oder?«

Der Staatsanwalt beantwortete ihre Fragen nicht immer. Offenbar gehörten alle Fragen ihm. »Also warst du nach Maude die Neue. Und wenn Walter ein neues Mädchen hatte, schaffte er sich das alte vom Hals, das wusstest du.«

»Nein …« So war das nicht, es war ganz anders.

»Warum hat Walter dich leben lassen, Elizabeth? Warum hat er alle Mädchen getötet, nur dich nicht?«

»Ich glaube, weil ich immer gemacht habe, was er wollte«, antwortete Elizabeth.

Der Staatsanwalt bat sie hinauszugehen, damit er im Vertrauen mit ihren Eltern reden konnte, aber ihre Eltern wiesen das zurück. Eliza war sechzehn, sie würde vor Gericht aussagen. Sie sollte bei jedem Gespräch dabei sein.

»Gut, ich sage Ihnen, wie es aussieht. Der Staatsanwalt in Maryland traut sich nicht, in seinem Bezirk die Todesstrafe zu beantragen, weil er Maudes Entführung nicht beweisen kann. Walter Bowman gibt keine weiteren Morde zu, obwohl eine ganze Reihe von Vermisstenfällen passen würde. Der Mord an Holly Tackett ist unsere einzige Chance, für diesen Kerl die Todesstrafe zu bekommen, und ich kann mir nicht erlauben, der Verteidigung irgendwas in die Hände zu spielen.«

Die Lerners waren zutiefst verblüfft, fassungslos starrten sie diesen aufgeblasenen jungen Mann an.

»Für einen gewieften Verteidiger ist das ein gefundenes Fressen. Er wird behaupten, Elizabeth sei zu diesem Zeitpunkt kein Opfer gewesen, sondern Walters Komplizin. Und wenn es dieser Gedanke erst mal in den Gerichtssaal schafft, hat man ganz schnell berechtigte Zweifel. Elizabeth könnte

Holly den Abhang hinuntergestoßen haben, aus Angst oder sogar aus Eifersucht. Vielleicht war sie in Wahrheit Walters Freundin.«

»Das ist eine unfassbare Beleidigung«, sagte Inez.

»Einem guten Verteidiger ist es egal, ob er jemanden beleidigt. Er spielt um einen hohen Einsatz. Er spielt um Walters Leben.«

»Und Sie spielen um seinen Tod«, sagte Manny. »Ein ziemlich hoher Einsatz. Man könnte auch sagen, Sie spielen Gott.«

Der Staatsanwalt musterte Elizas Eltern. »Sie sind so liberale Aufgeklärte, was? Sie wollen den Kerl nicht sterben sehen. Sie wollen niemanden sterben sehen. Allerdings haben Sie Ihre Tochter zurückbekommen. Zwei andere Familien, und wahrscheinlich noch weitaus mehr, hatten nicht so viel Glück.«

»Als Vater will ich ihn erwürgen«, sagte Manny. »Wenn ich ihn sehe, will ich ihm das Gesicht einschlagen, ihn niederprügeln und ihn treten, bis er Blut spuckt. Aber ich weiß, das ist nicht richtig, ich sollte das nicht tun. Ich will auch nicht, dass der Staat das für mich übernimmt. Also nein, ich bin nicht für die Todesstrafe, falls Sie das wissen wollten.«

»Die Tacketts sehen das anders. Und der Staat Virginia vertritt in diesem Fall die Tacketts. Nicht Ihre Tochter. Holly Tackett und Virginia. Ich hoffe, Sie haben mit Ihren« – er schien nicht zu zögern, weil ihm das rechte Wort fehlte, sondern der gewünschte Unterton – »altruistischen Ideen nicht Ihre Tochter beeinflusst. Ich hoffe, Sie haben sich diese Geschichte über McDonald's, die ich heute zum ersten Mal höre, nicht ausgedacht, damit die Ereignisse unklar scheinen und die Geschworenen vor der Todesstrafe zurückschrecken.«

Inez legte Manny eine Hand auf den Arm, beinahe als würde sie fürchten, er wollte dem Staatsanwalt das antun, was er gerne mit Walter machen würde. Aber natürlich blieb er sitzen.

»Unsere Tochter hat von uns nur gehört, dass sie die Wahrheit sagen soll«, sagte Inez. »Die Wahrheit sagen und nicht nach Gründen für das suchen, was ihr passiert ist, weil es keine Gründe gibt.«

»Es ist sehr nett, ihr das zu sagen, und wahrscheinlich auch sehr hilfreich«, versuchte sich der Staatsanwalt zurück auf ihre Seite zu schlagen, um das Team wieder zu einen. *Hurra, Eliza! Buh, Walter!* Aber er hatte sich verplappert und gezeigt, worum es ihm eigentlich ging, und Eliza wusste, dass sie ihm nie wieder vertrauen konnte. »Nur wollen die Geschworenen alle möglichen Gründe hören. Ich versuche, mich auf den ungünstigsten Fall einzustellen. Aber es wird bestimmt gut laufen.«

Das tat es auch, zumindest für den Staatsanwalt. Walters Verteidiger war alles andere als ein Experte, und er behandelte Eliza mit beinahe absurder Höflichkeit, als litte sie unter einer Beeinträchtigung, die man nicht direkt ansprechen durfte. Nicht er, sondern der Staatsanwalt fragte sie nach allen Einzelheiten ihres Besuchs bei McDonald's und ließ sie qualvoll detailliert schildern, was Walter ihr angetan hatte in der Nacht, nachdem Holly gestorben war. Jared Garrett war derjenige, der wenige Monate später einen großen Teil seines Buchs der Theorie widmete, Elizabeth Lerner könnte Walter Bowmans Freundin und Komplizin gewesen sein. Warum Walter sie nicht belastet hatte, wüsste nur er selbst, weil er nie ausgesagt hatte. Warum durfte sich Walter der weniger schweren Anklage wegen Entführung und Körperverletzung für schuldig bekennen, wenn er Elizabeth vergewaltigt hatte? Garrett zitierte für seine Theorien keine Quellen, er behauptete nur, manch einer sei der »Auffassung«, Elizabeth Lerner hätte sich in mehr als eine Geisel verwandelt. »Auffassung!«, hatte Vonnie geschnaubt. »Der Auffassung ist nur er, dieser Vollidiot.«

Es war nicht wichtig. Als Garretts Buch erschien, machten sich die schmutzigen Fantasien, die solcher Journalismus anzog, schon über das nächste Thema her. Ein Serienmörder, genannt »der Nightstalker«, versetzte Los Angeles in Angst und Schrecken; zwei tote Mädchen im Osten Amerikas konnten da schlicht nicht mithalten. Walter Bowmans Verbrechen wurden sogar in Virginia in den Hintergrund gedrängt, nachdem eine erfolgreiche College-Studentin ihren deutschen Freund dazu angestiftet hatte, bei dem Mord an ihren Eltern zu helfen. Elizabeth Lerner war Eliza Lerner, eingeschrieben an einer neuen Highschool in einem neuen Bezirk, das Haar mit den unbändigen Locken wieder in seiner Naturfarbe. Niemand wusste von ihrer Vergangenheit, niemand interessierte sich dafür.

Oder war es umgekehrt: Niemand interessierte sich dafür, deshalb wusste niemand davon? Mehr als zwei Jahrzehnte später grübelte Eliza an ihrem Küchentisch über diese Frage nach. War es so undenkbar, dass Walter Bowman sie gewählt hatte statt Holly? Was ihre Eltern sagen würden, wusste sie: Walter war geisteskrank, unfähig zu echten Gefühlen. Walter war ein Soziopath. Er hatte niemanden *gewählt*.

Und doch hatte er das getan, und nur er wusste, warum. Egal was er jetzt von ihr wollte – dass ihm ein einseitiger Kontakt nicht genügen würde, war ihr von Anfang an klar gewesen; seine Formulierung »Ich würde dich überall wiedererkennen« sollte eine Erinnerung an eine alte Schuld sein –, auch sie wollte etwas von ihm. Sie wollte ihn fragen: »Warum ich?« War das falsch? War das egoistisch, unvernünftig? Entweihte schon die Frage das Andenken an die anderen, und wenn ja – was dann? Besaß sie nicht ein Recht darauf, durfte sie diese Frage nicht unter vier Augen dem einzigen Menschen stellen, der wusste, ob sie aus einem bestimmten Grund noch lebte?

Aber wenn sie es wagte, Walter diese Frage zu stellen, musste sie sich auch auf andere, weniger angenehme Antworten gefasst machen. Sie musste sich dem Mädchen stellen, das in eine McDonald's-Filiale gegangen war und an nichts anderes als an Ketchup und Gurken gedacht hatte. Sie musste darüber nachdenken, was später in dieser Nacht geschehen war. »Wir müssen gehen« hatte er gesagt, und sie hatten stumm das Lager abgebrochen und waren gegangen. Als sie im Dunkeln die lange Serpentinenstraße hinunterfuhren, reichte er ihr Hollys Metallkassette, leer, die wohltätigen Dollars darin verschwunden, einige für Essen, der Rest in Walters Tasche gestopft. »Schmeiß das weg«, sagte er und grummelte missbilligend, als sie die Kassette unbeholfen aus dem Pick-up warf. »Du wirfst beschissen.« Er benutzte nur selten Schimpfworte, seine Kritik fühlte sich an wie eine Ohrfeige.

Die Kassette wurde wenige Tage später entdeckt und half der Suchmannschaft, das Lager zu finden, das Elizabeth ihnen beschrieben hatte, und dann auch Hollys zerschundene Leiche am gegenüberliegenden Abhang. Elizabeth wurde dafür gelobt, dass sie so klug gewesen war, diesen wichtigen Hinweis dicht neben der Straße fallen zu lassen.

Aber vielleicht hatte Walter recht: Sie warf einfach beschissen.

Teil II

Careless Whisper

1985 veröffentlicht
Platz 1 in der Billboard Hot 100
am 16. Februar 1985
Hielt sich 22 Wochen lang
in der Billboard Hot 100

Kapitel 21

Das neue Telefon stand in der Schlafzimmernische auf einem Beistelltisch, den Eliza aus dem Keller ihrer Eltern gerettet hatte. Die örtliche Telefongesellschaft hatte sich erstaunlich heftig dagegen gewehrt, Eliza eine zweite feste Leitung zum Haus einzurichten, vielleicht weil sie den einfachsten Basistarif nehmen wollte, ohne Extras und mit einer begrenzten Anzahl ausgehender Anrufe pro Monat. *Warum kaufen Sie sich kein Handy?*, hatte die hilfsbereite junge Frau bei Verizon gefragt. *Oder benutzen die Anklopffunktion?* Tja, warum? Sie hätte ein billiges Wegwerf-Handy kaufen und es entsorgen können, wenn ... eigentlich, wann immer sie wollte. Dass ihr Wunsch nicht unbedingt logisch war, wusste sie, aber sie hatte ihre Gründe. Sie wollte Walters Zugang zu ihr und zu ihrem Zuhause auf einen schmalen Draht beschränken, auf ein schnörkelloses Tastentelefon. Schlimm genug, dass er sie anrufen würde statt umgekehrt, noch dazu als R-Gespräch. Sie wollte zumindest das Mittel auswählen und den Zeitrahmen setzen, in dem er anrufen durfte – zwischen zehn und zwei, wenn das Haus leer war.

Die Kinder hatten sich neugierig auf das Telefon gestürzt, wie sich Kinder auf alles Neue stürzten, aber da es nichts Besonderes konnte, ließ ihr Interesse schnell nach. Als Erklärung hatten Eliza und Peter gesagt, es sei eine Leitung nur für Notfälle. Peter hatte es zu gut gemeint und behauptet, das Heimatschutzministerium hätte allen Bewohnern im Großraum Washington altmodische Telefone empfohlen, die auch ohne Strom funktionierten. Leider fachte diese kreative Lüge Albies Fantasie so stark an, dass seine Alpträume zurückkehrten. Eliza war so erschöpft wie nicht mehr seit Isos Babykoliken, benebelt von ständigen Kopfschmerzen wankte sie durch den Tag.

Doch das Telefon blieb stumm. Um mit einem Häftling in der Todeszelle zu sprechen, galt es einige bürokratische Hürden zu nehmen. Für jede von Elizas Forderungen – die spezielle Telefonleitung, die Zeit, in der Walter anrufen durfte – stellte die Gefängnisbehörde eine ganze Reihe von Regeln auf. Das behauptete zumindest Barbara LaFortuny, als sie sich die neue Nummer geben ließ, um sie an Walter weiterzureichen. Seit einer Woche war das Telefon angeschlossen, und nur einmal war sein volltönendes Klingeln durch das Haus gedrungen.

Der Anruf kam von einer Computerstimme, die behauptete, Elizas Autoversicherung würde bald auslaufen.

Jetzt stand das gedrungene, beigefarbene Telefon, ein rein zweckmäßiges Gerät, nur da. Es sah beinahe genauso aus wie das Telefon, das bei den Lerners in ihrem Haus in Roaring Springs in der »Telefonecke« gestanden hatte, obwohl ihnen der Apparat damals ausgesprochen schick und modern vorgekommen war. Manny und Inez waren bei fast allem tolerant, aber das Telefon betrachteten sie als einen Eingriff in ihr Familienleben und ließen nur zwei Anschlüsse legen, einen in ihr Schlafzimmer, den zweiten in den Flur. Die Mädchen konnten telefonieren, so viel sie wollten, aber nur im Flur, ohne Stuhl und mit einem extrem kratzigen Teppich als einzige Sitzgelegenheit.

Vonnie ließ sich von möglichem Publikum nicht abschrecken und setzte sich im Schneidersitz vor das Telefon, als wäre es Buddha oder Vishnu. Sie lief davor auf und ab, stolzierte herum, manchmal stellte sie es sogar auf den Boden und zog

Kreise darum, als würde sie um ein Lagerfeuer tanzen. Obwohl Vonnie fröhlich die Feminismusfahne schwenkte, sah sie keinen Widerspruch darin, verrückt nach Jungs zu sein. Sie war ein leidenschaftlicher Mensch, der ein großes Leben mit großen Gefühlen und Ambitionen führte und dadurch große Belohnungen einheimste. Ihr Vorbild war Germaine Greer, die frühe Germaine Greer, der weibliche Eunuch im Bikini. Eliza konnte Vonnie nicht einmal ein falsches Selbstbild vorwerfen. Sie hatte nie geheiratet, größtenteils aus eigenem Entschluss heraus, und sich mit einer beeindruckenden Reihe von Männern Affären gegönnt. Mit älteren, jüngeren, reicheren, ärmeren. Ein oder zwei waren sogar berühmt, die meisten von ihnen extrem erfolgreich, und selbst die Faulenzer waren interessante, kreative Typen. Vonnies großes Leben hätte aus einem der Bücher stammen können, die Eliza gerne las, salonfähige Romane voller Details über Lifestyle wie Kleidung, Essen und Inneneinrichtung, die in den sogenannten Sex-und-Shopping-Romanen verschmäht wurden.

Trotzdem war Eliza ihr Blick von der Zuschauerbank lieber als das Leben ihrer Schwester. Und im Gegensatz zur überlebensgroßen Vonnie war Eliza erspart geblieben, was ihre Mutter »den Fluch der Vikki Carr« nannte. Zum Teil aus purem Glück, weil sie mit achtzehn Peter kennengelernt und eine Beziehung begonnen hatte, in der es bei allen Höhen und Tiefen beinahe keine Zweifel gab. Aber schon bei ihren Freunden in der Highschool war sie … zurückhaltend gewesen. Zum Beispiel hatte Eliza sie fast nie angerufen. Vonnie hatte gespottet, Eliza sei rückschrittlich, sie würde die Frauen verraten, wenn sie den Männern alle Entscheidungen überließ. Eliza sah das anders. Sie hatte einfach nicht so viel zu sagen.

Manchmal fragte sie sich allerdings, ob Walters Selbsthilfebuch über Frauen, die ihre »natürliche« Rolle annehmen sollten, nicht einen stärkeren Eindruck hinterlassen hatte, als sie dachte. Unterwegs mit Walter – ein Euphemismus, aber auch treffend – hatte sie häufig Garagenflohmärkte besucht, und manchmal durfte sie ein Buch kaufen, wenn es billig genug war. Sie hatte Mario Puzos *Paten* mitgenommen, und weil Walter das Buch nicht gefiel, musste sie es in den kurzen Augenblicken lesen, die ihr allein blieben, im Bad oder auf der Toilette. Sie legte sich in die Badewanne – wozu sie immer seltener Gelegenheit bekam, seit Walter das Zelt gekauft hatte – und las, bis das Wasser nur noch lauwarm war. Sie stellte sich vor, was Don Corleone tun würde, wenn sie seine Tochter wäre oder auch nur die Tochter eines Freundes. Er würde Walter nicht töten, nicht ihretwegen. Das wäre keine Gerechtigkeit, wie er dem Bestatter erklärte, dessen Tochter von zwei College-Jungs vergewaltigt worden war. Aber sie würden ihm etwas Schlimmes antun, da war sie sich sicher, vor allem wenn Elizabeth sie um Rache für das Mädchen bitten würde, dessen Leiche man im Patapsco State Park gefunden hatte. Sie hatte das Buch immer noch bei sich, als die Staatspolizei sie in Point of Rocks aufgriff. Anfangs hatte es sie an ihre Zeit mit Walter erinnert, und sie hatte es nicht lesen wollen. Aber auf der Highschool schlug ihr Freund vor, den Film bei sich zu Hause auf Video anzusehen, und davor wollte sie das Buch lesen. Sie vertiefte sich wieder darin, folgte Michael ins Exil nach Sizilien, wobei sie sich ihm seltsam nah fühlte – in gewisser Weise befand sie sich auch im Exil –, und bis zu seiner Hochzeitsnacht, in der er herausfand, dass seine junge Braut noch Jungfrau war, laut Mario Puzo das Beste, was man sein konnte. An dieser Stelle hörte sie auf zu lesen und vergaß das Buch, bis Vonnie es in den Sommerferien auf der Suche nach der aktuellen Fernsehzeitung entdeckte. (Bei den Lerners wusste jeder, dass sich unter Elizas Bett eine Art Bermudadreieck befand, in dem sich alle möglichen Dinge ansammelten.) Der Buchrücken war an der Stelle gebrochen, an der Eliza aufgehört hatte zu lesen, und als Vonnie mit ein paar Staubmäusen im Haar, das nicht ebenso rot, aber ebenso widerspenstig war wie Elizas, unter dem Bett hervorkam, warf sie einen Blick auf die Seiten und dann auf ihre Schwester.

»Woher will der das denn wissen?«, fragte sie. Vonnie war anstrengend und nervtötend, aber auch loyal. Diese Erinnerung erfüllte Eliza mit Zuneigung, und sie beschloss, Vonnie einfach anzurufen, obwohl sie wahrscheinlich direkt bei der Mailbox landen würde. Sie machte sich auf den Weg nach unten in das Arbeitszimmer, den gemütlichsten Raum des Hauses.

Das andere Telefon klingelte, volltönend, durchdringend. Es besaß weder Anrufbeantworter noch Mailbox, eine weitere Entscheidung, über die Verizon mit ihr diskutiert hatte. Es würde ewig klingeln, wenn Eliza es ließ. Was Telefone heutzutage gar nicht mehr taten. In älteren Filmen klingelte es noch sechs, sieben, acht Mal, in diesem Gangsterfilm, den Peter so mochte, geschätzte siebenunddreißig Mal. Heute klingelten Telefone vielleicht drei oder vier Mal, bevor die Mailbox oder der Anrufbeantworter ansprang oder ...

Als sie beim siebten Klingeln abhob, hoffte sie beinahe, es ginge um ihre Autoversicherung oder die Hypothek oder Kreditkarte. Die Computerstimme ließ sie einen Moment lang hoffen. Aber dieses Mal wurde sie gefragt, ob sie ein R-Gespräch von Walter Bowman annehmen würde.

Sie willigte ein.

»Elizabeth?«

»Ja.«

Ein anhaltendes Geräusch war zu hören, ein seltsamer, metallischer Widerhall. »Entschuldigung«, sagte Walter. Der Lärm schwoll an, dann wurde er leiser und klang mit vereinzeltem Scheppern aus.

»Was war das denn?« Sie hatte ihm so wenig Fragen wie

möglich stellen wollen, damit er den Großteil des Gesprächs bestreiten musste, aber ihre Neugier war zu groß.

»Ach, einer der Kerle hier war unten in Jarratt, aber seine Hinrichtung wurde aufgeschoben, und jetzt bekommt er von uns Tritte.«

»Er bekommt Tritte?«

»Bei einem Aufschub treten wir aus Solidarität gegen die Türen. Obwohl ich gerade für diesen Typen nicht viel übrighabe. Er ist der schlimmste und dümmste Mensch hier drin, und das ist wirklich eine Leistung.«

Sie war perplex. Die Unterhaltung kam ihr vor wie die höfliche Plauderei eines Vertreters, der sich warmredet für sein Verkaufsgespräch. Fast wäre sie herausgeplatzt: *Was willst du? Mach schon, komm zur Sache,* doch bevor sie etwas sagen konnte, brummte das Handy in ihrer Tasche. Sie sah auf das Display. Isos Schule.

»Walter, kannst du dranbleiben? Mein Handy klingelt, und …«

Sie wollte nicht erklären, warum sie den Anruf nicht ignorieren konnte, aber sie hörte es auch nicht gerne, als Walter sagte: »Klar, ich verstehe schon. Du hast Kinder.«

»Mein Mann hat gesagt, ich soll ihn heute vielleicht vom Flughafen abholen«, log sie, stolz auf ihre Geistesgegenwart. Weil man das altmodische Telefon nicht stumm schalten konnte, ging sie in den Flur, damit Walter das Gespräch mit Isos Schule nicht mithörte.

Die Direktorin meldete sich. »Können Sie herkommen, Mrs. Benedict? Es hat einen … Zwischenfall gegeben.«

»Ist Isobel verletzt? Oder krank?« In ihrer Sorge benutzte sie automatisch den vollen Namen ihrer Tochter.

»Nein, wir sollten nur etwas bereden, bevor es sich zu einem Problem auswächst. Wir wissen ja, dass Isos Bruder zur Grundschule geht, deswegen dachten wir, es wäre einfacher, wenn Sie jetzt kommen, als wenn wir Iso nachsitzen lassen und Ihnen damit Umstände bereiten, weil sie den Bus verpasst.«

»Sie soll nachsitzen?«

»Nur wenn es erforderlich wäre, und das ist es nicht.« Eine Pause. »Noch nicht.«

Auf dem Weg zum beigefarbenen Telefon überlegte sie, was sie sagen konnte. »Tut mir leid, Walter, aber das ist dringend …«

»Klar, keine Frage«, sagte er. »Wir hören uns später. Wir haben viel zu besprechen.«

Bei aller Sorge wegen Iso und dieses ungeklärten »Zwischenfalls« konnte sich Eliza nicht darauf einlassen, das Gespräch sofort zu beenden. »Ja? Haben wir wirklich so viel zu besprechen?«

»Ich glaube schon«, antwortete Walter. »Du hast sicher deine Zweifel, aber es wird für uns beide gut sein, Elizabeth. Ich will wirklich nur dein Bestes, das musst du mir glauben. Ich mache das deinetwegen.«

Sie verabschiedete sich, schnappte sich Handtasche und Schlüssel und ging in die Garage, bevor sie, als hätte sie etwas vergessen, zurück ins Haus lief und sich im Gästebad übergab.

Kapitel 22

Trudy Tackett stand in ihrem begehbaren Kleiderschrank und sah sorgfältig ihre Sachen durch. Mit diesem jährlichen Ritual verbannte sie die warmen Monate und hieß die kalten willkommen, indem sie ordnete, faltete und, wo nötig, flickte. Und ausmusterte. Wo nötig. Beim Aussortieren machte sie nicht viel Federlesen. Das konnte sie sich auch nicht erlauben. Abgesehen von ihren vielen Schwangerschaften trug Trudy seit ihrem Hochzeitstag vor vierundvierzig Jahren dieselbe Größe, und Kleidungsstücke sammelten sich gern an. Jedes Jahr im April kehrte sie den Vorgang um, aber das verschaffte ihr nicht die gleiche Genugtuung. Es gefiel ihr, wenn die kälteren, kürzeren Tage anbrachen, die schneller zu vergehen schienen als die im Sommer. Ein Junitag verlangte einem viel ab. Enthusiasmus, Fröhlichkeit. Ohne Zweifel gab es Winterdepressionen, aber konnte man nicht auch unter einem Übermaß von Sonnenlicht leiden? Trudy war froh, dass in ihren Kleiderschrank kein natürliches Licht drang, auch wenn sie dadurch vereinzelte Fettflecken übersah oder sich Marineblau als Schwarz tarnen konnte.

»Aus dieser Nische könnte man wunderbar eine Ankleidekammer machen«, hatte die Maklerin vor beinahe zwei Jahrzehnten Trudy zugesäuselt, aber Terry war derjenige gewesen, der den Vorschlag aufgegriffen und eine Firma mit dem Umbau beauftragt hatte. Die meisten Frauen hätten sie um so viel Aufmerksamkeit von ihrem Mann beneidet, und Trudy war auf zerstreute, geistesabwesende Art durchaus dankbar. Sie wusste noch, wie irritiert sie gewesen war, als der Dekorateur eine kleine Polsterbank mit Samt und Zierknöpfen dazugestellt hatte. Trudy mochte Kleidung – was offensichtlich war, wenn jemand so viel kaufte –, aber herrje, sie wollte sich doch nicht in ihren Kleiderschrank setzen und mit den Sachen reden. Und warum sonst sollte man eine Bank dorthin stellen, selbst eine so kleine, ausgeklügelte mit Stauraum unter dem faden, beigefarbenen Sitz, rund und blass wie ein Pilz oder wie der Schemel von Miss Muffet aus dem Kinderreim?

(*Was ist ein Schemel?*, hatte Holly mit fünf Jahren gefragt und von der alten Ausgabe von *Mother Goose* aufgeblickt, die Trudy gehört hatte. Ein Hocker. *Was ist ein Hocker?* Ein Schemel. Holly hatte gelacht. Sie hatte als einziger Mensch diese

Seite an Trudy gesehen, diese mädchenhafte Albernheit, die in der rauen, testosterondurchtränkten Tackett-Familie keinen Platz fand. Bei Terry und den Jungs fielen Späße genauso aus wie ihre Spiele – schnell, grob, laut, treffsicher. Bis Holly kam, war Trudy immer die Ernste, die Matrone. Und als es Holly nicht mehr gab – nun, da war ihr nicht mehr nach Späßen.)

Aber mittlerweile brauchte Trudy manchmal die Bank, den Hocker, den Schemel, um Hosen, Strümpfe oder Schuhe anzuziehen, in die sie früher lässig wie ein Kranich auf einem Bein stehend geschlüpft war. Ihr Gleichgewichtssinn ließ zu wünschen übrig, und ihr Kreuz gab oft bei der kleinsten Anstrengung nach. *Ich baue ab*, erzählte sie Terry gut gelaunt. Sie stellte sich lauter kleine Klebezettel auf ihrem Körper vor, die den Verfall an den einzelnen Stellen markierten – das knirschende Knie, die knackende Hüfte, die steifen Schultern. Im Geist fügte sie die Zettel zu einem Anzug zusammen, dessen scharfe gelbe Ecken im Wind flatterten, gleichzeitig steif und schmiegsam. Ein solcher Anzug würde ihr gefallen, dachte sie, er würde der Welt ihre Grenzen zeigen.

Sie sammelte die pastellfarbene Kleidung für Frühling und Sommer zusammen, packte sie in Kleidersäcke aus Plastik und schob sie nach hinten, um die dunkleren, gedeckten Sachen für Herbst und Winter vorzuholen. Bei einem moosgrünen Hosenanzug, an dem noch das Preisschild hing, bürstete sie den Kragen ab. Sie hatte ihn vor fünf Jahren bei Saks für einen ganz bestimmten Anlass gekauft und würde ihn erst tragen, wenn der Tag gekommen war.

Dieser Hosenanzug war für Walter Bowmans Hinrichtung bestimmt. In diesem Herbst. Sie würde ihn in diesem Herbst tragen. Am 25. November. Aller guten Dinge sind drei.

In Gedanken hatte sie den ganzen Tag verplant, bis ins kleinste Detail. Zeit dazu hatte sie weiß Gott genug. Sie würden mit Terrys Auto nach Jarratt fahren. Soweit sie wusste, wäre es ihnen möglich, der Presse aus dem Weg zu gehen und unter Ausschluss der Öffentlichkeit zuzusehen, aber sie würde auch kein Problem damit haben, falls das nicht der Fall sein sollte. Sie würde mit hocherhobenem Kopf an den Demonstranten vorbeigehen und ein paar angemessen ernste Worte an die Presse richten. Bei den unvermeidlichen Fragen, wie sie sich fühlte, würde sie nicht einmal mit der Wimper zucken, und ehrlich gesagt wusste sie nicht, wie sie sich fühlen würde. Erschöpft vor allem, ausgelaugt von dem, was sie durchmachen musste. Zugegeben, in den letzten zweiundzwanzig Jahren hatte man sehr wenig von ihr verlangt. Die Staatsanwälte – Bowman hatte drei von ihnen verschlissen – hatten gute Arbeit geleistet, hatten zwei Berufungen und ein Wiederaufnahmeverfahren lang durchgehalten. Es war Trudys eigene Entscheidung gewesen, jeden Tag dort zu sein, damit die Geschworenen und Richter wussten, wie sehr Holly vermisst und betrauert wurde. Doch dazusitzen und zu warten war alles, was sie getan hatte. Trotzdem kam sich Trudy wie ihre frühere Bekannte vor, die bei jedem Flug unablässig an ihrer Armlehne zerrte, als könnte sie das Flugzeug damit in der Luft halten. Sie kam überall mit pochenden Schmerzen vom Handgelenk bis zum Ellbogen an, aber immerhin kam sie an, nicht wahr? Sollte ihr mal jemand das Gegenteil beweisen.

Auch für die Zeit im Anschluss an die Hinrichtung hatte Trudy einen Plan. Sie und Terry würden direkt nach Richmond fahren und im Jefferson Hotel übernachten. Am nächsten Morgen würde sie Hollys Grab auf dem – was für ein unglücklicher Name – Hollywood Cemetery besuchen. Mehrere Generationen von Terrys Familie lagen dort. Der Friedhof war schön, beinahe zu schön, ständig trampelten Touristen darüber, um die Präsidentengräber, unter anderem das von Jefferson Davis, zu besuchen und sich die Statue des schwarzen Hundes anzusehen, der am Grab eines kleinen Mädchens Wache hielt. Nach Hollys Bestattung hatte Trudy gedacht, sie könnte es nicht ertragen, ihre jährlichen Besuche gemeinsam mit den desinteressierten Touristen zu unternehmen, doch dann stellte sich heraus, dass sie diese gar nicht wahrnahm.

Der Hollywood Cemetery erwies sich sogar als der einzige Ort, an dem ihre Traurigkeit einen Platz fand, wie ein Juwel in einer vollkommenen Fassung. Dort war Trauer erlaubt. In der Welt außerhalb des Friedhofs – zuerst in Middleburg, jetzt in Alexandria – begingen die Leute stets den Fehler zu glauben, sie könnte wieder glücklich sein. Trudy hatte es versucht, sie hatte es wirklich versucht. Sie war ein höflicher Mensch, und das hieß, dass man anderen ein gutes Gefühl gab, auch wenn es einem selbst dadurch dreckig ging. Aber das schaffte sie nicht, es war zu aufreibend. Nein, nur auf dem Friedhof konnte sie einfach *sein.* Selbst die Entfernung war ein Segen, zwei Stunden Fahrt, wenn sie gut durchkamen, gaben ihr genug Zeit für den Wechsel zurück in die Welt, in die sie nicht passte. »Du hast so viel, worüber du dich freuen kannst«, beharrten wohlmeinende Freunde und meinten damit Trudys Söhne und deren Kinder, die alle glücklich und gesund waren. Das hieß, ihre Söhne waren gesund, und für ihre Kinder, die Holly nie kennengelernt hatten, gab es keinen Grund, nicht glücklich zu sein. Für diese guten Dinge war Trudy dankbar, aber sie kamen ihr vor wie Münzen in einem Brunnen, wie Wünsche, die nur wahr wurden, wenn man an die Zauberkraft von Wünschen glaubte. Ihretwegen hätte der Friedhof ruhig ein, zwei Stunden weiter entfernt liegen dürfen. Dann hätte sie länger unglücklich sein können, ohne sich dafür entschuldigen zu müssen.

Trudy hatte viel über Reisen nachgedacht und darüber, wie große Fahrten durch Geschwindigkeit verändert wurden.

Ihre Vorfahren hatten die Neue Welt im achtzehnten Jahrhundert mit Schiffen erreicht, die Monate für die Überfahrt von Frankreich nach Charleston gebraucht hatten. Ihre eigenen Eltern hatten in den Flitterwochen eine Kreuzfahrt nach Europa unternommen, so geruhsam, dass die Uhr jeden Tag nur eine Stunde vorgestellt werden musste. Wenn man es recht bedachte, sollten Frischvermählte eigentlich immer eine Woche auf See verbringen, um sich in der unwirklichen Welt der Kabine auf die allzu wirkliche Realität der Ehe vorzubereiten. Trudy und Terry Tackett – *Wie süüüüüüüüüüß!*, hatte ihre Zimmergenossin am Sweet Briar College gejubelt, als sie von ihrer allerersten Verabredung zurückkam und schon wusste, dass sie diesen Mann einmal heiraten würde – blieb nur ein Wochenende im Waldorf Astoria. Er war Militärchirurg und musste Montag zum Dienst antreten.

Ein Wochenende, eine Woche, ein Monat, ein Jahr im Waldorf Astoria hätten Trudy nicht auf das Leben vorbereiten können, in das sie gestoßen wurde, als sie mit zwanzig das College abbrach und Terry heiratete. Sie gehörte der letzten Generation an, die so etwas tat. Vietnam zeichnete sich ab, auch wenn man noch nicht von Vietnam sprach. Bevor sie sich's versah, war sie in Deutschland, dann in Fort Sam Houston in San Antonio und bekam beängstigend schnell nacheinander ihre Söhne. Terrence III., Tommy, Sam. Terry hatte ihn Travis nennen wollen, nach einem der Helden von Fort Alamo, aber Trudy hatte scharf widersprochen, dass es mit dem »T« auch mal gut sein müsse. Das war zu süüüüüüüüüüüüüüüß. Als Familie waren sie beinahe gefährlich beneidenswert süß. Das sah Trudy auf ihren Weihnachtskarten, in ihrem zufriedenen Machohaushalt, in dem Knochen brachen, Zähne ausgeschlagen und Finger fast abgetrennt wurden und in dem doch alle zurechtkamen, sogar aufblühten. Ihre Söhne waren wie einem Science-Fiction-Roman entsprungen, nichts konnte ihnen etwas anhaben. Irgendwann glaubte sie fast, wenn jemand den Kopf verlöre, würde einfach ein neuer nachwachsen.

Dann folgten drei Fehlgeburten und schließlich Holly, die Trudy mit dreiunddreißig zur Welt brachte. Zu sagen, die Familie sei in Holly vernarrt gewesen, hätte nicht ausgereicht; zu sagen, sie habe sie angebetet, wäre Blasphemie, und damals war Trudy noch eine gute Katholikin gewesen. Holly war eines dieser goldigen Kinder, die sogar mürrische Fremde zum Lächeln brachten. Aufgeschlossen, lebhaft, reizend. Ihr Vater und ihre Brüder entwickelten einen extremen Beschützerinstinkt; schon als Holly noch ein pummeliges Grundschulkind war, sahen sie überall Triebtäter lauern. Trudy allerdings hatte immer die Sorge, dass Hollys Anziehungskraft größer war, dass sie über das Sexuelle hinausging. Sie war wie ein junger Welpe, den jeder knuddeln, festhalten, besitzen wollte. Selbst jemand, der noch nie versucht gewesen war, eine einzige Regel zu brechen, könnte dieses Kind stehlen wollen. Wenn Trudy auch nur einen Moment lang von Holly getrennt war, in einem Geschäft oder einem Supermarkt, hatte sie Angst, jemand könnte so verzaubert von ihr sein, dass er sie verschwinden ließ. Trudy war nicht froh über die Fehlgeburten, das nie, aber sie redete sich ein, es sei nicht schlecht, dass es diesen Altersunterschied zwischen den Jungs und Holly gab und dass sie das einzige Mädchen war. Man hätte keinem Mädchen, überhaupt keinem Gleichaltrigen zumuten wollen, mit Holly zu konkurrieren. Trudy spielte gern ihr Dienstmädchen, die Amme ihrer Julia, aber ein Mädchen in ihrem Alter hätte ihre Tochter sicher nicht gemocht.

Elizabeth Lerner hatte sie sicher nicht gemocht.

Nachdem Trudy ihren Kleiderschrank inspiziert und das Schlafzimmer wieder aufgeräumt hatte, schleppte sie sich pflichtgetreu zu ihrem täglichen Spaziergang. Es war ein wunderbarer Herbsttag, ihr Stadtteil Old Town gab sich schön wie selten. Scharlachrote und goldene Blätter trudelten auf die Gehwege, als wäre die Stadt eine Theaterbühne, über die sich jemand aus dem Himmel beugte und in passenden Abständen Seidenblätter fallen ließ. Der Tag strahlte, das ganze Viertel strahlte – die Schaufensterscheiben blitzten, aus den Restaurants drangen köstliche Düfte, Fußgänger schlenderten ziellos umher, als sei ihre einzige Aufgabe, sich diese Schönheit bewusst zu machen.

Wie sehr sie das hasste, das alles schon seit dem Tag verabscheute, an dem sie hierhergezogen waren, obwohl sie selbst für den Umzug plädiert und den neuen Wohnort ausgesucht hatte. Die Jungs waren aus dem Haus, wie üblich bei Söhnen, die eingebunden waren in die Familien ihrer Ehefrauen; und weil sie die Feiertage jetzt reihum bei den Kindern verbrachten, brauchten Trudy und Terry kein großes Haus mehr. Es war einfacher, wenn sie ihre Söhne einzeln besuchten – rauf nach Boston, rüber nach Kansas City, runter nach Jacksonville. Außerdem war ihr Haus in der Stadt nicht nur klein, ihm fehlte auch jeder … Gehalt. Alle vertrauten Dinge waren da, die Möbel mit ihrer Geschichte, Gemälde von Trudys Familie, das Alltagsgeschirr, das gute Porzellan, aber es kam ihr vor wie ein Bühnenbild oder eines der nachgebauten Zimmer im Smithonian. Sie stellte sich den nasalen Sermon eines Museumsführers vor: *In diesem Raum hat die Familie Tackett ihre Mahlzeiten zu sich genommen* (ohne Appetit), *hier wurde* (unruhig) *geschlafen*. Das Haus war nicht weniger Mausoleum als das echte auf dem Hollywood Cemetery.

Ein Blick auf die Uhr zeigte ihr, dass sie mindestens noch fünfzehn Minuten laufen musste, um die Anweisung ihres Arztes zu erfüllen, deshalb bog sie in die Princess Street Richtung Founders Park ein. Nachdem sie ihr Gewicht immer gehalten hatte, war sie schockiert gewesen, als Dr. Garry ihr bei der letzten Untersuchung einen Vortrag über Diät und

Sport gehalten hatte. »Ich wiege zwei Pfund weniger als bei meiner Hochzeit«, hatte sie gesagt. Aber wie Dr. Garry richtig erkannt hatte, hatte sie vor allem deshalb nicht zugenommen, weil sie so wenig wie möglich aß und dazu rauchte. Sie hatte grenzwertig erhöhten Blutdruck und einen besorgniserregend hohen Cholesterinspiegel. Genauer gesagt fand ihn der Arzt besorgniserregend. Trudy war nicht im Geringsten beunruhigt. Als sie merkte, dass ihre Haare dünner wurden, möglicherweise als Nebenwirkung des Statins, das er für ihr Cholesterin verschrieben hatte, setzte sie das Medikament einfach ab. Sie fragte sich, wie lange sie damit durchkommen würde.

Aber sie ging spazieren, wie er geraten hatte, und machte alberne kleine Übungen mit Suppendosen. Sie war nicht depressiv, egal was ihr Arzt dachte, und sie war alles andere als apathisch oder autodestruktiv. Sie rauchte tatsächlich gerne, auch wenn das die Nichtraucher der Welt nie verstehen würden. Sie hatte nur damit aufgehört, damit sie vor ihren Kindern nicht wie eine Heuchlerin dastand. Während der Verhandlungen hatte sie heimlich ein, zwei Zigaretten am Tag mit einem der Assistenten des Staatsanwalts geraucht, weil sie sich dabei gut mit ihm unterhalten und herausfinden konnte, wie es lief. Sie kaufte nie Zigaretten, sondern schnorrte nur, deshalb hatte sie sich nicht als Raucherin betrachtet. Als alles seinen Weg durch die Instanzen gegangen war, rauchte sie wieder richtig, bis zu einer Schachtel am Tag. Jetzt war sie auf fünf Zigaretten herunter und unterteilte die Tage mit diesen kleinen Freuden. Die erste paffte sie in der Waschküche bei einer Tasse Tee, nachdem Terry zur Arbeit gegangen war. Die zweite war am frühen Nachmittag dran, nach ihrem verordneten Spaziergang. Nummer drei rauchte sie um Punkt drei Uhr bei einer weiteren Tasse Tee, aber dieses Mal in der Küche, während sie im Radio Fresh Air hörte und ihre nicht so frische Luft aus dem Fenster pustete. Die vierte folgte nach dem Abendessen, wieder in der

Waschküche, und die fünfte rasch im Gästebad vor dem Zubettgehen. Terry wusste es natürlich; er war nicht dumm, und riechen konnte er auch. Er wusste es, und er sagte nichts dazu. Ob er ebenso nachsichtig sein würde, wenn er mitbekam, dass sie das Lipitor nicht mehr nahm, dass ihr Cholesterin auf über dreihundert gestiegen war und ihr Blutdruck bei hundertachtunddreißig zu neunzig gelegen hatte, als sie ihn zuletzt in der Drogerie gemessen hatte?

Sie hatte den Park erreicht. Terry hatte ihr mal erklärt, dass der Yachthafen in Virginia lag, der Potomac aber, zumindest hier, als Teil von Washington galt. Wer traf solche Entscheidungen? Warum war das wichtig? Sie dachte an die Landvermesser, die sich den Abhang vorsichtig hinuntergetastet hatten, und an die allzu passenden Namen auf der Karte: Lost River, Lost City. Am Ende hatten sie gewonnen, aber sie hatte Walter Bowman zutiefst gehasst, weil er ihnen das aufgezwungen hatte, weil sie beweisen mussten, auf welcher Seite der Staatsgrenze er ihre Tochter ermordet hatte.

Jetzt würde er endlich sterben. Wenn das geschehen war, würde Trudy entscheiden, wie sehr sie leben wollte, ob sie die Zigaretten wegwerfen und das Lipitor wieder nehmen würde. Sie hatte die Tabletten in einer Tupperdose gebunkert und die Rezepte weiter eingelöst, um nicht aufzufallen. Sie war nicht eitel, aber ... Sie hob eine Hand ans Haar. Es war dicker. Das konnte nicht nur Einbildung sein.

Für den Heimweg schlug sie eine andere Route ein, die sie an der Kirche St. Mary vorbeiführte. Nachdem sie hergezogen waren, hatte Trudy sie ein-, zweimal besucht, und die Leute dort waren freundlich auf eine oberflächliche Art, die ihr ehrlich gesagt am liebsten war. Aber die Kluft zwischen ihr und ihrer Kirche blieb bestehen, unwiderruflich. Nicht dass ihr Priester in Middleburg jemals direkt etwas gegen ihren Wunsch eingewendet hätte, Walter Bowman sterben zu sehen. Die katholische Kirche war zwar gegen die Todesstrafe, hielt das Thema jedoch nicht für so unvereinbar mit ihren Dogmen wie Abtreibung oder gleichgeschlechtliche Ehen. Im Gegenteil: Trudy hatte sogar versucht, den Priester von ihrem Standpunkt zu überzeugen. Sie hatte sich nicht vorgemacht, sie könne die Kirche ändern, aber es war ihr ungemein wichtig vorgekommen, dass ihr wenigstens einer ihrer Vertreter zustimmte, wenn auch nur unter vier Augen, und dass er ihre Entscheidung aus moralischer Sicht billigte. Sie war Terry zuliebe übergetreten, hatte mit dem Glauben ihrer hugenottischen Vorfahren gebrochen und das alte Sprichwort bestätigt, nach dem Konvertiten die eifrigsten Gläubigen waren. Da war etwas unaufrichtige Zustimmung doch das Wenigste, was ihr die katholische Kirche geben konnte.

Bei Hollys Tod war Pater Trahearne noch in der Gemeinde gewesen, bis zur Verhandlung hatte er sich allerdings zur Ruhe gesetzt. (Man habe ihn abgelöst, wurde getuschelt, noch ein auffälliger Priester, aber Trudy konnte nicht glauben, dass er Schlimmeres getan hatte, als zu trinken.) Sein Nachfolger war jünger, langweilig und ernsthaft. Pater Trahearne hätte wenigstens mit Freude diskutiert. Vielleicht hätte er Trudy sogar umstimmen können. Obwohl – nein, das wäre ihm nicht gelungen. Aber er hätte verstanden, dass sie dieses Gespräch brauchte, dass sie damit in gewisser Weise beichtete. Der neue Priester wand sich; ein Gespräch, in dem er nicht der moralisch Überlegene war, bereitete ihm Unbehagen.

Trudy vermisste die Kirche nicht, obwohl sie eine wichtige Rolle in ihrem Leben gespielt hatte, seit sie erwachsen war. Sie vermisste Pater Trahearne. Und *ihre* Kirche, das Gebäude zu Hause in Middleburg. Ihr fehlte das Gemeindeleben, das ihren Tag ausgefüllt hatte. Aber die Institution Kirche, die ihr in ihren Augen das Mitgefühl versagt hatte, vermisste sie nicht. Nun ja, sie bestand aus alleinstehenden Männern, die nie Kinder bekommen hatten, zumindest nicht offiziell. Wie sollten sie Trudys Situation verstehen?

Zu Hause schloss sie die Tür auf und erschrak, als sie Terry sah. War heute Freitag? Freitags machte er oft gegen Mittag Feierabend, um Golf zu spielen, aber sie war ziemlich sicher, dass es nicht Freitag war. Außerdem würde er nicht erst nach Hause kommen, sondern direkt in den Club fahren.

»Stimmt etwas nicht?« Sie konnte sich nicht erinnern, wann sie diese Frage zum letzten Mal gestellt hatte. Nichts stimmte, nie. Das war der Normalzustand. Ihr Leben stimmte nicht, höchstens einzelne Fragmente waren annehmbar.

»In Sussex ist etwas passiert«, antwortete er.

Er nahm ihre Hand. Trudy und Terry, Terry und Trudy. Wie süüüüüüüüüüüüüüüß. Früher waren sie das. Sie waren wunderbar gewesen, mit starken weißen Zähnen und breitschultrigen Söhnen und dem schönsten kleinen Mädchen, das man je gesehen hatte. Sie waren unbesiegbar gewesen. Deshalb hatten sie die Farm T'n'T genannt – nichts auf der Welt war stärker als sie.

»Ist er tot?«, fragte sie und wusste dabei nicht, wie sie reagieren würde, falls Terry sagte, ja, Walter Bowman sei tot, er habe einen Weg gefunden, sich umzubringen, oder sei mit einem Herzinfarkt umgekippt. Aber er war noch keine fünfzig. Sein Cholesterinspiegel lag wahrscheinlich unter hundertachtzig.

»Unsere, ähm, Quelle im Gefängnis hat mich angerufen. Bowman hat Elizabeth Lerner gefunden, obwohl sie sich jetzt anders nennt. Sie wurde auf seine Kontaktliste gesetzt. Auf seinen Antrag hin, aber sie hat zugestimmt.«

»Kommt sie zur Hinrichtung?« Während sie noch fragte, wurde ihr klar, dass die Frage unlogisch war, aber sie wusste nicht, was sie sonst sagen sollte.

»Das weiß unsere Freundin in Sussex nicht.« Sie hatten sich im Laufe der Jahre mit einer Sekretärin angefreundet und ihr

Vertrauen gewonnen, indem sie ihre Diskretion bewiesen. Und ihr ein paarmal im Jahr Geschenkgutscheine schickten. »Soweit sie weiß, will Bowman mit Elizabeth reden, und sie hat eingewilligt. Mehr nicht. Vorerst.«

»Vorerst.«

»Du kennst Bowman ja. Er sucht immer nach einer Möglichkeit, einen Aufschub zu bekommen. Ständig plant er irgendwas.«

Trudy hätte am liebsten gesagt: *Genau wie sie.*

Stattdessen sagte sie: »Ich muss ein paar Sachen in den Zedernholzschrank legen.« Mit leeren Händen ging sie die Kellertreppe hinunter, es war ihr egal, ob Terry das Ratschen des Zündköpfchens auf der Streichholzschachtel hörte oder den himmlischen Tabak roch, der aufstieg und ihre Lungen füllte. Als sie sich die Arme um die Taille schlang, hätte sie schwören können, dass sie schmerzten, vom Handgelenk zum Ellbogen. So nah vor dem Ziel zerrte sie immer noch, versuchte immer noch, das Flugzeug ganz allein in der Luft zu halten. Um zu beweisen, dass sie nicht allein war.

Kapitel 23

Der Direktor hilft direkt, Tor. Die alte Eselsbrücke ging Eliza durch den Kopf, als sie durch die Flure der North Bethesda Middleschool lief. Ihre Schritte hallten durch die Stille während des Unterrichts. Mit der Rechtschreibung hatte sie seit jeher kämpfen müssen, und die allgegenwärtigen Korrekturprogramme waren ihr nicht immer eine Hilfe. Wenn sie alle Jubeljahre etwas schrieb, ließ sie Peter einen Blick darauf werfen, und er fand fast immer ein »das«, wo ein »dass« hingehörte, oder »seit« statt »seid«. Auch manche Namen warf sie immer durcheinander. Thomas und Thompson, Murray und Murphy, Eileen und Elaine. *Der Direktor hilft direkt, Tor.* Früher vielleicht, aber heute nicht mehr, heute waren Direktoren wie Bundesrichter so vielen Regeln unterworfen, dass ihnen kaum Spielraum blieb.

Hier hieß die Direktorin Roxanne Stoddard, eine elegante Karrierefrau, die als Lobbyistin von der K Street in Washington hätte durchgehen können. In der Umgebung genoss sie beinahe einen Ruf wie ein Rockstar. Darauf, dass Iso in North Bethesda zur Schule ging, hieß es meist: »Ach, Roxanne Stoddard. Großartig.« Oder sogar: »Ich habe Roxanne Stoddard mal abends um halb neun im Louisiana Kitchen gesehen, und sogar bei ihrem Flusskrebs-Etouffée hat sie noch gearbeitet.«

Heute trug sie ein erbsengrünes Kostüm und pflaumenfarbene Wildlederpumps, weshalb sich Eliza klein und hausbacken vorkam. Gleichzeitig war sie freundlich und kehrte ihre Autorität nicht heraus.

»Iso«, sagte sie zu dem engelsgleichen Wesen, das sich als Elizas Tochter ausgab, »ich möchte mit deiner Mutter erst einmal allein reden, dann holen wir dich wieder dazu. Ist das in Ordnung?« Die Frage war hörbar rhetorisch gemeint.

»Natürlich, Mrs. Stoddard.« Im Gehen begegnete Iso Elizas Blick mit Unschuldsmiene, als wollte sie sagen: *Ich habe keine Ahnung, was das hier soll. Das ist bestimmt ein schreckliches Missverständnis.*

»Hat sich Ihre Familie gut eingelebt?« Noch eine höfliche Einleitung, nur dieses Mal passender als bei Walter. »Das ist sicher eine große Umstellung.«

»Eher eine lange Reihe von kleinen Umstellungen, wenn man das so sagen kann. Aber ja, ich glaube schon. Und die Kinder gewöhnen sich natürlich schnell ein.«

Sag mir jetzt bitte, dass Iso gut zurechtkommt. Hoffentlich hat sie einen Preis gewonnen oder war überdurchschnittlich gut bei irgendeinem Standardtest.

»Iso macht sich gut hier. Sie ist bei ihren Mitschülern beliebt und zu meinem Leidwesen in einigen Fächern schon weiter, nur in amerikanischer Geschichte muss sie noch einiges aufholen. Aber in Mathematik und Englisch – das gibt einem schon zu denken, was den hiesigen Bildungsstandard angeht. Und sie ist natürlich eine hervorragende Sportlerin.«

Eliza strahlte, obwohl sie das riesige »Aber« über sich schweben fühlte wie einen Amboss im Zeichentrickfilm.

»Ich frage mich nur – war Mobbing in England ein Thema?«

Verwirrt dachte Eliza im ersten Moment, die Direktorin wollte fragen, ob Mobbing in England befürwortet wurde.

»Oh! Ich glaube, es gab die gleichen Probleme wie hier. Streitereien unter Mädchen, solche Dinge.«

»Und subtiles Mobbing?«

»Subtiles … Mobbing? Widerspricht sich das nicht?«

Roxanne Stoddard runzelte die Stirn. Eliza ahnte, wie autoritär sie werden konnte und wie scheußlich sich ihre Schüler und Lehrer fühlten, wenn sie ihren Unmut erregten. »Ganz und gar nicht. Man muss das unterscheiden. Es ist für Lehrer und Schulleiter schon schwer genug, handgreifliches Mobbing zu bemerken, und die Schüler melden es nicht gerne. Aber diese körperlichen Übergriffe kann man wenigstens sehen. Bei subtilem Mobbing geht es um Ausgrenzung, man zeigt anderen Schülern, dass sie nicht erwünscht sind.«

»Hat Iso …?«

»Das lässt sich im Moment nicht sagen. Und wir sind bereit, das den kulturellen Unterschieden zwischen ihrer alten Schule und der North Bethesda Middle zuzuschreiben.« Sie sprach den Namen der Schule aus, als sollte er in goldenen Lettern geschrieben stehen, flankiert von Engeln mit kleinen Posaunen. North. Bethesda. Middle! Das war der einzige anmaßende Zug in ihrem sonst bodenständigen Auftreten.

»Was erwarten Sie jetzt von mir?«

»Ich würde Ihnen gerne dasselbe Material geben, mit dem unsere Lehrer arbeiten.« Die Direktorin reichte Eliza einen dicken Umschlag. »Wir sind, wie gesagt, nicht sicher, was passiert ist. Das Mädchen, um das es geht, schwört, es sei nur ein Missverständnis. Eines der Probleme bei dieser Art von Mobbing besteht darin, dass die Opfer es für so etwas wie ein Aufnahmeritual halten. Das Kind – und die Schüler hier sind Kinder, auch wenn sie sich schrecklich erwachsen vorkommen – glaubt, wenn es alles bereitwillig über sich ergehen lässt, wird es in den inneren Zirkel aufgenommen.«

»Hat das Mädchen eine Behinderung?« Eliza versuchte, sich an Isos Geschichte über ihre Klassenkameradin zu erinnern, der sie zum Geburtstag eine iTunes-Karte schenken wollten.

»Wie bitte?«

»Schon gut. Ich musste nur an eine Mitschülerin denken, von der Iso erzählt hat.«

»Das Mädchen ist nicht behindert. Sie ist nicht so klug und sportlich wie Iso, aber genau darum geht es. Das ist nun mal nicht jeder. Seltsamerweise scheint Iso insgeheim an ihrer Beliebtheit zu zweifeln, als hätte sie Angst um ihre Stellung, vielleicht weil sie noch neu ist. Ich vermute, dass sie dem Mädchen deshalb gesagt hat, es dürfe sich nicht zu ihnen setzen.«

»Mehr nicht? Sie hat ein Mädchen aus ihrer Klasse gebeten, sich nicht zu ihnen zu setzen?«

»Das ist mehr als genug«, beschied Roxanne Stoddard so streng und enttäuscht, als hätte Eliza gesagt: *Mehr nicht? Nur ein Joint in der Umkleide? Mehr nicht? Nur eine Oralsexparty mit dem Ringerteam?*

»Ich muss das natürlich erst mal lesen.« Sie tätschelte den Umschlag wohlwollend, als wäre darin ein Roman, mit dem sie sich am liebsten sofort in eine ruhige Ecke verzogen hätte. »Aber Mensacliquen gab es doch schon immer, das wird sich wahrscheinlich auch nicht ändern.«

»Mrs. Benedict, wir dulden absolut kein Mobbing. Wegen der Unklarheiten in diesem Fall haben wir« – das königliche Wir? Ein Komitee? Ein Tribunal? – »entschieden, die Mindeststrafe nicht zu verhängen. Hätte dieser Verstoß nachweislich stattgefunden, hätte Iso nachsitzen müssen und wäre einen Monat lang von allen schulischen Aktivitäten ausgeschlossen worden. Das ist die Mindeststrafe. Die höchste wäre eine Suspendierung.«

Eliza war hin- und hergerissen. Ihr war klar, dass diese Regelung durchaus berechtigt war. Aus eigener Erfahrung wusste sie, wie arrogant gleichgültig ihre Tochter anderen gegenüber sein konnte. Sie war entsetzt, dass Iso wie viele beliebte Mädchen ihre Macht darauf baute, andere auszugrenzen. Aber genügte das als Grund für eine Suspendierung? Kinder mussten lernen, auch mal etwas auszuhalten, sie brauchten ein Umfeld irgendwo zwischen mit Watte ausgepolsterten Eierkartons und dem *Herrn der Fliegen*.

»Es tut mir leid, Mrs. Stoddard. Isos Vater und ich werden ihr die Regeln und auch die Konsequenzen bei Verstößen klarmachen. Wie Sie schon sagen, so etwas läuft subtil.«

Die Direktorin lächelte, wieder ganz hilfsbereit. »Im Grunde ist sie ein liebes Mädchen. Und Kinder gewöhnen sich zwar schnell ein, trotzdem hat sie gerade eine große Umstellung hinter sich. Es sollte mich nicht wundern, wenn sie etwas Heimweh nach London und ihrer alten Schule hat. Das würde ihre Launen schon zum großen Teil erklären.«

»Ihre Launen?« Eliza hatte angenommen, Iso würde nur zu Hause so mürrisch auftreten. Mit ihren Freundinnen und Teamkolleginnen war sie fröhlich und großzügig.

»Sie wirkt manchmal etwas zerstreut. Aber das ist, wie gesagt, sicher nur die neue Umgebung. Im Unterricht macht sie sich sehr gut.« Die Direktorin warf einen Blick auf die Uhr. »Apropos – der Unterricht dauert nur noch eine Dreiviertelstunde. Nehmen Sie Iso doch mit nach Hause. Wenn ich sie zurück in die Klasse schicke, stört das den Unterricht.«

Mit ihren Hausaufgaben unter dem Arm verließ Eliza das Büro der Direktorin. Sie musste sich zurückhalten, um nicht nach der Hand ihrer Tochter zu greifen oder ihr das Haar zu streicheln, das sie zu einem perfekten Pferdeschwanz zurückgebunden hatte. »Komm mit«, sagte sie. Und als sie die Schule verlassen hatten: »Wir haben noch genug Zeit für ein Eis, bevor wir Albie abholen. Hast du Lust?«

Iso beäugte ihre Mutter misstrauisch. »Ein Eis?«

»Ja.«

»Warum?«

»Warum nicht?«

Iso überlegte. »Das wäre Albie gegenüber unfair.«

»Es muss nicht jeder immer das Gleiche bekommen, damit das Leben fair ist.«

Eliza hatte sich selbst ein Bein gestellt, die Anspielung auf den Vorfall in der Schule war zu deutlich ausgefallen.

»Ich habe viele Hausaufgaben auf. Wenn wir direkt nach Hause fahren, könnte ich schon mal anfangen, und du könntest Albie mit Reba zu Fuß abholen, wie immer.«

»Was hältst du davon, wenn wir Albie zusammen abholen und zum Rita's gehen?«

»Den ganzen Weg bis zu Oma?« Iso und Albie sprachen das Haus instinktiv immer Inez zu, nie Manny, aber es war auch Inez' Reich. Elizas Vater hätte überall mit Freuden gelebt, solange nur Inez bei ihm war. Seine Umgebung war ihm egal.

»Es gibt bestimmt eine Filiale in der Nähe. Und wenn nicht, bleiben immer noch Gifford's oder Baskin-Robbins.«

Mit einem knappen Nicken ließ sich Iso gnädig auf Elizas Vorschlag ein. Damit gewann sie doppelt. Sie bekam ein leckeres Eis, und wenn Albie dabei war, würde Eliza nicht versuchen, sie zu bereden. In solchen Dingen war sie raffiniert, was Eliza unwillkürlich bewunderte; ihr selbst war dieser Zug im gleichen Alter völlig abgegangen.

Andererseits war Holly Tackett – die vollkommene, selbstsichere Holly, nicht einmal ein Jahr älter als Iso jetzt – in Walter Bowmans Pick-up gestiegen, weil er ihr fünfzehn Dollar versprochen hatte, während er Elizabeth an den Handgelenken hatte mitzerren müssen. Ehrlich gesagt war es Eliza scheißegal, wenn Iso irgendein Mädchen gekränkt hatte, weil es nicht an ihrem Tisch sitzen durfte, doch sie hatte Angst, dass dieses Selbstvertrauen Iso in eine Situation bringen könnte, die sie nicht unter Kontrolle hatte.

Aber als sie später Iso und Albie bei Baskin-Robbins dabei zusah, wie sie sich mit doppelten Portionen Eis den Appetit aufs Abendessen verdarben, wurde ihr klar, dass nicht Walter Bowman, gefangen in einer Zelle und seinen eigenen Parenthesen, das Problem war. Das Problem waren die ganzen anderen Walters, die vielen Walters, die aus der Erde hervorbrachen, egal wie oft man sie zerstampfte, so wie die Armee von Skeletten, die in der Sage vom Goldenen Vlies aus Drachenzähnen wuchsen. Der Staat Virginia würde ihren Peiniger töten, aber sie konnte nicht all die Menschen aufspüren und eliminieren, die ihren Kindern vielleicht wehtun würden.

Und doch tröstete irgendwo in ihrer Stadt, vielleicht sogar in diesem Moment, eine Mutter ihr Kind, das Iso für den Feind hielt.

Kapitel 24

In Sussex I war es nie wirklich still. Ganz egal, wie viele Männer dort saßen, ob es beinahe voll war oder so spärlich belegt wie jetzt, mit fünfzehn Männern in einer Abteilung, die für fünfzig gebaut war. Dieser Ort war laut. Und die Geräusche klangen seltsam, schwer zu verorten, fegten sie um Ecken oder prallten von den Wänden ab, beinahe wie etwas Lebendiges, das sie belauerte. Walter verursachte es fast Schmerzen, wenn ein Rückkehrer nach alter Tradition mit Tritten gegen die Tür begrüßt wurde, trotzdem würde er diese Ehrerweisung niemandem verweigern. Immerhin gebührte ihm der Rang des einzigen Mannes, den man zweimal so empfangen hatte.

Jetzt, wohl gegen ein Uhr, lag er wach und lauschte auf die Geräusche, die scheinbar nur nachts aufkamen und wie kleine Dschungelwesen durch die Abteilung streiften. Knallen, Pfeifen, Echos. Man sollte meinen, dass sich ein Mensch nach über zwanzig Jahren daran gewöhnt hätte, aber er fand die nächtlichen Geräusche noch immer störend. Sie weckten ihn zwar nicht auf, machten es aber ungleich schwerer, wieder einzuschlafen. Er dachte, er hätte vielleicht eine Art Störung, ein überempfindliches Gehör. Sein Vater hatte laute Geräusche nicht vertragen – Fernseher und Radio mussten immer auf ein leises Brummen heruntergedreht werden. Er behauptete, er brauche die Ruhe, weil er den ganzen Tag lang von Scheppern und Dröhnen umgeben war. Als junger Mann hatte Walter seinen Vater für schrullig gehalten. Jetzt, mit seinen sechsundvierzig Jahren, fragte er sich, ob es am Alter lag, ob die Ohren mit der Zeit einfach ermüdeten.

Sechsundvierzig. Sein Vater war fast genauso alt gewesen, als Walter zur Welt kam, seine Mutter ein paar Jahre jünger. Er war ein Nachzügler, und er wusste genau, wann er gezeugt worden war: an Heiligabend, vielleicht in der ersten Stunde des ersten Feiertags, nachdem seine Mutter etwas Apfelbrand intus hatte. Das ließ sich leicht festlegen, hatte ihm seine Schwester einmal erzählt. An diesem Tag hätten seine Eltern das einzige Mal in diesem Jahr Sex gehabt, wahrscheinlich zum letzten Mal überhaupt. Vielleicht wollte sie ihn auch nur aufziehen. Sie war dreizehn Jahre älter als Walter und hätte es besser wissen müssen, aber sie hatte ihn immer gemein behandelt und war eifersüchtig gewesen auf ihren kleinen Bruder. Er glaubte, dass sie ihn nicht leiden konnte, weil er das gute Aussehen abbekommen hatte, das ihr fehlte. *Hässlich wie die Nacht*, wie man so sagte, und obwohl Walter an sich nichts gegen die Nacht hatte, fand er die Beschreibung passend. Seine Mutter beschrieb seine Schwester als unscheinbar, dabei war Belle – welch unglücklicher Name – hässlich, schreiend hässlich, sie schielte, hatte eine große Nase und ein Kinn wie eine Hexe. Sie hatte Glück, dass sie einen Mann gefunden hatte, der sie heiraten wollte. Noch dazu einen, der ganz gut aussah und ordentlich verdiente. Manche Männer besaßen einfach keine Selbstachtung.

Belle war die einzige Verwandte, die ihm geblieben war, und sie hatte den Kontakt zu ihm abgebrochen, nachdem seine Eltern gestorben waren, beide Schlag auf Schlag, innerhalb von sechs Monaten. Seinen Vater hatte der Lungenkrebs erwischt, und seine Mutter war den Folgen ihrer Diabetes-Erkrankung erlegen. Beide waren über siebzig gewesen, aber Belle hatte ihm die Schuld gegeben und gesagt, sie seien aus Schande darüber gestorben, seine Eltern zu sein. *Warum stirbst du dann nicht?*, hatte Walter gefragt. Belle hatte geantwortet, sie habe zum Glück einen anderen Namen und würde längst in einer anderen Stadt wohnen, dadurch sei ihr ein Leben als Walter Bowmans Schwester erspart geblieben, sonst wäre sie vielleicht auch schon tot. Was er für Schwachsinn gehalten hatte. Seine Verhaftung und die Verhandlungen hatten seinen Eltern zweifellos zugesetzt, aber – Lungenkrebs und Diabetes! Die Männer in Sussex I konnten Gott nicht das Wasser reichen, wenn es um schmerzvolles, langsames Töten ging. Auch der schlimmste Fall hier drin hatte nicht mehr als ein paar Stunden gebraucht, um zu töten. Gott nahm sich Monate, Jahre Zeit.

Außerdem waren seine Eltern nicht gleich im Anschluss tot umgefallen. Beide hatten noch sieben, acht Jahre geschafft. Belle hatte nur nach einer Ausrede gesucht, um ihn fallen zu lassen. Sie ging schon auf die sechzig zu, ihre eigenen Kinder waren erwachsen und bereiteten ihr höchstwahrscheinlich ebenfalls Kummer. Und er würde sterben, bevor er fünfzig war, wenn es nach dem Staat Virginia ging. In diesem Jahr hatte er genau die Hälfte seines Lebens im Gefängnis verbracht. Manche sahen darin wohl eine gewisse Ordnung, dachte Walter, eine gefällige Symmetrie.

Walter war anderer Ansicht.

Er seufzte und probierte mehrere Techniken aus, die bei Schlaflosigkeit empfohlen wurden – Atemübungen, zählen, seinen Geist leeren, mit dem Mantra meditieren, das Barbara ihm beigebracht hatte –, aber er merkte schon, dass er in dieser Nacht wieder einmal wach liegen würde. Manchmal fragte er sich, ob ein Teil seines Verstandes nach mehr Zeit gierte, die er bei Bewusstsein war, als würde er um jede wache Minute kämpfen. *Schon gut, Kumpel,* beruhigte er sein ängstliches Unterbewusstsein. *Du musst mich noch nicht abschreiben. Vielleicht haben wir noch Jahre vor uns.* Erstaunlich schwierig, die beiden Teile seines Verstandes dazu zu bringen, miteinander zu reden.

Der 25. November!, brüllte seine ängstliche Hälfte. *Noch weniger als zwei Monate. Und du konntest heute nicht mal mit ihr reden!*

Schon gut, sagte er. *Ist nicht schlimm.*

Walter war nicht im Geringsten beunruhigt, weil Elizabeth ihr Gespräch so schnell beendet hatte. Er nahm an, dass es um etwas Ernstes ging und mit Sicherheit nicht darum, ihren Mann vom Flughafen abzuholen. Witzig, dass sie immer noch ums Verrecken nicht lügen konnte. Es war auf jeden Fall etwas Ernstes, aber nichts erschreckend Ernstes, kein verletztes Kind. Das hätte er ihr angehört. Doch es ging um eines der Kinder. Was konnte bei Kindern ernst sein, wenn sie nicht verletzt waren? Er wusste es nicht.

Er bezweifelte nicht, dass Elizabeth eine gute Mutter war. Trotzdem war er immer noch enttäuscht, dass sich ihr Leben darauf beschränkte, dass sie nicht mehr aus diesem wunderbaren Geschenk gemacht hatte. Widersinnig, sicher, schließlich hatte er immer dafür plädiert, Frauen sollten sich auf ihre natürlichen Rollen rückbesinnen. Aber damit hatte er nicht alle gemeint, sondern nur die Frauen, die es übertrieben, die sich für Männer hielten. Tatsächlich hatte er Elizabeth gar nicht immer als Frau betrachtet, aber er konnte verstehen, dass die Leute das unlogisch fanden.

Der Typ, den sie heute mit Tritten begrüßt hatten, hatte einer siebenundachtzig Jahre alten Frau die Handtasche gestohlen und sie anschließend vergewaltigt und getötet. Widerlich. Walter verstand so jemanden einfach nicht, und er verstand auch nicht die Leute, die das von ihm erwarteten. Die Außenwelt machte zwischen den Männern in Sussex I keinen Unterschied, sie sah nur einen Haufen von Monstern und Wilden. Aber dass ihre Verbrechen in die gleiche Kategorie fielen, machte die Männer noch nicht gleich. Ohne die dumme Metallkassette, die man am Straßenrand gefunden hatte, säße er vielleicht gar nicht hier. Sie hatten zwar die Anklagen wegen Kidnapping und Vergewaltigung, aber die hätte ein geschickter Anwalt herunterhandeln können. Nicht, dass er damals einen geschickten Anwalt gehabt hätte. Jetzt hatte er einen in Jefferson D. Blanding, von dem Walter vermutete, dass er Jefferson Davis Blanding hieß, nach dem Präsidenten der Konföderierten Staaten, und dass er so dumm war, sich dafür zu schämen. Walter hatte zwar nichts für Jefferson Davis übrig und hätte sofort jeden daran erinnert, dass sich West Virginia lieber von Virginia losgesagt hatte, als sich den Konföderierten Staaten anzuschließen, aber für seinen Namen war niemand verantwortlich.

Für seine Taten schon. Und auch wieder nicht. Er hatte getan, was man ihm vorwarf. In einem anderen System hätte er seine Verbrechen vielleicht eher zugegeben. Ein Teil von ihm hätte gern die ganze Geschichte erzählt, wobei der Haken war, dass er seine eigenen Verbrechen erst verstand, nachdem er jahrelang darüber hatte nachdenken können. Bei allen Demütigungen in Sussex I blieb diese einzige Freiheit, die in der Außenwelt fehlte. Man kam zum Nachdenken. Reichlich. Walter hatte über seine Taten nachgedacht, und ihm war klar, dass er nie außerhalb des Gefängnisses leben könnte. Er gehörte hierher. Wäre er ein Wissenschaftler gewesen, hätte er nach einer Methode gesucht, das Leben der Häftlinge zu verlängern, damit sie mehrfach lebenslängliche Strafen verbüßen konnten. Er schuldete Holly Tackett ein Leben, und er schuldete Maude Parrish ein Leben. Und ja, auch den anderen Mädchen, aber es war nicht seine Schuld, dass er diese Verbrechen nie gestanden hatte. Das System war schuld, weil es ihm einen Handel verweigert hatte und ihm keinerlei Macht zugestehen wollte. Nehmt die Todesstrafe vom Tisch, dann erzähle ich euch alles, hatte er mehrmals gesagt, aber das wollten sie nicht einmal in Erwägung ziehen. Gerechtigkeit für eine – das reiche Mädchen, die Arzttochter – wog schwerer als Gerechtigkeit für alle. Das war nicht richtig.

Bei seiner Situation, wie er es nannte, machte ihm außerdem zu schaffen, dass er vor Gericht von seinesgleichen beurteilt werden sollte, wobei er nicht verstand, wie die Geschworenen das sein konnten. Er war nicht so dumm, diese Floskel wörtlich zu verstehen und zu glauben, es müssten ein Dutzend Walter Bowmans gefunden werden. Trotzdem, was sollte *seinesgleichen* sein? Unter seinen Geschworenen befanden sich zum Beispiel Frauen, und bei allem Respekt konnten sie seiner Meinung nach absolut nicht verstehen, was er für vorübergehende Unzurechnungsfähigkeit hielt, für die aufgestaute Energie eines jungen Mannes, der Wertvolles zu bieten hatte, aber niemanden fand, der das begriff. Mit dem Internet heutzutage hätte er keine Probleme, eine Frau zu finden. Soweit er den Anzeigen von Partneragenturen und Zeitungsartikeln entnehmen konnte, hatte die Technik dazu geführt, dass man sich wieder richtig umwarb. Er hatte sich als junger Mann so gehetzt gefühlt, so unruhig und vorschnell. Konnten Frauen das überhaupt nachvollziehen? Wussten sie, wie es war, im falschen Moment eine Erektion zu bekommen oder im richtigen Moment keine? Mit Erektionen war es bei ihm gewesen wie mit einer fehlerhaften Kontrollleuchte im Auto, die losblinkte, weil man den Tankdeckel nicht fest genug zugeschraubt hatte. Wie die Frauen, die in hektischer Sorge in die Werkstatt seines Vaters gekommen waren, hatte er Angst gehabt, es könnte einen Schaden geben, wenn er nichts unternahm.

Aber selbst wenn Frauen so etwas verstehen konnten, warum wurde man von seinesgleichen gerichtet? Sollten die Opfer nicht das letzte Wort haben? Oh, er konnte sich die Antwort des Staatsanwalts schon ausmalen. Es kam einem Mörder doch sehr gelegen, wenn seine Opfer über ihn richten sollten. Aber da war ja noch Elizabeth. Es war nicht gelogen, dass er ihr gegenüber die größte Schuld empfand. Was er ihr angetan hatte, war wirklich Verrat gewesen. Die anderen hatte er nicht gekannt, sie waren ihm nicht echt erschienen. Aber Elizabeth war seine Kopilotin gewesen, sein Kumpel. Charley zu seinem Steinbeck.

Er beschloss, bei ihrem nächsten Gespräch als Erstes zu sagen: »Es tut mir leid.« Kein Small Talk, kein langsames Vortasten. Er würde ihr sagen, was er nie hatte sagen dürfen von Angesicht zu Angesicht, was ihm die ganzen Jahre lang auf den Nägeln gebrannt hatte. Er begriff natürlich, warum er nie hatte mit ihr sprechen dürfen, warum er auch während ihres Kreuzverhörs nur mit ausdrucksloser Miene und reuigem Blick zuhören und sie nicht direkt ansehen sollte. Aber ein Teil von ihm hatte immer gedacht, so abwegig sei die Bitte nach einem letzten Abschied nicht, nur sie beide, vielleicht in einem Raum im Gerichtsgebäude, vor der Tür ein bewaffneter Wachmann. Er war nicht so dumm gewesen, darum zu bitten, aber das bedeutete nicht, dass er es nicht wollte. Er wollte es immer noch.

Nein, er musste es direkt sagen, ehrlich und geradeheraus: »Es tut mir leid.«

Vielleicht würde sie dann auch endlich sagen, dass es ihr leidtat.

Teil III

In my house

1985 veröffentlicht
Platz 7 in der Billboard Hot 100
am 8. Juni 1985
Hielt sich 22 Wochen lang
in der Billboard Hot 100

Kapitel 25

»Es tut mir leid.«

Die Worte stürzten so schnell hervor, als das R-Gespräch durchgestellt wurde, dass sie fast abgeschnitten wurden. Eliza starrte auf den beigefarbenen Hörer in ihrer Hand und fragte sich, ob Walter vor sich hin geredet hatte, ob er gerade das Ende eines langen, atemlosen Vortrags erreichte.

Eine Woche war seit seinem letzten Anruf vergangen, allerdings maß Eliza die verstrichene Zeit als *eine Woche, seit die Schule angerufen hatte.* Sie hatte Walter nicht vergessen; das Telefon stand jeden Morgen da, es war das Erste, was sie sah. Aber in ihren wachen Stunden drehte sich alles um Iso. Eine Zeit lang hatte die Familie einen ziemlichen Eiertanz aufgeführt, sie und Peter hatten versucht, Iso im Auge zu behalten, ohne sie zu bedrängen, und herauszufinden, ob sie auf echte Probleme zusteuerte. Wenn sie Albie aufzog – war das schlimm oder nur typisches Verhalten unter Geschwistern? Sollte Eliza darüber hinweggehen, weil Iso damit hoffentlich ihre Aggressionen loswerden konnte, oder es im Keim ersticken?

Eliza hatte ihre Kinder immer natürlich und ungezwungen erzogen, größtenteils ohne Tipps aus Büchern oder von Experten. Sogar ihre Eltern, die selbst Experten waren, hatten Eliza dazu ermutigt, als Mutter ihren eigenen Weg zu finden. Jahrelang hatte sie das Gefühl gehabt, ihre Beschäftigung mit Kinderliteratur sei eine bessere Vorbereitung gewesen als jeder Elternratgeber. Darin fand sich alles, die Ängste, Gefühle und Bedürfnisse der Kindheit. Wenn andere Mütter fragten, wo sie sich Rat holte, sagte sie oft: »Was ich über Erziehung weiß, habe ich von Ramona Quimby gelernt.« Die Leute hielten das für einen schlagfertigen Witz, aber gerade diese Bücher, in denen die Welt aus Kinderperspektive beschrieben wurde, fand Eliza unbezahlbar. Inez hatte Eliza einmal gelobt, sie sei eine gute Mutter, weil sie nie vergessen habe, wie es war, ein Kind zu sein. So wie bei stillenden Müttern die Milch floss, sobald sie Kinder, auch fremde, schreien hörten, wurde Eliza manchmal durch einen Wutanfall oder jämmerliches Quengeln in ihre Kindheit zurückversetzt. Ihre Erinnerungen waren lebhaft, vielleicht weil sie in ihren Gedanken deutlich abgegrenzt waren. Die Zeit davor, die Zeit als Elizabeth.

Sie konnte Walter, verkörpert durch dieses nüchterne, beigefarbene Gerät – das Damoklestelefon, wie Peter es nannte –, also gar nicht vergessen, aber ihre Gedanken drehten sich vor allem um Iso; Iso war die Gegenwart, Iso war ein Problem, das sich lösen, ändern, überwachen ließ. Walter war die Vergangenheit. Für ihn war sie nicht verantwortlich.

»Elizabeth?«

»Ja, ich bin dran.«

»Es tut mir leid. Hast du gehört, was ich sage? Es tut mir leid. Das wollte ich als Allererstes sagen, falls wir wieder unterbrochen werden.«

Mein Gott, dachte Eliza. *Hoffentlich werden wir nicht wirklich wieder unterbrochen.* Sie hatte das Gefühl, in ihrem Leben sei die Quote für Aufregung schon für die nächsten zehn Jahre erfüllt. Eine einzige Sorge mehr – ein Anruf von einer Nachbarin, dass Reba ausgebüxt sei, oder auch nur ein Motorgrummeln beim Subaru – könnte sie abstürzen lassen.

»Es tut mir alles so leid. Es tut mir leid, dass ich dich entführt habe. Es tut mir leid, wie ich dich am Anfang behandelt habe, als ich dich dazu bringen wollte zu tun, was ich will, als ich gedroht habe, deiner Familie all diese schrecklichen Dinge anzutun. Am meisten tut mir leid, was in der letzten Nacht passiert ist.«

»Was passiert ist?« Sie wiederholte nur seine Worte, um dem Euphemismus zu widersprechen.

»Als ich … der Sex.« Offensichtlich hatte er ihren Tonfall falsch gedeutet.

»Die Vergewaltigung.«

»Ja«, flüsterte er bedrückt. »Es tut mir leid, dass ich dich vergewaltigt habe. In gewisser Weise tut mir das mehr leid als alles andere, was ich getan habe.«

Sie saß auf der Bettkante und betrachtete die Steppdecke, die Laken, die Zierkissen, alle neu. Peter, der weit herumreiste, hatte sich teure Wäsche für ihre Betten gewünscht, Frette oder sogar Pratesi. Eliza hatte widersprochen, weil ihr Bett auch für die Kinder einladend bleiben sollte, die immer noch kleckerten und vergaßen, die Kappen auf ihre Stifte zu stecken. Diesen Stilmix aus gestreifter Bettwäsche und wild gemustertem Quilt hatte sie sorgfältig in einem Katalog ausgesucht. Auf den Bettrüschen fand man schon einen Fleck, wenn man genau hinsah, und die Ecke eines Zierkissens war mit Tinte beschmiert, allerdings weil Peter im Bett gearbeitet hatte. Egal wie viel Geld Peter verdiente oder wie groß Iso und Albie wurden, sie wären nie die richtige Familie für Frette-Bettwäsche.

»Elizabeth?«

Wieder dieses Nachfragen, beinahe schon ein Befehl. Wie konnte er es wagen? Was erwartete er denn? Sollte sie sagen, das sei schon in Ordnung? Sie würde ihm verzeihen? Das war nicht Albie, der mit den Handtüchern aus dem Gästebad Reba die matschigen Pfoten abgetrocknet hatte, ein gedankenverlorener, gut gemeinter Fehltritt. Es war nicht einmal Iso, der man subtiles Mobbing vorwarf.

»Danke«, antwortete sie. »Das hast du vorher nie gesagt.«

»Ich habe ja nie mit dir sprechen können.«

»Ich meinte in anderen Situationen. Du hast nie darüber geredet.«

»In anderen Sit… – ach, bei Interviews. Also hast du sie gelesen?«

»Manche.« Dabei hatte sie das tunlichst vermieden, bis sie vor einem Monat alles verschlungen hatte, um herauszufinden, wie Walter es wieder in ihr Leben geschafft hatte.

»Es fällt mir schwer, das zuzugeben, aber laut meinem Anwalt durfte ich über nichts reden, was nicht in der Anklage stand. Nicht einmal zu meiner Verteidigung.«

»Die anderen Mädchen«, sagte sie, weil sich ihr Beschützerinstinkt ihren kleinen Geistern gegenüber meldete.

»Über die anderen Dinge, die man mir vorgeworfen hat, habe ich nie etwas gesagt. Nicht einmal zu dir, nicht einmal, als ich … dir Angst machen wollte.«

»Nein, das hast du nicht. Aber nach allem, was ich gelesen habe, ist doch klar …«

»Und was du über dich gelesen hast – war das wahr, Elizabeth?«

Das war ein Argument, aber ein unfaires, wie Eliza fand. Sicher, Jared Garrett hatte, scheinbar ohne Fakten, über Walters sexuelle Vorlieben spekuliert. Er hatte Fragen nach vorzeitigem Samenerguss, Nekrophilie und Pädophilie aufgeworfen. Einen verurteilten Mörder konnte man schließlich nicht verleumden.

Aber für Eliza sollten andere Maßstäbe gelten. Oder nicht?

»Dass du nicht über Verbrechen reden willst, die nicht in deiner Anklage standen, kann ich verstehen.«

»Es gab eine Phase«, sagte Walter, »in der sie mir alle ungelösten Mordfälle von South Carolina bis Pennsylvania anhängen wollten. Mein Vater musste meinen Arbeitsplan bezeugen, sie sind seine ganzen Unterlagen durchgegangen.«

»Kann sein, aber es werden immer noch viele Mädchen vermisst … eines war aus Point of Rocks.«

»Das war nur ein Ort auf der anderen Flussseite, Elizabeth, mehr nicht. Elizabeth …« Sie wünschte, er würde nicht ständig ihren Namen wiederholen; dadurch klang er wie ein Vertreter oder als hätte er gerade Dale Carnegie gelesen. »Über diese ganzen Sachen will ich nicht reden, wirklich nicht. Ich habe angerufen, weil ich dir sagen wollte, dass es mir leidtut, was ich dir angetan habe. Das ist lange überfällig.«

Und längst nicht genug, dachte Eliza. Was hatte sie erwartet? In ihren Augen setzte Walter mit diesem neuen Kontakt seine Verbrechen von damals fort, statt ihnen etwas entgegenzusetzen. Wieder hielt er sie gefangen, wieder verletzte er sie. Trotz seines Briefes hatte sie eigentlich nicht mit einer Entschuldigung gerechnet, und doch hatte er sich entschuldigt, klar und eindeutig. Was erwartete er im Gegenzug? Was hatte er verdient?

Als Iso klein gewesen war, hatte sie bald gelernt, »'tschuldigung« zu lispeln, während sie gleichzeitig mit dem weitermachte, wofür sie sich entschuldigte. Albie war im Gegensatz dazu beinahe schon zu reumütig, er grübelte über seine Missetaten noch nach, wenn ihm längst vergeben war. Vor etwa zehn Jahren hatte Peter für einen Text über das Wesen der modernen Entschuldigung eine Reihe von echten und nicht ganz so echten Entschuldigungen aufgereiht – das öffentliche Eingeständnis der Regierung bezüglich der Tuskegee-Syphilis-Studie, die weitschweifige Erklärung eines Baseballspielers, der einen Schiedsrichter angespuckt hatte, die anhaltende Diskussion über Entschädigungszahlungen für die Sklaverei. Das musste sogar etwa zur gleichen Zeit gewesen sein, als Iso durch ihren kleinen Bungalow in Houston raste, ihr »'tschuldigung« verstreute, als sei es Konfetti, und eine Schneise der Verwüstung hinterließ, die Eliza beseitigen durfte. Sie hatten ihren Kindern so gut wie möglich beigebracht, wie wichtig echte Reue war und was es hieß, »Es tut mir leid« zu sagen und auch zu meinen.

Mit dem Thema Vergebung hatten sie sich nicht so lange aufgehalten, wie Eliza jetzt klar wurde. Sie hatten ihren Kindern gesagt, dass man jemandem vergeben müsse, wenn er oder sie eine böse Tat aufrichtig bereute. Innerhalb einer Familie stimmte das normalerweise. In einer Familie musste man einander vergeben. (Wobei Jo in *Betty und ihre Schwestern* – noch ein großartiges Kinderbuch – ihrer Schwester Amy nicht hätte verzeihen müssen, dass sie Jos Manuskript verbrannt hatte; und Amy beinahe sterben zu lassen hatte Eliza immer etwas plump von Louisa May Alcott gefunden.) Andererseits – wenn man jemandem nicht vergab, verlor man diesen Menschen dann in gewisser Weise nicht für immer? Und was wäre besser, als Walter auf diese Weise zu verlieren? Niemand konnte von ihr verlangen, ihm zu vergeben. Oder?

»Ich weiß das zu schätzen. Es ist gut, dass du es geradeheraus sagst, ohne herumzuschwafeln wie ein Politiker.«

»Herumschwafeln. Gefällt mir. Du konntest dich immer gut ausdrücken.«

Ach ja? Nein, hätte Eliza fast gesagt, Vonnie konnte das, als Autorin und Debattierstar. Sie konnte mit Sprache umgehen und ordentlich reden, aber kreativ war sie nicht. Sie buhlte generell nicht um Komplimente, und sie hätte sich niemals, unter keinen Umständen, ein Lob von Walter erschleichen wollen. Trotzdem hörte sie sich wehmütig sagen: »So habe ich mich nie gesehen.«

»Na ja, du hast nicht ständig geredet. Gott sei Dank nicht. Aber du hattest eine interessante Art, mit Wörtern umzugehen. Als ich dich getroffen habe, war ich nicht gerade eine Leseratte, aber hier drin bin ich es geworden, und jetzt sind Wörter für mich wirklich real. Sie haben, wie soll ich sagen,

Formen. Und Farben. Einige sind einfach richtig für das, was sie ausdrücken. Würde, zum Beispiel. Würde ist wie … eine alte Katze auf der Fensterbank, mit angezogenen Pfoten.«

Sie hätte ihm gerne widersprochen. Sie wollte mit Walter nichts gemein haben. Aber auch sie sah Wörter auf diese Art, sein Ansatz war richtig.

»Das ist ein gutes Bild«, sagte sie. »Katzen strahlen Würde aus, während Hunde …«

Sie unterbrach sich. Was sie über Hunde wusste, hatte sie Reba abgeschaut, die keine typische Vertreterin ihrer Art war. Außerdem würde sie mit Walter genauso wenig über Reba sprechen wie über ihre Kinder oder ihren Alltag. Es war Elizabeth, die mit Walter sprach, als Erwachsene, aber immer noch Elizabeth.

»Ich konnte Hunde nie leiden.«

»Weiß ich noch.« Walter war von allen Hunden verbellt worden.

»Weißt du, welches Wort ich auch mag? Glück. Dieses Wort hatte ich im Kopf, als ich auf dein Foto gestoßen bin. In der Zeitung wurde damit beschrieben, was man auf regionalen Bauernmärkten finden kann. Wobei das Unsinn ist. Was die Erde hervorbringt, ist doch kein Glück. Manchmal hat man Pech – Dürren und Schädlinge. Aber mit Glück hat das nichts zu tun. Dann habe ich umgeblättert. Dass ich dich gesehen habe – das war Glück.«

»Und wie sieht dieses Wort für dich aus?«, fragte sie, um das Thema zu wechseln, weg von dem Augenblick, in dem er sie gefunden hatte. Sie war nicht einmal sicher, ob er diesen Sommer meinte oder den Sommer vor langer Zeit.

»Ich … na ja … ich weiß nicht, ob ich dir das sagen soll.«

»Schon gut.«

»Nein. Ich sollte vor dir keine Geheimnisse habe. Ich stelle mir Glück als eine Frau vor. Als eine grüne Frau mit Streifen.«

»Oh.«

»Ich weiß, das klingt verrückt. Tut mir leid. Diese Sache mit der Würde – darüber habe ich viel nachgedacht. Darüber, wie man würdevoll stirbt.«

»Wirklich?«

»Wir haben hier die Wahl. Giftspritze oder elektrischer Stuhl. Ich hätte mich fast für den elektrischen Stuhl entschieden. Ich wollte nicht … wegdämmern. Manche behaupten allerdings, auch die Giftspritze wäre außergewöhnlich grausam. Damit dauert es zwanzig Minuten. Wusstest du das? Erst zwanzig Minuten nach der Spritze können sie einen für tot erklären.«

»Hmmmm.«

»Eines weiß ich genau: Die Medien sollen nicht erfahren, was meine letzte Mahlzeit ist. Das darf ich geheim halten, und das werde ich auch.« Eine Pause. »Dir stehen auch Entscheidungen offen, weißt du.«

Wieder ein unverbindliches Brummen, dieses Mal mit steigender Tonhöhe, um eine Frage anzudeuten. »Hmmmm?«

»Du kannst Zeugin sein. Ohne dass es jemand weiß, die Medien müssen nichts mitbekommen.«

»Ich glaube, das möchte ich nicht, Walter.«

»Warum nicht?«

»Ich finde, das muss ich niemandem erklären. Ich will es einfach nicht.«

»Weil du gegen die Todesstrafe bist«, versuchte er sie abzuklopfen.

»Ich will das einfach nicht tun.«

»Ich habe mich für die Giftspritze entschieden, falls das einen Unterschied macht.«

»Nein, danke, Walter.« Er schaffte es wirklich, bei anderen die guten Manieren zum Vorschein zu bringen. Sie musste an Holly im Pick-up denken. *Bitte, Mister, bitte.*

»Wie wäre es dann, wenn du mich besuchen kommst? Solange ich lebe, meine ich, hier in Sussex I?«

»Ich glaube, das geht nicht.«

»Na ja, einfach wäre es nicht. Auf die Besucherliste für den Todestrakt schafft es fast niemand, der nicht Anwalt ist oder vielleicht Journalist. Aber ich bin mir ziemlich sicher, dass sie für dich eine Ausnahme machen.«

»Vielleicht.« Sie wollte nur sagen, dass sie vielleicht eine Ausnahme wäre, nicht, dass sie ernsthaft darüber nachdachte. Das könnte sogar die beste Vorgehensweise sein: Peter könnte sich mit dem Antrag an die Gefängnisverwaltung wenden, nach dem Motto: Knick-knack, zwinker, zwinker, wir verstehen schon, wenn Sie Nein sagen. Sollten sie doch die Bösen sein statt Eliza.

Sie erinnerte sich daran, dass Walter der Böse war.

»Ich würde mich gern persönlich bei dir entschuldigen«, sagte er. »Ich finde, am Telefon bedeutet es nicht so viel. Außerdem habe ich das Gefühl, dass du mir nicht glaubst.«

»Du hast das gut gemacht«, versicherte sie ihm. »Das war eine prima Entschuldigung.«

»Aber vergeben hast du mir nicht.«

»Ich glaube, es ist nicht an mir, dir zu vergeben.«

»Du bist der einzige Mensch, bei dem es mir wichtig wäre.« Im Hintergrund wurde geredet, ein kurzer Wortwechsel, dann meldete Walter sich wieder. »Das war's für heute. Ich muss aufhören. Ich rufe später wieder an.«

Sie legte den Hörer auf, ließ sich nach hinten aufs Bett fallen und starrte an die Decke. *Du bist der einzige Mensch, bei dem es mir wichtig wäre.*

Hör auf, betete sie zur Deckenlampe, einem der altmodischen Elemente im Haus, die sie nicht erneuert hatten. Eliza mochte sie sehr, aber Peter hatte vor Kurzem mit einem Messgerät festgestellt, dass sie sich innerhalb von Minuten extrem aufheizte. Jetzt wollte er die Deckenlampe neu verkabeln oder zumindest die normale Glühbirne durch eine kühlere Leuchtstofflampe ersetzen. Aber Eliza liebte diese rosenfarbene Kugel aus Kristallglas und wollte sie auf keinen Fall austauschen oder mit einer Lampe versehen, die kälteres Licht ausstrahlte. *Bitte hör auf*, betete sie. Ihr fiel ein Buch ein, in dem ein Junge dachte, Gott würde in der Küchenlampe wohnen, weil die Mutter immer mit einem Holzlöffel in der Hand zu ihr sprach. Sie war nicht der Typ, der vor Gott mit einem Holzlöffel herumfuchtelte oder etwas verlangte. Sie war nicht einmal sicher, ob sie an Gott glaubte, aber um diesen Gefallen musste sie ihn einfach bitten. *Bitte mach, dass er mich in Ruhe lässt.*

Kapitel 26

Barbara LaFortuny war ein kleines Wunder in dem Yogakurs, den sie zweimal pro Woche besuchte. Trotz ihres Alters stach sie mit ihrer mühelosen Gelenkigkeit und Kraft die jungen Mädchen mit ihren perfekteren Körpern und Outfits problemlos aus. Sie bildete sich sogar ein wenig darauf ein, dass sie bei den Übungen eine der Besten war, was dem Sinn des Ganzen wohl zuwiderlief, aber so war es nun einmal. Wenn man sich nicht die Wahrheit über sich selbst eingestehen konnte, vertrug man auch nicht die Wahrheit über andere Dinge, und eines wusste Barbara über sich: Sie war ehrgeizig. Sie wollte gewinnen.

Aber egal wie gut sie selbst schwere Posen halten konnte, versagte sie doch bei der grundlegendsten Aufgabe: ihren Verstand zur Ruhe kommen zu lassen. Im Moment ruhte sie in der Kindshaltung, so entspannt, wie man nur sein konnte – oder sollte –, und ihre Gedanken rasten, rasten, rasten, weit außerhalb dieses angenehm dämmrigen Studios in einer umgebauten Spinnerei.

»Verwöhnt euren Körper«, säuselte die Lehrerin. »Spürt nach, was er fühlt.«

Barbara versuchte es, aber sie fand nur das koffeingetriebene Rattern ihres Herzens. Den Kurs, der um neun Uhr morgens begann, nannte Barbara bei sich den Hausfrauen-und-Studentinnen-Kurs, denn wer sonst hatte jeden Dienstag und Donnerstag um diese Zeit frei? Theoretisch gehörte sie zur ersten Gruppe, aber so sah sie sich nicht. Nachdem sie um sechs Uhr aufgestanden war, hatte sie ihre Google-Alerts durchgesehen, ein gesundes Frühstück aus selbst gebackenem Vollkornbrot und Bio-Mandelbutter gegessen, die Printausgabe der *Times* und online die Lokalzeitung und das *Wall Street Journal* gelesen.

Barbara war nie besonders geduldig gewesen, und das hatte sich auch nicht dadurch geändert, dass sie beinahe gestorben wäre. Manchmal dachte sie, ihre Ungeduld und ihre barsche Art dummen Menschen gegenüber hätten zu dem Angriff beigetragen. Sie suchte nicht nach Entschuldigungen für den Jungen, eines der verkommensten Kinder, denen sie in ihren Jahren als Lehrerin je begegnet war. Der Junge war innerlich tot gewesen, mit mattem, leblosem Blick. Aber eine freundlichere, geduldigere Lehrerin hätte er vielleicht nicht angegriffen. Barbara hatte ihn vor seinen Freunden lächerlich gemacht. Hätte er sich in diesem Moment in einem Wutanfall auf sie gestürzt, hätte sie es fast verstehen können. Aber er hatte bei ihrem Auto auf sie gewartet, mit dem Messer in der Hand war er auf dem schlecht beleuchteten Parkplatz plötzlich vorgesprungen. Zum Glück war er als Angreifer genauso unfähig gewesen wie im Klassenzimmer, er hatte die stark blutende Wunde in ihrem Gesicht für eine tödliche Verletzung gehalten und sie einfach liegen lassen. Der Angriff hatte große Veränderungen in Barbaras Leben bewirkt – eine neue Aufgabe, ein Interesse für gesunde Ernährung und Aktivitäten, unerwarteten Wohlstand, durch den sie reiche Menschen nur noch mehr verachtete. Aber geduldiger hatte er sie nicht gemacht.

Walter besaß dagegen reichlich Geduld. Zu viel, dachte sie manchmal. Sie fragte sich, ob er durch das Gefängnis einen falschen Bezug zur Zeit gewonnen hatte, ob er wirklich nicht verstand, wie wenig ihnen blieb. Verwaltungsapparate bewegten sich so wendig wie Sattelschlepper, das wusste Barbara aus ihrer Zeit im öffentlichen Schulwesen. Sie brauchten Zeit und Platz, um das Steuer herumzureißen, und trotzdem blieb Walter so verdammt gelassen.

Sie hob das rechte Bein nach hinten, streckte es, um sich in die Taubenhaltung zu bringen, und spürte mit leiser Genugtuung, wie offen ihre Hüften waren. Einige der dünneren Frauen im Kurs liefen fast grün an.

Vielleicht wollte Walter alles bis zum letzten Moment hinauszögern, um es schön dramatisch zu machen, aber das war wirklich hirnverbrannt. Bei ihrem letzten Gespräch hatte sie ihm das auch gesagt: *Kein großes Drama, Walter. Das erregt zu viel Aufmerksamkeit, dann läuft sie nur weg. Sie ist ein verschrecktes Mäuschen.*

Über verschreckte Mäuschen wusste Barbara Bescheid. Hinter ihrer unfreundlichen Fassade war sie selbst eins gewesen. Morgens war sie zu ihrem Auto gehuscht, besorgt, es könnte nicht anspringen, war in die Schule gehuscht, um gelangweilten Siebt- und Achtklässlern Geschichte beizubringen, am Ende des Tages war sie schnell aus dem Viertel verschwunden und hatte beim abendlichen Kochen ängstlich auf Kalorien, Fett und Cholesterin geschielt. Hatte vor dem Fernseher Arbeiten benotet und war meist dabei eingeschlafen. Und das Tag für Tag für Tag.

Dann war sie im Krankenhaus zu sich gekommen, mit bandagiertem Gesicht. Zwölf Stunden hatte sie verloren, einen halben Tag. Schon bevor der Verband abgenommen wurde, hatte sie gewusst, dass die Flickarbeit – die Bezeichnung Operation verdiente sie nicht – verpfuscht war. Sie konnte spüren, wie uneben die Narbe, wie grob die Stiche waren. Man hatte sich nicht die Mühe gemacht, einen plastischen Chirurgen in den OP zu holen. Das hätte als Munition für eine weitere Klage gereicht, aber das Krankenhaus hatte bald nachgebessert, und das Ergebnis war nicht schlecht. Ihre Narbe glich einem Geisterlächeln, einem kleinen, fröhlichen Gesicht auf der Wange. »Halloween könnte ich als die beiden griechischen Theatermasken gleichzeitig gehen«, hatte sie einmal zu Walter gesagt.

Als Barbara desorientiert zu sich gekommen war, ohne den Schaden abschätzen zu können, war ihr klar geworden, dass sie keine Angst mehr hatte. Das war noch vor dem üppigen Vergleich gewesen, bevor sie überhaupt gewusst hatte, was genau geschehen war. Aber eines hatte sie gewusst: *Sie hatte keine Angst mehr.* Sie wäre beinahe gestorben. Aber sie lebte noch. Auf sie wartete eine Aufgabe.

Als Erstes machte sie sich daran, alles über den Jungen herauszufinden, der ihr das Gesicht aufgeschlitzt hatte, und seinen Weg durch die Institutionen zu verfolgen. Tuwan Jones war vierzehn, ein Jugendlicher, und damals war es noch schwerer, Jugendliche nach Erwachsenenstrafrecht zu verurteilen. Das störte Barbara nicht, obwohl sie glaubte, dass bei ihrem Angreifer keine Resozialisierung möglich war. Jemand, ein Elternteil oder ein Verwandter, hatte diesen Jungen vor langer Zeit getötet. Er wurde in die Hickey School geschickt, eine geschlossene Schule für jugendliche Straftäter, in der er sich schnell zum Ausbrecherkönig mauserte. Er türmte bei jeder Gelegenheit, nur um verwirrt durch die stille, ruhige

Vorstadtumgebung zu laufen. Tuwan schaffte es zwar aus der Hickey School heraus, aber nicht aus dem Viertel. Er kam nie viel weiter als bis zur Harford Road, der nächsten Hauptstraße. Jedes Mal, wenn er entwischte, bekam Barbara einen Anruf, aus Höflichkeit und wahrscheinlich als Schutzmaßnahme vor weiteren Klagen. Dabei hatte Tuwan es nicht auf sie abgesehen. Er dachte nicht einmal mehr an sie. Mit sechzehn wurde er aus der Hickey School entlassen. Mit achtzehn hatte er es schließlich geschafft, jemanden zu töten, und landete im Hochsicherheitsgefängnis in Baltimore.

Andere hätten nach solchen Erfahrungen vielleicht beschlossen, ähnliche Tragödien zu verhindern und jungen Männern zu helfen, bevor sie gewalttätig wurden. Aber Barbara war schon an vorderster Front gewesen, und sie bezweifelte, dass sie andere Menschen ändern konnte. Stattdessen schoss sie sich auf das Thema Todesstrafe ein. Es war falsch, zu töten. Jemand hatte ihr das Leben nehmen wollen und war gescheitert. Die Chance weiterzuleben hatte sie zu einem besseren Menschen gemacht. Nicht unbedingt zu einem netteren, aber sie war selbstbewusster, energischer, sogar ein wenig selbstlos geworden. Vielleicht würden die Männer im Todestrakt auch bessere Menschen werden, wenn man sie nur nicht hinrichtete.

In Maryland gab es zwar eine Reihe von interessanten Häftlingen, aber die besten, deren Fälle es wirklich verdienten, neu aufgerollt zu werden, waren vergeben. Barbara wollte einen Häftling mehr oder minder für sich, sie wollte sich für jemanden einsetzen, den sonst niemand der Mühe wert fand. Sie suchte einen Mann, der als Monster galt, um die Welt davon zu überzeugen, er sei ein Mensch.

So hatte sie damals in den Neunzigern zu Walter gefunden, als seine Hinrichtung zum ersten Mal anstand. Sie konnte nicht glauben, wie blutrünstig die Leute waren, wie sehr sie sich darauf freuten, ihn sterben zu sehen. Der Mann, den sie auf Zeitungsfotos und Gerichtszeichnungen sah, wirkte auf sie freundlich und resigniert. Und es war nicht unmoralisch von ihm, Virginias Recht auf seine Hinrichtung mit dem Grund anzufechten, dass dieser Staat keine Zuständigkeit besaß. »Schlupfloch«, schimpften die Leitartikler. »Reine Formalität«, beschwerten sich die Experten. Aber Barbara wusste als frühere Geschichtslehrerin, dass Staatsgrenzen mehr als willkürliche Linien auf der Karte waren, dass die Vereinigten Staaten wirklich vereinigte *Staaten* waren und dass Walters Verhandlung in West Virginia hätte stattfinden müssen, wenn Holly Tackett dort gestorben war. Das war keine Formalität. Die meisten Konservativen hielten den Grundsatz hoch, dass die einzelnen Staaten eigene Gesetze erlassen durften und sich die Bundesregierung weniger einmischen sollte. Wenn genau diese Konservativen Staatsgrenzen für unwichtig erklärten, weil sie jemanden töten wollten, war das Heuchelei.

Sie fing an, Walter zu schreiben. Anfangs begegnete er ihr mit Skepsis. Es hatten ihm auch schon andere Frauen geschrieben. »Verrückte«, erzählte er ihr später. »Die wollen eine Beziehung. Ich kann hier drinnen doch keine Beziehung eingehen. Wo waren diese Frauen, als ich mir nichts mehr als eine Freundin gewünscht habe?«

Sie fand das witzig, dachte, das zeuge sogar von Selbsterkenntnis. Im Laufe der Zeit entdeckte sie weitere Puzzleteile aus Walters Leben. Die späte Schwangerschaft, das lieblose Zuhause, das ständig herablassende Verhalten seiner ganzen Umgebung. Sie schickte ihm einen Intelligenztest, den er weit über Durchschnitt bestand, aber er gab zu, in der Schule nie gut gewesen zu sein. Irgendwann sprachen sie auch über Sex. Walter sagte, seine erste sexuelle Erfahrung habe er mit einer jungen Frau aus dem Ort gemacht, die sich quasi für Tauschgeschäfte prostituierte; sie schlief mit Männern, die etwas für sie tun sollten. Er ging dann zu ihr nach Hause und half ihr bei irgendwas – brachte Gardinenstangen an oder verrückte schwere Möbel. Aber sie wickelte die Angelegenheit so geschäftsmäßig ab, dass Walter sie nicht so genießen konnte, wie er es erwartet hatte, für ihn zählte dieser Sex im Grunde nicht. »Auf gewisse Art und Weise war ich Jungfrau«, kommentierte er die Zeit, die er auf der Flucht verbrachte hatte. Barbara merkte, wie wirr sein Verständnis von Sex und Frauen war.

»Ich bin nicht mehr der gleiche Mensch«, sagte er. »Wenn ich hier rauskäme – keine Ahnung. Aber ich komme nicht hier raus, und das ist wohl richtig so. Trotzdem finde ich genau das absurd. Weil ich eingesperrt wurde, bin ich heute ein besserer Mensch. Ich bin sogar geheilt. Man musste mich einsperren, gar keine Frage. Aber wenn sie mich hinrichten, töten sie den falschen Walter. Den, den sie bestrafen wollen, gibt es nicht mehr.«

Barbara war anscheinend die Einzige, die das ebenso sah. Der Staat Virginia würde den falschen Walter hinrichten, er würde genauso morden, wie Walter es getan hatte. Dafür hatte er Millionen ausgegeben, weit mehr, als wenn er Walter direkt zu lebenslanger Haft verurteilt hätte.

Sie streckte sich auf ihrer Matte aus. Von einer der Matten aus dem Studio hatte sich Barbara eine Infektion eingehandelt, zumindest glaubte sie das, und seitdem brachte sie ihre eigene leuchtend magentafarbene Matte mit. Diesen Teil des Kurses, in dem sie ihren Geist leeren sollten, konnte sie nicht ausstehen. Mein Geist lässt sich nicht leeren, hätte sie am liebsten widersprochen.

Stattdessen legte sie sich auf den Rücken und zählte die Tage ab. 25. November. Nach Walters 1-2-3-Plan wollte er seine Bitte erst bei dem dritten Gespräch mit Eliza ansprechen, und Barbara wusste nicht, ob er das erste, abgebrochene Telefonat mitrechnete. Während die Hinrichtung näher rückte, durfte er zwar öfter telefonieren, trotzdem dachte Barbara, er solle einfach damit herausrücken, damit Eliza darüber brüten konnte.

»Ich kenne sie besser als du«, hatte Walter gesagt. Das machte sie rasend. Er schien zu glauben, er hätte zu dieser Frau eine engere Bindung als zu Barbara. *Du kennst Eliza Benedict nicht,* hätte sie ihm gern gesagt. *Du kennst ein Mädchen, das es längst nicht mehr gibt. Und wie es aussieht, hast du vielleicht nicht einmal das gekannt.* Barbara mochte Eliza Benedict schlicht nicht, und sie hätte alles dafür gegeben, wenn sie diese Frau nicht gebraucht hätten. Sie hatte Eliza schon auf den ersten Blick nicht ausstehen können, als sie mit diesem hässlichen Hund die Straße entlanggelaufen war. Schrecklich, diese ... Gelassenheit. Für sie war es offenbar kein Problem, sich zu entspannen. Barbara wollte sie aus dem Auto heraus anschreien: »Wegen *Ihrer* Aussage wird ein Mann sterben. Er ist nicht mehr der Mensch, der diese Verbrechen begangen hat. Sie töten einen Geist, ein Phantom. Wie können Sie überhaupt noch schlafen? Wie können Sie damit leben? Wahrscheinlich wollen Sie, dass er stirbt, aber für das, was er Ihnen angetan hat, würde ihn kein Gericht zum Tode verurteilen.«

Sie murmelte *Namaste*, neigte aber nicht den Kopf vor der Lehrerin. Nachdem Barbara ihre Matte eingerollt hatte, eilte sie hinaus, mit geschmeidigen, gestreckten Muskeln und brodelndem Geist. Siebenundvierzig Tage. Ihnen blieben siebenundvierzig Tage, um bis zum Gouverneur vorzudringen und Strafmilderung zu beantragen. Siebenundvierzig Tage, um eine wackelige Geschichte einzureißen, die irgendwie die Jahre überdauert hatte, das brüchige Baumhaus eines Kindes, das längst verfallen sein sollte. Siebenundvierzig Tage, um Elizabeth Lerner etwas zu entlocken, von dem sie vielleicht nicht einmal wusste, dass sie es hatte. Sie war wie dieses Kind in einem Film, das mit Briefmarken für mehrere Millionen Dollar herumlief – *Charade* hieß er, wenn sie sich recht erinnerte –, während Erwachsene starben. Und wenn sie einen Hypnotiseur anheuern mussten oder irgendeinen anderen Fachmann? Barbara musste online gehen, sie musste einen Kaffee trinken, sie musste sehen, ob Jared Garrett ihre letzte Mail beantwortet hatte.

Kapitel 27

Trudy Tackett hasste das Wort *privilegiert*. Es war heikel, aufgeladen, ein weiterer wohlmeinender Begriff, der zu einer Beleidigung verdreht wurde. Es beschrieb eine Art Kuschelzone über den Schlachten des Alltags, in der man ein so exklusives Leben führte, dass man von diesen Schlachten nicht einmal etwas ahnte.

Gleichzeitig war sich Trudy immer bewusst gewesen, dass sie Glück hatte – mit ihrer Familie und ihrem Wohlstand. Sie sah, dass sie und Terry einer privilegierten Welt angehörten, in der es kaum Geldsorgen gab, nicht einmal als sie mit bis zu vier Studiengebühren rechnen mussten. Aber sie lebten weder extravagant noch protzig, vor allem nicht an den Maßstäben von Middleburg gemessen. Sie achtete auf Preisschilder. Manchmal. Und sie hatte ihr Glück nie als selbstverständlich betrachtet. Genau das erboste sie so. In ihren Gebeten dankte sie für all die guten Dinge in ihrem Leben. Selbst bei der Reihe von Fehlgeburten hatte sie nicht gegen Gott gewütet, hatte nicht gefragt: *Warum ich?* Nach Hollys Tod hatte sie bei der Kirche Kraft gesucht, hatte um den Mut gebetet, einen Sinn in allem zu erkennen. Pater Trahearne hatte ihr das Buch Hiob empfohlen. Was sich im Rückblick als Anfang von Trudys Ende als echter Katholikin erwies.

Sie hatte Geld nie benutzt und nie für Geld eine Sonderbehandlung erwartet. Vergünstigungen waren ihr sogar immer etwas peinlich gewesen, wenn sie zum Beispiel eher ins Flugzeug steigen durfte, weil sie erster Klasse flog. Das fand sie ein wenig taktlos. Aber dann stellte sich ihr ein Problem, das kein Geld der Welt lösten konnte, und ihre Ansichten änderten sich. Sie und Terry bezahlten den Prozess gegen Walter Bowman nicht und hatten deswegen relativ wenig dabei zu sagen. Nett waren natürlich alle. Damals kam – oder blühte? – gerade die Bewegung für mehr Opferschutz auf, es bildeten sich Gruppen wie »Mütter gegen Trunkenheit am Steuer« und »Eltern ermordeter Kinder«. Trudy bezweifelte nicht, dass vom stellvertretenden Sheriff, der Hollys Leiche gefunden hatte, bis zum kleinsten Angestellten der Staatsanwaltschaft jeder so viel Anteil nahm, als hätte er Holly gekannt. So wunderbar war ihre Tochter gewesen. Nicht einmal der Tod konnte ihre erstaunliche Ausstrahlung bezwingen. Dabei half es, dass die Tacketts früh mit der Technik gegangen waren und stundenlange Aufnahmen von Holly auf klobigen VHS-Kassetten besaßen. Während des Plädoyers war ein Zusammenschnitt gezeigt worden, und Walter Bowmans Anwalt hatte nur matt Einspruch eingelegt. Trudy glaubte, dass sogar er verstanden hatte, wie außergewöhnlich Holly war. Später hatte Jefferson Blanding, dieser neue, leider überaus kompetente Anwalt, argumentiert, die Videofilme seien nicht ordnungsgemäß als Beweise vorgelegt worden und hätten nur bei der Urteilsverkündung, aber nicht während der Verhandlung gezeigt werden dürfen. Im Nachhinein wäre es besser gewesen, wenn Blanding von Anfang an Bowman vertreten hätte. Der erste Anwalt hatte mit seiner Unfähigkeit diverse Probleme und Verzögerungen verursacht. In einem milderen Staat als Virginia hätte das vielleicht dazu geführt, dass die Todesstrafe ganz vom Tisch genommen wurde.

Geld und eine bevorzugte Stellung hatte Trudy also nie zu

ihren eigenen Gunsten eingesetzt. Bis zu dem Tag, an dem eine junge Angestellte aus Sussex aus heiterem Himmel bei Terry angerufen und behauptet hatte, sie würde alle Briefe, die Walter bekam und verschickte, lesen, um auf die Einhaltung der Gefängnisrichtlinien zu achten.

»Gibt es irgendetwas, das wir wissen sollten?«, hatte Terry gefragt.

»Nein, nein«, hatte die Frau ihn beruhigt. »Er ist vorsichtig. Er kennt die Vorschriften und würde nicht dagegen verstoßen. Aber die Frauen, die ihm schreiben – da geht es um alles Mögliche. Ich meine, um nichts besonders Interessantes. Aber das könnte noch kommen. Man weiß ja nie.«

»Interessantes?«

»Zum Beispiel, wer auf seiner Anruferliste steht. Ob er sich gute Chancen für eine Berufung ausrechnet. Die ganzen Anwaltssachen laufen persönlich oder über das Telefon, streng vertraulich. Das ist sein Recht, daran lässt sich nichts drehen. Aber wenn Walter anschließend jemand anderem davon erzählt, ist es nicht mehr geschützt.«

Trudy hatte auf Terrys Aufforderung hin den zweiten Hörer abgenommen. Sie musste sich beherrschen, um nicht dazwischenzureden und Terry zu erklären, worum es ging. *Sie hat Informationen, sie will, dass wir sie schmieren, dann sagt sie uns, was wir wissen müssen.* Seit dem Mord an Holly hatte Trudy gemerkt, dass Terry genauso gefährlich vertrauensvoll war wie seine Tochter. Es war ihre Aufgabe, wachsam zu sein, böse, zynisch.

»Wenn Sie wüssten, wie wenig wir hier verdienen«, sprach die Frau weiter. »Das ist wirklich erschreckend.« Ihre näselnde Stimme klang jung, aber Trudy schätzte, dass sie älter war, lange für die Regierung gearbeitet hatte und jetzt herausschlagen wollte, was ging. Machte sie dieses Angebot den Opfern aller Männer im Todestrakt? Zugegeben, das waren nicht viele, und wie Trudy mittlerweile wusste, waren die meisten Opfer genauso arm wie die Täter. Aber wenn diese Angestellte auch nur zehn, zwanzig Dollar im Monat von fünf Familien bekam, hatte sie damit ein nettes Zubrot.

»Wir wären für jede Hilfe dankbar«, erwiderte Terry vorsichtig.

»Geht mir genauso«, antwortete die Frau. »Schreiben Sie mir doch. Ich gebe Ihnen meine Postfachadresse.«

Im ersten Monat schickte Terry fünfundzwanzig Dollar in bar, für die sie einen recht oberflächlichen Bericht bekamen. Im Monat danach schickte er eine Geschenkkarte von American Express über einhundert Dollar, worauf der Bericht deutlich länger ausfiel. Aber viel kam im Laufe der Jahre nicht an Informationen zusammen. Walter schrieb nicht so offen über seine rechtliche Lage, wie die Gefängnisangestellte sie hatte glauben lassen, dafür war eine seiner Briefpartnerinnen, Barbara LaFortuny, zuverlässiger indiskret. Und es war schlimm, von den Frauen zu hören, die ihm eindeutig Liebesbriefe schrieben. Was stimmte mit den Menschen nicht? Mit den Frauen? Trudy konnte sich nicht vorstellen, dass Männer sehnsüchtige Briefe an Mörderinnen schrieben.

Noch schlimmer war es, zu hören, dass Walter und Elizabeth Briefe ausgetauscht hatten, was ihrer Quelle irgendwie entgangen war. »Wir machen nur Stichproben«, hatte sie diesen Lapsus verteidigt. »Vielleicht ist ihr Brief auch an meinem freien Tag gekommen. Ich schwöre Stein und Bein, dass er aus dem Gefängnis keinen Brief an Elizabeth Lerner geschickt hat. Darauf wären wir sofort angesprungen.«

»Aber sie heißt nicht mehr Elizabeth Lerner«, erinnerte Terry ihre Quelle. Er wollte sie nicht vor den Kopf stoßen, aber er war doch beunruhigt, dass sie für Tausende Dollar so wenig erhielten. »Sie heißt Eliza Benedict.«

»Genau, und woher wissen Sie das? Von mir. Sie haben auch

ihre Telefonnummer, mit der Sie online über eine Rückwärtssuche die Adresse herausbekommen. Das ist doch wohl wichtiger als ein Brief von ihr.«

Trudy sah das anders. Und doch starrte sie jetzt auf diese zehn Ziffern. Was würde sie sagen, falls sie sich traute, den Hörer abzunehmen und anzurufen? (Trudy war alt genug, um noch »Hörer abnehmen« zu denken, auch wenn sie ein schnurloses Telefon benutzte.) Ihr kamen die Worte *Wie können Sie es wagen?* in den Sinn. Das deckte viele Sünden ab.

Die Formulierung erinnerte sie an etwas, und sie holte ihre Bibel heraus, um den Bezug zu finden, musste aber schummeln und im Internet suchen. Offenbar deckte so einiges viele Sünden zu. Liebe und Barmherzigkeit etwa. Bei Petrus stand geschrieben: *Liebe deckt viele Sünden zu.* Dieser Abschnitt interessierte Trudy heute nicht und auch sonst nicht. Sie klickte sich weiter bis zu einer Website, deren Interpretation besser zu ihrer Suche passte. Bei Jakobus 5,20 hieß es: *Dann sollt ihr wissen: Wer einen Sünder, der auf Irrwegen ist, zur Umkehr bewegt, der rettet ihn vor dem Tod und deckt viele Sünden zu.* Liebe könne einem Sünder bei der Buße helfen, wurde auf der Website erklärt, aber sie dürfe nicht die Augen verschließen. Das war keine Gerechtigkeit. Vielleicht hatte Trudy die ganzen Jahre über der falschen Kirche angehört, vielleicht hätte sie sich den eingefleischten Fundamentalisten anschließen sollen. Ihre Eltern, die beide von französischen Hugenotten abstammten, waren schon entsetzt gewesen, dass sie bei der Heirat mit Terry zum Katholizismus konvertiert war. Sollte Trudy einer Kirche beitreten, in der sich die Leute auf dem Boden herumwälzten und in fremden Zungen redeten, würden sie das für unfassbar vulgär halten. Ihre Eltern lebten noch und waren erschreckend gesund – erschreckend, weil das bedeutete, dass Trudys Gene ihr wahrscheinlich ein langes Leben bescheren würden.

Wie können Sie es wagen? Was denken Sie sich dabei? Was

haben Sie vor? Sie wählte, nein, hämmerte die zehn Ziffern in die Tastatur. Auswendig, obwohl sie gar nicht versucht hatte, sie sich zu merken, und das zu einer Zeit, in der sie von einem Zimmer ins andere ging und nicht mehr wusste, was sie dort wollte. Das Telefon klingelte und klingelte und klingelte. Sie stellte sich das Haus vor, in dem es klingelte, ein Haus mit einem Ehemann, vielleicht mit Kindern. Ein glückliches Haus. *Das* war ein privilegiertes Leben.

Wie kann sie es wagen? Wie kann sie es wagen?

Kapitel 28

Iso hatte Hausarrest. Zum ersten Mal, was hieß, dass es auch das erste Mal für Eliza und Peter war, die erst einmal überlegen mussten, wie genau die Strafe ausfallen sollte. Sie ließen Iso noch Fußball spielen, weil unter dem Verhalten ihrer Tochter nicht das ganze Team leiden sollte. (Die Mannschaft war zwar recht gut, aber auf der Ersatzbank sah es dürftig aus, und ohne Iso müsste sie sich bei manchen Spielen vielleicht geschlagen geben, ohne auch nur anzutreten.) Fernsehen durfte Iso, solange sie Sendungen mitschaute, die andere Familienmitglieder ausgesucht hatten. Eliza hoffte, dass sie Iso so wenigstens aus ihrem Zimmer locken und dazu bringen könnte, etwas mit dem Rest der Familie zu unternehmen. Und schließlich hatten sie ihr das Handy abgenommen und ihre Zeit am Computer eingeschränkt, aber Iso behauptete, sie brauche das Internet für ihre Hausaufgaben, und sie schien die Wahrheit zu sagen.

Mit Betonung auf *schien*. Denn Iso gab jetzt zwar an der North Bethesda Middleschool die Musterschülerin, war aber mit einer Lüge über ihre Freizeitbeschäftigung aufgeflogen. Sie hatte Eliza erzählt, sie müsse mit einer Klassenkameradin am Samstag in der Bibliothek für ein Schulprojekt recherchieren; die Mutter des anderen Mädchens würde sie abholen und nach Hause bringen. Eliza hatte bei der anderen Mutter nachgehakt, nicht aus Misstrauen, sondern aus Vorsicht. Falls Iso irgendwas falsch weitergegeben hatte, standen nachher zwei junge Mädchen allein in der Dämmerung vor der Bibliothek. Zugegeben, im extrem sicheren Bethesda und so nah am Haus der Benedicts, dass sie fast zu Fuß gehen konnten. Aber Eliza wollte auch sicher sein, dass es der anderen Mutter nichts ausmachte.

»Zur Bibliothek?« Die Mutter, Carol DeNadio, sprach mit warmer, rauer Stimme und lachte. »Es wäre ja schön, wenn Caitlin am Samstagnachmittag in die Bibliothek gehen würde. Nein, ich soll sie am Einkaufszentrum absetzen, an der Montgomery Mall.«

Überrascht und beschämt, dass Iso sie so hereingelegt hatte, rutschte Eliza heraus: »Ist es da sicher?«

»In der Montgomery Mall? So sicher wie überall sonst, würde ich sagen. Vor allem, wenn die Mädchen im Trupp unterwegs sind. Iso hat übrigens wunderbare Manieren. Ich hätte nichts dagegen, wenn das auf Caitlin abfärbt.«

»D-danke.«

»Das kommt wahrscheinlich von ihrer Zeit in England. Oder Sie sind einfach eine bessere Mutter als ich«, krittelte sie gut gelaunt. »Aber im Ernst, dahin bringe ich Caitlin schon, seit sie elf ist. Sie bekommt von mir drei Stunden und klare Spielregeln. Sie muss im Einkaufszentrum bleiben, und wenn sie nicht pünktlich am Treffpunkt steht, ist die Hölle los. Außerdem muss sie ihr Handy eingeschaltet lassen und sich melden, wenn ich anrufe. Nimmt sie meinen Anruf nicht an, darf sie nicht mehr hingehen.«

Das klang doch ganz harmlos. Warum hatte Iso deswegen gelogen?

»Ich dachte, ihr erlaubt es mir nicht«, erklärte Iso, den Blick fest auf eine Stelle an ihrer Zimmerwand irgendwo hinter ihren Eltern gerichtet. Die Wand war in einem sehr blassen Lavendelton gestrichen, den sie selbst ausgesucht hatte.

»Jetzt bestimmt nicht mehr«, sagte Peter. »Du weißt, was wir vom Lügen halten, Iso.«

Sie seufzte. »Ja, es ist das Schlimmste, was wir tun können.« Sie betete es herunter, dass es fast höhnisch klang, als wäre dieses Pochen auf die Wahrheit lächerlich.

»Warum hast du geglaubt, wir würden es dir nicht erlauben?« Eliza verstand es tatsächlich nicht.

»Weil ihr ständig sagt: Bla, bla, bla, Einkaufen ist schlecht, je mehr man kauft, desto mehr CO_2 verbraucht man, bla, bla, bla. Und wenn ich mal zu McDonald's will, muss ich mir diesen Käse anhören von wegen *Fast Food Nation*, Kolibakterien und Maden im Bauch.«

»Stimmt, grundlos shoppen zu gehen ist eine schlechte Angewohnheit«, sagte Peter. »Und wenn du Hamburger essen willst, sollte es ein richtig guter sein, finde ich.«

»Die richtig guten, die du magst, gibt es im Restaurant, da kosten sie acht Dollar. Bei McDonald's bezahle ich für ein ganzes Essen weniger als fünf.«

Eliza fand es amüsant, Vater und Tochter über Kosten-Nutzen-Rechnungen diskutieren zu hören. Peter war bereit, für guten Geschmack mehr auszugeben. Iso ging es um Masse. Es war ganz ähnlich wie Peters Arbeit in seiner Firma, in der man darauf setzte, dass sich Menschen mit bestimmten Wertvorstellungen für ihre Anlageformen entscheiden würden, obwohl sie bei anderen Firmen schnellere und bessere Ergebnisse erzielen konnten.

»Die Hamburger bringen uns jetzt nur vom Thema ab«, sagte sie. »Du hast mich angelogen, Iso, und das geht nicht. Du musst bestraft werden. Und übrigens: Hättest du mich gefragt, hätte ich wahrscheinlich nichts dagegen gehabt, dass du ins Einkaufszentrum gehst. Meine Eltern waren in dieser Hinsicht sehr streng, als ich jung war. Sie haben eine ganze Reihe von Regeln aufgestellt, was ich in meiner Freizeit machen durfte, und ich fand das schrecklich. Jetzt würde ich meine Zeit nicht für Geld und gute Worte im Einkaufszentrum verplempern. Aber mit vierzehn war das für mich das Größte.«

»Echt? Oma I. und Opa M. waren streng?« Eliza wusste nicht mehr, seit wann oder warum sie die Initialen ihrer Eltern anhängten.

»Bei den meisten Sachen nicht. Aber das Einkaufszentrum konnten sie nicht ausstehen.«

»Als ihr jung wart, war doch alles sicherer, oder? Ihr hattet viel mehr Freiheiten.«

Iso wollte mit ihrer Frage nicht provozieren. Sie wiederholte nur, was sie aufgeschnappt oder welchen Eindruck sie bekommen hatte. *Früher war alles ganz sicher.* Nein, von zu Hause kannte sie diese Ansichten wohl kaum. Für Eliza bot die momentan verbreitete Paranoia eine gute Tarnung. Sie konnte besorgt um ihre Kinder sein, ohne als sonderlich oder streng zu gelten.

»Iso, du hast Hausarrest«, verkündete Peter. »Zwei Wochen lang.«

»Was heißt das?«

Das versuchten sie nach mehreren Tagen immer noch herauszufinden. Durfte Iso mit Reba Gassi gehen? Eine schwierige Frage. Es war schön, dass Iso sich für die Hündin interessierte und anbot, eine wichtige Aufgabe zu übernehmen, aber auch ungewöhnlich. »Wenn du Albie mitnimmst«, entschied Eliza. Iso beschloss, dass sie doch nicht mit Reba spazieren gehen wollte. Durfte sie eine Freundin wegen der Hausaufgaben anrufen? Nur vom Küchentelefon aus, wo sie in Hörweite war. Wenn Albie im Wohnzimmer fernsah und Iso dazukam, durfte sie zumindest erwähnen, dass auf einem anderen Kanal wahrscheinlich etwas Besseres lief? Nein, denn Albie würde Iso alles geben, was sie wollte.

Tatsächlich war Albie beim Fernsehen vollkommen wahllos. Heute war Sonntag, ein grauer, nieseliger Tag, der es schaffte, gleichzeitig schwül und kühl zu sein. Peter war ins Büro gefahren, und Eliza saß mit Albie und Iso im Haus fest. Das war das Problem bei einem Kind mit Hausarrest: Man musste bei ihm bleiben. Am frühen Nachmittag saßen die drei zusammen im Wohnzimmer und sahen sich lustlos an. Ein Spiel? Sie konnten sich auf keines einigen. Ein Puzzle? Auf etwas derart Uncooles hatte Iso keine Lust. Bücher? Den Vorschlag fand sogar Albie scheußlich. Eliza schnappte sich die Fernbedienung und schaltete TCM ein, einen Sender, den sie sehr mochte. Für sie würde das perfekte Kabelpaket nur aus TCM bestehen, vielleicht noch aus AMC, obwohl sie sich bei dem zweiten Sender über die geschnittenen Filme und die Werbeunterbrechungen ärgerte.

Auf dem Schirm erschienen in Nebel gehüllte Berge, ganz deutlich eine Kulisse. Gene Kelly, Van Johnson … »Ach, das ist *Brigadoon*«, sagte Eliza. »Ein toller Film.«

Albie, der sich wahrscheinlich klaglos ein Testbild angesehen hätte, krabbelte aufs Sofa und kuschelte sich an Eliza. Sie versuchte, sich nicht anmerken zu lassen, wie überglücklich sie das machte. Iso lag ausgestreckt auf dem Boden und rief: »Laaangweilig.« Aber nach einer Weile weckte Gene Kelly ihr Interesse.

»Das verstehe ich nicht«, sagte Albie. »Wie kann die ganze Stadt hundert Jahre lang schlafen?«

»Durch Zauberei«, antwortete Eliza.

»Aber dieser komische Mann hat gesagt, sie hätten was mit Gott abgemacht. Ist Gott ein Zauberer?«

Gute Frage. Eliza und Peter hatten den Kindern nicht viel über Religion beigebracht. Ein Teil von ihr, der reflexartig ehrliche Teil, wollte schon sagen: »Ja, Religion und Zauberei sind so ziemlich das Gleiche.« Aber sie stellte sich vor, Albie würde diese Weisheit in der Schule verkünden; das würde ordentlichen Ärger geben. Also sagte sie stattdessen: »Gott wird immer als allmächtiges Wesen gesehen, in allen Religionen.«

»Das sieht überhaupt nicht wie Schottland aus«, beschwerte sich Iso. Und sie kannte sich aus. Im letzten Sommer hatte die Familie eine Rundreise durch die Highlands gemacht. »Das ist nicht echt.«

Sie hatte recht, und Eliza vermisste Gene Kellys typischen Schalk, diese verschmitzte Selbstsicherheit, die er den meisten Rollen verlieh. Hier gab er den puren Romantiker, während Van Johnson den wüsten Scherzbold spielte. Trotzdem war der Film wunderbar und herrlich romantisch. Außer natürlich für die Figur des Harry Beaton, der die Hochzeit seiner großen Liebe mit einem anderen mit ansehen muss und dabei weiß, dass er Brigadoon nicht verlassen darf, weil das Dorf sonst untergeht. Brigadoons Handel mit Gott war schön und gut, wenn der Mensch, den man liebte, schon dort war. Aber was sollte ein Harry Beaton machen? Er hatte wirklich schlechte Karten gezogen.

Jedes Mitleid mit Harry verpuffte schließlich, als er seiner großen Liebe bei ihrer Hochzeit grob entgegenschleuderte: »Alles, was ich tat, war, dich zu sehr zu begehren.«

Natürlich gab es ein Happy End – zumindest für Gene Kelly und Cyd Charisse. Aber was war mit den anderen Brigadoonern – Brigadoonesen? –, die in dem kleinen Dorf nicht ihre große Liebe fanden und deren Gefühle nicht so inbrünstig waren, dass sie das Dorf zum Leben erweckten, obwohl es hundert Jahre lang schlummern sollte? Was würde im Laufe der Jahre geschehen, wenn die Blutsverwandtschaften enger wurden?

Ein Telefon klingelte. Ein einzelnes Telefon, oben in ihrem Schlafzimmer.

»Das Alarmtelefon!«, jubelte Albie, begeistert darüber, das geheimnisvolle Telefon in Aktion zu erleben. Elizas erster Impuls war es, das Klingeln zu ignorieren, aber jetzt musste sie abheben, Walters Anruf ablehnen und den Kindern sagen, das sei nur ein Test gewesen, wie bei öffentlichen Katastrophenwarnungen. Falls wirklich einmal ein Notfall eintrat …

Iso war nicht die einzige Lügnerin in der Familie, dachte Eliza auf dem Weg zur Treppe.

Bis sie das Telefon erreichte, hatte es aufgehört zu klingeln. Sie sah auf ihre Uhr: zwei Uhr nachmittags an einem Sonntag. Sie glaubte nicht, dass Walter die Regeln gebrochen hatte, nicht so bald. Dass er im Laufe der Zeit nachlässiger werden würde, dass er vergaß, was er tun sollte, oder sich nicht mehr darum kümmerte, konnte sie sich vorstellen. Aber nicht beim dritten Anruf. Hatte sich jemand verwählt? Woher sollte derjenige das wissen, wenn sich niemand meldete? Warum legte er wieder auf?

»Ich dachte, das ist der Heimatschutz und wir sollen evakuiert werden«, sagte Albie enttäuscht. »Dann wäre endlich mal was Spannendes los.«

»Wir können uns bestimmt etwas einfallen lassen, das beinahe genauso spannend ist«, sagte Eliza. Sie verbrachten den Nachmittag damit, Cupcakes zu machen und sie besonders aufwendig zu dekorieren. Sogar Iso machte mit, weil sie nicht fernsehen durfte, und schließlich auch Peter. Sie verdarben sich den Appetit, indem sie sich mit Frischkäse-Buttercreme und winzigen Zimtbonbons vollstopften und sich die Buttercreme aus der Dose direkt in den Mund sprühten. Auch ohne großen Hunger fuhren sie zu einem späten Abendessen aus Hamburgern und Pommes frites zu Five Guys, vorbei an genau dem Einkaufszentrum, das Iso ihre Freiheit gekostet hatte. Eliza bemerkte, wie Iso einen missmutigen Blick darauf warf, als wäre das Einkaufszentrum der Grund für ihre Probleme. War es das in gewisser Weise nicht auch? Ob man den Apfel im Garten Eden nahm, das Roy Rogers an der Route 40 oder Bonnie Jean, die sich mit einem anderen verlobte in einem Dorf, in dem man keine neue Frau treffen und auch nicht hoffen konnte, dass die Angebetete irgendwann verschwand – war es nicht am Ende die Sehnsucht, die einen vom rechten Weg abbrachte, das Verlangen nach etwas, nach jemandem, der unerreichbar war?

Isos Strafe endete am nächsten Tag, und Eliza wünschte, sie würde in den verbleibenden Stunden einen neuen Fehltritt begehen, damit sie eine weitere Woche zusammen mit ihrer Familie verbringen musste. Hatte sie gar nicht gemerkt, wie viel Spaß sie hatten? Tat ihr nicht noch der Bauch vom Lachen weh, weil ihr Vater so mit der Sprühcreme herumgealbert hatte und sie darüber noch Witze machten, als sie nach dem Abendessen zum Rita's fuhren, als hätten sie gar keine Cupcakes gegessen? Als sie Albie abends ins Bett brachte, fragte er: »Können wir das jeden Sonntag machen? Cupcakes und Five Guys und Rita's?« Sie wusste, was er meinte. Ihr ging es genauso. Aber im Gegensatz zu Albie wusste sie, wie schwer sich ein perfekter Tag wiederholen ließ. Gab es darüber nicht auch einen Film?

In ihrem Schlafzimmer nahm sie Isos Handy vom Nachttisch. Morgen beim Frühstück würde sie es zurückgeben müssen, dann würde die Mauer zwischen Iso und ihrer Familie wieder stehen.

Es klingelte – nicht das Handy in ihrer Hand, sondern das Telefon auf seinem Tischchen, das für einen einzigen Anrufer bestimmt war, einen Anrufer, der sich niemals abends oder am Wochenende melden sollte. Es klingelte einmal, zweimal, dann verstummte es, und sie hatte das Gefühl, jemand hätte sie von hinten angestupst und wäre dann weggelaufen.

Teil IV

Who's zooming who?

1985 veröffentlicht
Erreichte Platz 7 in der Billboard Hot 100
Hielt sich 23 Wochen lang
in den R&B/Hip-Hop Charts

Kapitel 29

Barbara LaFortuny saß vor dem Hauptbahnhof von Baltimore in ihrem Auto, auf dem Parkstreifen für Fahrer, die jemanden abholen wollten, und betrachtete müßig die riesige Male/Female-Skulptur mit dem leuchtenden Purpurherzen. Das Purpurherz weckte Assoziationen mit dem Purple Heart, diesem violetten Metallherz mit dem vergoldeten Rand und der Büste George Washingtons darauf, das den von gegnerischen Streitkräften verwundeten Soldaten verliehen wurde, und ließ ihre Gedanken über Krieg und Auszeichnungen für Tapferkeit zum gleichnamigen Secondhandladen in Baltimore weiterschweifen. In ihren ersten Jahren als Lehrerin hatten die Kinder in ihrer Klasse die Menschen verspottet, die Kleidung von Purple Heart trugen.

Aber schließlich musste sie bei der Skulptur an sich und Walter denken, daran, wie verwoben sie miteinander waren. Sie standen sich mittlerweile so nah, dass sie sich zankten wie ein altes Ehepaar. Ohne Frage konnte Walter sie auf die Palme bringen wie niemand sonst auf Gottes Erdboden. Er war verschlossen und dazu ein Kontrollfreak, ein fast kühn zu nennender Charakterzug für einen Mann in der Todeszelle, der nahezu nichts in seinem Leben unter Kontrolle hatte. Jedes, wirklich jedes Mal, wenn sie einen Plan schmiedeten, änderte Walter ihn. Zuerst sagte er: *Mach langsam, überstürze nichts, mach dir keine Sorgen. Sie kommt schon zu mir, dann werfe ich den Köder aus.* Jetzt hatte er genauso willkürlich beschlossen, mehrere Schritte zu überspringen, einfach so, ohne Erklärung.

Trotzdem hatte Barbara bereits Plan B angestoßen, weil Walter darauf bestanden hatte, und das ließ sich nicht mehr aufhalten. Und so parkte sie nun an einem sonnigen Oktobertag vor der Penn Station und wartete auf den Amtrak-Zug aus Philadelphia. Stirnrunzelnd beobachtete sie eine Fahrerin, die mit laufendem Motor auf der deutlich ausgewiesenen Kurzhaltespur stand und die Autos, die sich hinter ihr stauten, gar nicht beachtete. Sie hätte auf der Abholerspur stehen sollen, wie Barbara, oder am Kreisverkehr parken. Barbara konnte Menschen, die sich nicht an die Regeln hielten, nicht ausstehen. Sie drückte kurz auf die Hupe, um die Frau auf sich aufmerksam zu machen, aber die Fahrerin war offensichtlich geübt darin, alles um sie herum auszublenden. Also stieg Barbara aus, ging hinüber und klopfte an die Seitenscheibe, so dass die Frau nicht anders konnte, als das Fenster herunterzufahren und sie zu beachten.

»Sie stehen auf der falschen Spur«, erklärte sie der Fahrerin.

»Ich habe mich vertan, es dauert auch nicht lange«, erwiderte die Frau. »Man kommt ja immer noch vorbei.«

»Aber nicht gut, hinter Ihnen staut sich der Verkehr schon bis zur St. Paul Street. Fahren Sie einfach einmal um den Kreisverkehr, dann können Sie auf der richtigen Spur warten.«

»Arbeiten Sie hier?«

Barbara ließ sich von belanglosen Fragen nicht beirren. Man musste nicht irgendwo arbeiten, um Anstand und Ordnung verlangen zu können. »Sie sollten wirklich einmal herumfahren.«

»Und Sie sollten sich um Ihren eigenen Kram kümmern.«

Barbara nahm ihre Sonnenbrille ab, was ihr nicht nur Blickkontakt ermöglichte, sondern auch ihre Narbe zeigte, ihr Geisterlächeln. Sie machte sich nicht vor, dass sie damit hart oder einschüchternd wirkte. Aber sie glaubte, dass ihre Narbe sagte, sie habe in dieser Welt gelebt, sie würde Dinge kennen, die andere nicht kannten. »Sie halten sich bestimmt für etwas Besonderes und legen sich alle möglichen Gründe zurecht, warum Sie sich so benehmen dürfen. Aber Sie sind eine Einzelne, die vielen anderen Umstände bereitet, und dafür gibt es keinen guten Grund. Ist es eine Frage von Leben und Tod, dass Sie auf dieser Spur stehen? Muss jemand leiden, wenn Sie tun, was alle tun, ohne einen Aufstand zu machen?« Während Barbara das sagte, scherten Autos hinter ihnen aus und fuhren hupend mit quietschenden Reifen vorbei, während die Fahrer verärgert Grimassen schnitten. Sie warfen Barbara offenbar mit dieser Frau in einen Topf und hielten sie für einen Teil des Problems. Aber die Sache hatte sich zu einem Kräftemessen entwickelt, es ging auch um Stolz. Stolz – der Stolz eines anderen – hatte Barbara beinahe das Leben gekostet. Trotzdem konnte sie nicht zurückstecken.

»Ich werde mir Ihr Nummernschild aufschreiben«, sagte sie. »Und mich beschweren. Wussten Sie, dass man das kann? Dass man sich als Bürger bei der Zulassungsstelle beschweren kann, wenn sich ein Autofahrer schlecht benimmt?« Sie fragte sich, ob vielleicht sogar stimmte, womit sie drohte. Es sollte stimmen, und das genügte ihr.

Mit einem finsteren Blick auf Barbara legte die Frau den Gang ein, machte mit dem Wagen einen Satz nach vorne und fuhr Barbara dabei fast über den Fuß. Man hätte meinen können, die Fahrer in der aufgestauten Reihe hätten Barbara etwas Dankbarkeit dafür gezeigt, dass sie die Engstelle beseitigt hatte, aber sie fuhren nur wütend vorbei und ließen ihre Fahrgäste aussteigen, ohne Barbaras Bemühungen zu würdigen. Sie lief zurück zu ihrem eigenen Auto, das sie vorschriftsmäßig abgestellt hatte, aber noch bevor sie die Tür öffnen konnte, entdeckte sie ihren Besucher. Der farblose, duldsam wirkende Mann mit Sportsakko und Homburg verließ gerade den Bahnhof. Sie erkannte ihn an seinem zögerlichen Auftreten, an dem wachsamen, unsicheren Blick eines Menschen, der von jemandem abgeholt wurde, den er nicht kannte. Sie hob einen Arm und winkte ihn herüber.

»Ms. LaFortuny?«, fragte er.

»Mr. Garrett.« Sie schüttelte ihm die Hand. »Ich bin ein großer Fan von Ihnen.«

Das war eine Lüge. Davon sammelte sie heute so einige. Sie und Walter hielten Garretts Buch für einen Witz, eine Farce. Aber er könnte nützlich sein, wenn man ihn richtig einsetzte, und damit ginge der Witz voll auf seine Kosten.

»Wie war die Reise?«, fragte sie.

»Keine Zwischenfälle. Mehr kann man wohl nicht verlangen. Ich fasse es nicht, dass die Regierung die Bahn subventioniert.«

Sie wusste, dass sie ihm nicht widersprechen sollte, aber solche stereotype Kritik ärgerte sie. »Ich glaube, auf den Strecken im Nordosten macht Amtrak Gewinn. Außerdem brauchen wir mehr Schienenverkehr, nicht weniger.«

»Die Hälfte der Sitzbezüge hatte Risse«, sagte er. »Und im Speisewagen gab es keinen Kaffee.«

»Möchten Sie eine Tasse? In der Nähe ist ein Starbucks, nicht einmal drei Straßen weiter …«

»Nein, schon gut. Ich finde das nur prinzipiell unverschämt.«

So ein Tag würde es also werden.

Sie fuhr aus der Stadt heraus, zeigte ihm die Gegend, in der die Lerners früher gewohnt hatten, schlug einen Bogen zum State Park und zurück zu dem mittlerweile etwas heruntergekommenen Viertel, aus dem Maude Parrish kam. Er behauptete, er habe das alles schon gesehen, aber Barbara bezweifelte es. Laut Walter war Garrett ein fauler Mensch, dem es reichte, im Gerichtssaal zu sitzen und offizielle Dokumente zu lesen, der aber zögerte, selbst aktiv zu werden. Zum Beispiel hatte er nie mit Walters Schwester geredet, hatte es, soweit sie wussten, nicht einmal versucht. (Gott sei Dank, bei der Einstellung der Schwester, aber trotzdem, das konnte doch nicht so schwer sein.) Zudem hatte er sich nicht sonderlich bemüht, mit Walter oder seinem Anwalt zu reden, wodurch er sich auch nicht mit lästigen Widersprüchen herumschlagen musste. Lange vor dem Internet und Blogs war Jared Garrett ein desinteressierter Phlegmatiker gewesen, der es zu aufwendig fand, sich seine Theorien von Tatsachen verpfuschen zu lassen. Jetzt warf er in einem Blog über alte, ungelöste Fälle mit wilden Spekulationen um sich. Seine Grammatik war fragwürdig, und Barbara hatte den Eindruck, dass er bei der Hälfte der Texte nicht einmal die Rechtschreibung korrigierte.

In Clarksville hielten sie zu einem späten Mittagessen. Nur wenige Kilometer entfernt wohnten die Lerners. Sie fragte sich, ob Garrett wenigstens das herausgefunden hatte; die Information konnte man über das Adressverzeichnis bekommen.

»Veganes Essen?«, fragte er entsetzt, während er die Speisekarte durchging.

»Lassen Sie sich überraschen. Ich habe hier schon gegessen, bevor ich meine Ernährung umgestellt habe, und die meisten leckeren Vorspeisen sind sowieso vegan.«

Er bestellte das Chili, von dem Barbara wusste, dass es absolut köstlich schmeckte, doch er wirkte unzufrieden. Wahrscheinlich war er kaum älter als Barbara, schob aber eine fußballrunde Wampe vor sich her und war leichenblass. Warum taten sich Menschen so etwas an? Barbara war sich bewusst, dass ihre freie Zeit ein großes Geschenk war, dass es für sie einfach war, Yogakurse zu besuchen, auf dem Markt einzukaufen und in gesunden Restaurants zu essen, aber dieser Mann achtete sichtlich gar nicht auf sich. Sie musste an Walter denken, der sich abmühte, um im Gefängnis gesund zu bleiben. Sie hatte ihm Bücher über Yogaübungen geschickt, und er ernährte sich nur noch vegetarisch, obwohl die Gefängnisverwaltung lang und breit lamentiert hatte, man könne besondere Ernährungsgewohnheiten nur aus religiösen oder medizinischen Gründen berücksichtigen. *Na schön,* hatte Walter trocken geantwortet, *dann bin ich jetzt Moslem. Gebt mir das vegetarische Essen, das die Moslems bekommen.*

»Ms. LaFortuny …«

»Barbara.«

»Ich will ja nicht unhöflich sein, und Sie meinen es sicher gut, aber als Sie auf mich zugekommen sind und gesagt haben, Sie hätten wichtige neue Informationen für mich, habe ich mehr erwartet als eine Rundfahrt zu Orten, die ich schon vor über zwanzig Jahren gesehen habe.«

»Die Dinge ändern sich. Ich dachte, es könnte Ihnen helfen, diese Orte wieder zu besuchen, sie noch einmal zu sehen.«

»Es würde mir helfen, wenn ich über Walter Bowmans Fall schreiben würde, aber das tue ich nicht. Ich beschäftigte mich jetzt mit ungelösten Fällen.«

»Manche Leute glauben, sie könnten mehrere ungelöste Fälle mit Walter Bowman in Verbindung bringen.«

»Ja, dazu gehöre ich auch. Aber wenn Walter nicht noch ein Interview vor seiner Hinrichtung geben will …?«

Sie biss ein Stück von ihrer gerösteten Quesadilla ab und nippte an ihrem Tee. »Nun, vielleicht will er das ja. Walter redet in letzter Zeit sehr viel.«

»Mit anderen Journalisten?«

Sie musste ein Grinsen unterdrücken, weil sich Garrett als Journalist bezeichnet hatte. Er arbeitete als Bilanzprüfer für den Staat Pennsylvania und hatte seit fünfzehn Jahren kein Buch mehr veröffentlicht. Nichts von ihm war mehr lieferbar.

»Nein, nicht mit anderen Journalisten.« Sie senkte die Stimme. »Mit *ihr*. Elizabeth Lerner.«

Seine verblüffte Reaktion war eine Freude. »Warum?«

Sie zuckte wie ahnungslos mit den Schultern. »Er erzählt mir nicht alles. Ich weiß nur, dass er sie auf seine Anruferliste gesetzt hat und dass sie regelmäßig telefonieren.«

»Ich wusste doch von Anfang an, dass zwischen den beiden mehr läuft, als irgendwer zugibt, und das habe ich auch gesagt. Man hat mir das übel genommen, aber sie hätte doch mehrmals fliehen können.«

Beinahe bekam Barbara ein schlechtes Gewissen. Garretts schmutzige Fantasie anzufachen war, als würde man ein Tier oder ein kleines Kind triezen. So einfach, dass es unfair wurde. Sie wollte der Frau wirklich nicht schaden, aber sie war Barbaras und Walters letzte Hoffnung. Um ein Leben zu retten, um ein schreckliches Fehlurteil aufzuhalten, war alles erlaubt. Elizabeth Lerner musste sich wegen nichts schämen – es sei denn, sie ließe Walter sterben, dann wäre sie eine Mörderin, kaltblütiger als jeder Häftling im Todestrakt.

»Haben Sie ihre Adresse und Telefonnummer? Glauben Sie, sie würde mit mir reden?«

»Nein«, kehrte Barbara erleichtert zu ihrer gewohnt unverblümten, taktlosen Offenheit zurück. »Walter hat ihre Nummer, aber das heißt nicht, dass ich sie auch habe.« Noch eine Notlüge. »Außerdem glaube ich nicht, dass sie jetzt mit Ihnen reden würde. Sie achtet immer noch darauf, dass niemand weiß, wo sie wohnt, oder von ihrer Vergangenheit erfährt. Vielleicht, falls Walter stirbt …«

»Falls? Ich dachte, das steht schon fest.«

»Ich glaube, man sollte auch andere Möglichkeiten im Auge behalten. Man darf ja noch hoffen.«

»Elizabeth Lerner.« Er schüttelte den Kopf, als hätte er eine Prominente gesehen, von der er allerdings nicht besonders viel hielt. »Ihre Eltern haben gedroht, mich wegen Verleumdung zu verklagen. Sie haben sogar von einer einstweiligen Verfügung geredet.«

»Sie waren ihre Eltern«, sagte Barbara. »Natürlich wollten sie ihre Tochter beschützen.«

»Haben Sie Kinder?«

»Nein«, antwortete Barbara. »Ich war nie verheiratet. Nicht, dass ich einen Mann bräuchte, um Kinder zu haben. Aber ich mag Kinder nicht besonders.«

»Waren Sie nicht Lehrerin? Ich meine, ich weiß ja von diesem schrecklichen Zwischenfall mit einem Schüler, aber mochten Sie Kinder davor auch nicht?«

»Ich weiß nicht mehr, aber … nein, ich glaube nicht. Ich mochte meine Fächer, Politikwissenschaft und Geschichte. Das war mir wichtig, und ich wollte es mit anderen teilen. Aber ich bin nicht Lehrerin geworden, weil ich Kinder so toll finde. Sie waren unvermeidlich, also habe ich sie akzeptiert. Und Sie?«

»Ich? Ich war nie Lehrer.«

»Ob Sie Kinder haben.«

»Nein. Meine Frau und ich … es sollte nicht sein, und wir haben uns damit abgefunden. Gottes Wille und so.«

»Und eine Adoption kam nicht infrage?«

Er sprach leise, obwohl niemand im Restaurant war, der sie hätte hören können. »Nein, auf keinen Fall. Wenn man tut, was ich tue, erfährt man so einiges.«

»Wie meinen Sie das?«

»Über Adoptionen. Bei Verbrechen. Solche Kinder sind gestört.«

»Ach, Unsinn. Es gibt keine empirischen Daten, die das belegen. Der Todestrakt ist voll von Männern, die von ihren biologischen Eltern großgezogen wurden. Von biologischen Eltern, die sie meist geschlagen oder misshandelt haben. Einigen Männern, die ich kennengelernt habe, wäre es bei Adoptiveltern besser ergangen.«

»Sind miese Eltern für Sie ein Grund, jemanden nicht hinzurichten?«

»Ja, allerdings. Aber ich glaube auch, dass nichts dem Staat das Recht gibt zu morden. Zu töten ist entweder falsch oder nicht falsch. Wenn ein Einzelner einem Menschen nicht das Leben nehmen darf, darf der Staat es auch nicht. Er bestiehlt ja auch keine Diebe …«

»Er beschlagnahmt Gelder. Er verhängt Strafen.«

»Das ist nicht das Gleiche. Der Staat missbraucht keine Vergewaltiger. Warum bestehen wir nur bei Morden, und nur bei ganz bestimmten Morden, auf dieser Art von Recht?«

»Walter Bowman hat schreckliche Dinge getan.«

»Ja, das stimmt. Das würde er auch sofort zugeben. Und er akzeptiert, dass lebenslang im Gefängnis ohne Aussicht auf Bewährung gerecht wäre.«

Jared hatte das Chili stehen lassen und zupfte an dem Maisbrot, das dazu serviert wurde.

»Hören Sie, ich kann nichts versprechen«, sagte Barbara. »Aber eventuell bekommen Sie ein Interview von Walter. Von Walter *und* Elizabeth. Aber Sie müssen Geduld haben.«

»Woher weiß ich, dass Sie auch nur einen von beiden liefern können? Wieso sollte ich glauben, dass Sie überhaupt wissen, wo Elizabeth Lerner ist?«

»Das zeige ich Ihnen nach dem Essen.«

Kapitel 30

»Und was hast du so gemacht?«, wollte Walter von Eliza wissen. Es war eine ganz normale Frage. So normal, dass sie noch unnormaler wirkte.

Sie war versucht, ihm von ihrem perfekten Sonntag zu erzählen. Natürlich würde sie es nicht tun. Sie redete mit Walter nicht über ihre Kinder, niemals, und bisher war er klug genug, nicht nach ihnen zu fragen. Außerdem wäre es taktlos gewesen, von ihrem Glück zu berichten, grausam und quälend. Was die Versuchung fraglos steigerte. Damit hätte sie indirekt gesagt: *Ich bin da, wo ich bin, und ich habe, was ich habe, weil ich im Innersten ein guter Mensch bin. Du bist, wo du bist, weil du schlecht bist. Nur weil ich vierzig Tage in deiner Welt verbringen musste, bin ich nicht auch schlecht.*

Aber wichtiger wäre ihr gewesen, mit jemandem über diesen Tag zu reden, mit irgendwem. Sie hatte es mit Peter versucht, der ein guter Ehemann war, aber immer noch ein Mann, und nicht dazu neigte, wegen Cupcakes und Monopoly ins Schwärmen zu geraten. Vonnie brachte für solche Gespräche keine Geduld auf, und Elizas Mutter fing meist davon an, wie schwierig Vonnie war, wenn Eliza von ihren Problemen mit Iso erzählte. Und Freundinnen musste sie erst noch finden. Die Leute waren nett, schienen sie aber für distanziert zu halten. Komisch, denn in London hatte Eliza als schwungvolle Amerikanerin durch und durch gegolten, und jetzt fanden ihre Landsleute sie scheinbar unterkühlt und zurückhaltend. Vielleicht hatte sie auch noch keine Freundinnen gefunden, weil sie vor allem die Eltern von Isos Clique kennenlernte und da wahrscheinlich als Mutter der subtilen Mobberin galt. Im Rückblick hätte sie vielleicht Isos Lüge über das Einkaufszentrum übergehen sollen, und sei es nur, um eine Verbindung zu dieser freundlich wirkenden Mutter aufzubauen.

Und hier war Walter, der sie so kannte wie kaum jemand sonst. Abgesehen von ihren Eltern und Vonnie gab es niemanden mehr in ihrem Leben, der sie je Elizabeth genannt hatte. Sie wusste noch, wie sie mit sechzehn die Unterlagen für ihre neue Schule ausgefüllt hatte. »Wieso kann ich meinen Namen nicht ändern?«, hatte sie ihre Eltern gefragt. »Offiziell?«, fragte ihr Vater. »Das müsste eigentlich gehen.« »Nein, ich meine einfach so, dass ich mich nur anders nenne.« »Reine Bürokratie«, sagte ihre Mutter. »Dein Name muss mit dem Namen auf deiner Geburtsurkunde übereinstimmen, sonst nimmt dich die Schule nicht auf.« »Aber ich könnte ihn abkürzen, ihn verändern oder meinen zweiten Vornamen benutzen.« »Das kannst du natürlich«, sagte ihre Mutter.

Mit ganzem Namen hieß sie Elizabeth Hortense Lerner, nach ihrer Großmutter mütterlicherseits. Elizabeth Hortense Babington hatte im Norden von Baltimore gewohnt; das Bethaus der Quäker, dem sie angehörte, konnte sie zu Fuß erreichen. Sie war allerdings auch überall zu Fuß hingegangen, hatte kein Auto besessen und für längere Strecken Taxis benutzt. Wäre sie die Großmutter von jemand anderem gewesen, hätten Elizabeth und Vonnie diese dünne, schwarz gekleidete Frau mit dem langen, dicken Haar wahrscheinlich für schrullig gehalten, wie sie durch die Straßen der Stadt marschiert war, als gehörte sie nicht in diese Zeit und an diesen Ort. Elizabeth war stolz darauf, ihren Namen zu tragen, während Vonnie ein wenig angefressen war, dass sie nach der Mutter ihres Vaters benannt war, Yvonne Estelle. Es war schlimm, den eleganten Namen ihrer Großmutter zu verstümmeln, beinahe als würde man ein Hochzeitskleid zu Bettwäsche zerschneiden. Aber dafür gab es viele Möglichkeiten: Liz, Lizzie, Beth, Betsy, Bette, Bets … Eliza! Das enthielt mehr von ihrem echten Namen als die Alternativen, klang aber so anders, dass kaum jemand die Verbindung herstellen würde. Das Mädchen, das im Nachbarbezirk entführt worden war, hieß Eh-li-sa-beth Lerner. Ii-lei-sa Lerner war ein neuer Mensch.

Sie hatte sich von »Beth« getrennt und nie zurückgeblickt.

»Mein Leben ist ganz normal«, beantwortete sie Walters Frage. »Hier passiert nichts Aufregendes.«

»Geht mir genauso«, sagte er und lachte. Das war neu. Früher hatte Walter nicht über sich lachen können. »Aber bei dir ist es wohl gut so. Du hast dir ein schönes Leben aufgebaut.«

»In deinem Brief hast du aber anders geklungen.«

»Was meinst du damit?« Verdutzt, beinahe verletzt.

»Du hast geschrieben, du hättest mehr von mir erwartet.«

»Nein«, widersprach Walter. »Ich habe geschrieben, ich hätte mir mehr *vorgestellt*.«

Über die Wortwahl konnte sie nicht streiten, sie hatte den Brief geschreddert. Aber die Bedeutung konnte sie anfechten. »Das schwang mit. Dass du erwartet hast, ich würde Karriere machen.«

»Nein, finde ich nicht«, sagte Walter. »Ich meine, ich will ja nichts sagen …« Sie wappnete sich gegen die Beleidigung, die darauf unweigerlich folgen würde. »… aber du mochtest Kinder nicht mal. Du hast mir ständig Kinder gezeigt und gesagt: ›Die sind aber dreckig‹, und dich über schreiende Babys beschwert.«

»Wirklich?« Sie war fünfzehn gewesen. Sie wusste nicht mehr, wie sie über Kinder gedacht hatte, aber sie hatte sich auch keine Gedanken über eine Karriere gemacht. Sie wollte einfach nur erwachsen werden. Was für sie bedeutete, eine Art Madonna zu sein, mit einer Freundin in einer abgefahrenen Wohnung mit einem Telefon zu leben, das überzogen war mit Muscheln und rosa Plüsch, und genug Geld für den Pizzadienst zu haben, wenn auch nicht für viel mehr. Später im College grauste es ihr vor der Frage: »Was ist dein Hauptfach?« Nicht weil sie so abgedroschen war, sondern weil Eliza sie erst im dritten Studienjahr beantworten konnte, als sie Kinderliteratur mit Hinblick auf einen Job als Bibliothekarin studierte. Selbst das war noch keine Entscheidung für einen Beruf. Es zog sie zur Kinderliteratur, weil sie damit eine Ausrede hatte, noch einmal die alten Märchen und ihre liebsten Jugendbücher zu lesen: *Merkwürdiges aus dem Frankweiler-Geheimarchiv* und *Are You There God? It's Me, Margaret*. Aber die Arbeit fachte ihren Geist an, wie sie es nie zuvor erlebt hatte – und auch später nicht mehr erlebte. Sie fing in Houston mit dem Master-Studium an, hörte aber auf, als sie mit Iso schwanger wurde.

»Niemand mag Kinder, wenn er selbst noch eines ist«, bemerkte sie spitz.

»Weißt du noch, wie wir in den Luray Caverns waren?«

»Ja.« Dabei ließ sich die Frage gar nicht so schlicht beantworten. Ihre Zeit mit Walter existierte in einem entlegenen Winkel ihres Hirns, der weder Erinnern noch Vergessen war. Sie kam Eliza wie die Geschichte einer anderen vor, die so oft und so detailliert erzählt wurde, dass sie sie herunterrasseln konnte. Sie war die drei kleinen Schweinchen, der Hirtenjunge und der Wolf, Rotkäppchen, eines dieser grausigen Grimm'schen Märchen voll schauriger Details – einstürzende Häuser, Tiere, die gefressen wurden, Rotkäppchen und Großmutter, die aus dem aufgeschlitzten Bauch des Wolfs klettern –, die man nur durch den glücklichen Ausgang verkraften konnte.

»Ich wollte dich an diesem Tag dort lassen.«

»Das stimmt nicht.«

»Ich habe daran gedacht. Da war eine Gruppe von Schülern, ein paar Jahre jünger als du, ziemlich laut und chaotisch, und ich dachte, ich gehe ein paar Schritte zurück und wenn sie mit den Kindern redet und abgelenkt ist, renne ich zum Parkplatz und fahre weg.«

Sie weinte, so still wie möglich, damit er es nicht merkte. »Das glaube ich dir nicht.«

»Verständlich. Es klingt bestimmt wie eine Schutzbehauptung. Weißt du, es war so dumm, dich zu entführen. Hätte ich einen Moment nachdenken können, wäre mir klar geworden, dass du nichts gewusst hast, dass du mir nicht schaden konntest. Ich dachte: *Ich muss sie töten. Sie ist zur falschen Zeit am falschen Ort.* Aber – hör mal, egal was du von mir hältst, egal was das Gesetz über Vorsatz und Mord ersten Grades sagt:

Ich hatte nie vor, jemanden zu töten. Es ist passiert, ja, aber da war ich, wie soll ich sagen, nicht bei mir. Ich konnte mich nachher nicht einmal richtig daran erinnern.«

»Walter, darüber kann ich mit dir nicht reden.«

»Es tut mir leid, ich will nur erklären, warum ich dir nicht wehtun konnte.«

»Du hast mir nicht einfach wehgetan. Du hast mich vergewaltigt. Das wäre schrecklich genug gewesen, in jeder Situation, aber ich musste nicht nur die Vergewaltigung durchleiden, ich musste dabei auch noch davon ausgehen, dass du mich nachher umbringst, genau wie Maude.«

»Ich habe dir nie gesagt, was ich getan habe.«

»Ich habe dich an einem Grab gesehen. Mir war klar, was passiert war. Und dann Holly …«

Er seufzte, als fühlte er sich ganz und gar missverstanden. »Ich habe Holly nicht getötet. Und das weißt du. Du hast es immer gewusst, aber man hat es dir ausgeredet, hat dir weisgemacht, das könne gar nicht anders sein.«

»Hör auf.«

»Es tut mir leid. Ich wollte dich nicht aufregen, Elizabeth. Aber wenn wir nicht ehrlich über diese Nacht reden können …«

»Ich habe nichts gesehen. *Ich war nicht da.*«

Lange Pause. »Es tut mir leid. Die Sache nimmt dich mit, und das wollte ich auf keinen Fall. Wirklich nicht. Wo waren wir gerade? Wir haben über dich als Mutter geredet. Wie gesagt, ich hätte nur nicht gedacht, dass das wirklich etwas für dich ist. Mehr habe ich nicht gemeint, als ich dir geschrieben habe. Ich wollte nicht schlechtmachen, was du tust. Es überrascht mich nur, dass du das wolltest.«

»Du kennst mich nicht, Walter.«

»Das trifft mich jetzt aber, Elizabeth. Ja, ich habe dir wehgetan. Ich habe dir Schlimmes angetan, das weiß ich, und ich wünschte, man hätte mich dafür zur Verantwortung gezogen. Es war nicht meine Schuld, dass das nicht passiert ist.« Damit hatte er recht. Sie und ihre Eltern hatten darum gebeten, Walter nicht wegen Vergewaltigung anzuklagen, und Walter hatte sich gemäß einer Absprache der Entführung für schuldig bekannt, was im großen Ganzen nicht ins Gewicht fiel, es hängte nur Jahre an eine lebenslange Freiheitsstrafe, die längst vorüber sein sollte. »Ich kenne nicht jede Facette von dir, das stimmt, aber kennst du denn mich? Kannst du verstehen, dass ich mich geändert habe, dass ich weiß, wie wichtig es ist, Abbitte zu leisten bei allen, denen ich geschadet habe?«

Sie hatte das Gefühl, sie sollte sich entschuldigen. Dann wurde sie wütend, dass sie in eine Lage gedrängt wurde, in der sie auch nur einen Augenblick lang dachte, sie müsste sich bei Walter Bowman entschuldigen.

»Elizabeth, ich würde dir das gerne persönlich sagen, damit du siehst, dass es mir wirklich leidtut. Am Telefon kann ich dich offenbar nicht davon überzeugen. Aber ich glaube, wenn ich dir in die Augen sehen könnte, würdest du erkennen, dass ich ein anderer Mensch geworden bin.«

»Ich glaube nicht …«

»Wenn ich dich sehen könnte – vielleicht könnte ich dann für alles um Verzeihung bitten.«

»Das hast du schon. Du hast dich entschuldigt, als wir neulich telefoniert haben. Und gerade noch einmal.«

»Nein, für alles, meine ich. Wenn ich dich sehen könnte, würde ich über die Dinge sprechen, über die ich sonst nie spreche.«

»Meinst du …?«

»Deutlicher kann ich am Telefon nicht werden. Aber wenn du mich besuchst, wärst du vielleicht überrascht, was ich sagen würde.«

Seine Bemerkung über das Telefon, die Andeutung, die

Leitung sei nicht sicher, erinnerte sie an etwas. »Walter, hast du Sonntag angerufen?«

»Nein.« Bestimmt, aber nicht abwehrend. »Du hast mir die Zeiten genannt, in denen ich anrufen darf, und daran habe ich mich genau gehalten.« Er klang, als erwartete er ein Lob.

»Jemand hat aber angerufen. Angerufen und wieder aufgelegt, mindestens zwei Mal. Hast du die Nummer weitergegeben?«

»Na ja, sie steht auf meiner Liste. Und Barbara kennt sie, aber ich habe ihr gesagt, sie soll sie auf keinen Fall benutzen. Aber nein, weitergegeben habe ich sie nicht. Ich will gar nicht, dass noch jemand sie hat.«

»Hm. Na gut.«

»Du kommst mich besuchen?«

»Nein. Ich meine … ich rede mit … ich meine, ich denke darüber nach.« Wieder wollte sie sich nicht anmerken lassen, wie vertraut sie mit ihrem Mann war und dass sie alle wichtigen Entscheidungen mit ihm besprach.

»Die Zeit läuft uns davon«, sagte er.

»Das ist mir klar.«

»Wenn ich erst einmal tot bin … na ja, sagen wir einfach, dass ich bestimmte Geheimnisse mitnehmen werde. Aber vielleicht willst du ja genau das.«

»Was meinst du damit?«

»Nichts. Keine Ahnung. Man wird nur manchmal etwas reizbar, wenn man so lebt wie ich. Ich bin kein Heiliger. Und ich biete dir etwas ziemlich Großes an, Elizabeth. Aber nur dir, niemandem sonst.«

»Walter, ich muss jetzt aufhören.«

»Stimmt, am Mittwoch ist Fußballtraining.«

Woher weißt du das? Aber sie fragte nicht. Er wollte, dass sie fragte, so viel war ihr klar. Aber er wusste, dass er sie verunsichert hatte. Die Pause hatte sie verraten.

»Bis dann, Walter. Wir sprechen bald weiter.«

»Persönlich, hoffe ich. Irgendwann.«

»Mal sehen.« Aber wieder hatte sie gezögert und sich damit verraten. Er wusste, dass sie es in Betracht zog.

Kapitel 31

Die Frau auf dem Mittelsitz blickte Jared Garrett über die Schulter auf die Notizen, die er auf dem Klapptischchen vor sich ausgebreitet hatte. Darauf hatte er gehofft. Er hatte seine Karteikarten herausgeholt, weil er ungeduldig und rastlos war, nach diesem Tag brodelte es in seinem Kopf. Wie primitiv, dass Amtrak in seinen Zügen kein WLAN zur Verfügung stellte. Er hätte doch lieber mit dem Auto fahren sollen, aber er hatte gedacht, er könnte im Zug Mails schreiben. Jetzt steckte er in diesem klapprigen alten Regionalzug fest – nur Trottel oder Leute mit zu viel Geld würden mehr für den Acela bezahlen, mit dem man gerade einmal zehn Minuten sparte – und brauchte noch vierzig Minuten bis nach Philadelphia. Er hätte wohl trotzdem schreiben können, aber es wäre ihm komisch vorgekommen, wenn er danach nicht auf »Veröffentlichen« klicken und sich sofort für seine Mühe belohnen konnte. Die Bowman-Geschichte war natürlich zu groß für seinen Blog. Er durfte sie dort nicht verschwenden, so verlockend es auch war. Als er nach dem ersten Bowman-Prozess sechs Wochen nach Verhängung der Todesstrafe sein Manuskript abgeliefert hatte, hatte man ihm vorgeworfen, er habe sein Buch aus Versatzstücken zusammengeschustert. Nach heutigen Maßstäben wirkte das regelrecht schwerfällig.

»Bunte Karteikarten«, bemerkte die Frau. »Sind Sie Autor?«

»Ja«, antwortete er. Wäre seine Frau dabei gewesen, hätte sie die Augen verdreht oder demonstrativ geseufzt. Sie betrachtete sein Schreiben als Hobby, mit dem er ihr abends aus dem Weg ging, wenn sie sich vor den Fernseher pflanzte und Realityshows ansah, und sie hatte damit nicht ganz unrecht.

»Was für Bücher schreiben Sie?«

»Sachbücher«, antwortete er. »Meist über Kriminalfälle.«

»Über echte?«

»Natürlich, es sind ja Sachbücher«, wiederholte er. »Die beste Bezeichnung wäre vielleicht Tatsachenkrimis. Eines meiner Bücher wurde für einen Preis nominiert.« Er sagte nicht, für welchen, weil es kein bekannter war, aber trotzdem: Es war ein Preis, und er war nominiert worden. *Tatsachenkrimi* klang vielleicht nicht besonders elegant, aber immer noch besser als *wahre Kriminalfälle*. Die Bezeichnung war nicht unproblematisch, weil sie beinahe den Anschein erweckte, es ginge um Vergehen aufgrund von Tatsachen, wie bei den sogenannten Verbrechen aus Hass. Aber *wahre Kriminalfälle* hatte im Laufe der Jahre einen schäbigen Beiklang bekommen.

»Habe ich etwas von Ihnen gelesen?«

Die unvermeidliche Frage. Er hätte den Spieß gerne umgedreht und gefragt: »Woher soll ich wissen, was Sie gelesen haben? Sind Sie eine weltberühmte Leserin?«

Stattdessen sagte er: »In meinem bekanntesten Buch ging es um Walter Bowman, aber das ist beinahe zwanzig Jahre her. Ich habe lange nichts mehr veröffentlicht.«

»Walter Bowman?« Der Name schien keinen Eindruck zu machen. Walter Bowman selbst allerdings auch nicht. Jared hatte immer das Gefühl gehabt, Walters mangelndes Charisma habe das Interesse an dem Buch gedämpft, es hätte sonst ein größerer Erfolg werden können. Hätte er doch nur über jemanden wie Charlie Manson oder Ted Bundy schreiben können! Er hatte es für einen Glücksfall gehalten, als sich die Star-Schreiberlinge damals nicht in Virginia blicken ließen. Wie sich gezeigt hatte, hatten sie schon gewusst, warum.

Aber jetzt – jetzt erreichte die Geschichte endlich ihren überfälligen Höhepunkt, und sie gehörte allein Jared. Andere Journalisten mochten über die Hinrichtung schreiben, aber niemand sonst würde mit Walter reden. Barbara LaFortuny hatte ihm ihr Wort gegeben.

»Ein mehrfacher Mörder, damals in den Achtzigern«, sagte er. »Wahrscheinlich ein Serienmörder, aber das konnte nie bewiesen werden.«

»Gibt es da einen Unterschied?«

Er setzte zu einer Erklärung an, merkte aber beinahe sofort, dass die Frau das Interesse verlor. Er unterbrach sich und zeigte auf die Karten vor sich: »Ich muss weiterarbeiten«, erklärte er.

»Natürlich«, erwiderte sie sichtlich erleichtert. »Ich gehe in den Speisewagen.« Wie er bemerkte, nahm sie ihr Notebook und ihre Handtasche mit. Wahrscheinlich würde sie die restliche Fahrt über im Speisewagen bleiben, Weißwein trinken und Männer begutachten. Eine Frau allein in einem Zug war sicher auf der Pirsch, dachte Jared. Für seine dreißigjährige Ehe und das gesetzte Leben mit Florence war er dankbar, auch wenn sie seinetwegen ab und an die Augen verdrehte. Eine Frau allein war etwas Trauriges. Barbara LaFortuny hatte einen bedauernswerten Eindruck auf ihn gemacht, aber er hatte sich bemüht, sich nichts anmerken zu lassen. Niemand wurde gern bemitleidet.

Er hatte sie natürlich sofort gegoogelt, als er ihre Mail bekommen hatte. Sie hatte ausdrücklich geschrieben, sie zähle nicht zu den traurigen Fällen, die sich nach Walter verzehrten, aber er glaubte, sie machte sich etwas vor. Walter sah gut aus, zumindest auf Fotos. Weniger, wenn man ihn persönlich traf, aber sie hatte ihn noch nie gesehen. Barbara LaFortuny gab es vielleicht nicht zu, aber die Ablehnung der Todesstrafe war nicht ihr einziges Motiv.

Trotzdem schien nach mehreren Mails klar zu werden, dass sie wirklich etwas zu bieten hatte. Er nahm bei der Arbeit einen Krankheitstag; das gehörte schließlich zu den letzten Vergünstigungen, die ihm blieben, und er sollte wohl kaum dafür bestraft werden, dass er gesund war. Wenn er seine Krankheitstage nicht nahm, kürzte er sich sozusagen selbst den Lohn. Aber die erste Tageshälfte mit der Rundfahrt zu Orten, die er sich schon vor langer Zeit allein angesehen hatte, war eine Riesenenttäuschung, und spätestens als die Frau einen großen Park ansteuerte, kam er sich etwas veralbert vor.

»Mit dieser Gegend hat man Walter Bowman nie in Verbindung gebracht«, sagte er. Er dachte an seine akribisch bearbeitete Landkarte, für die er jeden Vermisstenfall untersucht hatte. Die Krimi-Blogger, die den Bowman-Fall verfolgten, deckten die ganze Palette ab, von vehementen Verteidigern, die selbst die beiden offensichtlichen Morde abstritten, bis zu denen, die ihm praktisch jede zwischen 1980 und 1985 vermisste Teenagerin zuschrieben. Jared gehörte der gemäßigteren Fraktion an; er glaubte, man könnte Walter mit mindestens vier ungeklärten Morden und vier Vermisstenfällen im Osten des Landes in Verbindung bringen. Er rechnete mit einer eigenen Formel aus Entfernung, Gelegenheit und Opfer. Entfernung: Walter Bowman hatte sich in seinem ganzen Leben nie weiter als fünfhundert Kilometer von seinem Zuhause entfernt, und laut Elizabeth Lerners Aussage war er scheinbar um einen gedachten Fixpunkt gekreist, immer durch Virginia, Maryland und West Virginia. Gelegenheit: Er hatte stets nur einzelne Tage frei gehabt, und vor dem Mord an Maude Parrish war er jede Nacht zu Hause gewesen. Schließlich die Opfer: Beide waren jung, noch keine sechzehn, und absolut unerfahren, deswegen war es verfehlt, beliebige Morde an Huren auf die Liste zu setzen. Huren passten nicht in Walter Bowmans Muster.

Elizabeth Lerner allerdings auch nicht, nicht dem Aussehen nach.

Als Barbara in diesen Vorstadtpark fuhr, wusste er jedenfalls, dass keine Verbindung zu Bowman bestand, und wurde allmählich etwas sauer, dass er so an der Nase herumgeführt wurde. Um halb sieben würde er schon wieder im Zug sitzen, und das wegen Barbara LaFortuny. Sie hatte Theaterkarten oder Ähnliches. Das hatte sie beim Mittagessen in diesem Veganerladen erzählt, dem Roots, von dem Jared nicht gerade begeistert war.

»Ihnen scheint es ja ziemlich gut zu gehen«, sagte er, um seine Enttäuschung über die Speisekarte zu überspielen.

»Das stimmt«, antwortete sie. »Der Überfall war das Beste, was mir je passiert ist. Nicht, weil ich seitdem nicht mehr arbeiten muss, sondern, weil er mir gezeigt hat, wie leer und zwecklos mein Leben ist, und das allein durch meine Schuld.«

Er holte sein Diktiergerät heraus, vor allem aus Höflichkeit, und ließ sie über ihr Leben schwafeln. Vielleicht war das schon alles, was sie zu bieten hatte, dachte er. Vielleicht hielt sie das hier für das große Geschenk: die Geschichte von Walter Bowman, erzählt aus der Sicht seiner eifrigsten Anhängerin. Nur hatte sie ihm rein gar nichts über Walter erzählt, was er nicht schon wusste, und wie sie darauf beharrte, Walter habe sich geändert – das kaufte er ihr einfach nicht ab. Barbara LaFortuny wäre ohne eigenes Verschulden beinahe gestorben. Sie sollte eigentlich verstehen, dass Walter ein solches Erwachen erst erleben konnte, wenn er auf der Liege festgeschnallt wurde. Und selbst dann, selbst wenn irgendein Wunder geschehen und er nicht sterben sollte, würde er sich wahrscheinlich nicht ändern.

Ein spannendes Detail sprach sie beim Mittagessen allerdings doch an. »Über die Autopsien wissen Sie Bescheid, oder? Über das, was gefehlt hat?«

»Was gefehlt ... ach, ja. Darüber habe ich geschrieben. Ich dachte, Sie hätten mein Buch gelesen.«

»Das habe ich. Ich wollte Sie nur daran erinnern.«

»Das ändert nichts, nicht in Holly Tacketts Fall.«

»Nein, das ist richtig. Wenn man der Aussage von Elizabeth Lerner glaubt. Und Sie scheinen als Einziger bereit zu sein, an ihr zu zweifeln.«

»Ich habe nur ein paar Fragen aufgeworfen. Jeder Mörder geht nach einem Muster vor. Elizabeth Lerner durchbricht dieses Muster in beinahe jeder Hinsicht. Sie findet ihn, nicht er sie. Er entführt sie, es kommt mehrere Wochen lang nicht zu Sex, wenn man ihr glaubt, und dann nur ein Mal. Sie ist keine große, gut gebaute Blondine. Warum behält er sie bei sich, wenn sie ihm nicht hilft? Ich weiß, die herrschende Theorie lautete, sie habe etwas gesehen und Walter sei bei den Morden in einem grenzpsychotischen Zustand gewesen, nachdem die anderen Opfer ihn sexuell zurückgewiesen hatten. Vielleicht war der einzige Unterschied, dass sie sich gefügt hat, statt sich zu wehren. Trotzdem hatte ich immer das Gefühl, dass an ihrer Aussage irgendwas nicht stimmt.«

Als die Rechnung kam, zahlte Barbara LaFortuny, obwohl sie überrascht wirkte, dass er sich nicht anbot. Immerhin war er auf eigene Kosten hergekommen, und das vegane Restaurant war mit Sicherheit nicht seine Idee gewesen. Was hatte sie denn erwartet? Und jetzt schleppte sie ihn in irgendeinen Park. Was konnte hier schon sein?

»Sportplatz neun«, sagte sie, als sie anhielt.

»Was ist damit?«

»Er liegt oben auf dem Hügel. Ich muss hierbleiben, sie kennt mein Auto und mich auch. So ein Gesicht vergisst man nicht leicht.« Sie lachte wie über einen gelungenen Witz. »Aber Sie kommen sicher nahe genug heran, um sie zu sehen.«

»Wen?«

»Elizabeth Lerner. Jetzt benutzt sie natürlich einen anderen Namen. Aber gehen Sie ruhig, dann können Sie sie sehen.«

»Wie heißt sie jetzt? Wie haben Sie sie gefunden?«

Sie lächelte. »Das heben wir uns für einen anderen Tag auf. Ich wollte Ihnen nur zeigen, wie viel wir Ihnen geben können, wenn Sie Geduld haben.«

»Wir?«

»Walter und ich.«

»Wie will Walter sie denn beeinflussen können?«

»Wie gesagt, die beiden reden miteinander.«

»Woran erkenne ich sie?«

»Sehen Sie sich nach einer Frau mit roten Haaren um, mit einem rothaarigen Sohn und einem ziemlich hässlichen Hund. Ihre Tochter müsste Nummer siebzehn sein. Ähnelt ihr kaum, wenn überhaupt – na ja, das werden Sie ja sehen.«

Er kam sich albern vor, wie er in Halbschuhen und Bürokleidung die lange Zufahrt entlanglief. Hätte er zu den Eltern gehört, hätte er sich für einen Pädophilen gehalten. Aber die Eltern, die dort waren, zu dieser Tageszeit fast ausnahmslos Mütter, beachteten ihn gar nicht. Der Weg führte einen Hügel hinauf, und als er Feld neun erreichte, keuchte und schwitzte er. Er sah sich um – niemand zu sehen. Moment, da am Spielfeldrand waren der rothaarige Junge und der Hund.

Und da war sie. Hätte er sie auf der Straße gesehen, ohne mit ihr zu rechnen, hätte er sie nicht erkannt. Sie hatte eine üppige Figur bekommen, während sie als Teenagerin noch flach wie ein Brett gewesen war. (Er hatte auch darüber spekuliert, ob Walter sich über seine sexuellen Neigungen im Unklaren war. Das hatte Walter nicht gefallen, aber bei Elizabeths Äußerem und der Kleidung, die er sie tragen ließ, waren Zweifel gerechtfertigt. Und es hätte zu den anderen Beweisen gepasst.) Aber noch etwas war anders an ihr, etwas, das er erst nach einem Augenblick erkannte.

Sie sah glücklich aus. Ihr Haar war an diesem angenehmen Oktobernachmittag vom Wind zerzaust, den Blick hielt sie – auf wen gerichtet? Ach, auf das hübsche Mädchen dort, schlank, mit langen Beinen, ganz anders als die Mutter, zumindest anders, als Jared sie in Erinnerung hatte. Die Tochter war eine echte Schönheit. Sie ähnelte eher Holly Tackett als ihrer Mutter. Nicht in ihrer Haarfarbe oder dem Teint, sondern wegen ihrer Anmut, des langgliedrigen Körpers, ihrer Selbstsicherheit. Ohne das Fußballtrikot, in Straßenkleidung würde sie deutlich älter wirken, als sie war.

Elizabeth feuerte ihre Tochter nicht an, wie manch andere Mutter, aber sie war sichtlich stolz. Und als ihr Sohn mit dem Hund angelaufen kam und ihr eine kleine, dreckige Hand entgegenstreckte, um ihr etwas zu zeigen, betrachtete sie es ernsthaft interessiert.

Jared beobachtete sie eine Weile in der Hoffnung, ihr Mann würde auftauchen oder das Spiel würde enden, damit er ihr unauffällig zu ihrem Auto folgen konnte. Mit dem Nummernschild wäre er nicht mehr auf Barbara LaFortuny angewiesen. Er könnte Namen, Adresse, Telefonnummer herausbekommen. Vielleicht könnte er sich bei den anderen Eltern nach dem Team erkundigen, herausfinden, woher es kam, sich eventuell die Spielerliste besorgen. Aber nein, das würde nur Aufmerksamkeit erregen. Hätte er seine Kamera dabeigehabt, hätte er sich als Fotograf ausgeben können, nur dass Fotografen sich nicht wie Bilanzprüfer kleideten, so wie er. Er sollte lieber Abstand wahren. Vorerst.

Ihm fiel das einzige Foto ein, das er von Elizabeth hatte schießen können, damals im Gericht, die Kamera auf Hüfthöhe gehalten. »He, Elizabeth«, hatte er gerufen, und sie hatte sich umgedreht, für den Bruchteil einer Sekunde nur, was ihm für das Foto schon reichte. Es wurde nicht besonders, aber es war besser als das verdammte Schulfoto von den Suchplakaten. Sie hatte die Augen weit aufgerissen und wirkte überrascht, sogar ein wenig schuldbewusst. Das Foto hatten sie für den Buchumschlag verwendet, zusammen mit Walters Polizeifoto und einem herzzerreißenden Bild von Holly Tackett in der Mitte.

Sein Zug drosselte das Tempo, als er sich Philadelphia näherte. Jared konnte es nicht erwarten, nach Hause zu kommen und online zu gehen. Er durfte noch nicht darüber schreiben. Aber es wäre ein Spaß, am Abend in seinem Arbeitszimmer zu sitzen, andere Blogs zu lesen und sich den Neid und die Überraschung seiner Kollegen vorzustellen, wenn er seine Geschichte herausbrachte. Wie hatte Walter sie wiedergefunden? Doch vielleicht war sie es, die ihn gefunden hatte.

Kapitel 32

»Der Oktober hat's gegeben, der Oktober hat's genommen«, psalmodierte Peter am nächsten Morgen. Der goldene Herbst war einem dunklen, peitschenden Unwetter gewichen, beinahe einem Monsunregen. Eliza spürte, dass ihr keine andere Wahl blieb, als Albie zur Schule zu fahren. Dabei war ihr das gar nicht recht, rein aus Prinzip. War sie übervorsichtig? War sie nicht selbst in strömendem Regen zur Schule gelaufen? Und Albie war aus England an Regen gewöhnt. Aber jetzt schüttete es so, dass man kaum ein paar Meter weit sehen konnte, und ihr graute es bei der Vorstellung, der verträumte Albie würde in seinem viel zu dunklen Regenmantel an der Straße entlanglaufen. Wenn es nach ihr ginge, würde er einen Mantel und eine Mütze in Knallgelb tragen, wie das Mädchen auf der Verpackung von Morton Salt, aber sogar Albie besaß genug Geschmack, um sich einen dunkelblauen Mantel auszusuchen. Außerdem freute sich Albie rührend darüber, ausnahmsweise gefahren zu werden, vor allem wenn Reba von selbst mit in den Wagen sprang. Sie wusste offenbar, dass es bei dem Schulweg nicht um sie ging. Sie folgten einem Ziel, einer Mission, und wenn sie an schönen Tagen mitlief, sollte sie das auch an den düsteren tun.

Sobald sie Albie abgesetzt hatten, hörte es auf zu regnen, der Himmel klarte auf, und der reine, frische Tag verlockte dazu, etwas draußen zu unternehmen, egal was. Eliza, die zu Hause genug zu tun hatte, wollte eigentlich dorthin, als sie von der Schule losfuhr. Aber irgendwie fand sie sich in ihrem Subaru auf dem Weg nach Nordosten wieder, Richtung Baltimore. Sie vermied die Autobahn und zog Nebenstraßen vor, genau die Strecken, auf denen sie das Fahren gelernt hatte, kam ganz in der Nähe ihres Elternhauses vorbei und machte sogar einen Umweg zu ihrer alten Highschool – die gar nicht mehr ihre ehemalige Schule war, dieses fensterlose Achteck, das sie in mehr oder minder guter Erinnerung behalten hatte. Der viel zu kleine Bau war in den Neunzigern abgerissen und durch einen ansehnlichen Quader aus Backstein und Glas ersetzt worden, in den aus allen Richtungen Licht strömen konnte. Sie folgte der Route 40, die sich offenbar kaum verändert hatte, nur das Roy Rogers war einem Church's Fried Chicken gewichen. Dann führte die Straße bergab, genau wie früher, Eliza ließ die Vororte mit allem, was dazugehörte, hinter sich und tauchte in den Bereich ein, der an den State Park grenzte. Das Laub, das sich gerade verfärbte, schimmerte in der Sonne. Auf dem Parkplatz ließ sie Reba aus dem Auto. Sie hatte keine Leine dabei, aber die Hündin würde in ihrer Nähe bleiben, auch in einer unbekannten Umgebung voll neuer Gerüche.

Sie folgten dem Sucker Branch, der auch nach stundenlangem Regen nicht mehr war als ein kleines Rinnsal. Sie redete sich ein, sie könne unmöglich genau sagen, wo sie sich befand;

die Gegend bot keine festen Orientierungspunkte, und sie war seit dem August 1985 nicht mehr dort gewesen. Es sei ihr unmöglich, die exakte Stelle zu bestimmen, an der sie Walter gesehen hatte, als er mit seiner Schaufel die Erde glättete.

Das heißt, es wäre ihr unmöglich gewesen, die exakte Stelle zu bestimmen, hätte nicht am Fuß einer alten Eiche ein Strauß Plastikblumen gesteckt.

Ein Zufall, sagte sie sich und dann, an Reba gewandt: »Das ist ein Zufall.« Reba sah aus, als würde sie abwägen. So voller Schmutz, war der Strauß sicher schon lange der Witterung ausgesetzt. Er konnte genauso Abfall sein, den jemand dort hingeworfen hatte, und keine Erinnerung. Wer würde denn in den Wald laufen und Plastikblumen an einer Stelle niederlegen, an der Maude nicht einmal einen ganzen Tag gelegen hatte? Eliza versuchte sich ins Gedächtnis zu rufen, was sie über Maude wusste. Sie hatte die Mount Hebron Highschool besucht. Unterwegs zur Arbeit in einer Eisdiele an der Route 40 hatte sie sich von Walter mitnehmen lassen. Sie war groß und dünn gewesen, eines von zwei Kindern, deren geschiedene Mutter nur mühsam über die Runden kam. Das alles stellte sich während der Verhandlungen heraus. Walter hatte immer nur in gröbsten Zügen über seine Taten gesprochen.

»Er muss doch etwas gesagt haben«, hatte der Staatsanwalt gedrängt. Baltimore County war dafür bekannt, dass der Staatsanwalt es mit Macht auf die Todesstrafe anlegte, wann immer es möglich war, und sein Kollege aus Howard County hatte ihm den Fall gern überlassen. Er meinte, es sei beinahe sicher, dass Walter Maude hier getötet hatte, direkt hinter der Grenze zwischen den Countys, und nicht dort, wo er sie entführt hatte. Aber man konnte ihm kein Kapitalverbrechen nachweisen, wenn Maude freiwillig in seinen Pick-up gestiegen war, und genau das behauptete Walter. Außerdem gab es keine Beweise für eine Vergewaltigung. Man nahm an, er habe ein Kondom benutzt, was ungewöhnlich, aber kein Einzelfall war, allerdings auch nicht die fehlenden Verletzungen an Maudes Leiche erklärte. Der Fall wies eine Menge Löcher auf, und jetzt setzten sie Elizabeth unter Druck, um sie zu stopfen.

Er muss doch etwas über Maude gesagt haben, meinte der Staatsanwalt.

»Nein«, antwortete Elizabeth. Walter hatte verschiedene Geschichten über das Mädchen erzählt, das er begraben hatte – sie sei aus dem Auto gestürzt, sie sei im Park hingefallen und habe sich den Kopf angeschlagen. In Andeutungen sprach er von anderen Verbrechen, die er vielleicht begangen hatte, um Elizabeth so viel Angst einzujagen, dass sie tat, was er wollte. »Ich habe schlimme Sachen gemacht«, sagte er dann. »Ich wollte das nicht. Ich hatte keine andere Wahl. Aber ich tue, was ich tun muss.«

Am Ende wurde Walter wegen Mord ersten Grades für schuldig befunden und zu einer lebenslangen Freiheitsstrafe verurteilt. In Virginia hatte er schon die Todesstrafe bekommen, deshalb machte es keinen großen Unterschied. Der Staatsanwalt in Maryland stellte die ganze Sache als Steuerersparnis dar. Maryland blieben die Kosten für Walters Berufung und für seine Unterbringung über Jahre hinweg erspart, und der Gerechtigkeit war trotzdem Genüge getan. Sagte der Staatsanwalt.

Eliza ging mit Reba weiter, sie atmete die schweren, feuchten Gerüche des Herbstwaldes ein. Das Laub war im Sommer sicher dichter gewesen, sie hatte nicht so weit sehen können wie jetzt. Hätte sie Walter aus größerer Entfernung entdeckt – nein, so durfte sie nicht denken.

Nach einiger Zeit führte der Weg sie in ihr altes Viertel, das Brigadoon ihrer Mutter. Es war unverändert, beinahe als hätte es die letzten zwanzig Jahre verschlafen. Allerdings gab es hier jetzt wahrscheinlich Kabelfernsehen, dachte Eliza, als ihr auf einem Dach eine kleine Satellitenschüssel auffiel. Sie lief zwischen den Steinhäusern entlang, ordnete jedem seine Geschichte zu und merkte überrascht, wie viel sie noch wusste. Da hatten die Sleazaks gewohnt, dort drüben der alte Traber. (In seiner Todesanzeige, die ihre Mutter vor ein paar Jahren für sie ausgeschnitten hatte, hatte sie erstaunt gelesen, dass dieser Sonderling wie aus dem Buch, der klassische Runter-von-meinem-Rasen-Typ, tatsächlich ein angesehener Maler gewesen war.) Die Tür der Billinghams leuchtete immer noch scharlachrot, ein Skandal damals in den Achtzigern, als der Gemeindeausschuss darüber beriet, ob das ihr Viertel vielleicht die Einstufung als denkmalgeschützte Stätte kosten könnte, um die man sich schon lange bemühte.

Den größten Unterschied las Eliza an den Autos ab. Die Bewohner des Viertels waren jetzt wohlhabender, oder sie neigten eher dazu, ihr Geld zur Schau zu stellen. Ihrer Mutter hätte das nicht gefallen. Ihr hätte auch nicht gefallen, dass eine Frau in einem BMW langsamer fuhr, als sie Eliza und Reba sah, und sie sichtlich misstrauisch musterte. Sie fuhr vorbei, wendete und kam zurück, dann hielt sie an und ließ das Fenster herunter.

»Kann ich Ihnen helfen?«, fragte sie. »Suchen Sie jemanden?«

»Ich will nur alte Erinnerungen auffrischen. Als Kind habe ich hier gewohnt.«

Eliza deutete auf das Haus, in dem sie aufgewachsen war und das sie nie richtig zu schätzen gewusst hatte, bis ihre Familie beschloss auszuziehen. Hätten sie bleiben können? War es falsch gewesen, sich von ihrem Leben vor Walter zu trennen? Allzu ungewöhnlich war ihr Name nicht. Und die Medien hatten früher nicht so ausführlich berichtet. Sie war nicht Patricia Hearst. Wenn sie dieser Frau ihren Mädchennamen –

was für ein altmodischer Begriff, aber in ihrem Fall genau zutreffend – nennen würde, würde er ihr wahrscheinlich nichts sagen. Wer merkte sich auch schon Namen? Die Braut, die ihre Entführung vorgetäuscht hatte, das ermordete Mädchen aus Aruba und das aus Italien hatten es alle in die Schlagzeilen geschafft, aber Eliza hätte ums Verrecken keinen ihrer Namen nennen können.

»Jetzt bekommt man hier kaum noch etwas«, sagte die Frau. »Die Häuser sind verkauft, bevor sie auf den Markt kommen.«

»Trotz der Hypothekenkrise?«

»Die Häuser hier verlieren *nie* ihren Wert«, sagte die Frau. Eliza kam sich wie eine Ketzerin vor, weil sie auch nur angedeutet hatte, etwas so Banales wie die Weltwirtschaft könnte Roaring Springs beeindrucken.

»Wie viel kosten sie denn mittlerweile?«

Nach dem Blick der BMW-Fahrerin zu urteilen, war Eliza von Frevlerin zu schlicht ordinär abgerutscht. Die Frau raunte: »Ich habe gehört, dass die Mitchells beinahe fünfhunderttausend bekommen haben.«

Die Summe war lächerlich niedrig, verglichen mit dem, was Peter für ihr Haus in Bethesda bezahlt hatte, und gleichzeitig erschreckend hoch. Elizas Eltern hatten in den Siebzigern nicht mehr als vierzigtausend Dollar bezahlt und waren sich wie Raubritter vorgekommen, als sie das Haus 1986 für hundertfünfundsiebzigtausend Dollar verkauften. *Wir hätten hier wohnen können*, dachte Eliza. Das Pendeln hätte funktioniert. Iso und Albie hätten Elizas alte Schule besucht, wären auf der Frederick Road zur Zweigbibliothek in Catonsville gelaufen und hätten im alten griechischen Imbiss Gyros gegessen, auch wenn das Gyros in Maryland mit den Falafeln, die sie aus London kannten, nicht mithalten konnte.

Sie hätten auch am Sucker Branch spazieren gehen und durch den Park laufen können. Erlauben Eltern ihren Kindern so et-

was heute noch? Nein, wahrscheinlich nicht. Aber das bremste Elizas Fantasie nicht. Der Gegend, dem Park hatte sie nie die Schuld gegeben. Nein, das Problem mit ihrem Anfall von Nostalgie war, dass ihre Kinder die Gegend zurückerobern sollten, die sie selbst aufgegeben hatte, Elizabethland, das Reich ihrer frühen Jugend. Und wenn die beiden in Elizas Vergangenheit stolpern würden, müsste sie ihnen von dem Mädchen erzählen, das sie früher gewesen war. Die Kinder wussten nichts von einem Haus zwischen dem in Baltimore und dem, das die Lerners jetzt besaßen. In ihrer Familiengeschichte fehlte ein ganzes Kapitel, und Elizas Kinder hatten es nie bemerkt.

»So viel«, sagte sie zu der Frau im BMW und riss die Augen auf, um sich beeindruckt und sehnsüchtig zu geben. Zum Teil war sie das sogar. Sie und Reba machten kehrt und verließen die Gegend. Sie hatte das Gefühl, die Frau würde ihnen nachsehen. Das störte sie nicht. Es war gut, wachsam zu sein. Das Recht darauf würde sie niemandem absprechen.

Als sie wieder Maudes vorübergehendes Grab erreichte, blieb sie stehen und betrachtete den Blumenstrauß. Das war sehr traurig, aber was sollten die Eltern der vermissten Mädchen tun? An welchem Ort sollten sie ein Zeichen hinterlassen, wohin sollten sie gehen? *Ich werde reden,* hatte Walter versprochen. *Ich werde über Dinge reden, über die ich sonst nie rede.* Aber war es ihre Pflicht zuzuhören?

Teil V

Holiday

1983 veröffentlicht
Erreichte Platz 16 in der Billboard Hot 100
Hielt sich 20 Wochen lang
in der Billboard Hot 100

Kapitel 33

»Ein Gefängnis ist eine Welt für sich«, sagte Jefferson D. Blanding, Walters Anwalt. »Festgefahren, mit eigenen Regeln und Verfahrensweisen. Die machen für niemanden gern eine Ausnahme.«

»Das habe ich bei meinem Anruf schon gemerkt«, sagte Peter. »Deswegen sind wir hier. Wir haben gehofft, dass es mehr bringt, wenn wir es von zwei Seiten versuchen.«

»Hier« war Blandings Kanzlei in Charlottesville in Virginia, nahe der Main Street Mall mit ihrer Backsteinfassade. Es war Freitag, und die Kinder hatten einen Lehrertag, was bedeutete, dass die Lehrer in die Schule gingen, die Schüler allerdings nicht. Eliza kannte das noch aus ihrer Jugend in Maryland, aber an so viele Lehrertage im Jahr erinnerte sie sich nicht. Jedenfalls hatte ihnen das verlängerte Wochenende eine Gelegenheit für die Fahrt hierher geboten. Die Ausrede, Thomas Jeffersons Landsitz Monticello zu besuchen, machte die Fahrt zu einer öden Bildungsreise, bei der Iso nicht Lunte roch. Albie fuhr gerne mit, obwohl er nicht genau wusste, wer Thomas Jefferson war. Ein Grund mehr, Monticello zu besuchen.

»Sie gehen davon aus, dass ich dafür bin«, sagte Blanding. »Ich bin mir da nicht so sicher.«

»Walter will es aber«, warf Eliza ein. Sie überließ Peter gern den energischeren Part in dieser Unterhaltung, mischte aber auch mit, damit Blanding sie nicht für ein altmodisches Frauchen hielt, dessen Mann alles bestimmte. Peter hatte einfach mehr Übung im Diskutieren.

»Ich wahre die Interessen meiner Mandanten. Was nicht heißt, dass ich blindlings auf sie höre. Walter hat nicht immer erkannt, was das Beste für ihn war.«

Eliza nickte. »Bei seinem ersten Prozess wollte er aussagen«, erzählte sie Peter. »Damals hatte er einen anderen Anwalt und – na ja, wahrscheinlich hätte er sich keinen guten Dienst erwiesen, wenn er behauptet hätte, alles wäre nur ein Unfall gewesen. Aber das ist schon lange her. Bei unseren Gesprächen macht er den Eindruck, als habe er sich wirklich verändert. Er ist jetzt nachdenklicher und bedächtiger.«

»Stimmt«, sagte Blanding. »Trotzdem hege ich meine Zweifel.«

Was konnte Eliza dazu sagen? Walters Anwalt verfügte über einen guten Instinkt. Sie hatten ihm natürlich nicht erzählt, was Walter als Gegenleistung für einen Besuch von Eliza versprochen hatte. Peter betrachtete ihre Entscheidung nur als strategischen Zug, aber Eliza wollte sich auch vor dem Eindruck schützen, sie ließe sich von Walter manipulieren, er würde mit ihr spielen. Es hätte sie nicht überrascht, wenn Walter sie mit einem Versprechen ins Gefängnis gelockt hätte, das er von Anfang an nicht halten wollte. Irgendwas würde er ihr sicher sagen, er würde ihr irgendeinen Informationsbrocken hinwerfen, der längst nicht alles erklärte, und dann behaupten, sie habe ihn falsch verstanden. In dieser Hinsicht benahm sich Walter wie ein Zehnjähriger. Elizas Mutter glaubte schon lange, Walter sei in seiner Jugend zutiefst verletzt worden und würde in sein kindliches Ich zurückfallen, wenn er sich bedroht fühlte oder wütend wurde. Damals hatte es Momente gegeben, in denen sich Eliza älter als Walter vorgekommen war oder zumindest erfahrener in manchen Dingen. Einmal hatte er sich in einem Restaurant eine Handvoll bunter Minzbonbons aus einer Schale neben der Kasse genommen, und sie hatte ihm später möglichst behutsam beigebracht, dass er den Plastiklöffel hätte benutzen sollen. Gedemütigt und beleidigt hatte er zurückgeschossen. »Ich bin sauber«, hatte er gesagt. »Ich wasche mir ständig die Hände, im Gegensatz zu dir.«

Damit hatte er sogar recht. Wenn sie Albie zum Waschen ermahnte, musste sie manchmal daran denken, wie Walter sich über ihre mangelnde Hygiene beschwert hatte.

Peter fragte Blanding: »Haben wir bessere oder schlechtere Chancen dadurch, dass sein Hinrichtungsdatum schon feststeht?«

»Etwas bessere«, gab Blanding mit gequälter Miene zu. Eliza wurde klar, dass Walters bevorstehender Tod ihn traurig machte. Aus persönlichen Gründen, aus beruflichen oder aus einer Mischung aus beidem? »Aber nur, wenn es keinen Medienrummel gibt. Wenn Sie dort mit einem Reporter aufkreuzen oder vorher oder nachher Interviews geben wollen, wird sich das Gefängnis auf nichts einlassen.«

»Mr. Blanding, ich bin der ganzen Sache mein Leben lang aus dem Weg gegangen. Es soll niemand wissen, dass ich Walter besuche.«

»Heraus kommt es auf jeden Fall«, sagte der Anwalt. »Es ist zwar eine staatliche Einrichtung, aber auch ein typisches Büro, in dem über alles Ungewöhnliche geklatscht wird. Und es ist extrem ungewöhnlich, dass jemand im Todestrakt Besuch bekommt, besonders von einem seiner ...« Er suchte nach dem rechten Wort.

»Opfer«, half Eliza aus. »Das ist wohl das Paradoxe an der Situation: Wer im Todestrakt sitzt, hat in der Regel keine lebenden Opfer mehr.«

Der Anwalt war nicht besonders attraktiv, aber er hatte blassblaue Augen, die durch sein Hemd betont wurden, und er wirkte rührend ernsthaft. »Mrs. Benedict, ich weiß, dass Sie Walter Bowmans Opfer sind. Das vergesse ich nie. Ich vergesse auch ganz bewusst nicht, dass er Holly Tackett und Maude Parrish ermordet hat.«

Vielleicht noch mehr.

»Dann sind wir ja schon zwei«, sagte sie. Peter wirkte überrascht über ihren knappen, spröden Ton, der eigentlich nicht zu ihr passte, obwohl sie ihn immer öfter Iso gegenüber anschlug.

»Ich habe schon viele Männer im Todestrakt vertreten«, sagte Blanding. »Sie sind keine Ungeheuer, keiner von ihnen. In gewisser Weise wäre es einfacher, wenn man das behaupten könnte. Sie haben ungeheuerliche Dinge getan, das streiten die meisten nicht ab. Einige sind geisteskrank, erfüllen aber nicht die Bedingungen, um auf Unzurechnungsfähigkeit zu plädieren. Andere haben einen so niedrigen IQ, dass man sich wundert, wie sie sich überhaupt in der Welt zurechtgefunden haben. Aber alle können Reue empfinden, und das tun sie auch. Walter ganz besonders.«

Sie hätte ihm gerne geglaubt. Aber konnte Walter noch ihre anderen Fragen beantworten, wenn er sich geändert hatte? Würde er sich noch an den Mann erinnern, der er früher gewesen war, und daran, warum er sie nicht wie die anderen behandelt hatte? Falls es wirklich einen neuen Walter gab, konnte er den alten dann noch erklären?

»Kommen wir zur Sache«, bat Peter. »Wie kann sie ihn sehen?«

Blanding spielte auf seinem Tisch mit einem Set aus Kugelschreiber und Bleistift, das aussah, als hätte ihm ein Kind etwas Edles schenken wollen. Seinen Kaffee trank er aus einem klobigen, knallgrünen Becher, den liebende, aber nicht besonders geschickte Hände geformt hatten. »Es wäre nicht schlecht, wenn sie in Virginia jemanden mit Vitamin B kennen würden. Beziehungen können einiges bewirken.«

Peter erstarrte. »Ich war früher Journalist, jetzt arbeite ich in der Finanzbranche. Solche Beziehungen habe ich nicht, und sie sind auch nicht mein Ding. Ich halte nichts von Gefälligkeiten.«

»Aber Ihre Chefs, deren Freunde …«

»Wissen nichts über mich«, sagte Eliza. »Über Walter und mich.«

»Mrs. Benedict …«

»Eliza, bitte.«

»Meine Meinung? Wenn die Hinrichtung näher rückt, wird es für Sie schwieriger, anonym zu bleiben. Ihr Leben soll nicht durch etwas bestimmt werden, was Ihnen als Teenagerin passiert ist, das verstehe ich. Wenn Sie noch in London oder zumindest am anderen Ende des Landes leben würden, würde das vielleicht auch funktionieren. Vielleicht. Aber die Hinrichtung wird Erinnerungen und Interesse wachrufen. Höchstwahrscheinlich wird jemand versuchen, Sie über Ihre Eltern oder Ihre Schwester aufzuspüren, die ihren Namen nicht geändert haben.«

»Bei Ihnen klingt es, als wäre ich untergetaucht«, sagte Eliza gereizt. Sie hatte ihre Vergangenheit nie geleugnet. Sie hatte nur beschlossen, sich nicht von dieser einen Sache bstimmen zu lassen.

»Sind Sie das nicht?«, fragte Blanding sanft.

»Nein. In der Highschool habe ich meinen Namen abgekürzt, um … Komplikationen zu vermeiden. Dann wollten Peter und ich heiraten, und na ja, wie gut kennen Sie Jane Austen? Können Sie sich vorstellen, wie es ist, so herrlich nah an dem Namen Elizabeth Bennet zu sein, und sei es nur auf offiziellen Papieren? Das ist der Traum von jedem Austen-Fan.«

»Würden weibliche Austen-Fans nicht eher davon träumen, Elizabeth Darcy zu heißen?«, fragte Blanding.

In der anschließenden kurzen, angespannten Pause merkte Eliza, dass sie beide gerade entschieden, ob sie Verbündete oder Feinde sein wollten. Sie entschied sich für Verbündete und lachte. Der Kommentar war scharfsinnig und witzig. Sie wünschte, Blanding wäre ihr Anwalt.

»Tut mir leid«, sagte Blanding, »das sollte nicht heißen, Sie hätten sich versteckt. Man könnte wohl eher sagen, Sie wollen nicht gefunden werden. Und trotzdem hat Walter Sie gefunden, von Sussex I aus. Wieso glauben Sie, die *Washington Post* könnte das nicht auch?«

»Ich habe kein Problem damit, die *Washington Post* abzuweisen. Mein Problem ist, wie und wann ich meinen Kindern davon erzählen soll. Unser Sohn neigt jetzt schon zu Alpträumen, und Iso hat sich zwanghaft mit dem Thema Sterblichkeit beschäftigt, als sie etwa fünf war. Irgendwie ist nie der richtige Zeitpunkt, um ihnen von meiner Vergangenheit zu berichten.«

»Und was sagen Sie ihnen über die Todesstrafe? Dass Sie die Entscheidung des Staates Virginia gut finden, Menschen für bestimmte Verbrechen hinzurichten? Sagen Sie ihnen, dass die meisten zivilisierten Länder ihre eigenen Bürger nicht töten?«

»Die Erziehung unserer Kinder ist Privatsache«, schaltete Peter sich ein. »Haben Sie Kinder, Mr. Blanding?« Anders als Eliza hatte er die Hinweise im Büro, das Schreibset und den Kaffeebecher, übersehen.

»Zwei, sie sind acht und drei Jahre alt«, antwortete er.

»Dann wissen Sie ja, dass manche Dinge tabu sind und andere nichts dazu zu sagen haben.«

Blanding setzte zu einer Antwort an, aber dann beherrschte er sich. »Ich werde tun, was ich kann, weil Walter es so will und ich nicht sehe, wie es ihm schaden sollte.«

Wieder bekam Eliza ein schlechtes Gewissen, und sie fragte sich, ob man es ihr ansah. Sie machte diesem Mann nicht gerne etwas vor. »Sie werden das nicht verstehen, aber ich mag ihn mittlerweile richtig. Er denkt sehr interessant. Mir gefällt, wie er Wörter und Formulierungen auseinandernimmt. Er sieht mehr als die meisten Menschen.«

Aber was genau sieht er? Was hat er in mir gesehen?

Hand in Hand gingen Peter und Eliza zurück zum Hotel. »Hier könnte ich gut leben«, bemerkte er, um überhaupt etwas zu sagen; abgesehen davon schwiegen beide den ganzen Weg über. Eliza konnte sich nicht vorstellen, hier zu leben, obwohl sie Virginia nicht die Schuld an ihren Erinnerungen gab. Trotzdem war es seltsam gewesen, auf dem Weg hierher an Middleburg vorbeizukommen. Sie spürte, dass auch Peter bedrückt war, weil sie Blanding ihr Geheimnis vorenthalten hatten. Wenn Walter vor ihr ein Geständnis ablegte, würde Blanding ihr ihre guten Absichten nicht mehr abkaufen. Er würde sie für eine ausgemachte Heuchlerin halten, die berühmt werden wollte und bei der ganzen Sache nur an sich gedacht hatte. Aber sie durfte sich nicht davon beeindrucken lassen, was Blanding oder sonst jemand von ihr hielt. Sie tat das Richtige aus den richtigen Gründen. Beinahe.

Die Kinder wollten den restlichen Nachmittag im Schwimmbad verbringen. Von dem dunstigen, fast schon miefigen Raum mit beschlagenen Fenstern und Chlorgeruch waren sie so begeistert, wie nur Kinder es sein konnten. Eliza war nie gerne geschwommen. Sie schaffte eine passable Mischung aus Brustschwimmen und Schmetterling und war kräftig genug, um im Atlantik mit seiner starken Strömung zu schwimmen. Und als Iso klein gewesen war, war Eliza gern mit ihr an die flachen, einladenden Strände von Südtexas gefahren, wo der stete Strom von Autos weit gefährlicher war als die niedrigen Wellen, die träge an den Strand schwappten. Aber das Wasser selbst lockte sie nicht. Peter dagegen war ganz in seinem Element und sprang zu den Kindern in den Pool. Voll Bewunderung musterte sie seinen Körper; er war immer noch schlank und muskulös, obwohl ihm weniger Zeit für Sport blieb. Sie fragte sich, ob ihm ihr Körper auch noch gefiel, bevor sie kurzerhand beschloss, einfach davon auszugehen.

»Mama. Mama? Mama, Mama, Mama, Mama?«

»Was denn, Albie?«

»Kommst du auch rein?«

»Ich habe keinen Badeanzug dabei.«

»Dann komme ich raus.«

»Ist schon gut, Schätzchen, ich sehe euch gerne zu.«

Albie kehrte halb schwimmend, halb laufend zu seinem Vater zurück und ließ sich die nächste halbe Stunde fröhlich kreischend mit Schwung nach hinten werfen, immer wieder. Peter stampfte wie ein Gorilla auf die Kinder zu und grunzte dabei das Lied vom Mann am Trapez. Selbst Iso, die für solchen Unsinn doch angeblich zu groß war, bettelte kreischend vor Lachen darum, auch geworfen zu werden. Das machten sie immer wieder, ohne müde zu werden.

Mit anderen Geräuschen an einem anderen Schauplatz würde es furchterregend aussehen, dachte Eliza. Funktionierte das auch andersherum? Konnte etwas Schreckliches in einem anderen Licht betrachtet freundlich wirken? Ihr fiel eine Szene in einem Piggly Wiggly ein, als sie störrisch und bockig mit Walter über einen Snack diskutiert hatte, den er ihr aus reiner Willkür verboten hatte. Das war kurz vor dem Ende, vielleicht einen Tag bevor sie Holly am Straßenrand entdeckt hatten. Walter packte sie mit einer Hand im Nacken, fest wie ein Schraubstock.

»Wie schön, wenn Geschwister so lieb miteinander umgehen«, bemerkte die Kassiererin.

Drei Tage danach ging er mit ihr in ein nettes Restaurant, in eines mit Tischtüchern aus Leinen und Silberbesteck, und sagte, sie könne sich alles auf der Karte aussuchen. Und wieder machte die Kellnerin Walter ein Kompliment darüber, wie gut er sich um seine kleine Schwester kümmerte.

Eine Stunde später vergewaltigte er sie.

Eliza sah zu, wie sich Albie und dann Iso unbeschwert und sorglos durch die Luft werfen ließen und dabei kreischten vor Lachen.

Kapitel 34

Trudy sah sich nicht als Technikverweigerin. Sie mochte Technik sogar. Aber sie fand auch, dass Maschinen und Geräte erst nach mehreren Generationen ansehnlich wurden. Zum Beispiel Fernseher und das ganze Zubehör – es hatte Jahre gedauert, bis jemand ein System entwickelt hatte, hinter dem sich nicht ein Gewirr aus Kabeln und Verlängerungen wie das Haar der Medusa schlängelte. Computer hatten anfangs genauso scheußlich ausgesehen, und Laptops waren zwar kleiner, aber in Trudys Augen immer noch hässlich. Ganz besonders diese Klappdinger, die man in der Handtasche mitschleppen sollte. Als ob Trudy je eine solche Handtasche besitzen würde. Und E-Mails an sich waren scheußlich, egal auf welchem Computer, sie drängten den Blick weiter, man überflog sie nur. Damit wollte sie nichts zu tun haben.

Sie hielt viel darauf, dass sie immer edles, cremefarbenes Briefpapier mit Monogramm zur Hand hatte. Oder das Telefon – ein Telefon, kein Handy – benutzte, wenn sie jemandem etwas mitteilen wollte. Ihre Söhne hatten sie gedrängt, sich einen Mail-Account zuzulegen, und sie mit der Aussicht auf tägliche Fotos von ihren Enkeln und engeren Kontakt gelockt. Aber Trudy betrachtete Mails nicht als Kontakt. Sie waren nicht mehr als Monologe, die hin- und hersausten, ohne eine echte Verbindung herzustellen. Terry hatte einen Account, in den sie ein paarmal die Woche hineinschaute, aber sie klickte nie auf »Antworten«. Und manchmal kamen tatsächlich Fotos von ihren Enkeln, aber sie existierten nur auf dem Bildschirm, Trudy musste davor sitzen bleiben, um sie anzusehen, weil sie keinen anständigen Fotodrucker hatte. »Wir können dir die Bilder auf dein Handy schicken«, sagten ihre Söhne, aber mit Trudys Handy konnte man nur telefonieren – was sie fast nie tat –, sonst nichts, und die meiste Zeit steckte es in seinem kleinen Ladegerät.

Aber seit Terry mit ihrer Freundin in Sussex gesprochen hatte, kehrten Trudys Gedanken immer wieder zu einem verlockenden Detail zurück: *Sie haben auch ihre Telefonnummer, mit der Sie online über eine Rückwärtssuche die Adresse herausbekommen.* Trudy hatte die Frau nicht sofort verstanden und nicht nachfragen wollen, um nicht zu verraten, dass sie mithörte. Aber sie war es gewohnt, Sachen auszuklügeln, und fand schnell heraus, wie es funktionierte. Sie musste nur Elizabeth Lerners Telefonnummer in den Rechner eingeben und bekam sofort ihre Straße und Postleitzahl. Sogar Fotos konnte sie aufrufen. *Schöne neue Welt*, dachte sie.

Seit sie Elizabeth Lerners Nummer kannte, hatte sie schon einige Male angerufen. Am Anfang hatte sie gewartet, während es endlos klingelte, später hatte sie nach dem ersten oder zweiten Klingeln aufgelegt. Kein Anrufbeantworter, wie seltsam. Und warum war nie jemand zu Hause, um abzuheben? Sie rief immer am Wochenende oder zur Abendbrotzeit an, wenn die meisten Leute daheim waren. Ignorierten sie die Anrufe, weil sie Trudy für einen Telefonverkäufer hielten? Hatten sie eine Anruferkennung, die Trudy als T. Tackett verriet? Träge nahm sie das Telefon in die Hand, während sie noch auf das Foto des weißen, unspektakulären Hauses der Benedicts starrte. Sie dachte sehnsüchtig an die T'n'T, ihre Farm in Virginia, gleichzeitig elegant und gemütlich, was bei drei ungestümen Söhnen eine echte Leistung war. Den Namen bereute sie immer noch nicht, auch im Rückblick wollte sie in dem Wortspiel keinen drohenden Vorboten erkennen. Die Tacketts hatten ihn nicht einmal ausgesucht, allerdings hatten sie gelacht, als ein Freund bei einer Party einen Witz damit machte und ihnen später das gemalte Schild schenkte, das seinen Platz am Fuß ihrer langen Auffahrt fand. Für sie stand der Name als augenzwinkerndes Bekenntnis dafür, wie gut es ihnen ging. Trudy war sich immer dessen bewusst gewesen, dass ihr Leben jederzeit eine schreckliche Wende nehmen konnte. Vielleicht war das der drohende Vorbote gewesen.

Sie lauschte auf das Klingeln. Im Internet sah sie ein Foto, keine Webcam, das erkannte sie schon an den grün belaubten Bäumen, aber sie wurde das Gefühl nicht los, als würde sie das Haus gerade beobachten, als würde sich gleich ein Vorhang bewegen oder das Licht angehen oder als könnte sie sogar ihren eigenen Anruf hören. Nimm ab. Sprich mit mir.

Weniger als eine Stunde später stand sie vor dem Haus. Dabei kam ihr der Teil des Autobahnrings um Washington, der durch Maryland führte, immer Lichtjahre entfernt vor, nur selten fuhr sie dorthin. Aber die Strecke war beinahe gespenstisch leer gewesen. Ach, es war ja Samstag. Terry war zum Golfen gefahren, nicht zur Arbeit. Auf dem Weg über die I-495 und die River Road redete sie sich ein, sie würde zum Einkaufen nach Tyson's Corner fahren, und später, sie sei zum Saks auf der Wisconsin Avenue unterwegs.

Aber dann fuhr sie auf der Poplar Street. Sie stellte das Auto ab und ging um das Haus herum. Nirgends rührte sich etwas. Ungeniert betrat sie den Garten – den Riegel am niedrigen Tor konnte sie problemlos zur Seite schieben – und spähte in die Fenster. Hier wohnten Kinder, überall lag ihr Zeug verstreut. (War es denn so schwer, hinter Kindern herzuräumen oder sie dazu zu bringen, selbst Ordnung zu halten? Solche

Unordnung hatte es bei Trudy nicht gegeben.) Elizabeth Lerner hatte Kinder und wahrscheinlich auch einen Mann. Das war kein Haus für eine alleinerziehende Mutter, auch wenn das die Unordnung erklären würde. Da stand ein großes Hundekörbchen – also hatten sie noch dazu einen Hund. Sie versuchte, die Tür zu öffnen, um zu sehen, ob Elizabeth Benedict es wagte, in einem unverschlossenen Haus zu leben, so wie die Tacketts früher. Auf der T'n'T hatten sie nie die Türen abgesperrt, wenn sie in der Stadt waren, und was hätte das auch gebracht? Holly war am Ende ihrer Auffahrt entführt worden.

Die Tür war verschlossen.

»Wollen Sie zu den Benedicts?«

Sie erschrak beinahe zu Tode, mehr über den Namen als wegen der Stimme an sich. Der Mann, der sie angesprochen hatte, war wahrscheinlich gute sechzig und für einen Samstagmorgen in einem Vorort sehr ordentlich gekleidet mit einem kurzärmligen Hemd und einer feinen Stoffhose.

»Ja«, antwortete sie. »Ich war zufällig in der Gegend. Ich bin eine alte Freundin, wir haben uns seit Jahren nicht gesehen. Deswegen wollte ich mal vorbeischauen, ob sie zu Hause sind.«

»Sie sind übers Wochenende weggefahren, Sonntagabend wollen sie zurück sein. Sie haben mich gebeten, die Zeitung hereinzuholen. Schade, dass Sie sie verpasst haben.«

»Das hat man davon, wenn man vorher nicht anruft. Ich schreibe ihnen einen Zettel.«

Sie wollte nicht tatsächlich einen Zettel hinterlassen, aber mit der Lüge konnte sie den Mann vielleicht davon abhalten, der Familie nach ihrer Rückkehr von der Begegnung zu erzählen. Sie ging zu ihrem Auto, riss einen Zettel von dem Block ab, den sie im Handschuhfach aufbewahrte, und tat so, als würde sie etwas schreiben. Aber irgendwann tat sie nicht mehr nur so, sondern schrieb tatsächlich. Nachdem sie mit dem Anfang gerungen hatte – sie konnte sich nicht dazu bringen, das Wort »Liebe« in der Anrede zu benutzen –, schrieb sie:

Elizabeth,
bitte rufen Sie mich an, wenn es Ihnen passt.
Trudy Tackett

Nach kurzem Überlegen schrieb sie ihre Handynummer darunter statt der Festnetznummer.

Mit dem Zettel in der Hand blieb sie vor der Haustür stehen. Hatte sie ihn erst durch den Briefschlitz geworfen, konnte sie ihn nicht mehr zurücknehmen. Aber was konnte man schon zurücknehmen? Eigentlich nichts. Entschuldigungen, Prozesse, nicht einmal Hinrichtungen änderten daran etwas. Man konnte die Vergangenheit nicht ungeschehen machen. Knochen heilten. Alles andere blieb in Trümmern. *Sie hat auch gelitten*, hatte Terry während der Verhandlungen mit einem Blick auf Inez Lerner gesagt, aber Trudy hielt die eingegrabenen Falten im Gesicht von Elizabeths Mutter eher für einen Beweis, dass diese Frau nicht auf sich geachtet hatte und damit auch nicht auf ihre Tochter, die sich wiederum nicht um Trudys Tochter gekümmert hatte. Trudy hasste Inez Lerner auf den ersten Blick. Die Hippiekleidung, das angegraute Haar, die beiden Armreifen, die sie an einem Handgelenk trug und die im Gerichtssaal zusammenschlugen, so laut wie ein Schuss, dass alle zusammenzuckten. *Warum leben deine Kinder noch?*, wollte Trudy schreien. *Was ist an dir so besonders?* Inez Lerner hatte ihre Kinder nicht mehr geliebt oder besser behütet als sie. Holly hatte am Fuß der Auffahrt gestanden, nicht in einem Park. Holly hatte Geld für dieses arme Mädchen gesammelt, das nach einer Chemotherapie eine Perücke brauchte, sie war nicht ziellos durch die Gegend gelaufen und hatte Ärger gesucht. Noch heute drängte die kindliche Klage in ihr hoch, die heißen, machtlosen Tränen: *Das ist unfair.*

Sie vermisste Holly jeden Tag. Jeden einzelnen Tag. Und jetzt betrachtete sie die schäbigere Version des Lebens, das ihre Tochter hätte führen können: Haus, Ehemann, Kinder, Hund.

Als sie den Zettel durch den Briefschlitz warf, kam es ihr vor, als würde sie eine Flaschenpost abschicken, als hätte ihr Briefchen keine Chance, die Zivilisation zu erreichen, und schon gar nicht den Menschen, für den es gedacht war. Dem Verstand nach wusste sie, dass es auf Elizabeth Lerner warten und ihr grausam vorkommen würde – wie ein Eimer voll Wasser auf einer Türkante oder ein Teppich über einem Loch im Boden. Doch Trudy erschien ihr Briefchen substanzlos und fragil, als könnte es ohne jede Spur verschwinden, deshalb wünschte sie sich nichts mehr, als ein Streichholz anzuzünden und das ganze Haus niederzubrennen.

Kapitel 35

Normalerweise sprach Walter gern mit seinem Anwalt. Jefferson D. Blanding war freundlich und intelligent. Er forderte Walter heraus und gab ihm das Gefühl, er würde an einer größeren Welt teilhaben. Es ging bei Weitem nicht nur um juristische Angelegenheiten. Sie unterhielten sich über das Tagesgeschehen und, soweit es das Berufsethos erlaubte, über die anderen Männer in Sussex I, die Jeff vertrat. Heute zum Beispiel hatte Walter ihm noch einmal gesagt, wie sehr er sich über den Aufschub für den jungen Kerl freute, der die alte Frau umgebracht hatte. Das war nicht gelogen. Er freute sich für den Anwalt. Aus Prinzip, auch wenn er von dem Mann, um den es ging, nichts hielt.

Aber selbst bei diesem netten Geplauder fand Walter es anstrengend, mit Jeff zu reden, weil er etwas zu verbergen hatte. *Halten Sie das wirklich für ratsam? Sie verschweigen mir doch nichts, oder?* Im Laufe der Jahre war Walter ein wenig hochmütig geworden, was seinen Verstand betraf, besonders nachdem er in verschiedenen Intelligenztests über dem Durchschnitt gelegen hatte. Er war kein Genie oder etwas Außergewöhnliches, aber eindeutig über dem Durchschnitt, und seitdem war er überzeugt davon, dass er sich in jedem Gespräch behaupten oder es vielleicht sogar kontrollieren konnte. Aber sich in Gesprächen mit Elizabeth unter Kontrolle zu haben, war etwas ganz anderes, als Jeff anzulügen, zu dem er sonst immer absolut ehrlich war. Jeff vertraute ihm. Nicht ein einziges Mal hatte er Walter gefragt, warum er Elizabeth geschrieben und sie auf seine Anruferliste gesetzt hatte, er hatte nicht einmal Walters Geschichte angezweifelt, er sei in einem Zeitungsartikel über sie gestolpert. (Anwälte mussten nicht unbedingt wissen, wer auf den Anruferlisten ihrer Mandanten stand, aber Walter hatte Jeff davon erzählt, damit es nicht so aussah, als würde er etwas verbergen.) Walter hatte seinen Anwalt früher nie belogen und täuschte ihn auch jetzt nicht gern. Aber wenn er Jeff alles erzählte, würde er auf keinen Fall zulassen, dass Elizabeth ihn besuchte.

»Ich finde es natürlich großartig, dass Sie sich bei ihr persönlich entschuldigen wollen«, sagte Jeff. »Aber wie Sie sich nachher fühlen, hängt davon ab, mit welchen Erwartungen Sie die Sache angehen.«

Ich erwarte, dass sie mich vor der Hinrichtung bewahrt, Kumpel. »Wie meinen Sie das?«

»Na ja, vielleicht gibt sie Ihnen nicht, wie soll ich sagen, was Sie sich emotional erhoffen. Ich meine, wenn Sie wollen, dass sie Ihnen vergibt oder verzeiht – das wird wohl nicht passieren. Sie ist ja ganz nett …«

»Das war sie schon immer.«

»Aber sie achtet genau darauf, dass niemand vergisst, auch sie zu den Opfern zu zählen.«

»Sie war ein Opfer«, sagte Walter. »Es ist ihr Recht, das so zu sehen.«

»Schön und gut, so abstrakt haben wir leicht reden. Aber stellen Sie sich mal vor, wie es ist, wenn sie Ihnen gegenübersitzt, direkt hinter der Glasscheibe, und Ihnen sagt, dass sie Ihnen nicht vergibt, dass sie das nicht kann. Das könnte die Sache noch viel schwerer machen.«

Die Sache. Damit wollte Jeff sagen, dass es jetzt ernst wurde, dass Walter dieses Mal sterben würde. Über zwanzig Jahre im Todestrakt, das war ein Rekord für Virginia, wenn nicht sogar für andere Staaten. Über zwanzig Jahre, dabei war er noch nicht einmal fünfzig. Wer würde in seiner Lage nicht genauso handeln? Wer würde nicht um sein Leben kämpfen?

Die Mädchen – sie hatten gekämpft, nach Atem gerungen. Es hatte ihm sehr leidgetan, ihnen das anzutun. Aber wenn sie weitergelebt hätten, hätten sie ihn verraten, und das erschien ihm ungerecht. Es war nicht seine Schuld. Es hatte lange gedauert, bis ihm klar geworden war, dass er Reue empfinden konnte, ohne die Sichtweise der Gesellschaft zu übernehmen. Es tat ihm leid, dass er diese Mädchen getötet hatte, *aber es war nicht seine Schuld.* Er war nicht so dumm, das laut auszusprechen, nicht einmal Barbara gegenüber, obwohl er ihr manche Einzelheit verraten hatte, die niemand sonst kannte. Mit Jeff sprach er nur über Reue und seine späte Erkenntnis, dass niemand einen anderen töten sollte.

Zu dieser Erkenntnis war er ganz allein gelangt, also wieso erkannte der Staat Virginia das nicht auch? Das war die eigentliche Ungerechtigkeit. Er sah es ein: Es war falsch gewesen, diese Mädchen zu töten, weil es falsch war zu töten, immer. Ohne Ausnahme.

Er wollte Jeff in die Defensive drängen, um klare Worte zu hören: »Das war's dann, was? Dieses Mal haben wir keine Chance, es aufzuhalten.«

»Es gibt immer eine Chance, und wir werden alles versuchen, das wissen Sie doch. Eine Revision beim Obersten Gerichtshof, einen Antrag auf Strafmilderung beim Gouverneur.«

»Sagen Sie doch einfach, wie es ist.«

Pause. Dann: »Im Moment läuft alles darauf hinaus.«

Wenn du wüsstest! Walter fiel es schwer, vor diesem ernsthaften jungen Mann mit dem scharfen Verstand nicht mit dem Plan anzugeben, den er ausgeheckt hatte. Er hätte ihm gern erzählt, dass er Elizabeths Foto zwar aus Zufall gefunden hatte, aber erst nachdem Barbara monatelang versucht hatte, sie aufzuspüren. (Einmal hatte sie sogar bei Elizabeths Mutter und Schwester angerufen und sich als alte Freundin ausgegeben, aber die beiden hatten angemessen skeptisch reagiert. Er mochte Barbara, wirklich, aber diese Stimme! Man konnte schlicht nicht glauben, dass ein Mädchen wie Elizabeth mit jemandem befreundet war, der sich so anhörte.) Jeff würde von dieser Taktik sicher nichts halten, aber er würde sich über das Ergebnis freuen, sogar stolz auf Walter sein. Bei seinem Anwalt musste Walter oft an Earl denken, den Mechaniker in der Werkstatt seines Vaters und den einzigen Menschen, der erkannt hatte, dass Walter etwas zu bieten hatte. Er fragte sich, was aus Earl geworden war, ob er die Zeit bei den Marines überlebt und irgendwann seinen Reparaturladen eröffnet hatte. Ob er über Walter Bescheid wusste? Die Vorstellung war schrecklich, Earl hätte damals von ihm in der Zeitung gelesen und ihn für ein Monster gehalten, für Abschaum.

»Ich verstehe«, versicherte er Jeff.

»Ich meine nur – es wäre so schade, wenn Ihnen dieses Treffen nicht den Frieden gibt, den Sie sich erhoffen.«

»Damit werde ich fertig, Jeff. Es geht dabei nicht um mich.

Es geht um sie.« Pause. »Was hatten Sie für einen Eindruck von ihr?«

Dieses Mal zögerte Jeff. »Sie war nett.«

»Sie wiederholen sich. Das ist nur eine hohle Phrase.« Nett war weder Fleisch noch Fisch, eine schwammige, farblose Beschreibung. Nett war gar nichts.

»Na schön, dann eben ziemlich still. Ihr Mann hat das große Ego, und sie scheint ihn alles regeln zu lassen.«

»Heißt das, er ist herrisch? Bevormundet sie?«

»Nein, er hat nur deutlich die Zügel in der Hand, er ist der Kämpfer in der Familie. Sie scheint Konflikten eher aus dem Weg zu gehen.«

Oh, das weiß ich. Genau darauf verlasse ich mich.

Er fragte Jeff nicht weiter nach Elizabeth aus, weil er fürchtete, er könnte sich verraten. Jetzt lag er auf seiner Pritsche, starrte, umspült von den rauen, scharfen Geräuschen in Sussex I, an die Decke und erinnerte sich, ohne es recht zu wollen, an die Zuneigung, die er für sie empfunden hatte. War das Liebe? Er war sich nicht sicher, ob man es so nennen konnte. Aber es hatte damals etwas gegeben zwischen ihnen. Eine Verbindung. Er konnte sie dazu bringen, alles zu tun, was er wollte. Bewies das nicht ihre Bindung? Er hatte ihr das Leben geschenkt. Wenn man es recht betrachtete, war er eine Art Gott. Und jetzt war der Moment gekommen, die Gegenleistung einzufordern.

Kapitel 36

»Wer ist Trudy Tackett?«, fragte Iso.

»Woher kennst du diesen Namen?«

Sie hatten gerade gereizt, müde und erschöpft von der Fahrt das Haus betreten, nachdem sie auf der I-66 in einen schlimmen Stau geraten waren. Der Auslöser sei ein schrecklicher Unfall gewesen, hieß es auf WTOP. Peter stellte das Radio aus, nachdem gesagt wurde, bei dem Zusammenstoß seien zwei Menschen gestorben. Bis sie die Unfallstelle im Kriechtempo passieren konnten, waren die Krankenwagen und Hubschrauber längst verschwunden, nur noch die beiden Autos standen dort. Beide waren so zerstört, dass wohl niemand überlebt haben konnte. Wären sie früher von Monticello losgefahren, wie Iso gedrängelt hatte, wären sie vielleicht schon an dieser Stelle gewesen, als der Unfall geschah, und ihr Auto würde jetzt bei den anderen Wracks stehen.

Eliza konnte sich nicht verkneifen, das laut auszusprechen, allerdings ohne Iso zu erwähnen. Hoffentlich würde ihre Tochter den Zusammenhang selbst erkennen. »Wären wir früher losgefahren, wären wir bei dem Unfall vielleicht genau hier gewesen.«

»Dann wäre wenigstens mal was passiert«, sagte Iso. »Sonst war ja den ganzen Tag nichts los.«

Monticello hatte sich als ziemliche Pleite erwiesen. Iso wollte die ganze Zeit mit den Kopfhörern ihres iPhones herumlaufen, und als Peter ihr das verbot, stampfte sie derart gelangweilt bei der Führung mit, als wollte sie dadurch alle bestrafen. Albie spürte die Launen seiner Schwester und hatte Probleme, das alte Haus auf sich wirken zu lassen, wobei seine vagen Vorstellungen über Thomas Jefferson keine Hilfe waren. (Nach der Hälfte der Führung stellte sich heraus, dass er dachte, sie würden das Haus von George Washington besichtigen. Eliza und Peter mussten ihm wirklich mehr über amerikanische Geschichte beibringen. Er konnte die komplette Tudormonarchie herunterrasseln, kannte aber nicht einmal die ersten drei Präsidenten.) Jedenfalls lagen Elizas Nerven ohnehin blank, als Iso beiläufig einen Namen fallen ließ, bei dem Eliza jedes Mal zusammenzuckte.

»Trudy Tackett«, wiederholte Iso. »Sie hat den Zettel hier unterschrieben. Er lag bei der Post, aber nicht in einem Umschlag. Siehst du? Hier steht, dass sie mit dir reden will.«

Eliza sah Peter an, der den Namen nicht unbedingt erkennen würde, aber sie hoffte, er würde etwas sagen, weil sie im Moment nicht dazu in der Lage war. Sie fühlte sich, als würde ein Tonklumpen ihren Kehlkopf umschließen und langsam aushärten. Trudy Tackett. Wie Jefferson Blanding ihr vor gerade zwei Tage gesagt hatte, war sie nicht schwer zu finden.

»Sie ist mit eurer Mutter zur Schule gegangen«, sagte Peter. »Daher kennst du sie doch, oder, Eliza?«

Sie nickte, dann krächzte sie mühsam: »Ihre Tochter. Ich kannte ihre Tochter.«

»Warum hat sie dir einen Zettel geschrieben?«

»Wahrscheinlich war sie in der Gegend.« Wieder kam die Antwort von Peter.

Mehr Neugier konnte Iso nicht aufbringen, was ihre Mutter betraf. Sie ging ins Wohnzimmer und schaltete den Fernseher ein, Albie gesellte sich am anderen Ende des Sofas zu ihr. In der nächsten Stunde würde er unauffällig näher rücken und geduldig Zentimeter für Zentimeter erobern. Wenn er irgendwann zu nahe kam, würde Iso schimpfen: »Hau ab, du stinkst«, oder: »Schnaub nicht so. Du machst komische Geräusche.« Albie würde sich zurückziehen und wieder von vorne anfangen. Er liebte sie abgöttisch. Warum erkannte Iso das nicht und freute sich darüber? Eliza war es mit Vonnie genauso gegangen, als sie klein gewesen war, und sie wettete, dass Vonnie das jetzt vermisste und es ihr leidtat, diese Zuneigung so verschenkt zu haben. Niemand liebte einen so wie jüngere Geschwister.

Sie und Peter beeilten sich, nach oben zu kommen, als müssten sie dringend ihre kleine Reisetasche auspacken und könnten diese komplizierte Aufgabe nur zusammen meistern.

Es tat Eliza gut, sich zu beschäftigen, die schmutzige Kleidung zu sortieren und eine Maschine Wäsche vorzubereiten.

»Ehrlich gesagt weiß ich gar nicht mehr, wer Trudy Tackett ist«, gestand Peter. »Irgendeine Verwandte, oder?«

»Holly«, antwortete Eliza. »Hollys Mutter.«

»Oh.« Peter wusste, was das bedeutete. Zumindest nahm er das an. »Das kann auch ein Zufall sein. Sie muss ja nicht wissen, dass Walter sich bei dir gemeldet hat.«

»Was hat Blanding gesagt? Es ist ein ganz normales Büro. Die Leute klatschen. Vielleicht hat ihr jemand aus dem Gefängnis davon erzählt.«

»Von den Anrufen. Nicht von dem Besuch, der ist noch nicht vereinbart.«

»Soweit wir wissen, werden seine Telefongespräche abgehört.« Als ihre Aufgaben erledigt waren, setzte sie sich aufs Bett.

»Ich hätte gedacht, dass es ihr so oder so egal ist. Der Mord an ihrer Tochter hat immerhin zum Prozess und zur Todesstrafe geführt. Was will sie noch?«

Eliza zuckte mit den Schultern, als würde sie zustimmen. Dabei dachte sie: *Viel mehr. Sie will viel mehr. Sie will, dass ich tot bin und ihre Tochter lebt.*

Ein einziges Mal hatten sie miteinander gesprochen, am zweiten Tag von Elizabeths Aussage. Sie hatte etwas gegessen, das ihr nicht bekommen war. Es waren nicht die Nerven, ihr Vater wurde von der gleichen Übelkeit gepackt, von diesem seltsamen Gefühl, sich übergeben zu müssen, obwohl dann nichts kam. Als nach der Hälfte des Nachmittags eine Pause eingelegt wurde, rannte Eliza zum nächsten Waschraum. Sie würgte und würgte und brachte trotzdem nichts heraus.

Als sie die Toilettenkabine verließ, stand Trudy Tackett vor ihr. Sie war eine hübsche Frau. Damals kam sie Eliza natürlich uralt vor. Eigentlich komisch, denn Mrs. Tackett war jünger als Inez. Aber sie trug ein Kostüm, das selbst im Gericht auffallend förmlich wirkte, und war sehr stark und unvorteilhaft geschminkt.

»Ich bin Hollys Mutter«, sagte sie.

Eliza nickte. Man hatte ihr eingeschärft, nicht mit Zuschauern zu sprechen, und sie nahm an, dass Hollys Mutter die Vorschriften kannte. Sie wollte nicht unhöflich sein, aber sie wollte auch nichts falsch machen. Dadurch hätte der Prozess als fehlerhaft platzen können, und das war das Letzte, was Eliza wollte.

»Sie war jünger als du«, sagte ihre Mutter. »Einen Monat später wäre sie vierzehn geworden. Wir hatten schon eine schöne Party geplant.«

Eliza riss die Augen auf, um anzudeuten, dass sie eine schöne Party für eine nette Idee hielt. Sie wollte gehen, aber Mrs. Tackett versperrte ihr den Weg, und Eliza konnte nicht an ihr vorbei, ohne unhöflich zu werden.

»Ich weiß, Holly hat ausgesehen, als wäre sie sechzehn oder achtzehn. Glaubst du, das wussten wir nicht? Ihr Vater und ihre Brüder liefen ständig mit geballten Fäusten herum und hätten am liebsten jeden Mann geschlagen, der sie auch nur ansah. Dabei hat sie vor zwei Jahren noch mit Puppen gespielt. Sie hatte es nicht eilig, erwachsen zu werden, wie manch andere Mädchen. Auf jeden Fall hat sie keinen Madonna-Kult betrieben.«

Das Haarband, die Handschuhe und Stiefel, die Eliza bei ihrer Entführung getragen hatte, gehörten zu den Nebensächlichkeiten, die unnötig aufgebläht wurden. Man definierte sie jetzt über diese Dinge, obwohl sie sich kaum noch daran erinnern konnte.

»Das war kein Kult«, widersprach sie, weil sie sich missverstanden fühlte. »Ich … mochte sie. Ihr Stil hat mir gefallen.«

Zurzeit waren Molly Ringwald und Ally Sheedy ihre Vorbilder, mit hochgeschlossenen Blusen und weiten Röcken, Broschen und Perlen.

»Du hättest auf sie aufpassen müssen«, sagte Mrs. Tackett. »Du warst die Ältere. Du wusstest, was da vor sich ging.«

»Ich konnte nicht … ich habe nicht …«

»Du hättest …«

Als sich in diesem Moment eine andere Frau in den Waschraum drängte, floh Eliza. Sie sprach nie wieder mit Mrs. Tackett, aber am Tag der Schlussplädoyers spürte sie ihren Blick. (Sie hatte nicht kommen wollen, aber der Staatsanwalt hatte gesagt, es würde einen schlechten Eindruck machen, wenn sie nicht anwesend wäre.)

Seitdem glaubte sie, dass Mrs. Tackett bei den Worten unterbrochen worden war, vor denen Eliza die größte Angst hatte: *Du hättest tot sein sollen. Jeder weiß, dass du tot sein solltest, nicht Holly. Du hast sie sterben lassen, damit du leben konntest.*

Teil VI

Crazy for you

1985 veröffentlicht
Erreichte Platz 1 in der Billboard Hot 100
Hielt sich 25 Wochen lang
in der Billboard Hot 100

Kapitel 37

Wie eine verliebte Teenagerin kehrte Trudy immer wieder in Elizabeth Lerners Viertel zurück. Sie setzte sich ins Auto, um Milch zu kaufen oder für Terry etwas bei der Reinigung abzugeben, und überquerte plötzlich wie in Trance den Potomac. Und wenn sie den Fluss einmal überquert hatte ... na ja, das Sprichwort kannte man ja. Das machte sie ein, zwei, drei Mal und blieb ebenso oft in bösen Staus stecken. Bei ihrer vierten Fahrt kam sie nach einem langen Aussetzer gerade noch rechtzeitig zu sich, um zu bremsen und nicht auf ihren Vordermann aufzufahren.

Dann fand sie heraus, dass sie zur U-Bahn-Haltestelle in Alexandria laufen und mit der Bahn bis hinauf nach Bethesda fahren konnte, wenn sie einmal in der Washingtoner Innenstadt umstieg. Die Fahrt dauerte lang, dafür war die Metro sauber und zuverlässig, und geistesabwesende Momente waren nicht weiter gefährlich; schlimmstenfalls würde sie ihre Haltestelle verpassen. Aber das geschah nie. In vernünftigen Schuhen, die Trudy für eine Londonreise zu ihrem dreißigsten Hochzeitstag gekauft hatte, lief sie zu Elizabeth Lerners Haus, weil sie hoffte – tja, worauf? Einen kurzen Blick auf sie werfen zu können? Auf eine Konfrontation? Könnte sie wirklich auf die Frau zugehen und sie fragen, warum sie Trudy nicht angerufen hatte? Es war erst etwa eine Woche vergangen. Aber Trudy war überzeugt davon, dass Elizabeth sie innerhalb der ersten vierundzwanzig Stunden angerufen hätte, wenn sie hätte reagieren wollen. Warum ignorierte sie Trudy?

Von den Fahrten hatte sie Terry nichts erzählt. Er hätte sie ihr nicht verboten, aber er hätte sie auch nicht gutgeheißen, und seine Zustimmung war ihr zum Teil immer noch wichtig. Zum Beispiel verbarg sie ihr Rauchen wieder vor ihm und tat weiter so, als würde sie ihr Lipitor nehmen. Wann, wenn überhaupt, würde sie mit ihren Tricks wohl auffliegen? Falls Terry sie zur Rede stellte – schwer vorstellbar, aber ein paarmal war es in ihrer Ehe doch dazu gekommen –, würde sie einfach behaupten, sie sei schließlich eine Frau und jünger als er und wolle nur bei den Lebensrisiken aufholen. Sie hatte genug davon, Leute zu überleben, hatte den Eindruck, jeden überleben zu müssen – ihren Mann, ihre Söhne, ihre Enkel.

Nur bei Walter Bowman freute es sie.

Dem Staatsanwalt zufolge würde er auf keinen Fall noch einmal einen Aufschub bekommen. Pro forma würden vielleicht in letzter Minute ein paar Anträge gestellt und eine Erklärung gegen die Todesstrafe eingereicht werden, aber das war nicht mehr als ein symbolischer Protest, typische Anwaltsarbeit. Trotzdem hatte es sie beunruhigt, dass ein Häftling letzten Monat einen Aufschub bekommen und der Oberste Gerichtshof eingewilligt hatte, seine Eingabe zu überprüfen. Aller guten Dinge sind drei, hatte Terry bitter gesagt.

Es sei denn, Elizabeth Lerner hätte noch etwas in der Hinterhand. Warum sollte sie sonst mit Walter reden? Vielleicht wollte sie ihm mit großem Tamtam vergeben, sich öffentlich gegen die Todesstrafe aussprechen und Terry und Trudy als die Bösen hinstellen.

Mit raschen Schritten begann Trudy ihre Runde durch das Viertel. Niemand beachtete sie. Es war lange her, dass sie Aufmerksamkeit erregt hatte, und sie redete sich gern ein, gut damit zurechtzukommen. Nach der frühen Heirat waren die ersten drei Schwangerschaften so rasch aufeinandergefolgt, dass sie schon in den Zwanzigern das Gefühl gehabt hatte, zum alten Eisen zu gehören. Als Holly in die Pubertät kam, war Trudy Ende dreißig und blühte ein zweites Mal auf. Obwohl Holly zu dieser Zeit immer mehr sexuell gefärbte Aufmerksamkeit erntete, betrachtete Trudy ihre Tochter nicht als Konkurrenz. Ganz im Gegenteil. Durch Holly strengte sie sich mehr an, wie beim Tennis mit einer guten Partnerin, und sie achtete mehr auf ihr Äußeres. Ihre Ehe bekam neuen Schwung, besonders als Holly manchmal bei Freundinnen übernachtete und sie und Terry das Haus für sich hatten, zum ersten Mal seit – seit den ersten neun Monaten ihrer Ehe, bevor Terry III. kam. Obwohl Trudy im Grunde Demokratin war, hatte sie sich in Reagans Amerika, in Middleburg, sicher gefühlt. Dem Land ging es gut, und die schlimmen Dinge – der Libanon, Hungersnöte, der Unabomber, das Erdbeben in Mexiko-Stadt, Leon Klinghoffer – schienen so weit weg zu geschehen. Oder wie bei Aids vom eigenen Verhalten abzuhängen. Terrys Blicke waren die einzigen, die sie anziehen wollte.

Nach Hollys Tod wurde Trudy beinahe zu sichtbar, jeder erkannte und bemitleidete sie, wohin sie auch ging. In Alexandria tauchte sie dankbar in die Anonymität ab. Zugegeben, sie konnte keine neuen Menschen in ihr Leben lassen, denn dann hätte sie ihre Geschichte erzählen müssen, und das hätte sie nicht ertragen. Da wäre es besser gewesen, die Mutter von einem der Opfer des Unabombers zu sein, denn dann hätte ein Wort alles erklärt. Walter Bowman fiel mit seinen Verbrechen in eine trübe Zwischenwelt. Er war nicht so berühmt, dass er einen Spitznamen hatte, wie Terry einmal meinte, nicht so wie andere Serienmörder. In Virginia erinnerte man sich noch an ihn, aber nicht an seinen Namen. Nach ihrem Umzug nach Alexandria hatte Trudy einmal versucht, einer Nachbarin von ihrem Leben zu erzählen, und die Frau war herausgeplatzt: »Mein Gott, *Sie* sind die Mutter von diesem hübschen blonden Mädchen.« Terry sagte, es sei doch tröstlich, dass Holly so in Erinnerung blieb, aber es war nicht Holly, woran sich die Leute erinnerten. »Hübsches blondes Mädchen« traf auf so viele zu. In diesem Moment hatte Trudy erkannt, dass die Welt ihre Tochter vergessen hatte. Man erinnerte sich an das Verbrechen, nicht an das Opfer. Walters Hinrichtung würde die letzte Gelegenheit sein, die Welt an dieses eine verlorene Leben zu erinnern.

An mehrere Leben, sagte Trudy sich. Es gab ein weiteres Mädchen, Maude, vielleicht noch mehr. Wenn sie ganz am Boden war, versuchte Terry sie damit zu trösten, dass andere Frauen noch mehr gelitten hatten, dass sie nicht einmal wussten, was mit ihren Töchtern geschehen war. War es schlimm, dass Trudy das scheißegal war?

Meist gestand sie sich vier Runden zu, die an dem Haus vorbeiführten. So weit konnte jemand durchaus laufen, um sich Bewegung zu verschaffen. Hier ging sie schneller als in Alexandria, das Laufen hatte für sie viel mehr Sinn und Zweck. Aber sie konnte nie jemanden entdecken, der das Haus betrat oder verließ. Hatte ihre Nachricht sie verscheucht, versteckten sie sich? Nein, das Haus wirkte voller Leben. Übervoll von Leben.

Heute beschloss sie bei ihrer dritten Runde, etwas zu tun, das sie noch nie gewagt hatte. Sie ging zur Haustür und klopfte. Irgendwo im Haus lief ein Fernseher, offensichtlich war jemand da, aber es kam ihr wie eine Ewigkeit vor, bis sich knarrend Schritte näherten. Dann wurde sie durch den Türspion gemustert.

»Sie da drin«, sagte sie. »Ich weiß, dass Sie da sind. Jetzt machen Sie schon auf und reden Sie mit mir, Elizabeth Lerner.«

Die Tür wurde geöffnet, einen Spaltbreit nur, und um in die Augen dahinter zu sehen, musste Trudy deutlich den Blick senken. Braune Augen in einem sonnengebräunten Gesicht. Dem Gesicht eines Mädchens.

»Haben Sie sich vielleicht mit dem Haus vertan? Meine Mutter hieß mit Mädchennamen Lerner, aber sie wird immer Eliza genannt.«

O nein, nicht immer.

»Richtig«, sagte Trudy. »Aber alte Lehrerinnen sind doch eher förmlich.«

»Sie sind eine Lehrerin von meiner Mutter?«

»Ja, von der …« Erstaunlich, was das Gedächtnis unter Druck zutage förderte, all die Details über Elizabeth Lerner, die sie schon immer gekannt hatte. »… der Catonsville Middleschool. Sie war eine meiner besten Schülerinnen.«

Das Mädchen runzelte missmutig die Stirn, von den Leistungen seiner Mutter hörte es offenbar nicht gern.

»Na ja, bei Prüfungen war sie gut. Mit ihren Hausaufgaben und Abgabefristen hat sie es nicht so genau genommen.«

»Sind Sie sicher, dass Sie nicht Tante Vonnie meinen? Sie ist die Klügere. Meine Mutter sagt, sie wäre gerade so durchgekommen.«

Allerdings. »Deine Mutter war schon immer bescheiden. Ist sie zu Hause? Darf ich reinkommen?«

»Sie …« Das Mädchen rang mit sich. Ihre Mutter war nicht zu Hause, aber das sollte sie niemandem sagen. Wahrscheinlich sollte sie Fremden nicht die Tür öffnen. »Sie musste zu meiner Schule fahren, aber sie ist bald wieder da. Jeden Moment.«

Ein Hund streckte leise knurrend die Schnauze durch den Türspalt. Trudy hielt ihm die geballte Faust zum Schnuppern hin.

»Aus, Reba.«

»Ist das dein Hund?«

»Nein, eigentlich nicht. Ich hätte einen besseren ausgesucht.«

»Darf ich hereinkommen und auf deine Mutter warten? Ich

bin nicht oft in der Gegend, es wäre schade, wenn ich sie verpasse.«

»Ich weiß nicht …«

»Ruf sie an, wenn du willst. Sag ihr, Mrs. Tackett hat vorbeigeschaut.«

»Ach, Mrs. Tackett. Sie haben doch den Zettel dagelassen. Ich dachte, meine Mom hätte erzählt, dass sie mit Ihrer Tochter zur Schule gegangen ist.«

Das tat weh, aber darauf achtete Trudy nicht, denn jetzt stand ihr die Tür weit offen.

Kapitel 38

Von allen Problemen, die sich mit dem Anruf der Schule auftaten, warf Eliza ausgerechnet die Frage nach der Logistik aus der Bahn, zumindest als sie im ersten Moment zu begreifen versuchte, was sie da hörte. *Iso wurde beim Stehlen erwischt und ist ab sofort vom Unterricht suspendiert.* Was hieß, dass Eliza sie von der Schule abholen und um zwei Uhr zu einem Gespräch noch einmal hinfahren musste, aber weil sie es dadurch nicht pünktlich zu Albie schaffen würde, müsste sie für ihn einen Spielenachmittag bei einem Freund organisieren. Und das war schwierig, denn sie kannte die Mütter von Albies Freunden kaum. Verzweifelt tat sie etwas, was sie sich nie hätte träumen lassen: Sie holte Albie früher ab, parkte ihn in der Kinderabteilung von Barnes & Noble in Rockville Pike und schärfte ihm ein, dass er dort sitzen bleiben, ein Buch lesen und mit niemandem reden sollte. Falls ihn jemand fragen sollte, wo seine Mutter war, sollte er behaupten, sie sei im Laden. Für den Notfall gab sie ihm Isos Handy. Es würde weiß Gott lange dauern, bis Iso es zurückbekam, falls überhaupt.

Dann ging es zurück an die North Bethesda Middle, wo sie

sich beschämt die Liste mit Isos Fehltritten anhören musste. Stehlen, Lügen …

»Was das Lügen angeht«, warf sie ein. Sie wünschte, Peter hätte sich für dieses Gespräch freinehmen können, aber es war nicht möglich gewesen. (»Selbst wenn ich heute hier wegkäme, würde ich es nicht rechtzeitig schaffen«, hatte er Eliza erklärt.) »Wenn ich es richtig verstanden habe, hat sie gelogen, als sie nach dem Diebstahl gefragt wurde.«

»Das stimmt, aber das macht ihr Verhalten nicht besser«, erwiderte Roxanne Stoddard, die heute ein fabelhaftes Kostüm aus violettem Bouclé trug.

»Nein, aber – sie hat gelogen, um ihren Hintern zu retten.« Die derbe Ausdrucksweise vor der vorbildhaften Direktorin ließ sie erröten. »Entschuldigung. Ich meine nur, dass ich verstehe, warum sie gelogen hat, wobei ich es natürlich nicht gutheiße. Wir haben unseren Kindern beigebracht, dass Lügen das Schlimmste ist, was sie tun können.« Sie war so durcheinander und kopflos, dass sie sogar dachte: *Mich hat sie nicht angelogen, nicht ihre Mutter. Sondern Sie!* Als würde das einen Unterschied machen. »Aber vor allem verstehe ich nicht, warum sie etwas stiehlt, das sie schon hat – ein iPhone. Sie hat doch eins. Na ja, kein iPhone, aber ein Handy, das völlig reicht.«

»Mrs. Benedict, nach allem, was mir die Lehrer erzählt haben, ist Iso sehr wütend und unglücklich.«

»Gut, sie hat ihre Launen. Sie ist in der Pubertät.«

»Ja«, bemerkte die Direktorin trocken. »Damit kenne ich mich etwas aus.«

Eliza errötete, auch wenn sie nicht fand, dass Mrs. Stoddard durch die paar hundert Teenager in ihrer Nähe zur moralischen Instanz für dieses Gespräch wurde. Quantitativ betrachtet besaß sie vielleicht mehr Erfahrung, aber niemand kannte Elizas Kinder besser als sie selbst.

»Ich zeige Ihnen mal eine Hausaufgabe, die Iso vor Kurzem für den Englischunterricht geschrieben hat. Die Schüler sollten ein Ereignis aus ihrem Leben zu einer Folge einer bekannten Fernsehserie umschreiben.«

Eliza dachte, jetzt sei wohl nicht der richtige Zeitpunkt, um die Augen zu verdrehen, aber – ernsthaft? Eine Fernsehserie? Peter würde einen Anfall bekommen, wenn er davon hörte, und wahrscheinlich wieder von Privatschulen anfangen.

»Das hier ist Isos Geschichte.«

Die Direktorin reichte Eliza drei Blatt Papier über den Schreibtisch. Auf der ersten Seite stand in Isos beinahe übertrieben säuberlicher Handschrift der Titel: *Alle lieben Albie.*

Iso: Können wir uns einen Hund holen?
Isos Mutter: Nein, die sind dreckig und haben Flöhe, und vielleicht ist Albie allergisch.
Isos Vater: Ich habe keine Zeit, um Gassi zu gehen.
Iso: Ich gehe mit dem Hund raus.
Isos Eltern: NEIN!
Albie: Ich hätte gern einen Hund.
Isos Eltern: JA, GUT!

Eliza überflog diese und die beiden nächsten Seiten. »So war das überhaupt nicht. Es stimmt schon, wir haben nicht den Hund genommen, den Iso haben wollte, aber Reba hat so verlassen und mitleiderweckend gewirkt. Doch davon abgesehen, war es Peters Idee …«

»Es glaubt ja niemand, dass es bei Ihnen zu Hause tatsächlich so zugeht, Mrs. Benedict. Das würde wohl nicht einmal Iso behaupten. Ihr ging es bei der Szene eindeutig um den Humor – sie hat sogar eine Eins bekommen, weil sie sich an die Aufgabenstellung gehalten und eine bekannte Vorlage genutzt hat.«

Na prima. Die North Bethesda Middle bringt meiner Tochter, einer Diebin und Lügnerin, bei, wie man Sitcoms schreibt. Da geht es mir doch gleich viel besser.

»Am Ende des Halbjahres schreiben sie Sestinen«, erzählte die Direktorin, als könnte sie Elizas Gedanken lesen. »Mr. Klemm weiß, was er tut. Deshalb hat er mir angesichts von Isos anderen Problemen auch ihre Hausaufgabe gezeigt. Das Mädchen trägt Wut in sich.«

»Ich wüsste ehrlich nicht, worüber Iso wütend sein sollte. Wenn sie glaubt, wir würden ihren Bruder vorziehen, bildet sie sich das nur ein.« Unter dem unverwandten Blick der Direktorin konnte Eliza nicht aufhören zu reden. »In gewisser Weise beißt sich die Katze da auch in den Schwanz. Albie ist ein kleiner Schatz, brav und mitfühlend, er saugt Liebe auf wie ein Schwamm und gibt sie auch zurück. Iso war immer zurückhaltender und viel eigenständiger.«

»Hat sie Ihnen mal gesagt, wie sehr sie darunter gelitten hat, dass Sie aus England weggezogen sind?«

»Gelitten? Im Gegenteil. Sie hat die Rückkehr nach Amerika als Chance gesehen, als Gelegenheit, sich eine neue Persönlichkeit zuzulegen.«

»Dass sie diese Chance genutzt hat, heißt noch nicht, dass sie es als echte Chance empfindet. Sie hat sechs Jahre lang in London gelebt, Mrs. Benedict, fast ihre ganze Schulzeit lang. Sie hat Heimweh.«

»Hier ist doch ihr Zuhause.«

»Für Sie.«

Eigentlich nicht, ich habe nicht so viele Freundinnen wie Iso.

»Uns hat sie jedenfalls nichts davon gesagt.«

»Das dachte ich mir. Und ohne das hier wüsste ich vielleicht auch nicht, wie sehr sie London vermisst.«

Die Direktorin reichte Eliza das beschlagnahmte iPhone, das die zuletzt gewählten Nummern anzeigte. Alle begannen mit der Vorwahl 01144 für England.

»Aber … sie kann doch von zu Hause aus anrufen. Peter hat auf seinem Computer Skype installiert. Das hätte sie benutzen können. Wir ermuntern sie sogar dazu, Kontakt zu ihren Freundinnen zu halten.«

»Mag sein, aber dann hätte sie Ihnen sagen müssen, wen sie anruft oder wem sie schreibt.«

»Wäre das ein Problem gewesen?«

»Sie hat ziemlich eindeutige SMS geschrieben. Nicht pornografisch, das wäre übertrieben, aber doch anzüglich. Und der Junge ist siebzehn«, sagte die Direktorin. »Iso glaubt, Sie hätten etwas dagegen.«

»Siebzehn? Und ob ich etwas dagegen habe.« Sie merkte, dass sie zu laut wurde, aber sie konnte nicht anders. Ihre Gedanken überschlugen sich, sie überlegte, wer der Junge war und woher Iso ihn kennen mochte. Iso musste sich geschickt angestellt haben, denn wenn Albie etwas gewusst hätte, hätte er sich verplappert, egal wie sehr er Iso gefallen wollte. Was hatte Eliza noch neulich zu Peter gesagt? *Iso kann sehr gut Geheimnisse für sich behalten – ihre eigenen.*

»Sie hat ihm von den Schulcomputern aus über Facebook geschrieben«, erklärte die Direktorin. »Iso wusste, wie man unsere Firewall umgeht – man muss nur ein ›s‹ an die http-Adresse hängen –, aber sie hat nicht gemerkt, dass sie eine Spur hinterlässt, auch wenn sie den Cache leert. Deswegen hat sie in diesem Schuljahr schon einmal eine Standpauke bekommen, und sie hat den Leiter der Mediathek angefleht, sie nicht zu melden. Damals waren die Mails und Nachrichten ziemlich unverfänglich, deswegen haben wir die Sache auf sich beruhen lassen.«

»Als wir hierhergezogen sind, habe ich Iso sogar gefragt, ob sie sich bei Facebook anmelden will. Sie meinte, Facebook sei lahm.«

»Sehr geschickt, das muss man ihr lassen. Deshalb sind Sie gar nicht auf die Idee gekommen, sie dort zu suchen.«

»Ich habe da noch niemanden gesucht. Ich halte nicht viel von diesen sozialen Netzwerken.«

Die Direktorin lächelte zustimmend. »Wissen Sie, wir mussten Iso suspendieren. Diebstahl nehmen wir nicht auf die leichte Schulter. Aber ich glaube, die Vorfälle in der Schule sind nur eine Begleiterscheinung der Wut, die sich in ihr aufgestaut hat. In Gedanken spielt Iso mit Hingabe Romeo und Julia. Ich schätze, dass ihr der Junge erst wichtig ist, seit ein ganzes Meer zwischen ihnen liegt. Iso geht es nicht um Sex. Sie ist fasziniert von der Liebe, wie die meisten Schülerinnen. Wenn ein Junge aus Fleisch und Blut, wenn dieser Junge plötzlich vor ihrer Tür stehen würde, wüsste sie nicht, was sie mit ihm anfangen sollte. Wen haben Sie in Ihrer Jugend angehimmelt?«

»Ich habe Madonna gehört.«

»Nein, ich meine einen harmlosen Schwarm, einen Jungen, von dem Sie in Isos Alter geträumt haben.«

»Ernsthaft?« Bevor Eliza antwortete, musste sie lachen. »George Michael in seiner Wham-Phase. Noch harmloser geht es kaum.«

»Stimmt. Bei mir war es Tito Jackson. Alles ganz harmlos, genau wie diese Biss-Romane. Meiner Erfahrung nach kennen die meisten Mädchen ihre Grenzen sehr genau, besonders kluge Mädchen wie Iso. Sie finden Möglichkeiten, Sex und Liebe kennenzulernen, ohne sich in Gefahr zu bringen. Mir tut nur leid, dass Iso es so weit getrieben hat.«

»Mir auch«, sagte Eliza.

»Ich will ja nicht neugierig sein, aber – reden Sie mit Ihrer Tochter über solche Dinge?«

»Meinen Sie Sex?«

»Nein, der Teil mit den Blümchen und Bienchen ist einfach. Ich meinte Liebe.«

»Liebe? Romantische Liebe? Ich weiß nicht. Wahrscheinlich sind wir manchmal auf das Thema gekommen, wenn wir Märchen gelesen haben. Ich habe mich im Studium mit Kinderliteratur beschäftigt. Ich wollte nicht, dass Iso ihr Herz an Märchenprinzen hängt. Deswegen haben wir viele Bücher über das Land Oz gelesen, weil die Mädchenfiguren stark sind und sich nicht für Romantik interessieren. Aber dann kam Albie, und plötzlich ist mir aufgefallen, was für traurige Gestalten die Jungs abgeben. Die einzige positive Jungenfigur stellt sich später als verkleidete Prinzessin heraus. Der zweite ist Blitzeblank, und der verläuft sich eigentlich nur …«

Sie verstummte, als sie sich selbst reden hörte. Die Direktorin nickte nicht unfreundlich. Matt fügte Eliza hinzu: »Aber da war Iso sowieso über Gute-Nacht-Geschichten hinaus.«

»Keine Frage. Und ich finde, Iso benimmt sich kein bisschen ungewöhnlich. Es ist ganz normal, dass Mädchen in ihrem Alter ihre Geheimnisse haben. Sogar gesund. Aber mit dem Diebstahl des Handys hat sie eine Grenze überschritten, und es war wichtig, jetzt einzugreifen. Immerhin geht es nicht nur um das Handy, sondern auch um die Kosten für die Anrufe, mit denen die Familie nicht gerechnet hatte. Die Besitzerin des Handys hat leider geglaubt, sie habe es verloren, und sich nicht getraut, es ihren Eltern zu erzählen. Deswegen ist es zwei Wochen so gegangen.«

»Iso wird das Geld zurückzahlen. Das ist kein Problem.«

»Gut, aber das reicht nicht. Mein Vorschlag wäre – auch wenn es wirklich nur ein Vorschlag ist: Nehmen Sie Iso für den restlichen Herbst aus der Fußballmannschaft.«

»Das bringt sie um. Sie wird mich hassen.«

»Es bringt sie nicht um. Und ja, wahrscheinlich hasst Iso Sie eine Zeit lang. Aber sie muss begreifen, wie ernst die Sache ist.«

Auf dem Heimweg wollte Eliza bei Peter anrufen, doch seine Assistentin meinte, sie könne seine Sitzung nur unterbrechen, wenn es um Leben und Tod gehe. Eliza war versucht zu sagen: »Das tut es«, überlegte es sich jedoch anders. Sie hätte gern mit Peter gesprochen, bevor sie zu Hause Iso zur Rede stellte, aber Albie saß mit im Auto, und er hatte wirklich Ohren wie ein Luchs. Es wäre Iso gegenüber unfair gewesen, vor ihrem Bruder über sie zu reden. Eliza würde nach Hause fahren und sie mit dem alten Sitcom-Zitat begrüßen: »Na warte, bis dein Vater nach Hause kommt.« (Es war in der Tat ein richtiger Sitcom-Tag. Für das Gespräch bei der Direktorin fehlte Eliza nur noch die Untermalung aus der Lachkonserve.) Sie wollte Iso nicht drohen, sondern ihr nur klarmachen, dass eine so wichtige Angelegenheit beide Elternteile als vereinte Front erforderte.

»Iso?«, rief sie, als sie das Haus durch die Garage betrat.

»Ich bin hier, Mom.« Sie klang kein bisschen beunruhigt, was zum Verrücktwerden war. Nach einem Gespräch in der Schule sollte sie zumindest etwas Angst vor Eliza haben.

»Wo ist hier?«, fragte sie.

»Im Esszimmer, mit deiner früheren Lehrerin. Wir haben Tee gekocht.«

Ach, deswegen bist du so ruhig. Du hast eine Zeugin und weißt, dass ich dich nicht anpfeifen kann. Und dann: *Frühere Lehrerin?*

Sie betrat mit Albie das förmliche Esszimmer, das sie nur selten benutzten. Der Tisch war schlicht, aber ausreichend zum Teetrinken gedeckt, der fischförmige Teekessel stand auf einem Untersetzer, auf einem Teller fächerten sich Kekse auf. Elizas Kekse, die sie immer versteckte. Ein weiterer Diebstahl? Wollte Iso ihre Mutter beeindrucken oder ihre Besucherin, eine übertrieben gut gekleidete Frau, die Eliza sofort bekannt vorkam? Der Name lag ihr auf der Zunge, nur der

Kontext passte nicht. Eine Lehrerin? An eine so elegante Frau konnte sie sich aus der Schule nicht erinnern.

»Trudy Tackett«, sagte die Frau, stand auf und streckte die Hand aus. »Ich habe mich ausgesprochen nett mit Ihrer Tochter unterhalten. Sie erinnert mich sehr an meine Tochter in diesem Alter.«

Kapitel 39

Walter bekam zum ersten Mal seit beinahe einer Woche seine Stunde Hofgang. Dem Gesetz nach sollten die Männer in Sussex I jeden Tag eine Stunde draußen verbringen, aber irgendetwas kam immer dazwischen. Die Gefängnisleitung behauptete, es sei eine Waffe gefunden worden, was Einschluss für alle bedeutete, dann musste angeblich ein Zaunabschnitt repariert werden, dabei hätte man den betroffenen »Zwinger«, wie Walter die abgetrennten Gefängnishöfe nannte, einfach unbesetzt lassen können. Heute zum Beispiel waren die Höfe zu beiden Seiten leer, er konnte mit niemandem reden oder Karten spielen. Aber das machte nichts. Ihm war nicht nach Gesellschaft zumute. Er zog es vor, mit seinen Gedanken allein zu sein und ein paar Sonnenstrahlen auf dem Gesicht zu spüren. Etwas Bräune hatte ihm schon immer gut gestanden, auch wenn das laut Barbara schlecht für seine Haut war.

Als Walter damals begriffen hatte, wie seine Zukunft aussah – dass er nämlich keine hatte –, und diese Tatsache akzeptierte, war ihm als Erstes durch den Kopf gegangen: *Jetzt lerne ich wahrscheinlich Schach spielen.* Er wusste nicht genau, woher dieser Gedanke kam. Wie bei den meisten Menschen stammte sein Wissen über das Gefängnis aus Filmen, aber das war noch vor den *Verurteilten*, vor dem *Schweigen der Lämmer*, auch wenn er beide Streifen von Männern kannte, die später hergekommen waren. In dem einzigen Gefängnisfilm, den Walter hätte nacherzählen können, ging es um einen Jugendknast, und da spielte garantiert niemand Schach. *Bad Boys* mit Sean Penn. Er hatte noch nie jemanden getroffen, der den Film kannte, nicht seit er saß. Bei *Bad Boys* dachten die Leute sofort an diese anderen Filme, die viel später herauskamen.

Aber Elizabeth hatte *Bad Boys* gesehen. Was sie nicht gedurft hätte – der Film war ab siebzehn freigegeben, und als er herauskam, war sie erst dreizehn gewesen. Genau das sagte er ihr, sparte sich aber eine Standpauke, weil er gern ihre Meinung darüber hören wollte.

»Ich weiß nicht«, erwiderte sie zögernd. »Ich mag Sean Penn, aber er sollte lieber Filme machen wie *Ich glaub', ich steh' im Wald.* Der andere war total deprimierend.«

»Meinst du den Film, wo sich das Mädchen auszieht?«

»Ja. Da war er lustig.«

»Er war bekifft.«

»Nur im Film.« Immer schön korrekt, als könnte er den Unterschied nicht erkennen.

»Ich finde Kiffen nur nicht lustig«, sagte er, dann ließen sie das Thema auf sich beruhen. Bei Filmen und Musik wurden sie sich nie einig. Trotzdem wünschte er, sie hätten sich weiter unterhalten können. Er hätte sie gern gefragt, ob sie glaubte, dass der Film die Realität zeigte, ob es im Gefängnis wirklich so viele Vergewaltigungen gab oder das eher ein Problem im Jugendknast war. Sogar damals war ihm unterbewusst klar gewesen, dass er tot oder im Gefängnis enden würde, und am größten war die Angst vor der zweiten Möglichkeit. Den Tod konnte er sich vorstellen. Er hatte ihn gesehen. Das Leben hinter Gittern konnte er sich nicht vorstellen.

Aber im Laufe der Wochen und Monate, in denen das System seine Verbrechen klärte und über seine Strafe befand, lernte Walter die Grundrisse seines Lebens kennen und akzeptieren. Grundrisse – was für ein nettes Wort, es klang, als könnte man darauf etwas aufbauen. Man würde ihn nicht für unschuldig erklären, weder bei Holly noch bei Maude, und das allein wegen Elizabeth, der Hauptzeugin der Anklage. Ohne sie hätte der Staat nichts in der Hand gehabt. Sie hatte Walter an Maudes Grab überrascht, in der Nacht von Hollys Tod war sie bei ihm gewesen. Ein Glück, dass er ihr nie Einzelheiten über seine anderen Taten erzählt hatte. Er hatte vage Andeutungen fallen lassen, besonders am Anfang, als er ihr beibringen musste, ihm zu gehorchen. »Wenn du wüsstest, was ich getan habe … Ich habe schon einem Mädchen das Genick gebrochen, und ich werde es wieder tun.« Aber die Details hatte er für sich behalten, deshalb konnte sie nur erzählen, was sie gesehen hatte. Hätte er sie doch auch getötet – aber das hatte er nicht, so war es nun mal. Ihm war natürlich klar gewesen, was passieren würde, wenn man ihn erwischte, und nach Hollys Tod wusste er auch, dass dieser Ausgang umso wahrscheinlicher geworden war. Holly war kein Mädchen, dessen Verschwinden und Tod ungesühnt blieben. Dieses Mal hatte er eine Prinzessin entführt, und das Königreich würde sich voll Zorn erheben. Und tatsächlich saß er weniger als achtundvierzig Stunden später in Untersuchungshaft, mit der die zweite Hälfte seines Lebens begann, der Teil, den er hinter Gittern verbrachte.

Die ersten Jahre boten ihm immerhin eine gewisse Abwechslung mit den Prozessen und, in Hollys Fall, Berufungen und Wiederaufnahmeverfahren. Das erste Wiederaufnahmeverfahren hatten sie vor Ablauf der Frist von einundzwanzig Tagen beantragt, dagegen konnte niemand etwas sagen. Eine dämliche Geschworene hatte bezüglich der Strafzumessung behauptet, in Maryland würde er auf keinen Fall die Todesstrafe bekommen, deshalb müssten sie in Virginia dafür sorgen. Das Miststück hätte auch noch gelogen und sich mit einem Meineid durch die Untersuchung geschummelt, wenn es nur gekonnt hätte, aber andere Geschworene hatten das Gespräch ehrlich zugegeben. Dann hatte er aufgrund von unzureichender Verteidigung Berufung eingelegt, was ihm nicht zu einem neuen Prozess verhalf, aber zu Jefferson, der sich ordentlich ins Zeug legte. Er hatte zum ersten Mal auf die Karte gesehen und die Frage aufgeworfen, ob Walter in Virginia oder in West Virginia gewesen war, als Holly starb. Sicher, die Leute waren wütend, als sie die Landvermesser losschicken mussten, sie sprachen von einer reinen Formalie, die nicht mehr sei als ein Strich auf der Landkarte. Aber wer zum Teufel würde denn nicht auf der richtigen Seite dieses Striches sein wollen, wenn es buchstäblich um Leben und Tod ging? Wenn sie ihr Zeltlager in der Nacht von Hollys Tod in West Virginia aufgeschlagen hatten, hätte er auch dort vor Gericht kommen müssen, und in West Virginia gab es keine Todesstrafe. Den Versuch konnte man doch niemandem übel nehmen.

Irgendwann versank sein Leben in träger, grauer Eintönigkeit. Er suchte sich Beschäftigungen. Er las viel, vor allem über Militärgeschichte, machte Yoga und beantwortete Briefe, wobei niemand so viel Ausdauer bewies wie Barbara LaFortuny. Die Frauen, die ihm schrieben, schienen etwas zu wollen, das er ihnen schlicht nicht geben konnte. Er überlegte zu konvertieren, aber mit der Zeit kam ihm der Glaube immer mehr abhanden, und gleichzeitig respektierte er den Glauben zu sehr, um ihn vorzutäuschen. Mit einem Gott würde die Welt mehr Sinn ergeben. So viel zumindest war ihm klar.

Aber Schach? Nein. Er versuchte es, vor allem als er diesen netten ehemaligen Soldaten als Nachbarn beim Hofgang bekam. Dieser Typ, Hollis, hatte ihm erklärt, dass man sich ein Schachbrett vorstellen und die Züge durchsprechen konnte. Das lernte Walter auch nach einer Weile, aber mehr schaffte er nicht. Das strategische Planen beim Schach – Opfer zu bringen und nicht alle Figuren schützen zu können – lag ihm nicht. Er konnte es nicht ausstehen, die kleinen Bauern vorzuschicken. Und die Spiele dauerten ewig. Er mochte es lieber schneller.

Sein Tänzchen mit Elizabeth entwickelte sich genau im richtigen Tempo. Sicher, er hatte ziemlich knapp gerechnet, wie Barbara immer wieder betonte. Elizabeth sollte ihn am kommenden Samstag besuchen, Montagmorgen würde man ihn dann nach Jarratt verlegen, seine dritte Fahrt in den Hinrichtungstrakt. Die er wahrscheinlich auf jeden Fall antreten musste, egal wie sich Elizabeth entschied, aber das machte ihm nichts aus. Wenigstens unterbrach es die Routine, und am Ende würde er damit zu einer Legende aufsteigen. Walter Bowman, der einzige Mensch, der dreimal aus dem Hinrichtungstrakt zurückgekehrt war. Man würde ihn für unbesiegbar halten.

Und wenn sie nicht mitspielte, wie Barbara befürchtete? Dann bliebe ihnen immer noch genug Zeit, um diesen Journalisten auf sie anzusetzen und ihr zu zeigen, wie schnell ihre eigene Welt einstürzen könnte. Hoffentlich würde es nicht dazu kommen. Es wäre doch viel netter, wenn sie einfach einsehen würde, was richtig war, und dann entsprechend handelte. Er wollte sich nicht gegen Elizabeth stellen oder sie verletzen. Aber er kämpfte um sein Überleben, und da war alles erlaubt. Bla, bla, bla.

Er genoss die Gespräche, die sie in letzter Zeit führten, und er fragte sich, ob es ihr wohl ähnlich ging. Dabei war er nicht blind. Er wusste, dass er ihr wehtat, und erwartete nicht, dass sie seinen eigenen Schmerz verstand. Bei ihren ersten Unterhaltungen war er so auf seinen Plan fixiert gewesen, dass er nicht ungezwungen reden konnte. Aber als er den richtigen Rhythmus fand und lernte, wie ihre Gespräche abliefen, wie weit er gehen konnte, traute er sich manchmal abzuschweifen.

Er sprach über Bücher und erzählte, er habe auch endlich *Die Reise mit Charley* gelesen, die ganz anders war als in ihren Geschichten. Er zog sie mit ihrem großen Idol Madonna auf und fragte sie, ob sie mit Gummiarmbändern und Spitzenleggings ihr letztes Konzert besucht hatte. Ihre Gegenwart war eindeutig tabu, und sie machte dicht, wenn er zu sehr stocherte oder andeutete, was er wusste. Dafür blieb ihnen ihre gemeinsame Vergangenheit.

Ein einziges Mal erwähnte er Holly. »Du mochtest sie nicht besonders«, sagte er, und sie entgegnete aufbrausend, sie wolle nicht über Holly reden. Trotzdem war er überzeugt davon. Elizabeth hatte Holly wirklich nicht gemocht. Sie hatte Angst gehabt, dass Holly sie ersetzen sollte – und zwar zu Recht. Holly war, was er wollte. Elizabeth war, was er hatte. Noch ein Beweis dafür, wie ungerecht das Leben war. Und ein Beweis, dass ein bisschen Glück längst überfällig war. Nicht nur überfällig, sondern redlich verdient.

Kapitel 40

Eliza ließ sich langsam aufs Bett sinken. Ihr ganzer Körper schmerzte, als wäre sie einen Marathon gelaufen. Zumindest einen Mütter-Marathon hatte sie hinter sich. Oder einen Biathlon, wenn man Trudy Tackett mitrechnete, aber wie sollte man den zweiten Teil nennen?

Wortlos begann Peter, ihr die Schultern zu massieren. Sie war dankbar, dass er nicht weiter über den Nachmittag reden wollte und sie damit in Ruhe ließ.

»Sie haben nicht angerufen«, hatte Trudy mit vorwurfsvollem Unterton gesagt. Damit stand Eliza an diesem Tag schon der zweiten älteren Frau gegenüber, die von ihr, ihrem Verhalten, ihrer Erziehung enttäuscht war. »Ich habe gewartet, aber als ich nach ein paar Tagen noch nichts von Ihnen gehört hatte, war mir klar, dass Sie nicht anrufen würden.«

»Ich hatte nichts zu sagen.«

»Mir nicht. Wie ich höre, haben Sie viel mit einem alten Bekannten von uns gesprochen.«

Eliza war beinahe froh über die beschämende Fahrt zur North Bethesda Middleschool. Sie gab ihr einen Grund, zumindest Iso gegenüber den beherrscht bedächtigen Ton anzuschlagen, den sie jetzt brauchte. »Iso, geh in dein Zimmer. Es wird dich nicht überraschen, aber du hast wieder Hausarrest. Darüber sprechen wir später. Albie, Reba sitzt schon die ganze Zeit drinnen und du auch. Geh doch mit ihr in den Garten.«

Beide Kinder gehorchten, aber Iso wirkte überrascht, als könnte sie die Reaktion ihrer Mutter nicht nachvollziehen. Eliza wartete darauf, dass die Hintertür quietschte und Isos Zimmertür knallte. Aber Iso schloss ihre Tür anständig leise. Sogar so leise, dass Eliza die halbe Treppe hinaufging und nachsah, ob sie wirklich geschlossen war, bevor sie zurückkehrte und die Tür zum Esszimmer zumachte.

»Was haben Sie ihr erzählt?«

»Nichts, sie hat mir etwas erzählt. Ich bin die Mutter einer alten Schulfreundin – das hat sie von Ihnen. Sie hat wunderbare Manieren. Kommt das von der Erziehung in England? Sie hat viel von London erzählt.«

»Ja, sie vermisst England.« *Hat man mir zumindest gerade gesagt*, dachte Eliza. Vertraute sich Iso jedem außer ihrer Mutter an? Könnte Trudy ihr etwas über diesen siebzehnjährigen Simon sagen, mit dem Iso über das geklaute Handy in Kontakt geblieben war? »Was haben Sie zu ihr gesagt? Was wollen Sie, Mrs. Tackett?«

»Ich will sichergehen, dass Sie nichts vorhaben.«

»Was sollte ich vorhaben?«

»Ich weiß, dass Sie mit ihm reden. Streiten Sie das nicht ab.«

»Das tue ich nicht. Ich bin Ihnen aber auch keine Rechenschaft schuldig.«

Trudy Tacketts mühsam bewahrte Fassung zeigte die ersten Risse. »Und ob Sie das sind. Ohne Sie würde meine Tochter noch leben.«

»Nein«, widersprach Eliza. »Nein.« Sie legte den Kopf schief. Hatte gerade jemand im Flur eine Tür geöffnet? Waren Albie und Reba wieder im Haus? Leise sprach sie weiter. »Ich konnte Holly nicht retten. Es tut mir leid, wenn Sie etwas anderes glauben, aber es ist die Wahrheit.«

»Sie retten? Sie waren seine Komplizin. Sie haben Holly in sein Auto gelockt. Ohne Sie hätte Holly nie mit ihm geredet. Sie war nicht so dumm, sich mit irgendeinem fremden Kerl abzugeben. Sie haben das alles erst möglich gemacht.«

»Mrs. Tackett, es ist nicht meine Schuld, dass ich dort war. Es ist nicht meine Schuld, dass ich gewohnt war zu tun, was er mir gesagt hat. Ich war fünfzehn, nicht viel älter als Ihre Tochter.«

»Holly war jung für ihr Alter. Sie war noch ein Kind, auch wenn sie nicht so ausgesehen hat, und Sie haben sie diesem Monster ausgeliefert.«

Eliza umklammerte Isos abgekühlten Tee mit beiden Händen. Das Schlimmste an diesem Gespräch war, dass sie es verstehen konnte. Sie wusste, was in Trudy Tackett vor sich ging, und sie konnte es ihr nicht vorwerfen. Wenn Iso das Gleiche zugestoßen wäre, wäre Eliza am Boden zerstört und würde verzweifelt nach einem Grund suchen, nach jemandem, dem sie die Schuld geben konnte.

»Es tut mir leid. Das müssen Sie mir glauben. Aber Sie müssen auch glauben, dass ich genauso Walters Opfer war.«

»Warum reden Sie dann mit ihm? Und überlegen auch noch, ihn zu besuchen?«

Offenbar kannte Trudy Tackett jemanden im Gefängnis. Sicher hätten ihr weder Jefferson Blanding noch Barbara LaFortuny Geheimnisse anvertraut. »Weil er es will.«

»Wieso kümmert es Sie, was Walter will? Sie haben doch gerade gesagt, dass Sie sein Opfer waren. Womit kann er Sie dazu bringen?«

Natürlich war sie versucht, Mrs. Tackett von Walters Versprechen zu erzählen, ihr zu sagen, sie stünde auf der Seite der Engel, über jeden Vorwurf erhaben. Sie hatte Holly nicht getötet, aber sie hatte sie auch nicht gerettet. Bedeutete beides das Gleiche? Sie hatte beschlossen zu leben. War ihr Entschluss zu leben gleichbedeutend damit, Holly den Tod zu wünschen? Diese Frage konnten weder Psychologie noch Philosophie noch Theologie beantworten. Sie hatte beschlossen zu leben, und dafür glaubte sie, alles tun zu müssen, was Walter sagte. Holly war diejenige, die sich gewehrt hatte und weggelaufen war.

»Es kümmert mich nicht. Ich habe meine Gründe, ihn zu besuchen, aber das sind meine persönlichen Gründe.«

»Man kann ihm nicht trauen.«

»Bei allem Respekt, Mrs. Tackett, das müssen Sie *mir* nicht sagen.«

»Ihnen kann man auch nicht trauen.«

Das war unfair. Zumindest fand sie es unfair. Sie fühlte sich fiebrig, dann wurde ihr eiskalt. Die Grippesaison hatte in diesem Jahr früh begonnen. Toll, eine Grippe hatte ihr gerade noch gefehlt, so kurz vor dem Besuch bei Walter. Würde man ihr im Gefängnis den Zutritt verweigern, wenn man sie für ansteckend hielt?

»Mrs. Tackett, ich weiß nicht, was Sie wollen, und selbst wenn ich es wüsste, könnte ich es Ihnen wahrscheinlich nicht geben. Ich kann Holly nicht wieder lebendig machen. Ich kann es einfach nicht. Glauben Sie, ich hätte nicht immer wieder über das nachgedacht, was ich getan habe? Was ich *nicht* getan habe? Aber ich war auch ein Opfer. Wirklich.«

Das klang nicht einmal für sie selbst überzeugend.

»Ihre Kinder wissen nichts davon, oder?«

»Nein.«

»Weil Sie sich schämen?«

»Weil sie sich sicher fühlen sollen.«

»Niemand auf der Welt ist sicher, niemals. Habe ich Ihnen das heute nicht bewiesen? Ihre Tochter hat mich in Ihr Haus gelassen, nur weil ihr mein Name bekannt vorkam. Ich hätte sonst jemand sein können. Ich hätte Ihrem Kind etwas antun können.«

Plötzlich kam eine Erinnerung auf. Die Lerners hatten einen Strandort besucht, mit knappem Parkraum und überfüllten Straßen. Eliza war damals höchstens sieben gewesen. Als ihr Vater gerade rückwärts aus der Parklücke setzen wollte, rannte ein kleiner Junge von seiner Mutter weg und hinter das Auto der Lerners. Ihr Vater hielt rechtzeitig, trotzdem keifte die Mutter ihn an. Als sie später über die Hauptstraße fuhren, beugte sich dieselbe Frau aus ihrem Auto und schrie: »Ich sollte Ihre Kinder überfahren, mal sehen, wie Ihnen das gefällt!«

»Ihr Mann war doch Militärchirurg, oder? Wenn ich mich richtig erinnere, hat er in Krankenhäusern Verwundete aus Vietnam behandelt. Wissen Sie erst, dass die Welt nicht sicher ist, seit Ihre Tochter getötet wurde? Oder hat es Sie da nur zum ersten Mal interessiert?«

»Man glaubt, man wüsste es, man würde Anteil nehmen. Aber man hat keine Ahnung, das können Sie mir glauben.«

»Da haben Sie wohl recht.«

Mrs. Tackett biss sich auf die Lippe. Elizas Eingeständnis schien sie stärker zu kränken als alles, was sie zuvor gesagt hatte. Sie nahm ihre Handtasche und stand auf. »Das Buch – in dem Buch stand, Sie wären vielleicht seine Freundin gewesen.«

»Das ist nicht wahr. Er hat mich vergewaltigt.«

»Aber Holly und das andere Mädchen ...« Das andere Mädchen. Hörte sie nicht selbst, was sie da sagte? War es zu viel verlangt, dass sie Maudes Namen kannte? »Es wurden keine Beweise für sexuelle Übergriffe gefunden.«

»Er hat ein Kondom benutzt. Zumindest bei mir. Was bei den anderen war, kann ich nicht sagen.«

»Ein Vergewaltiger mit einem Kondom. Dafür gibt es keinen Beweis, nur Ihre Behauptung.«

»Meine Behauptung? Halten Sie mich für eine Lügnerin, Mrs. Tackett?« Farbe stieg ihr in die Wangen, an den Schläfen und am Hals spürte sie ihren Puls pochen.

»Ich habe Ihnen damals nicht getraut, und heute traue ich Ihnen immer noch nicht. Ich habe lange auf Gerechtigkeit gewartet, und es ist doch ein seltsamer Zufall, dass Sie gerade jetzt mit Walter reden, wenn der Termin für die Hinrichtung schon steht.«

»Was wäre für Sie Gerechtigkeit?«

Sie machte sich auf die Antwort gefasst: *Dass Sie sterben und meine Tochter wieder lebt.* Aber so grausam war Trudy Tackett nicht.

»Das hier. Die Hinrichtung. Das bekommen Terry und ich. Es ist nicht genug, aber es ist alles, was wir bekommen. Mischen Sie sich bitte nicht ein.«

»Ich versichere Ihnen ...«

»Das zählt für mich nicht viel. Tut mir leid, wenn das unhöflich klingt, aber so ist es nun einmal. Sie waren nie ganz ehrlich, was die Geschehnisse von damals angeht, wurden deshalb nie wirklich zur Rede gestellt. Das habe ich hiermit nachgeholt.«

»Und geht es Ihnen jetzt besser?«

Darüber musste Trudy Tackett nachdenken. »Nein. Es wird mir wohl niemals besser gehen.«

Im Bett neben Peter, der eingeschlafen war, während er ihr noch die Schultern massierte und das Haar streichelte, überlegte Eliza, ob Mrs. Tackett – sie könnte sie nie Trudy nennen, war aber auch gar nicht dazu aufgefordert worden – das Gespräch in ihrem eigenen Bett wohl ebenfalls noch einmal durchspielte. War Dr. Tackett bei ihr? Lebte er noch? Ja, sie hatte über ihn in der Gegenwart gesprochen. Wusste er, was seine Frau heute und auch schon früher getrieben hatte? Sie war mindestens ein Mal bei Elizas Haus gewesen und hatte den Zettel eingeworfen, den Eliza dummerweise ignoriert hatte. Und die Anrufe zur Unzeit auf Walters Telefon stammten wahrscheinlich auch von ihr.

Allerdings hatte Mrs. Tackett nicht unrecht. Eliza hatte noch nie alles erzählt. Über den Vorfall bei McDonald's hatte sie vor Gericht aussagen müssen, weil der Staatsanwalt der Ansicht war, er könnte ihnen deutlich mehr schaden, wenn die Verteidigung ihn einbrachte. Dabei hatte Walters überforderter Anwalt gar nicht gewusst, was er mit dieser Information anstellen sollte. Er versuchte einfach, Elizabeth so schnell wie möglich aus dem Zeugenstand zu bekommen. Aber nach der Reaktion des Staatsanwalts, von dem kurzen Entsetzen ihrer Eltern ganz zu schweigen, sagte Elizabeth tatsächlich nicht mehr die ganze Wahrheit über ihre letzten achtundvierzig Stunden mit Walter. Sie log nicht. Sie wusste selbst, dass sie das nicht gut konnte. Aber genau wie die Tochter, die sie einmal bekommen sollte, konnte sie hervorragend Geheimnisse hüten, deshalb wählte sie diesen Weg. Manche Dinge würden ungesagt bleiben. So sollte sie nie wieder jemand ansehen.

Nach dem Abendessen, das Elizabeth bei McDonald's besorgt hatte, waren sie eine Serpentinenstraße in den Bergen hinaufgefahren, die in der Nähe des Nationalparks lag, aber nicht dazugehörte. Walter hatte den Eintritt zum Park nicht bezahlen und vor allem dem Ranger am Tor aus dem Weg gehen wollen. Es war dunkel, sie mussten langsam fahren. Im Scheinwerferlicht tauchten Rehe auf, die Elizabeth bösartig vorkamen. Holly weinte ununterbrochen. Eliza hätte sie gern getröstet, aber sie wusste nicht, wie. Einmal wollte sie ihr die Schulter tätscheln, aber Holly zuckte zurück, als wollte Eliza ihr etwas antun.

Als sie einen Platz für ein Lager gefunden hatten, stellte Walter das Zelt auf, das er bei einem Sunnys Surplus gekauft hatte, zog den Reißverschluss eines Schlafsacks auf und sagte den Mädchen, sie sollten sich darauflegen. Es war kalt, aber Eliza war klar, dass Holly vor jeder Berührung von ihr zurückschreckte. »Ich würde euch ja beide Schlafsäcke geben«, sagte Walter, »aber ich brauche was Weiches für die Ladefläche, wenn ich da schlafe, damit ihr ungestört seid.« Geschockt von der Kälte, rollte sich Eliza zusammen. Wie lange würden sie noch draußen übernachten können? Das Zelt war eine von Walters tollen Ideen. Es hatte viel gekostet, aber er meinte, den Preis hätten sie bald wieder heraus. Aber das hatten sie nicht, bei Weitem nicht. Beim Kauf war ihm nicht klar gewesen, dass die meisten Campingplätze, zumindest die mit Duschen und Toiletten, ebenfalls etwas kosteten. Er hatte schon seit Tagen keine Arbeit gefunden. Hollys Geld war der erste anständige Betrag seit Langem. Sie überlegte, wie viel es wohl war, ob sie in der nächsten Nacht in ein Motel gehen konnten …

»Elizabeth?« Walter hatte das Zelt betreten und stand neben ihnen.

»Ja?«

»Setz dich für eine Weile in den Wagen. Ich möchte mich mit unserer neuen Freundin unterhalten.«

Das tat sie. Sie tat immer, was Walter ihr befahl. Sie ging hinaus und setzte sich in den Pick-up. Nicht auf die Ladefläche, was Walter wohl gemeint hatte, sondern in die Fahrerkabine, auf ihren üblichen Platz, die Fenster fest hochgekurbelt. Trotzdem hörte sie, was folgte: Schreie, Schluchzen, ein grauenhaftes Brüllen wie von einem Löwen, dann blitzte etwas Helles, Weißes auf, wohl Hollys weißblondes Haar, als sie weglief, Walter dicht auf den Fersen. Sie starrte auf den Schlüssel in der Zündung, der an einem Türkis hing. Selbst wenn sie mit der Schaltung zurechtkam, würde sie es niemals die Serpentinen hinunter schaffen. Trotzdem streckte sie die Hand nach dem Schlüssel aus und drehte ihn, weil sie die Heizung anstellen wollte. Nein, man musste die Kupplung treten, um den Motor anzulassen, und Walter würde sauer werden, wenn sie die Heizung nur über die Batterie laufen ließ. Sie rutschte hinters Lenkrad, und nach ein paar Versuchen gelang es ihr, den Motor zu starten; dann setzte sie sich wieder auf ihren Platz. Zusammen mit der warmen Luft erfüllte ein Countrysong die Fahrerkabine: »Have I Got a Deal for You«. Wegen des Radios hatten sie und Walter eine Abmachung getroffen. Fünfundvierzig Minuten lang durfte er es einstellen, dann bekam sie fünfzehn Minuten. Er meinte, das sei gerecht, weil er älter war und der Pick-up ihm gehörte. Er könne ihr schließlich auch ganz verbieten, sich diese Popsender anzuhören; diese ganzen Sängerinnen seien ohnehin verdorben, Madonna und Whitney Houston und die Mary Jane Girls und Annie Lennox, sogar Aimee Mann, die doch nicht mehr zu erzählen hatte, als dass ihr Freund sie schlug. Von den Liedern, die Eliza mochte, gefiel ihm eigentlich nur »Everybody Wants to Rule the World«. Wenn das lief, nickte er zustimmend und meinte, das wäre genau richtig. Außerdem mochte er …

»Warum hast du den Motor angemacht?«, fragte Walter. Sein Gesicht war zerkratzt, und sein Atem ging schwer. »Du weißt doch, dass du das nicht sollst. Du verschwendest Benzin.«

»Ich habe gefroren.«

»Warum zitterst du dann immer noch?«

Das hatte sie nicht einmal bemerkt. Aber sie zitterte wirklich, und bei ihrem lauten Zähneklappern war es ein Wunder, dass sie die Musik noch hörte.

Teil VII

Everybody wants to rule the world

1985 veröffentlicht
Platz 1 in der Billboard Hot 100
am 8. Juni 1985
Hielt sich 24 Wochen lang
in der Billboard Hot 100

Kapitel 41

»Sollen wir mal anhalten?«, fragte Vonnie. »An der nächsten Ausfahrt gibt es eine ganze Reihe von Läden, und wir liegen gut in der Zeit.«

»Ich habe keinen Hunger.«

»Da ist ein Dairy Queen.« Beim Sprechen zog sie die Vokale in die Länge, sie wusste, womit sie Eliza locken konnte. »Und ein Cracker Barrel.«

»Ist schon gut.«

»Und wer weiß, vielleicht finden wir auch ein Stuckey's.«

Eliza musste lachen. »Die scheußliche Erdnussstange, die du unbedingt haben musstest …«

»Die wollten wir beide.«

»Sie war grauenhaft, und Dad hat mal wieder seine fünf Minuten bekommen und gemeint, wir müssten sie aufessen, weil wir so gedrängelt haben, und es gäbe im ganzen Urlaub keine anderen Süßigkeiten, bevor wir sie geschafft hätten.«

Vonnie ahmte ihre Mutter nach. »Ach, Manny, die Mädchen haben bestimmt ihre Lektion gelernt.« Dann wechselte sie in eine tiefere Oktave. »Sie müssen mal begreifen, dass man nicht gierig sein und so viel verschwenden darf. Anderswo verhungern Kinder.«

»Und am zweiten Abend in dem – wie hieß das noch?«

»Martha Washington Inn. In Abingdon.« Vonnie hatte Eliza mit ihrem Gedächtnis schon immer beeindruckt, aber vielleicht war das auch nur eine Begleiterscheinung davon, dass sie sich bei allem sicher war. Sie glaubte, dass sie recht hatte, und niemand zweifelte daran. »Dahin haben sie uns geschleppt, weil es da ein gutes Theater gab und sie mal wieder der Ansicht waren, wir wären Banausen.«

»Bei dir nicht, auf keinen Fall.«

»Doch, bei mir auch. Die Bücher, die ich zum Spaß gelesen habe, fand Dad grauenhaft, und du hast als Kind gar nicht gelesen. Deshalb sind sie mit uns nach Abingdon gefahren, damit wir uns *Von Mäusen und Menschen* ansehen. Das Stück war nicht schlecht, aber es war kein Vergleich zu dem Theater, als wir versucht haben, die Erdnussstange in dem putzigen, altmodischen Hotelklo runterzuspülen. Wir hätten einfach die Bettpfanne aus Keramik benutzen sollen, die als Dekoration im Zimmer stand.«

Natürlich. Deshalb hatte Eliza ein paar Jahre später mit Steinbeck angefangen. Schon mit ihren gerade elf Jahren hatte das Stück sie berührt. Das war 1981 gewesen, im ersten Jahr von Reagans Regierung, und ihre Eltern waren sich im eigenen Land wie im Exil vorgekommen, nicht mehr im Einklang mit den Zeiten und Werten. Ihr Vater neigte zu solchen Launen, kleinen Krisen, ausgelöst durch die moderne Kultur. Er schien zu glauben, seine Kinder würden von einem Strom billiger Spielsachen und Dummheit fortgespült. Seit sie Mutter war, konnte Eliza das besser verstehen. Genauso ging es ihr oft bei den Sachen, auf die Iso und Albie versessen waren, bei ihrer Anfälligkeit für Trends und Werbung. Aber sie reagierte darauf nicht so aggressiv wie ihr Vater und bestand auch nicht auf Ausflüge nach Gettysburg und Antietam und zum Franklin Institute in Philadelphia. Ihr Ausflug nach Monticello zählte nicht, weil er vor allem ein Vorwand war, um nach Charlottesville zu fahren.

Die jetzige Fahrt hätten Eliza und Peter mit einem Ausflug nach Williamsburg und in den Freizeitpark Busch Gardens ganz in der Nähe verbinden können. Stattdessen schoben sie einen Kurzurlaub in Richmond vor, das die *New York Times* als perfektes Wochenendziel beschrieben hatte. Sie hatten gedacht, die Kinder könnten bei den Großeltern bleiben, aber Manny und Inez hatten für dieses Wochenende selbst einen Ausflug nach Greenbrier County in West Virginia geplant, und Eliza brachte es nicht fertig, diesen echten Kurzurlaub durch einen falschen zu stören. Also hatte sie Vonnie angerufen, die gern bei ihrer Nichte und ihrem Neffen bleiben wollte. Aber Peter fand, lieber sollten die beiden Schwestern zusammen fahren. »Nichts gegen deine Schwester«, sagte er, »aber es würde mich wahnsinnig machen, wenn ich mir Sorgen machen müsste, ob sie Albie rechtzeitig von der Schule abholt. Außerdem hat Iso immer noch Hausarrest, und an Vonnie würde sie vorbeikommen. Deine Schwester kann es vielleicht mit Außenministern und dem Chef der Notenbank aufnehmen, aber einer Dreizehnjährigen, die einen pickeligen Jüngling in London anrufen will, wäre sie nicht gewachsen.«

Für Eliza klang das durchaus nach einem Seitenhieb gegen ihre Schwester, aber darüber wollte sie nicht streiten. Sie war schon lange nicht mehr mit Vonnie allein gewesen, vielleicht seit die Kinder auf der Welt waren. In England hatten sie Vonnie häufiger gesehen als seit ihrer Rückkehr nach Amerika, weil Vonnies Arbeit sie öfter nach London führte als nach Washington. Und selbst dort hatten die Besuche meist aus Abendessen in Restaurants bestanden, bei denen ständig jemand auf Vonnie zugeschwebt war, um ihr links und rechts Küsschen zu geben. Vonnie hatte stets die Restaurants ausgesucht, diese Atmosphäre schien ihr also zu liegen. Sie fand immer Ausreden, um zum Abendessen nicht zu ihnen nach Barnet zu kommen – es lag zu weit draußen, die U-Bahn fuhr so spät nicht mehr. Dabei hätte sie im Gästezimmer schlafen können, aber sie musste am nächsten Morgen immer früh zu Terminen. Nein, sie traf sich mit Eliza und Peter in trendigen

Restaurants ihrer Wahl und schickte sie nach dem Essen beladen mit teuren, aber nicht ganz passenden Geschenken für die Kinder nach Hause.

Es war neun Uhr morgens, und sie waren seit sieben Uhr unterwegs, weil sie Angst vor dem Verkehr an der Mixing Bowl hatten, dem berüchtigten Autobahnkreuz an der Ringstraße um Washington. Obwohl Eliza davon bisher nur aus den Verkehrsnachrichten auf WTOP gehört hatte, hatte sie gehörigen Respekt davor. Die Mixing Bowl glich einem dieser seelenlosen Killer aus einer Horrorfilmreihe: Sie ruhte bisweilen, aber sie starb nie. Eliza hatte so früh wie möglich losfahren wollen, um den Berufsverkehr zu vermeiden. Zu ihrer Überraschung herrschte schon morgens um sieben dichter Verkehr in Washington, der aber größtenteils in die Gegenrichtung strömte, und sie passierten die gefürchtete Stelle so problemlos, dass sie beinahe enttäuscht war. Richmond würden sie weit vor dem Mittagessen erreichen, Stunden bevor sie in ihrem Hotel einchecken konnten. Sie hätten auch am Samstagmorgen fahren können, aber die Besuchszeiten lagen recht früh. Auf den Rat von Barbara LaFortuny hin hatte Eliza beschlossen, lieber einen Tag vorher anzureisen, damit sie nur noch die kurze Fahrt von Richmond über einen Ort mit dem lustigen Namen Disputana nach Waverly hatten, wo Sussex lag.

Barbara hatte Walter nie besuchen dürfen, erzählte sie Eliza. Aber sie kannte andere Männer in Sussex I und II und war mit dem Ablauf vertraut. Als sie mit Eliza über ihre Fahrt sprach, klang sie regelrecht wehmütig. »Ich habe ihn nie getroffen. Können Sie sich das vorstellen? In den ganzen Jahren habe ich ihn nie persönlich gesehen. Dabei kenne ich ihn besser als jeden anderen.«

Sie hatte sich verkneifen müssen zu fragen: »Und wie gut kennen Sie andere Menschen, Barbara?«

»Waren wir als Kinder schon mal in Richmond?«, fragte Eliza jetzt Vonnie. Die Stadt, die vor ihnen auftauchte, kam ihr vage bekannt vor.

»Ich glaube nicht. Bei meinen College-Touren sind wir einmal hier durchgekommen, als ich mir die Duke ansehen wollte.«

»Die Touren hatte ich ganz vergessen, stimmt, wir sind immer mit der ganzen Familie gefahren.«

»Weil unsere Eltern beide mitkommen wollten, und sie konnten dich nicht allein zu Hause lassen.«

»Echt? Das wusste ich gar nicht mehr. Ich dachte, du wolltest, dass sie beide mitkommen, weil du beide Meinungen hören wolltest.«

Vonnie lachte. »Klingt das etwa nach mir? Ich wollte diese College-Fahrten überhaupt nicht. Für mich war eindeutig die Northwestern das Richtige, aber sie haben gesagt, ich müsse mich bei mindestens fünf Unis bewerben und alle besuchen. Als ich die anderen vier ausgesucht habe, wusste ich schon, dass sie mir nicht so gut gefallen – UNC, Duke, Bennington und NYU. Eine große staatliche Uni, eine ziemlich eigene Eliteuni, eine private auf der gleichen Stufe wie die Northwestern und eine Uni in der Großstadt. Das hat ausgesehen, als wäre ich offen für alles. Aber ich wollte gute Fachbereiche für Journalistik und Theater, und die Northwestern hatte als einzige Uni beides.«

»Also hast du die ganze Scharade durchgezogen und sie durch die Gegend kutschieren lassen, obwohl du dich längst entschieden hattest?« Sie konnte sich problemlos vorstellen, dass Iso ähnliche Spielchen trieb.

»Warum nicht?«

»Wäre es nicht einfacher gewesen, ihnen die Sache zu erklären?«

»Nein, erst für dich wäre das einfacher gewesen. Ich musste

die beiden erst mal weichkochen, Elizabeth.« Wenn sie über ihre Kindheit sprachen, benutzte Vonnie oft den alten Namen. »Die ganzen Rechte, die für dich selbstverständlich waren, habe ich dir erarbeitet. Dir haben sie bestimmt nicht vorgeschrieben, dich bei mindestens fünf Unis zu bewerben und alle zu besuchen.«

»Nein, aber ich hatte auch weder deine Noten noch deine Möglichkeiten. Ich brauchte eine zweite Uni, falls es mit der ersten nicht geklappt hätte. Sogar eine dritte. Ich weiß immer noch nicht, wie ich es an die Wesleyan geschafft habe.«

Vonnie gab eine Mischung aus Lachen und Husten von sich.

»Was denn?«

»Ach bitte, Eliza. So naiv kannst du doch nicht sein.«

»Wovon redest du?«

»Von deinem Aufsatz. Ich habe dir geholfen, ihn aufzupeppen, weißt du noch? Du hast ihnen doch praktisch erzählt, was dir passiert ist.«

»Das stimmt gar nicht.«

»Doch, das stimmt.«

»Ich habe über Anne Frank geschrieben.«

»Und über deine persönliche Beziehung zu ihr. Schon subtil, vor allem nachdem ich dir beim Überarbeiten geholfen habe, aber der Zulassungsstelle war mit Sicherheit klar, dass du Gefangenschaft aus eigener Erfahrung kennst. Dass dir ein brutales Verbrechen angetan wurde und du auf die harte Tour gelernt hast, dass Menschen nicht von Grund auf gut sind.«

»Das stimmt einfach nicht.«

Vonnie zuckte mit den Schultern und spielte am Radio herum. Wahrscheinlich suchte sie den örtlichen NPR-Schwestersender oder, Gott bewahre, C-Span. Die »Fragestunde« mit dem Premierminister gehörte zu den Höhepunkten von Vonnies Woche, allerdings wusste Eliza, dass sie normalerweise sonntags gesendet wurde. »Das soll keine Kritik sein«, sagte Vonnie. »Du hast schließlich das Recht, deine Erfahrungen einzusetzen.«

»Das habe ich noch nie getan.«

»Musstest du eigentlich auch nicht. Sie sind immer da, wie … wie … ein riesiger Hund, der neben dir sitzt. Ein großer schwarzer Hund, der nie bellt oder knurrt oder die Zähne fletscht, aber so groß ist, dass sich niemand herantraut. Du wirst praktisch seit zwanzig Jahren von Kritik verschont. Du bist unantastbar. So wie Beth in *Betty und ihre Schwestern*, um ein Beispiel aus deiner Welt zu nehmen. So brav und lieb und mit diesem schrecklichen Schicksal im Nacken.«

»Von wem verschont? Außer dir wissen nur unsere Eltern und Peter von meiner Vergangenheit. Unsere Großeltern noch, aber die sind tot. Niemand sonst sieht diesen schwarzen Hund. Wenn du über deine Gefühle reden willst, dann los. Aber häng das nicht mir an.«

»Na schön, in Ordnung. Dann rede ich über meine Gefühle.« Vonnie zögerte. Sie würde etwas Schwieriges sagen, merkte Eliza, etwas, das sich nie mehr zurücknehmen ließ. »Seit dem Tag, an dem du entführt wurdest, habe ich das Gefühl, dass sich unsere Eltern nicht mehr wie früher für mich und meine Leistungen interessieren. Sie hätten dich beinahe verloren, deshalb hängen sie mehr an dir. Sie können gar nicht anders. Sie geben sich Mühe, weil sie klug und mitfühlend sind, aber was ich auch tue, ich kann nicht mit dem mithalten, was du ihnen gibst, indem du einfach existierst. Und nichts für ungut, Eliza, aber viel mehr tust du auch nicht.«

Der letzte Satz traf. Alles davor konnte sie verkraften.

»Ich bin Ehefrau und Mutter. In meinem Leben würdest du wahrscheinlich keinen einzigen Tag überstehen. Ich bin sogar nur mit dir unterwegs, weil Peter dir das auch nicht zutraut.« Das war gemein und würde die ohnehin heikle Beziehung zwischen ihrer Schwester und ihrem Mann nur weiter belasten, aber Eliza war so wütend, dass sie nicht fair bleiben konnte.

»Mach daraus jetzt keine Mütterdebatte. Du weißt, dass ich Dinge nicht so vereinfache. Aber du … gleitest durchs Leben. Du lässt das Leben einfach geschehen. Ich halte dich für eine tolle Mutter, und ich weiß, wie viel Energie du in deinen Alltag steckst. Aber ich kenne niemanden, der so sehr reagiert statt agiert, Eliza. Herrje, aus einer Erfahrung, wie du sie gemacht hast, hätte ich doch als Erstes gelernt, dass ich niemanden mein Leben kontrollieren lasse. Aber du hast die Kontrolle aus der Hand gegeben. An Peter, an die Kinder. Und jetzt gibst du sie Walter Bowman zurück.«

»Ich fahre zum Gefängnis, weil er mir sagen will, was er noch niemandem gesagt hat. Wie viele Mädchen er getötet hat und wo sie sind.«

Während Vonnie schwieg, konzentrierte sich Eliza auf das Navigationsgerät, das sie zu ihrem Bed & Breakfast lotste, der einzigen Adresse, die sie eingeben konnten. Sie konnte die Stimme nicht ausstehen. Für Eliza klang sie immer etwas selbstgefällig. Sie freute sich richtig, wenn das Navi durch Baustellen oder andere unvorhergesehene Probleme falschlag, auch wenn die Stimme natürlich nie zugab, dass sie Mist gebaut hatte.

»Und was dann?«, fragte Vonnie.

»Was meinst du?«

»Er gesteht dir gegenüber. Und? Ist dir schon mal der Gedanke gekommen, dass die Informationen nicht rechtsgültig sind, wenn sein Anwalt nicht dabei ist? Dass sie vielleicht keine Klärung, sondern nur neue Unruhe bringen? Peter hat daran gedacht, das kann ich dir sagen.«

Also hatten Peter und Vonnie darüber geredet, ohne Eliza.

»Wann hast du mit Peter darüber gesprochen?«

»Gestern Abend. Er war noch lange auf und hat gearbeitet. Ich auch. Ich bin nach unten gegangen, um noch ein Glas Wein aufzutreiben. Übrigens: Jemand sollte Peter mal sagen, dass teurer französischer Wein noch längst nicht gut sein muss.«

Merkwürdigerweise dämpfte diese beiläufige Kritik Elizas Ärger. Das war wenigstens typisch Vonnie, unbekümmert und gedankenlos.

»Als wir Teenager waren, hast du mal gesagt, von jetzt an würde sich alles um mich drehen. Vielleicht ist deine Wahrnehmung für dich zur Wirklichkeit geworden, und du siehst nur noch das, wonach du suchst?«

»Ja«, antwortete Vonnie. »Aber ist es nicht möglich, dass ich trotzdem recht habe? Dass ich immer im Schatten meiner Schwester gelebt habe?«

»Nicht, was die Öffentlichkeit angeht.«

»Scheiß auf die Öffentlichkeit. Mich interessiert nur die Familie.«

Das war neu. »Hast du Angst, dass bekannt wird, was ich mache? Dass alles wieder aufgewühlt wird?«

»Nein. Ich weiß, dass du das nicht willst.«

»Und warum reden wir dann darüber?«

»Keine Ahnung. Weil wir noch nie darüber geredet haben? Vielleicht ist es kein großer schwarzer Hund, aber es hat immer im Raum gestanden. Mir war von Anfang an klar, dass diese Sache dir passiert ist. Aber uns ist sie auch passiert. Mom und Dad. Und mir. Wir waren da. Peter nicht. Und trotzdem vertraust du Peter mehr als uns. Peter prägt dein Leben. Du gehst mit, wenn er der Arbeit wegen umziehen muss, bringst alle Opfer, damit er Karriere machen kann, und gibst deine eigene dabei auf.«

»Vonnie, vielleicht kannst du das nicht verstehen, aber es war für mich kein Opfer, die Uni aufzugeben. Hätte ich nicht aufgehört, wäre ich wahrscheinlich immer noch da, würde mich mit meiner Abschlussarbeit über Kinderliteratur in den Siebzigern abmühen und mich zu Tode langweilen. Mir ist schon vor langer Zeit klar geworden, dass ich über Judy Blumes *Forever* und einen Jungen, der seinen Penis Ralph nennt, einfach nicht so viel zu sagen habe.«

Vonnie lachte, und die schlechte Stimmung verflog. Sie lachten den ganzen Tag lang über alte Geschichten, die ihnen einfielen. Über die Erdnussstange aus dem Stuckey's (noch einmal) und darüber, wie sie ganz unschuldig taten, als in ihrem überfluteten Badezimmer in dem hübsch altmodischen Martha Washington Inn plötzlich Erdnüsse schwammen. Immer neue Erinnerungen folgten, als sie in Richmond durch den Fan District schlenderten und abends in dem Restaurant für Wurstspezialitäten aßen, das die *New York Times* geadelt hatte. Vonnie fiel die schreckliche Frau ein, die in diesem Strandort gedroht hatte, sie zu überfahren, aber auch, wie Mr. Sleazak, der malende Nachbar aus Roaring Springs, Inez einmal gebeten hatte, nackt für ihn Modell zu stehen. Der Tag war rundum gelungen und hatte das Unmögliche geschafft: Er hatte Eliza von morgen abgelenkt. Es hätte sie nicht überrascht, wenn sogar der Streit zu Vonnies Plan gehört hätte, sie auf andere Gedanken zu bringen. Sie war eine gute Schwester auf ihre eigene Art, und anders konnte sie nun einmal nicht sein.

Aber als Eliza abends in einem fremden Bett lag, weit weg von Peter, Iso und Albie, ging sie den Tag in Gedanken noch einmal durch. Beinahe alle lustigen Geschichten, die Vonnie und sie sich erzählt hatten, stammten aus der Zeit *davor*. Weil Vonnie danach die Uni besucht hatte? Oder weil die Lerners alle Albernheit verlernt hatten, als Eliza wieder zu Hause war? Seltsam, aber ihr war nie der ganze Umfang dessen klar gewesen, was Walter ihnen allen genommen hatte. Nach ihrer

Heimkehr lebten die Lerners, als seien sie begnadigt worden, dankbar, aber ängstlich. Heute ging es ihnen gut, aber das konnte sich morgen ändern. Natürlich galt das für jede glückliche Familie. Der Unterschied lag darin, dass die Lerners es tatsächlich wussten. Nachdem sie einmal Unglück erfahren hatten, konnte es wieder passieren. Bei Unglück gab es keinen Schutz, kein abgeleistetes Soll. Es war wie dieser Augenblick im Matheunterricht, wenn ein Kind begreift, dass die Chancen für Kopf und Zahl immer gleich sind, egal wie oft man eine Münze schon geworfen und sie Kopf ergeben hat. Bei jedem Wurf gilt dieselbe Wahrscheinlichkeit. An jedem Tag könnte einen erneut das Unglück treffen.

Kapitel 42

»Da sind Sie ja wieder, Miss LaFortuny«, wurde Barbara im Hampton Inn begrüßt.

»Sie kennen mich doch. Ich sehe gern mal nach meinen Jungs.«

Die Empfangsdame, eine junge Frau mit einem freundlichen Gesicht, die mehr auf sich achten sollte – aus ihrer ganzen Erscheinung sprachen schlechte Ernährung und mangelnde Bewegung –, lächelte unverbindlich. Wie bei den meisten Menschen, die Barbara kennenlernte, schien ihr Engagement auch bei ihr gleichzeitig Bewunderung und Entsetzen auszulösen, wobei das Entsetzen leicht in Führung lag.

»Wie viele haben Sie jetzt?«

»Nur drei, und den in der Todeszelle darf ich nie besuchen. Aber die beiden anderen darf ich ab und zu sehen. Wenn sie brav sind. Und ich auch.«

»Sie sind doch bestimmt immer brav, Miss Barbara«, entgegnete die junge Frau. Keine dreihundert Kilometer von

Baltimore, und trotzdem herrschten hier spürbar andere Umgangsformen.

»Sie würden sich wundern. Ich kann ganz schön loslegen.«

»Das glaube ich gern«, stimmte die junge Frau freundlich zu, während sie sich durch die rätselhaften Klicks arbeitete, die heute scheinbar überall dazugehörten. Barbara fragte sich, ob man als Lehrerin jetzt auch am Bildschirm arbeiten musste. Die Benotung dürfte wohl über den Computer laufen. Zu ihrer Zeit hatte sie den Stift so fest aufgedrückt, dass ihr Urteil durch mehrere Lagen Papier drang. Dreien. Größtenteils hatte sie Dreien verteilt, obwohl die meisten Schüler nicht einmal die verdient hatten. In diesem nachsichtigeren Umfeld heutzutage würde sie gar nicht mehr zurechtkommen.

Barbara hatte angefangen, ihren beiden »Jungs« in Sussex zu schreiben, nachdem sie die Beziehung zu Walter aufgebaut hatte. Sie hatte die beiden gezielt nach ihrem Haftort ausgesucht, um einen Grund für die Fahrt hierher zu haben, obwohl ihr klar war, dass sie Walter nie würde besuchen dürfen. Trotzdem fühlte sie sich ihm schon näher, wenn sie nur durch die Tore von Sussex ging. Und die zwei Männer, die sie ausgesucht hatte, brauchten sie wirklich. Beide waren Afroamerikaner, und Barbara war überzeugt davon, dass sie deshalb härtere Strafen erhalten hatten. Bobby Ray, den sie morgen besuchen würde, hatte als Junkie zwei Frauen bei einem jämmerlich ausgeführten Raubversuch getötet. Die Frauen waren ebenfalls drogensüchtig und schwarz gewesen. Hätte er zwei weiße Frauen getötet, würde er jetzt höchstwahrscheinlich bei Walter im Todestrakt sitzen. Aber das war nur ein schwacher Trost für Bobby Ray, der mittlerweile clean war und sich nach draußen sehnte, um ein drogenfreies Leben kennenzulernen. Er ging nicht so weit, zu behaupten, es sei ungerecht, dass er clean für das eingesperrt war, was sein drogenbenebeltes Alter Ego getan hatte, aber Barbara merkte, dass ihm das zusetzte.

Sie fand, er würde eine zweite Chance verdienen, gleichzeitig ahnte sie, dass er sie vermasseln würde, falls er sie je bekam. Das Gefängnis hatte ihm ein drogenfreies Leben aufgezwungen, aber kein echtes Verantwortungsbewusstsein. Bobby Ray war für die Welt draußen nicht gerüstet, aber das würde sie dem Bewährungsausschuss natürlich nicht sagen, sollte sie je in die Situation kommen. Sie würde einen Antrag für ihn stellen und tun, was sie konnte, damit er es schaffte.

Sie packte ihre kleine Tasche aus, obwohl sie das Zimmer nur vierzehn Stunden nutzen und auf dem Weg zum Gefängnis schon auschecken würde. Sie überlegte, ob Eliza Benedict ebenfalls in diesem Motel übernachtete oder ob sie erst am nächsten Tag herfahren würde. Vielleicht würden sie sich morgen beim Frühstücksbuffet begegnen. Sie rief die Rezeption an und bat um Weiterleitung zu Eliza Benedicts Zimmer. »Unter diesem Namen hat niemand eingecheckt, Miss Barbara«, sagte die Empfangsdame. Dann unter Lerner? »Nein, uns liegt unter beiden Namen keine Reservierung vor.«

Umso besser. Ihre Anwesenheit würde Eliza nervös oder sogar misstrauisch machen. Wahrscheinlich hätte sie gar nicht herkommen sollen, aber es war nicht verboten, und Bobby Ray freute sich auf ihre Besuche. Warum sollte er leiden? Außerdem brachte sie Walter gutes Karma. Sie sandte ihre Energie aus und versuchte, eine Aura zu schaffen.

Barbara zog die Tagesdecke vom Bett – eine Freundin, die in Baltimore Zimmermädchen in die Gewerkschaft bringen wollte, hatte ihr erzählt, dass es in Tagesdecken von Motels von Bakterien nur so wimmelte – und legte sich direkt aufs Bettzeug. Mit der Fernbedienung schaltete sie bis zu CNN durch, wo sie die Laufschrift am unteren Bildschirmrand las. Dienstag würde dort Walters Name erscheinen, egal wie ihr Plan ausging. Das hieß, seinen Namen würde man wahrscheinlich nicht verwenden. Man würde ihn auf TODES-

KANDIDAT oder SERIENMÖRDER AUS VIRGINIA reduzieren. Die zweite Bezeichnung störte sie aus mehreren Gründen. Zunächst einmal traf sie nicht zu. Machten zwei schon eine Serie aus? Dem Wesen nach war Walter eher ein Affekttäter, was schon dieser abstoßende Jared Garrett richtig erkannt hatte. Nach allem, was Walter ihr erzählt hatte, vermutete sie bei ihm eine psychische Störung, ausgelöst durch etwas, was die beiden Mädchen gesagt oder getan hatten. Eine Frau in Texas hatte behauptet, sie sei vorübergehend unzurechnungsfähig gewesen, nachdem die Frau ihres Geliebten ihr den Mund verbieten wollte, und dann habe die Frau plötzlich auf dem Boden ihrer Garage gelegen, erschlagen mit ihrer eigenen Axt. Und diese Frau war freigesprochen worden. Barbara hatte nie versucht, Walter über die Morde auszufragen. Das wäre ihr vulgär und geschmacklos vorgekommen. Außerdem gab es diesen Walter nicht mehr. Ebenso wie Bobby Ray war er im Gefängnis ein anderer Mensch geworden.

Im Gegensatz zu Bobby Ray würde er sein neues Wesen nie in Freiheit erkunden können, trotz größerer Erfolgsaussichten. Walter besaß gute Fähigkeiten, und er hatte ernsthaft über seine Taten nachgedacht.

Aber erst Barbara hatte ihn in ihren Briefen auf die offensichtlichen Widersprüche in Elizabeth Lerners Aussage hingewiesen, auf die grobe Ungereimtheit, die ein besserer Anwalt in der Luft zerpflückt hätte. Warum war all die Jahre zuvor niemand darauf aufmerksam geworden? Weil niemand es wollte, niemand wollte das tapfere Mädchen, das dem schrecklichen Vergewaltiger und Mörder entkommen war, zu sehr unter Druck setzen. Nicht einmal Walter war etwas aufgefallen.

Sie bestellte bei einem Lieferdienst in der Nähe eine Pizza mit Pilzen und Zwiebeln und bereitete Tee in der Karaffe zu, die im Zimmer stand, spülte sie aber vorher sorgfältig aus. Ihre Freundin mit der Warnung vor den Tagesdecken hatte ihr auch erzählt, sie habe mal gesehen, wie ein Zimmermädchen eine Kaffeemaschine mit einer Toilettenbürste reinigte. Das musste man sich mal vorstellen. All die kleinen Verbrechen gegen die Menschlichkeit, die Grobheiten und Unhöflichkeiten Tag für Tag, denen niemand etwas entgegensetzte, all die Taten von Menschen, die sich für gut hielten, von den gleichen Menschen, die jubelten und bösartige Kommentare ins Internet stellten, wenn jemand wie Walter getötet wurde. Sie benutzten Begriffe wie »Tier« und »Ungeheuer« und schrien laut nach qualvollen, sadistischen Hinrichtungen. Dabei waren sie genauso Mörder, feige Mörder, die ihren Blutdurst auf den Staat übertrugen und sich einredeten, dass ihre Morde der Gerechtigkeit dienten.

Kapitel 43

Beim Aufwachen dachte Walter an Ketchup. Warum dachte er an Ketchup? Ach, weil ihm die Werbung dafür eingefallen war, dieser Spot, in dem das Ketchup zu einem musikalischen Crescendo bebend den Flaschenrand erreicht, feierlich wie bei einem ersten Kuss. Vor Kurzem hatte er gelesen, dass es in dem Werbesong eigentlich um eine Verabredung ging, aber er vermutete, dass *Verabredung* in diesem Fall *Sex* bedeutete. Walters Erfahrung nach konnte eine zu hohe Erwartung – *an-ti-ci-pa-a-a-tion* – alles kaputtmachen, sie versprach einem mehr und bessere Dinge, als man bekam, und nachher rastete man aus. Er wollte keine *an-ti-ci-pa-a-a-tion* spüren, er wollte sich nicht auf die Schwerkraft oder eine andere Naturgewalt verlassen müssen, damit etwas in Bewegung kam, sich entfaltete, geschah. Er selbst wollte die Dinge in Gang bringen. Endlich wieder.

Er fasste sich an, aber nicht weil er an sie dachte. So empfand er einfach nicht für sie. Dafür hatte er sich immer bei ihr entschuldigen wollen, aber wie sollte das gehen? Damit hätte er noch Salz in die Wunden gestreut. Selbst als er mit ihr zusammen war, hatte er nicht an sie gedacht. Vielleicht war das der ganze Trick. Liebe die Frau, die bei dir ist, aber denk an eine andere.

Dennoch mochte er sie. Er freute sich darauf, sie zu sehen und persönlich mit ihr zu reden. Außerdem würde sich herumsprechen, dass eine Frau ihn besucht hatte, und das würde ihm echtes Prestige verschaffen, besonders wenn die Leute hörten, dass sie hübsch war. Sie würde natürlich nicht in diesem grünen Kleid und mit gegelter Hochsteckfrisur kommen, aber sie würde wahrscheinlich nicht schlecht aussehen. Er hoffte nur, dass er noch bleiben und seinen aufpolierten Ruf genießen konnte. Und falls er tatsächlich noch mehr Zeit bekam, würde er für mehr Ruhm ernten als nur für den Besuch von einer rothaarigen Frau.

Barbara hatte vorgeschlagen, er sollte ein Drehbuch schreiben, sie könnten bei einem ihrer Telefonate üben. *Ein Rollenspiel* hatte sie es genannt. Drehbücher! Rollenspiele! Barbara, die sich als Elizabeth ausgab! Das würde nie funktionieren. Er musste locker und spontan sein. Und durfte dabei die Uhr nicht vergessen. Seine Zeit für Spielchen lief ab.

Gerade als seine Erlösung kam, dröhnte ein allzu vertrautes Geräusch durch Sussex I, das lauteste, am meisten gefürchtete Geräusch an einem Ort voll lauter, gefürchteter Geräusche. *Nein. Nein. Bitte nicht, Gott. Tu mir das nicht an.*

Kapitel 44

Eliza und Vonnie näherten sich dem Gefängnistor, so nervös wie die meisten Menschen, die selten in Schwierigkeiten geraten waren und wussten, dass sie eine Welt betraten, in der die Macht vollkommen anders verteilt war als auf der anderen Seite des Zauns. Sie würden tun müssen, was man ihnen sagte, nur dorthin gehen, wo es erlaubt war, nicht einmal offen sprechen dürfen. Ein großer Teil Freiheit, den man da aufgab, selbst für eine Stunde, selbst im Namen einer guten Sache. Eliza hatte verschwitzte Hände, Vonnie wirkte angespannt.

Als der Wachmann sagte: »Tut mir leid, heute ist keine Besuchszeit«, widersprach sie ihm daher nicht direkt, sondern reagierte verwirrt.

»Das ist ein besonderer Fall«, erklärte Eliza. »Mein Name müsste auf Ihrer Liste stehen.«

»Ihren Namen habe ich. Ich habe alle Namen«, erwiderte der Wachmann nicht unfreundlich. »Trotzdem kommt heute niemand rein. Letzte Nacht wurde etwas in Sussex II gefunden, jetzt gilt im ganzen Gefängnis Einschluss. Kommen Sie am nächsten regulären Besuchstag wieder, das müsste in zwei Wochen sein.«

»Der Mann, den sie besuchen will, ist nächste Woche tot«, warf Vonnie ein und beugte sich vor Eliza.

»Ach, wirklich?« Tonlos, ungerührt. »Tja, ich kann da nichts machen. Heute kommt hier keiner rein, das ist so. Und davon ist niemand begeistert.«

»Es muss doch eine Möglichkeit geben«, versuchte Vonnie es weiter. »Es gibt für alles eine Lösung, wenn man …«

»Nee«, meinte der Wachmann. »Muss nicht gibt's nicht. Keine Besuche heute. Sie können in zwei Wochen wiederkommen.«

Am liebsten hätte Eliza den Kopf aufs Lenkrad gelegt und geweint. Sie tat es nur nicht, weil sie nicht sicher war, ob sie wegen der Familien weinen würde, die sie eigentlich trösten wollte, oder weil sich ihre eigenen egoistischen Wünsche nicht erfüllten. Unwillkürlich kam ihr der Gedanke, sie würde an ihrer Unaufrichtigkeit scheitern, das hier wäre nie passiert, wenn sie offen und ehrlich eingestanden hätte, was sie hier erreichen wollte. Gegenüber Peter, gegenüber Vonnie. Und gegenüber sich selbst.

»Reiß dich zusammen«, zischte Vonnie. Eliza merkte, dass ihr eine Träne über die Wange rann. »Wir müssen nur einen Umweg nehmen, mehr nicht. Vertrau mir, ich bringe dich da rein.«

Am Ende behielt Vonnie recht, allerdings bekam sie nicht die Genugtuung, das dem unbeirrbaren Wachmann später unter die Nase zu reiben. Und Eliza wusste, dass sie das zu gern getan hätte. Ihre Schwester war einfach keine gute Gewinnerin.

Dafür war sie eine geschickte Strategin mit gesunden Instinkten. Als Erstes verlängerte sie ihren Aufenthalt in Richmond, wo sie den ganzen Samstag und bis in den Sonntag hinein fieberhaft an ihrem iPhone und MacBook arbeitete, oft gleichzeitig. Walter sollte Sonntagabend nach Jarratt verlegt werden, wo sich die sogenannte Todeskammer befand. Besuche wurden dort nur selten gestattet, selbst Anwälten, hatte Jefferson Blanding sie gewarnt, und tatsächlich wurde Elizas Anfrage von jeder Stelle in der Gefängnisbehörde abgelehnt. Zum Teil war sie beinahe erleichtert. Sie würde Walter schließlich doch nicht gegenübertreten, und das nicht aus eigener Schuld. Sie hatte versucht, das Richtige zu tun. Konnten sie sich nicht damit zufriedengeben und nach Hause fahren? Das fragte sie auch Vonnie, die das Bed & Breakfast zu ihrer Kommandozentrale umfunktioniert hatte, fluchend über die unzuverlässige Internetverbindung Nummern heraussuchte und Mails an befreundete Journalisten schrieb, die wussten, wie man Leute auch am Wochenende auftreiben konnte.

»Willst du das?«, fragte Vonnie. »Ich mache das hier für dich.«

»Ich weiß nicht. Ich wollte ihn nicht sehen, aber – wenn es

noch mehr Mädchen gibt, haben ihre Eltern und Verwandten dann nicht verdient, es zu wissen?«

»*Verdient* ist ein hartes Wort. Wahrscheinlich wäre es für sie wirklich besser, wenn sie es wüssten. Und für andere wäre es besser, nicht mehr auf Walter Bowman zu hoffen, sozusagen. Aber du bist nicht dafür verantwortlich. Lade dir das nicht auf, wenn es zu viel ist.«

»Das ist es nicht. Ich schaffe das, und ich sollte es tun.«

»Dann rufe ich weiter an.«

Vonnie, die sich jetzt an Politiker wandte, gab sich bedeckt. Was Eliza mit ihrem Besuch erreichen könnte, verriet sie erst, als sie bis in die Chefetage vorgedrungen war, bis zum Stabschef des Gouverneurs. Eliza wusste nicht einmal genau, mit wem Vonnie gerade sprach, als sie endlich sagte: »Es gibt da noch etwas, das Sie wissen sollten.« Vielleicht sogar mit dem Gouverneur selbst. Vonnie brummte nur immer wieder: »Mm-hm, mm-hm«, machte sich ein paar Notizen und hing lange in Warteschleifen, bis sie sich schließlich auf ihre knappe Art verabschiedete.

»Du bist drin. Aber du musst dich an ein paar Regeln halten. In der Einrichtung gelten andere Sicherheitsvorschriften, deswegen der ganze Aufstand. Du sprichst mit ihm nicht durch Glas, sondern durch ein Gitter. Der Wachmann wird mit Klebeband eine Grenze auf dem Boden markieren, die du nicht übertreten darfst. Verstanden? Du darfst dich ihm nicht auf Armeslänge nähern, sonst zieht dich der Wachmann zurück, und die Sache ist vorbei.«

»Kein Problem. Sonst noch was?«

Vonnie zögerte. »Außerdem sollen wir das Gespräch aufnehmen.«

Wir. Das klang in Elizas Ohren gut. »Ist das legal?«

»Wenn nicht, ist es ihr Problem. Ich könnte sowieso mitschreiben. Mein Steno ist ziemlich gut. Der letzte Punkt ist, dass wir Montag ganz früh da sein sollen, sobald er gefrühstückt hat. Dann haben sie einen ganzen Tag Zeit, auf das zu reagieren, was Walter dir erzählt.«

»Wie denn zu reagieren?«

»Sagen wir mal, er gesteht dir, ich weiß nicht, vier weitere Morde. Soweit ich es verstanden habe, wollen sie alle Familien kontaktieren können, um ihnen zu sagen, was passiert ist, und dann sollen die Familien zustimmen, dass es keine Verhandlung geben muss, auch wenn Walters Geständnis nicht rechtsverbindlich ist. Gecheckt?«

»Vonnie, du klingst albern, wenn du redest wie ein Zwölfjähriger.«

»Danke. Es geht nur darum, dass sich nicht irgendein erfolgsgeiler Staatsanwalt melden darf, der den Fall verhandeln will. Genau das könnte Walters eigentlicher Plan sein, Eliza. Wahrscheinlich glaubt er, dass mit so einem Geständnis in letzter Minute noch mal alles von vorne losgeht. Und für den Gouverneur ist das ein schwieriges Thema. Persönlich ist er gegen die Todesstrafe und kämpft gegen ihre Ausweitung, seit er im Amt ist. Aber seine Amtszeit ist bald vorbei, und er mischt sich in solche Fälle nicht gerne ein. Nur kann er nicht viel ausrichten, wenn ein großtuerischer Staatsanwalt aus einem anderen Bundesstaat auf einem Prozess besteht. Er setzt sich schon mit den Gouverneuren in Verbindung, die betroffen sein könnten.«

»Vielleicht baut Walter wirklich darauf, wie du schon sagst. Aber was ist, wenn er lügt, einfach so? Wenn er etwas gesteht, das er nicht getan hat, und dann hingerichtet wird? Ist das den betroffenen Familien gegenüber fair?«

Vonnie setzte sich auf das kuschelig weiche, übertrieben dekorierte Bett. Das Zimmer war noch altmodisch-verspielter als das im berühmten Martha Washington Inn. Vonnie, die Fünf-Sterne-Hotels gewohnt war, hatte seit ihrer Ankunft über jeden Gegenstand im Zimmer die Nase gerümpft – über die Kissen, das Geschirr, die Stickbilder an den Wänden. Aber jetzt legte sie einen Arm um Eliza, was sie nicht mehr getan hatte, seit – eigentlich noch nie.

»Er dürfte schlau genug sein, es nicht zu weit zu treiben. Den Leuten des Gouverneurs zufolge gibt es von 1980 bis 1985 acht passende Vermisstenfälle. Wenn er etwas getan haben will, das nicht auf der Liste steht, werden sie davon ausgehen, dass er lügt, und die ganze Sache unauffällig unter den Teppich kehren. Eliza, für das Treffen musst du dem Staat eine Verschwiegenheitserklärung unterschreiben. Ehrlich gesagt bin ich deswegen stinksauer. Dazu haben sie kein Recht. Aber weil du sowieso nie darüber reden wolltest, dachte ich, ich kann einwilligen.«

Hmm-hmm-hmm. Darum ging es also. Obwohl es stimmte, was Vonnie sagte, stieg in Eliza Wut auf. Sie hatte die ganzen Jahre über geschwiegen, aber aus eigener Entscheidung heraus. Wie konnte jemand es wagen, ihr Schweigen zur Bedingung zu machen? Sie fühlte sich wie damals mit fünfzehn, knapp sechzehn, als alle Erwachsenen – Staatsanwälte, Richter, sogar ihre Eltern – ständig behaupteten, es sei allein ihre Geschichte, und ihr gleichzeitig vorschrieben, wie und wann sie sie erzählen sollte.

»Na schön, also unterschreibe ich eine Verschwiegenheitserklärung. Wenn das sein muss, muss es sein. Wenigstens ist es dann die Wahrheit, wenn ich sage, dass ich nicht darüber reden kann.«

»Eine Sache noch ...«

Vonnie klang unheilvoll, aber Eliza konnte sich nicht vorstellen, was sie noch weitergeben sollte.

»Sie haben gefragt, ob du als Zeugin dabei sein willst.«

»Um Himmels willen, nein.«

»Das dachte ich mir, aber die Frage habe ich nicht für dich beantwortet. Ich habe Ja gesagt, wenn auch unter Vorbehalt.

Weißt du was, gehen wir doch zum Abendessen in dieses karibische Restaurant, wenn es sonntags geöffnet hat. Wir gehen essen und danach in irgendeinen Frauenfilm, den du mit Peter und den Kindern nie sehen würdest.«

Essen gehen konnten sie, aber für das gewünschte Gemeinschaftserlebnis boten die Multiplexkinos von Richmond nicht die richtige Auswahl. Sie wichen auf einen Batman-Film in einem One Dollar House aus, in dem der Eintritt längst fünf Dollar kostete. Sie fand den Film schrecklich, nicht weil er laut und brutal war oder es schwerfiel, die – vermutlich eingebildeten – Qualen des jungen Schauspielers zu sehen, der noch vor der Filmpremiere gestorben war, sondern weil Batmans Welt nur aus Vigilanten und amoralischen Opportunisten bestand. Und jeder sah sich im Recht. Aber traf das nicht auch auf Elizas wirkliche Welt zu? Bei allem Gerede über Wandel und Erlösung hatte sich wahrscheinlich sogar Walter Rechtfertigungen für seine Taten zurechtgelegt. Das immerhin hatte er ihr erspart. Er hatte nie darüber gesprochen, was er getan hatte, nicht einmal über die unbestreitbaren Morde an Maude und Holly. Warum?

Weil er wusste, dass er sie leben lassen würde, gestand Eliza sich ein. Das verschaffte ihm einen Vorteil ihr gegenüber, genau wie seine Stärke und Brutalität. Er hatte beschlossen, sie nicht zu töten. Was hätte sie aus diesem Wissen machen können? Hätte sie Holly doch retten können? Hatte sie Macht besessen, die sie nicht einmal erahnt hatte? Besaß sie jetzt Macht? Vor weniger als vierundzwanzig Stunden hatte nur eine Handvoll Menschen gewusst, was Walter ihr versprochen hatte – glaubte sie zumindest. Lief sie in eine Falle? Folgte sie wieder einmal dem Sucker Branch und würde bald über etwas stolpern, das sie besser nicht sehen und nicht wissen sollte, entfernte sie sich zu weit vom Weg?

So oder so: Es war zu spät, um umzukehren.

Teil VIII

Voices Carry

1985 veröffentlicht
Platz 8 in der Billboard Hot 100
am 13. Juli 1985
Hielt sich 21 Wochen lang
in der Billboard Hot 100

Kapitel 45

In Greenville galten noch strengere Sicherheitsauflagen als in Sussex, mit Kontrollpunkt um Kontrollpunkt, Durchsuchung um Durchsuchung. Damit musste man wohl rechnen, schätzte Eliza, wenn man einen Ort mit einer Todeskammer besuchte.

Einen Gegensatz zu der restlichen Anlage bildete das Gebäude selbst, ein kleiner Gefängnisbau mit einem Aufseher hinter einem Schreibtisch und nur einer Zelle.

»Das sieht ja aus wie damals in der *Andy Griffith Show*«, sagte Eliza. Sie starrte auf die aufgeklebte Markierung zu ihren Füßen, weil sie noch nicht bereit war, den Mann in der Zelle anzusehen. »Wo sie diesen Säufer Otis einsperren.«

»Wenn Otis sterben würde, dann ja«, entgegnete Walter mit freundlichem Tonfall. »Da drüben kannst du die Todeskammer sehen.«

Sie blickte zur Seite. Dann – und erst dann – sah sie Walter direkt an. Er war immer noch recht schlank, aber größer, als Eliza erwartet hatte. Größer und jünger. Er war wie besessen gewesen von seiner Größe und hatte steif und fest behauptet, er sei eins fünfundsiebzig groß, obwohl Eliza mit ihren eins sechzig der festen Überzeugung gewesen war, er könne höchstens zehn Zentimeter größer sein als sie. Eliza fiel ein, wie er einmal in einem Katalog ausgiebig Fotos von Herrenschuhen mit hohen Absätzen betrachtet und sie gefragt hatte, was sie davon hielt. Damals hatte sie schon genug Zeit mit ihm verbracht, um einen Widerspruch so verpacken zu können, dass er Walter nicht auffiel. Sie sagte ihm, die Schuhe seien toll (sie waren scheußlich), aber schon zu modisch, sie würden so schnell unmodern werden, dass er sie nicht lange tragen könnte. Herrenschuhe seien gut gearbeitet, plapperte sie nach, was ihr Vater einmal gesagt hatte. Bei der Erinnerung daran verspürte sie einen Kloß in der Kehle. Männer sollten Schuhe kaufen, die lange hielten. Ähnliche Gespräche führten Walter und Elizabeth auch über ein Kölnischwasser, von dem er glaubte, es würde ihn unwiderstehlich machen, und über die Frage, ob er ein T-Shirt mit einem weißen Blazer anziehen sollte, so wie Don Johnson in *Miami Vice*. »Nicht nach dem Labor Day, dann ist der Sommer vorbei«, riet sie ihm und fragte sich dabei, ob sie am nächsten Memorial Day, dem Beginn der Sommersaison, immer noch bei ihm sein würde. Wahrscheinlich würde er dann fragen, ob er Leinenhosen und Slipper ohne Socken tragen durfte. Er war klein gewesen, und jetzt schien er sie zu überragen, trotz der klobigen Absätze unter ihren Stiefeln. Konnten Erwachsene noch größer werden? Hatte er sich eine aufrechtere Haltung angewöhnt? Oder sackte sie in seiner Gegenwart schlicht und einfach zusammen?

Und sein Gesicht – ohne Sonnenlicht zu leben hatte seine Vorteile. Walter war blass, seine Haut auffallend glatt, seine grünen Augen strahlten. Auch von seinem guten Aussehen hatte er so oft angefangen, dass es schon langweilig wurde. Er hatte nicht unrecht. Aber auch nicht ganz recht. Er hätte eigentlich attraktiv wirken müssen, doch er hatte etwas an sich, etwas Unterschwelliges, das ihr schon mit fünfzehn aufgefallen war. *Nicht wie ich,* hatte ihr Verstand registriert. *Niemand, den ich kennen würde.*

Andererseits hatte Holly das gleiche Urteil über sie gefällt.

»Hallo, Walter«, sagte sie, obwohl sie ihn bereits beim Hereinkommen begrüßt hatte. »Das ist meine Schwester.«

Vonnie nickte ihm zu und starrte ihn unverwandt, beinahe unhöflich an. Eliza fiel auf, dass Vonnie ihn noch nie persönlich gesehen hatte. Ihre Eltern kannten ihn aus dem Gericht, aber Vonnie war zu dieser Zeit an der Universität gewesen.

»Hallo, Yvonne«, sagte Walter. Es beruhigte Eliza, festzustellen, dass Walter sein Wissen über sie vor allem aus offiziellen Dokumenten, Zeitungsberichten und Zeugenaussagen bezogen hatte, in denen selten Spitznamen benutzt wurden. In den neununddreißig Tagen mit ihm war ihr Vonnies Name nicht über die Lippen gekommen. Falls er gleich versuchte, sie mit den Namen ihrer Kinder zu verunsichern, würde er sie wahrscheinlich Isobel und Albert nennen. »Das ist mein Deputy, er heißt auch Walter, aber ich schätze, ihr könnt uns auseinanderhalten. Kleiner Tipp: Er ist der mit der Waffe.«

Walters neuer Sinn für Humor. Der Deputy war ein breitschultriger Schwarzer und irrsinnig groß, mindestens einen Kopf größer als Eliza.

»Wir kennen uns schon«, sagte Deputy Walter mit einer trägen, honigsanften Stimme, die auch in Andy Griffiths Stadt Mayberry gepasst hätte, wenn man in Mayberry riesige schwarze Deputys angestellt hätte.

»Willst du einen Stuhl haben?«, fragte Walter, ihr Walter.

»Nein, den brauche ich nicht.«

»Es könnte länger dauern.«

»Du stehst auch.«

»Weil ich keinen Stuhl ans Gitter ziehen kann. Ich würde es tun, wenn ich könnte. Aber das ist ja kein Grund, dass es für uns beide unangenehm ist.«

Kein Stuhl der Welt könnte mir die Situation angenehmer machen.

»Ist schon gut.« Sie sah, wie Vonnie eine Hand in eine tiefe Tasche ihrer übertrieben eleganten Jacke gleiten ließ, neben der Elizas Vorstadtmutterkluft aus Stoffhose und Pullover noch hausbackener wirkte. Die Taschen boten einen Vorteil: Vonnie schaltete gerade ein Diktiergerät ein.

»Du siehst großartig aus, Elizabeth.« Es schmerzte, ihren ganzen Namen aus Walters Mund zu hören. »Aber ich kannte ja schon dein Foto, ich wusste, wie du aussiehst. Wie sehe ich aus?«

»Gut«, antwortete sie. Er wollte mehr hören. »Fit.«

»Ich bin erst sechsundvierzig. Wir können hier kaum Sport treiben, aber man kann erstaunlich viel in einer Zelle machen, ganz ohne Geräte, nur mit dem eigenen Körper. Barbara hat mich zu Yoga gebracht. Ich bin nicht sonderlich gelenkig, aber stark – ich zeige es dir.« Zu Elizas Überraschung – und offenbar zum Schrecken des Deputys, der plötzlich ziemlich angespannt wirkte – drückte Walter die Handflächen auf den Boden und beugte sich vor, bis die angewinkelten Knie auf den Ellbogen ruhten und die Füße in der Luft schwebten; er balancierte das ganze Gewicht auf den Armen.

»Die Krähe«, sagte er, während er mühelos in der Haltung verharrte. »He, bist du für die Ravens oder die Redskins?«

»Was?«

»Du bist doch in Baltimore und Umgebung aufgewachsen« – *und Umgebung* – »und wohnst jetzt in der Nähe von Washington, deshalb dachte ich gerade, für welches Footballteam du wohl bist.«

»Walter, das ist wohl kaum der richtige Moment für Small Talk.«

»Ach, so soll es laufen?« Er stand auf und wischte sich die Handflächen ab, wirkte aber nicht sichtlich beleidigt. Eher erleichtert, beinahe ausgelassen. »Na gut, aber bevor es ans Eingemachte geht, wie man so sagt, müssen wir noch über etwas anderes reden. Über die Nacht, in der Holly gestorben ist. Und was danach war.«

Sie warf dem Deputy einen Blick zu, der höflich so tat, als

wäre er gar nicht wirklich zugegen, als würde er sie nur beobachten, weil es seine Aufgabe war, aber keinerlei Anteil nehmen. »Ich …« Sie sah Vonnie an, die ihre Notlage verstand, aber keine Lösung anbieten konnte.

»He, Walter?« Das rief der Walter hinter Gittern dem Walter hinter dem Schreibtisch zu.

»Ja, Walter?«

»Musst du hören, worüber wir gleich reden?«

»Ich muss zusehen. Das weißt du. Das muss sein.«

»Zusehen ist in Ordnung. Aber musst du auch zuhören?«

Nach kurzem Überlegen nickte der Deputy, holte einen MP3-Player aus seiner Schreibtischschublade und steckte sich die Hörer in die Ohren. Eliza erkannte die Musik nicht, aber der Player lief so laut, dass sie ein blechernes Brummen hörte. Dabei ließ der Deputy sie nicht aus den Augen, was Eliza nur recht war.

»Jetzt du«, sagte Walter und deutete mit einer Kopfbewegung auf Vonnie.

»Aber …?«

»Nur wir beide. Das ist nicht verhandelbar. Sie kann bleiben, wo das Gefängnis es meint, aber nicht hier.«

Die Schwestern tauschten einen Blick aus, sahen aber keinen Ausweg. Vonnie hatte das Diktiergerät extra in ihrer Jacke versteckt, damit der Deputy ihre Handtasche vor Walters Augen durchsuchen konnte. Beim Hereinkommen waren ihre Taschen ganz demonstrativ untersucht worden. Jetzt mussten sie auf die Aufnahme verzichten. Vonnie klopfte an die Tür und wurde von einem zweiten Deputy weggeführt.

»*Hush, hush*«, sagte Walter. Als sie ihn mit steinerner Miene anblickte, fügte er hinzu: »Das war ein Scherz, Elizabeth. Weißt du noch, wie toll du den Song fandest?«

»Ja, weiß ich. Ich fand in diesem Sommer viele Songs toll. Jetzt nicht mehr.«

»Ich schätze, ich habe sie dir ruiniert.«

Sie formulierte ihre Antwort sorgfältig. »Bei Liedern erinnert man sich natürlich daran, wo man war, als sie oft gespielt wurden.«

»Ich habe dir die Songs ruiniert.« Er wirkte regelrecht zerknirscht. »Daran habe ich nie gedacht. Ich habe vielleicht die Songs ruiniert, aber nicht dich. Sieh dich nur an, Elizabeth.«

Sie dachte kurz nach. Natürlich hatte Walter ihr Leben nicht zerstört, bei Weitem nicht. Sie lebte sogar sehr gut, besonders in Anbetracht dieser unsicheren Zeiten. Sie hatte Peter, sie hatte Albie und Iso. Sie hatte ihre Eltern, die beide noch in den Siebzigern gesund und munter waren. Und die letzten achtundvierzig Stunden hatten ihr gezeigt, dass sie sich sogar auf Vonnie verlassen konnte, auf die unmögliche, nervtötende Vonnie. Was fehlte ihr, was blieb ihr verwehrt?

Die Welt. Sie hatte keine engen Freunde, nur Peters Freunde und ein paar Bekannte. Und das war keine Folge der vielen Umzüge und lag nicht an den Frauen, die sie in Houston, London und nun in Bethesda kennengelernt hatte. Der Grund war nicht, wie sie gerne vorschob, dass sie für London zu amerikanisch war, für Texas zu viel Ostküste oder für Montgomery County mit seiner Fixierung auf Washington zu viel Baltimore in sich hatte. Die fehlenden Freundschaften konnte sie nicht einmal darauf schieben, dass ihre Tochter als die subtile Mobberin und Diebin der North Bethesda Middle verschrien war. Eliza hatte keine Freundinnen, weil Freundschaft zu Vertrauen und Vertraulichkeiten führte. Der dicke schwarze Strich mitten durch ihr Leben, der das Ende von Elizabeth und den Beginn von Eliza markierte, hatte das in ihren Augen unmöglich gemacht.

»Nein, du hast mich nicht ruiniert. Aber was du getan hast, wird dadurch nicht weniger schlimm.«

»Ich nenne es beim Namen: Ich habe dich vergewaltigt.«

Walter sprach leise, als wollte er sichergehen, dass nur sie diese Worte hörte, niemand sonst. Aus Rücksichtnahme oder aus Scham? »Ich habe es getan. Das würde ich nie abstreiten. Du wurdest vergewaltigt, und ich habe dir das angetan. Aber kannst du verstehen, dass ich das für Liebe gehalten habe, Elizabeth? Ein wenig nur?«

Sie schüttelte den Kopf. »Das war nicht unser Thema. Es hat keinen Sinn, darüber zu reden.«

»Doch, hat es. Bevor ich dir überhaupt etwas erzählen kann, musst du nämlich verstehen, dass die – die Nacht mit dir das erste und einzige Mal in meinem Leben war, dass ich Sex hatte.«

»Nein …« Sie wollte sich abwenden, das Gesicht verbergen, um ihre Gefühle zu ordnen. Das war eine Lüge, es konnte nicht stimmen, warum tat er ihr das an? »Du hast gesagt … Ich habe gelesen …«

»Ich habe gelogen. Ich habe gelogen, weil ich mich geschämt habe. So verkorkst war ich damals. Ich habe mich mehr geschämt, weil ich sexuell unerfahren war, als wegen meiner Taten. Diese ganze Geschichte, ich hätte es zu Hause schon getan, habe ich erfunden, und alle haben angenommen, ich hätte es mit den anderen Mädchen getan. Das richtige erste Mal – das einzige Mal – war mit dir. Erinnerst du dich? Das Hotel bei den Blue Ridge Mountains?«

Es war der Abend nach Hollys Tod. Walter hatte den ganzen Tag über kaum gesprochen. Er war benommen, beinahe katatonisch, und Eliza musste ihn zu den kleinsten Dingen erst auffordern. Dazu, weiterzufahren, wenn die Ampel grün wurde, oder zu antworten, als die Kellnerin beim Abendessen um seine Bestellung bat.

Das Hotel war nett, ein richtiges Hotel mit einem Restaurant, in dem es Tischdecken aus Leinen und ein aufwendiges Wandgemälde gab, auf dem Menschen in altmodischer Kleidung ein Picknick veranstalteten. War in Hollys kleiner Blechdose so viel Geld gewesen? Eine Kreditkarte? Walter drängte, sie sollte bestellen, was sie wollte, aber ihrem Magen ging es nicht gut, und er würde böse werden, wenn sie ein so teures Essen stehen ließ. Dabei rührte Walter selbst keinen Bissen an. Er schnitt nur sein Steak in immer kleinere Stückchen und zerquetschte seine Ofenkartoffel, als wäre sie etwas, das er umbringen wollte.

»Dein Onkel isst ja noch weniger als du«, bemerkte die Kellnerin.

»Ich bin nicht ihr Onkel«, sagte Walter in einem Ton, der die Kellnerin zusammenzucken ließ. Freundlicher sprach er weiter. »Ich bin ihr Bruder. Sie war eine Nachzüglerin, und jetzt sind unsere Eltern tot, und wir haben nur noch uns.«

»Das ist … nett. Wirklich nett.«

Sie gingen nach oben. Eliza duschte genüsslich, es war so herrlich wie seit Wochen nicht mehr, selbst wenn sie danach ihre getragene Kleidung wieder anziehen musste. Auch die Tagesdecke, eine altmodische weiße Decke mit plastischem Muster, war herrlich. Sie hatte seit fast einer Woche nicht mehr in einem richtigen Bett gelegen und schlief beim leisen Brummen des Fernsehers bald ein. Sie wusste nicht, wie spät es war, als sie aufwachte und Walter neben sich stehen sah.

»Dreh dich um«, sagte er.

Sie gehorchte, während sie ihn bat: »Bitte nicht, Walter. Bitte.«

»Es tut mir leid«, sagte er. »Ich muss das tun. Aber ich stelle dir Musik an.« Mit der Fernbedienung schaltete er durch, bis er MTV fand. Madonna sang gerade *Lucky Star*. »Das magst du doch, oder?« Er drehte sie herum, dass sie den Fernseher sehen konnte, aber sie kniff die Augen fest zusammen; sie wollte nichts sehen, sich an nichts erinnern.

Er war hinter ihr. Sie hatte einmal ein Buch gelesen, eines der besten schmutzigen Bücher überhaupt, in dem ein Mann seine Freundin immer umgedreht hatte und nachher herauskam, dass er eigentlich auf Männer stand. Aber bei Walter ging sie nicht davon aus. Walter hatte Probleme. Große Probleme. »Verdammt«, sagte er ein- oder zweimal, schob sie zurecht, erst so, dann so, und sprach mit ihrem Körper, wie er bei seinen Handlangerarbeiten manchmal mit seinem Werkzeug schimpfte. Irgendwann schaffte er es dann doch. Es tat so weh, dass sie sich nicht vorstellen konnte, wie jemand so etwas freiwillig tun konnte. Sein Mund war an ihrem Ohr, an ihrem Hals, aber er küsste sie nicht; die Hände hatte er zu beiden Seiten neben ihr aufgestemmt, als würde er Liegestütze machen. Er schien die Luft anzuhalten. Schließlich stieß er einen leisen, spitzen Schrei aus, eher überrascht als alles andere. Madonna sang immer noch, wälzte sich auf dem Boden und dankte ihrem Glücksstern.

»Es tut mir leid«, wiederholte er. Sie weinte, das Gesicht in das Bett gedrückt, gerade noch das schönste Bett der Welt und jetzt das schrecklichste.

Am nächsten Tag war er wieder geistesabwesend, aber statt ihm zu helfen, hatte sie sich selbst in eine Art Trance zurückgezogen. Sie hielten an einem Supermarkt an und stritten sich am Ende über eine Packung Kekse. Er gab nach, aber erst, nachdem er sie so fest geschubst hatte, dass sie stolperte und auf die Knie fiel. Kurz nachdem sie den Potomac Richtung Maryland überquert hatten, wurden sie angehalten, weil Walter zu langsam gefahren war. Falls er glaubte, er hätte von der Staatspolizei etwas zu befürchten, ließ er sich das nicht anmerken.

»Wer ist die junge Dame?«, fragte der Polizist.

»Elizabeth Lerner«, antwortete Walter. »Ich bringe sie nach Hause. Sie wird vermisst, sie ist weggelaufen, aber ich habe sie überredet, nach Hause zu gehen.«

Hatte er gedacht, der Polizist würde ihn durchwinken? Er wirkte kein bisschen beunruhigt, als der Polizist zu seinem Streifenwagen ging und das Funkgerät benutzte. Bevor Elizabeth recht wusste, was geschah, lag Walter auf dem Boden, die Hände über dem Kopf, während der Polizist abwechselnd ihn anschrie, er solle sich nicht bewegen, und Elizabeth beruhigte, es sei alles in Ordnung, sie sei jetzt in Sicherheit.

Und sie fing an zu weinen. Weil sie in Sicherheit war. Aber vielleicht auch, weil ihr klar wurde, dass sie nie wieder in Sicherheit sein würde.

»Das kann nicht stimmen«, sagte sie jetzt zu Walter. »Du hast Maude vergewaltigt. Bei Holly hast du es versucht.« Walter umklammerte die Gitterstäbe. Sie wünschte sich, sie könnte sich auch irgendwo festklammern. Hätte sie doch den Stuhl nicht abgelehnt. Aber es wäre ein Zeichen von Schwäche gewesen, jetzt um einen zu bitten. Außerdem wollte sie den Deputy nicht weiter hineinziehen, es war seltsam genug, dass er sie beobachtete.

»Ich konnte nicht. Nicht bei den anderen. Ich habe es versucht, aber es ging nicht. Die Erste – sie hat mich ausgelacht, und danach konnte ich es nie. Außer mit dir.«

Hier konnte sie einhaken. »Maude war nicht die Erste.« Zögerlich, aber bestimmt.

»Nein.«

»Wer dann?«

Er hob eine Hand. »Bevor ich mein Versprechen einlöse und dir alles erzähle, möchte ich, dass du dich der vorletzten Nacht entsinnst, Elizabeth.« Er war sichtlich zufrieden mit sich, vielleicht nur, weil er das Wort *entsinnst* benutzt hatte.

»Das möchte ich eigentlich nicht.«

»Aber es ist wichtig.«

»Ich wüsste nicht, warum.«

»Gut, dann ist es eben wichtig für mich. Du hast dich in den Pick-up gesetzt.«

»Weil du es mir befohlen hast.«

»Ich habe dir die Schlüssel gegeben. Du hast dich eingeschlossen. Als ich zurückgekommen bin, waren die Türen immer noch versperrt. Ich habe an die Scheibe geklopft, und du hast mir aufgemacht. Die ganze Zeit über hast du da gesessen.«

»Was hätte ich denn sonst machen sollen? Ich konnte nicht Auto fahren, und im Dunkeln konnte ich nicht den Berg hinunterlaufen.«

»Du hast den Staatsanwälten gesagt, du hättest gesehen, wie Holly weggelaufen ist und ich ihr gefolgt bin.«

»Ja. Zuerst habe ich sie gehört – sie hat geschrien. Dann hast du gebrüllt, als hättest du Schmerzen. Ich bin immer davon ausgegangen, dass sie dir etwas getan hat.«

»Sie hat mir die Augen zerkratzt. Das hat ihr jemand beigebracht. Manche Frauen wollen einem …« Es wirkte komisch, wie er auf seinen Schritt deutete, weil ihm kein anständiges und ausreichend eindrucksvolles Wort einfiel. »Die Augen sind besser. Sag das deiner Tochter.«

»Sprich nicht von meiner Tochter.«

»Schon gut, schon gut. Ich wollte nur helfen.« Er hob beschwichtigend die Hände. »Wahrscheinlich habe ich wirklich geschrien, aber das weiß ich nicht mehr. Viel wichtiger ist, was ich noch weiß: Ich bin Holly nicht gefolgt.«

»Doch, das bist du. Ich habe dich gesehen.«

»Nein, hast du nicht. Nicht, wenn du in dem Pick-up gesessen hast. Der Wagen stand auf der anderen Seite vom Zelt, Elizabeth, nicht beim Eingang. Dahin ist Holly nicht gelaufen, wahrscheinlich, weil sie nicht geglaubt hat, dass du ihr helfen würdest …«

»Das ist unfair, Walter.«

»Über Fairness sind wir längst hinaus. Sie ist zu den Bäumen gerannt, in die Dunkelheit. Du konntest sie gar nicht sehen. Und du hast nicht gesehen, dass ich sie verfolgt habe, weil ich das nicht getan habe. Ich wollte sie finden, ihr helfen …«

»Du hast ihren Namen gerufen. Das habe ich gehört. Und dann hat sie geschrien. Das habe ich auch gehört.«

»Aber du hast nicht gesehen, dass ich sie verfolgt habe, weil ich das nicht getan habe. Die ganzen Jahre über ist mir das nie aufgefallen. Ich habe gar nicht daran gedacht, wo der Wagen stand. Und du warst bei deiner Aussage absolut unbeirrbar.«

Und fest entschlossen, alles zu sagen, was die Erwachsenen hören wollten. Das stimmte. Sie hatte sich entschieden, nicht noch einmal jemanden zu enttäuschen, niemanden wissen zu lassen, wie feige sie sich benommen hatte. Aber in ihrem Kopf war dieses Bild, das sie seit Jahren quälte, dieses aufblitzende Weiß, Hollys wehendes Haar. Walter war direkt hinter ihr gewesen, beinahe nah genug, um es zu packen. Oder nicht?

»Sie ist diesen Abhang hinabgestürzt, genau wie ich gesagt habe. Die ganzen Jahre über konnte ich deinetwegen niemanden davon überzeugen, weil du den Leuten erzählt hast, ich hätte sie gejagt, du hättest mich gesehen. Aber dann kam Barbara, sie hat sich alles angesehen und nachgestellt. Sie hat auch gemerkt, dass nicht stimmen konnte, was du behauptest. Sie hat gesagt, ich müsse dich finden und dich dazu bringen, die Wahrheit zu sagen. Wahrscheinlich hast du nicht einmal gewusst, dass es nicht die Wahrheit ist. Sie haben dir eine Gehirnwäsche verpasst.«

»Wenn das jemand getan hat, dann du«, sagte sie. »Du hast mich so eingeschüchtert, dass du wusstest, ich würde alles tun. Ich hatte die ganze Zeit über Angst. Solche Angst, dass ich mich in den Wagen gesetzt habe, als du es mir befohlen hast. Dass ich nicht einmal versucht habe, von dir wegzukommen, egal wie viele Chancen ich hatte.«

»Na ja, wenn ich dir eine Gehirnwäsche verpassen konnte, dann konnten dir andere Leute doch auch etwas einreden, oder? Du warst immer leicht zu beeinflussen, Elizabeth. Du *wolltest* tun, was andere von dir verlangten. Erst ich, dann die Anwälte. Dafür musst du dich nicht schämen.«

Warum hatte sie dann den Eindruck, dass genau das sein Ziel war, dass er versuchte, sie zu manipulieren? »Die Staatsanwälte haben nicht gedroht, meine Eltern und meine Schwester umzubringen, wenn ich nicht mit ihnen zusammenarbeite. Die Staatsanwälte haben mich nicht geschlagen, wenn ich nicht gleich auf sie gehört habe, oder mich gefesselt. Sie haben mich nicht vergewaltigt.«

»Ach nein? Sie haben dich dazu gebracht, zu lügen. Das ist ein Meineid, Elizabeth, und Meineid ist ein Verbrechen. Genau wie Vergewaltigung.«

»Nicht ganz. Ganz und gar nicht.«

»Trotzdem ist es falsch, vor Gericht zu lügen. Ich glaube ja nicht, dass du es bewusst getan hast, aber du hast dich geirrt. Sie ist wirklich gefallen, Elizabeth. Ich habe sie nicht gestoßen. Selbst wenn du gesehen hättest, dass ich sie verfolgt habe – was du nicht gesehen haben kannst, weil ich es nicht getan habe –, hättest du nicht sehen können, was passiert ist, wie weit ich von ihr entfernt war, als sie gestürzt ist.«

Sie schüttelte den Kopf. »Ich glaube dir nicht.«

Einen Augenblick lang wirkte er wütend, und Eliza spürte, wie angespannt der Deputy wurde, jederzeit bereit dazwischenzuspringen, obwohl sie immer noch auf ihrer Markierung stand, sogar ein gutes Stück dahinter. Walter hatte das Gespräch im Geiste geplant, und es lief nicht so, wie er wollte, genauso wenig wie all seine Gespräche mit erwachsenen Frauen. Sie war kein Mädchen mehr, und sie machte ihm einen Strich durch die Rechnung. Ein gutes Gefühl.

Er schlug einen sanfteren, schmeichlerischen Ton an. »Das

ist dein gutes Recht. Du kannst mir glauben oder nicht, je nach den Tatsachen. Das war auch mein Recht. Dass die Geschworenen die *Tatsachen* hören. Dass sie aufgrund der Tatsachen entscheiden, ob ich getan habe, was man mir vorwirft. Dieses Recht wurde mir verwehrt, durch deine Aussage. Mein Anwalt hat mich nicht aussagen lassen, ich durfte der Hauptzeugin nicht widersprechen, weil du so überzeugend warst.«

»Walter, ich habe die Wahrheit gesagt.«

»Das hast du geglaubt, aber es kann nicht stimmen.« Er hielt seinen linken Unterarm an die Gitterstäbe. »Das ist der Pickup, okay? Die Scheinwerfer sind da, wo meine Finger sind.« Er wackelte mit den Fingern. »Das Zelt war dahinter. Holly ist in die andere Richtung gelaufen. Barbara ist zu der Stelle gefahren, nach der ganzen Zeit sieht alles noch genauso aus. Sie ist sogar zur richtigen Jahreszeit hingefahren, letzten Herbst, beinahe auf den Tag genau, damit alles passt. Und du kannst nicht das gesehen haben, was du behauptet hast.«

»Letztes Jahr – du hast die ganze Zeit nach mir gesucht, oder? Das war kein Zufall. Du bist nicht im *Washingtonian* über mich gestolpert. Das war kein Schicksal und auch kein Glück.«

»Na ja, ja und nein. Ich meine, ja, wir haben nach dir gesucht. Aber gefunden habe ich dich aus Zufall, und das ist auch eine Art Glück. Daran habe ich erkannt, dass du mir helfen sollst. Ich habe umgeblättert, und da warst du plötzlich.« Er zögerte. »Du bist so hübsch geworden, Elizabeth. Das habe ich gleich gewusst. Als Mädchen warst du nicht mein Typ. Ich habe große Blondinen gemocht. Kann man mir das vorhalten? So sind junge Männer nun mal. Aber es stimmt schon, Schönheit ist nur eine Äußerlichkeit. Du hast ein schönes Wesen, und das ist mit der Zeit auch nach außen gedrungen. Und dein Wesen ist zu gut, um eine solche Lüge bestehen zu lassen. Nicht, wenn sie mich das Leben kosten könnte.«

»Der Gouverneur will dir unter keinen Umständen einen Aufschub gewähren.«

Walter zog die Augenbrauen hoch. »Komisch, woher weißt du das? Ich meine, ich weiß es. Barbara und Jeff wissen es. Der Gouverneur will mit der Sache am liebsten gar nichts zu tun haben. Aber woher weißt du das, Elizabeth?«

Sie blickte zu Boden, auf das Klebeband, und sagte sich, dass sie in Sicherheit war. Sie würde den Bach nicht noch einmal überqueren. Er konnte sie nicht an den Handgelenken packen und in den Pick-up zerren. Warum also zitterten ihr die Knie?

»Ich denke es mir einfach«, antwortete sie. »Er mischt sich fast nie ein.«

»Du kannst immer noch nicht lügen. Deshalb bin ich auch nicht böse auf dich.«

Er war nicht böse auf sie? Wie großzügig.

»Du glaubst, was du ausgesagt hast, das weiß ich. Jedenfalls hast du recht. Er ändert meine Strafe nicht, es sei denn, es passiert etwas wirklich Entscheidendes. Etwa, dass die Hauptzeugin der Anklage ihre Aussage widerruft. Bei den Gesetzen in Virginia bekomme ich keinen neuen Prozess. Aber wenn du ihm sagst, dir wäre klar geworden, dass du dich irrst oder dass dir der Staatsanwalt die Worte in den Mund gelegt hat, müsste er zuhören, er müsste mir einen Aufschub gewähren.«

»Warum sollte ich das tun?«

»Dafür fallen mir drei Gründe ein. Erstens, weil es richtig wäre. Ich glaube ja nicht, dass du noch mehr brauchst, aber bitte.« Er hatte den Zeigefinger erhoben, jetzt gesellte sich der Mittelfinger dazu. »Zweitens wüsste ich nicht, warum ich dir etwas sagen sollte, bevor du mir beweist, dass ich dir vertrauen kann. Wahrheit gegen Wahrheit, Elizabeth. Wenn ich diesen anderen Familien die Wahrheit schulde, dann schuldest du mir dasselbe.«

»Ich habe immer die Wahrheit gesagt.«

»Gut, dann drittens. Ich habe noch genug Zeit, um Jared Garrett ein Exklusivinterview zu geben. Ich habe einen ganzen Stapel von Seiten geschrieben, die alle bei Barbara liegen. Garrett hat immer geglaubt, die Sache zwischen uns wäre anders gewesen. Vielleicht hatte er recht. Vielleicht sollte die Welt die Wahrheit erfahren, dass du meine Freundin warst und eifersüchtig geworden bist, als ich mich in Holly verliebt habe.«

Genau davor hatte sie sich am meisten gefürchtet. Er würde sie in die Öffentlichkeit zerren. Ihre Vergangenheit würde zur Gegenwart werden, in einer Mischung aus Wahrheit und Lüge, und sie würde sich den Rest ihres Lebens rechtfertigen müssen. Sie müsste ihren Kindern erklären, was ihr geschehen war, und sie gleichzeitig davon überzeugen, dass sie sich sicher fühlen konnten, dass ihre Eltern sie beschützen würden. Albies Alpträumen, Isos Heimlichtuerei würde das nicht gerade helfen. Und falls Jared Garrett tatsächlich Walters Version ihrer Beziehung veröffentlichte, wie sollte sie Iso dann klarmachen, dass ihr heimlicher Flirt mit einem Siebzehnjährigen nicht in Ordnung war? Das waren Elizas größte Ängste – und sie merkte, dass sie damit zurechtkommen würde.

Trotzdem war sie von Walter enttäuscht. Sie hatte wirklich glauben wollen, dass er sich verändert hatte. Und sie fühlte sich nicht naiv oder dumm, weil sie zugelassen hatte, dass er Hoffnung in ihr weckte und sie mit einer List herlockte. So wollte sie sein, so würde sie auch bleiben. Wie ihr Vorbild für die College-Bewerbung – Anne Frank – wollte sie glauben, dass Menschen im Grunde gut waren. Zumindest die meisten Menschen.

»Du wirst mir nichts über die anderen sagen, oder?«

»Doch, wenn du den Gouverneur anrufst und meine Strafe in lebenslänglich umgewandelt wird. Dann sage ich dir alles.«

»Nein, tust du nicht. Auch wenn du sie nicht vergewaltigt hast, hast du es doch versucht, und das würde auch für diese Fälle die Todesstrafe bedeuten.«

»Das lass mal meine Sorge sein. Ist es nicht viel eher eine Strafe, wenn ich voll Selbsterkenntnis und Reue über meine Taten weiterlebe, als wenn man mich tötet? An jedem Tag meines Lebens muss ich an das denken, was ich getan habe.«

»Tatsächlich?«

»Wie meinst du das?«

»Tust du das tatsächlich? Sicher bietet dir jeder Tag die Gelegenheit, über deine Opfer nachzudenken, aber das heißt nicht, dass du das wirklich tust. Ich habe das Gefühl, Walter, dass du immer nur an einen Menschen gedacht hast: an dich.«

Als er etwas mit leiser Stimme entgegnete, hätte sie beinahe unwillkürlich die unsichtbare Grenze überschritten.

»Ich denke an dich. Jeden Tag. An unsere Zeit zusammen – die glücklichste Zeit meines Lebens.«

»Dann tust du mir leid. Das war keine glückliche Zeit, Walter.«

»Du bist die einzige Frau, mit der ich je Liebe gemacht habe.«

»Ich war das fünfzehnjährige Mädchen, das du vergewaltigt hast. Das ist nicht das Gleiche.«

»Ich habe etwas für dich empfunden. Das tue ich immer noch. Ich mache das hier genauso für dich wie für mich, Elizabeth. Ich kenne dich. Du hast immer das Richtige getan. Lügen konntest du noch nie ertragen. Sie haben dich hereingelegt, damit du ihre Lügen glaubst.«

»Walter, ich glaube, dass du Holly umgebracht hast.«

»Aber habe ich es verdient, dafür zu sterben? Du und deine Familie, so seid ihr doch nicht.«

»Wir haben das nicht entschieden. Der Staatsanwalt hat die Tacketts gefragt, was sie wollen. Er hat zwölf Bürger von Virginia gefragt, ob sie das für gerecht halten, und sie haben mit Ja geantwortet. Ich kann da nichts machen.«

»Doch, kannst du.« Seine Stimme klang hoch, erstickt. »Du musst nur ein Telefon nehmen und sagen, du hättest nach den wochenlangen Gesprächen mit mir erkannt, dass du dich geirrt hast. Ich will ja nicht freigelassen werden, Elizabeth. Ich will nur nicht sterben. Du kannst mich retten. Du bist die Einzige, die mich retten kann.«

»Nein, das kann ich nicht, das konnte ich nie. Es tut mir leid, Walter, wirklich. Aber du verlangst von mir, dass ich lüge.«

»Genau das Gegenteil.«

Schlimmer war, dass er das Unnatürlichste der Welt von ihr verlangte, nämlich ihre Erinnerungen an diese Nacht noch einmal durchzugehen. Was, wenn sie unabsichtlich doch einen Meineid geleistet hatte? Wenn sie sich geirrt hatte, weil sie diese Nacht nicht noch einmal durchleben wollte? Was, wenn – und dann erkannte sie es. Sie sah sich auf der Landstraße mit Iso und Albie, als sie mit hämmerndem Herzen das Auto wieder auf die richtige Spur brachte. *Hinter* ihnen verschwand das geisterhafte Reh, dessen weißer Spiegel das Bild wachgerufen hatte, das sie begraben wollte. Sie war auf den Fahrersitz gerutscht, um den Schlüssel umzudrehen und etwas Wärme und Musik zu haben, dann hatte sie aufgeblickt, als sie auf ihren eigenen Sitz rutschte …

Vor Erleichterung kamen ihr beinahe die Tränen.

»Walter, ich konnte dich sehen. Ich habe dich im Rückspiegel gesehen.«

»Da redest du dir ja was Schönes ein. Vielleicht kannst du doch lügen.«

»Ich lüge nicht. Ich habe aufgeblickt und euch beide gesehen. Habe ich gesehen, wie du sie gestoßen hast? Nein, aber das habe ich auch nie behauptet. Ich habe gesehen, wie du sie verfolgt hast. Du warst ihr dicht auf den Fersen, direkt hinter ihr. Wenn sie abgestürzt wäre, wie du behauptest, wärst du hinterhergefallen.«

Walters Blick glitt zur Seite. Seine Augen waren das Verräterische – sie waren es, die nicht zu seinem sonst attraktiven Gesicht passten. Klein und schmal waren sie immer auf den falschen Punkt gerichtet. Walter scheute, wenn ein direkter Blick gefordert war, starrte sein Gegenüber in unpassenden Momenten an und stierte auffällig auf Busen und Beine.

»Aber meine Version ist glaubwürdig. Sie würde eine neue Bewertung rechtfertigen.«

»Ich werde für dich nicht lügen.«

»Es wäre für deine Kinder und deinen Mann. Du würdest für sie lügen.«

»Wenn es nötig wäre, würde ich es vielleicht tun. Aber das hier ist etwas anderes. Das sollte sogar dir klar sein.«

Er streckte eine Hand durch das Gitter, und genauso schnell war der Deputy aufgesprungen und stand Schulter an Schulter neben Eliza. Er hätte sich keine Sorgen machen müssen. Sie hatte nicht vor, sich Walter zu nähern, aber es fiel ihr schwer, sich nicht gegen Deputy Walter fallen zu lassen und sich an ihm festzuhalten.

»Ich liebe dich«, sagte Walter, und der Deputy hörte ihn trotz der Kopfhörer oder las ihm von den Lippen. Angewidert schüttelte er den Kopf.

»Walter, entweder lügst du, oder du hältst das für die Wahrheit. So oder so ist es traurig.«

Sie ging zum Schreibtisch des Deputys, nahm ihre Sachen und wandte sich wieder um. »Die anderen«, sagte sie. »Für die Angehörigen wäre es ein Trost, wenn du alles gestehen würdest. Ich wünschte, du würdest es tun.«

»Tja, das lag in deiner Hand.« Genauso bockig wie Iso.

»Nein, immer nur in deiner. Zugegeben, ich hätte gern die

Heldin gespielt. Ich wollte mit allen Namen und Einzelheiten hier rausgehen. Ich dachte, wenn ich Klarheit über die anderen Mädchen schaffe, kann ich mir vielleicht endlich wegen Holly vergeben.«

»Du hättest sie retten können.« Seine grünen Augen funkelten. Was geschah, wenn die Schöne das Biest nicht befreite, wenn sie es nicht von seinem Fluch erlöste, es kannte, aber trotzdem nicht lieben konnte?

»Das habe ich damals nicht begriffen. Ich wünschte, ich hätte es, aber ich habe es nicht. In dieser Nacht konnte ich sie nicht retten, Walter. Was ich gesehen habe, ist vielleicht anfechtbar, aber nicht, was ich gehört habe. Du hast sie den Berg hinuntergestoßen. Weil sie sich gewehrt hat.«

»Das stimmt«, sagte er triumphierend. »Du lebst noch, weil du schwach bist. Weil du es nicht wert warst, dich umzubringen. Nach dem Sex wollte ich dich nur noch nach Hause bringen, weil es nicht gut war, es war überhaupt nicht gut. Wie gefällt es dir, das zu wissen? Du lebst, weil du nichts Besonderes bist, weil ich dich nicht wollte. Dich hatte ich nicht ausgesucht, dich hatte ich nur am Hals. Wie ist es, das zu hören?«

Eliza war klar, dass er keine Antwort erwartete, trotzdem nahm sie die Frage ernst. »Na ja, ich bin wirklich froh, dass ich lebe, also bin ich wohl auch über den Grund froh, egal wie er aussieht.«

Bereit zum Gehen, nickte sie dem Deputy zu. Wenige Schritte vor der Tür ließ sie ihre Handtasche fallen, knallte sie regelrecht hin, dass ihr ganzer Inhalt, ein bemerkenswertes Sammelsurium, das eindeutig nach Mutter – noch dazu nach unordentlicher, unorganisierter Mutter – aussah, über den Boden schlitterte. Handy, Taschentücher, Portemonnaie, Wechselgeld, Scheckbuch, Lippenstift, Kamm. Deputy Walter ging auf die Knie, um alles einzusammeln. Auf diese instinktive Höflichkeit hatte sie gebaut.

Im gleichen Moment ging sie zurück zu dem Gitter, über das Klebeband hinweg, bis sie dicht vor Walter stand. Sie waren beinahe auf Augenhöhe, er war überhaupt nicht gewachsen. Als sie den Arm hob, zuckte Walter zusammen. Sie genoss seinen unbehaglichen Blick und dass er nicht wusste, was sie tun würde. Aber sie schlug ihn nicht. Sie legte ihm eine Hand auf die Schulter und sagte: »Ich weiß, dass du Angst hast, Walter. Dazu hast du jeden Grund. Es ist keine Schande, Angst vor dem Tod zu haben. Aber ich konnte Holly nicht retten, und ich kann auch dich nicht retten.«

Er schluchzte, als sie ging. Zum Teil aus Enttäuschung, schätzte sie. Er hatte seine Energie darauf verwandt, sie zu finden, hatte sie dieses Mal behutsam umworben und war seinem Ziel so nahe gekommen. Vielleicht weinte er auch aus Angst, aus der überwältigenden Erkenntnis heraus, dass ihm kein Ausweg mehr blieb. Sie konnte seine Gefühle nachvollziehen, war in seinem Kopf, spürte den kalten Schlag von Angst und Enttäuschung. Sie kannte ihn in- und auswendig, ebenso gut wie ihren Mann und ihre Kinder. Walter war all die Leerstellen in ihr, das Gewebe, das die beiden Hälften ihres Lebens verband. Er war die Stadt, in der sie nie wieder leben konnte. Er war die Silbe, die ihrem Namen fehlte und doch immer ein Teil von ihr blieb, immer bei ihr war, wie sie sich auch nannte.

Gott stehe ihr bei, sie würde ihn überall wiedererkennen.

Teil IX

Everyday

1985 von James Taylor veröffentlicht
Erreichte nie die Billboard Hot 100
Das Album stieg auf Platz 34 und hielt sich
54 Wochen lang unter den ersten 200

Jarratt, VA [AP] – Walter Michael Bowman wurde Dienstagnacht in der Justizvollzugsanstalt Greenville durch die Todesspritze hingerichtet. Als Zeugen waren die Eltern seines letzten Opfers anwesend, eines dreizehnjährigen Mädchens, das Bowman 1985 entführte, ausraubte und zu vergewaltigen versuchte.

»Wir haben lange auf diesen Tag gewartet, jetzt wurde der Gerechtigkeit endlich Genüge getan«, erklärte Dr. Terrence Tackett jr., Vater von Holly Tackett, bei einem kurzen Auftritt vor Reportern mit seiner Frau Trudy an seiner Seite.

Bowman, der länger als jeder andere Insasse in der jüngeren Justizgeschichte in Virginia in einer Todeszelle inhaftiert war, verzichtete auf eine Stellungnahme und bat darum, keine Angaben über seine letzte Mahlzeit zu machen. In den Stunden vor seiner Hinrichtung befugte er jedoch eine Freundin, posthum eine Presseerklärung zu veröffentlichen …

Kapitel 46

Zwei Wochen vor Weihnachten staunte Eliza auf einem abendlichen Spaziergang mit Reba über das unnatürlich warme Wetter. Ernsthaftere Menschen, Vonnie oder sogar Peter, würden fünfzehn Grad Mitte Dezember vielleicht für bedenklich halten, aber sie freute sich einfach darüber, besonders an einem so wolkenfreien Abend, an dem trotz des Streulichts aus Bethesda die Sterne funkelten.

Es war so angenehm, dass sie länger lief als geplant und sich dabei kluge Kommentare für den Leseclub in ihrem Viertel überlegte, dem sie sich angeschlossen hatte. Die Gruppe war etwas sonderbar, sie bestand vor allem aus älteren Leuten, meist ehemaligen Regierungsangestellten, und nur einer anderen Mutter. Eliza hatte sie durch ihren alleinstehenden Nachbarn gefunden, der so nett war, ihre Zeitung hereinzuholen, wenn sie wegfuhren. In der Gruppe wurden *Klassiker* gelesen, sagte der Nachbar fast wie eine Warnung, und es wurde zwar Wein getrunken, aber die Diskussion konzentrierte sich auf das Thema. Kein Klatsch, kein Plaudern, kein Wettbewerb bei den Häppchen. Eliza fand das nicht abschreckend. Für den Januar lasen sie *Die Mühle am Fluss*, und Eliza wollte sich beweisen; man sollte sie für klug halten. Hatte Vonnie nicht viel von Eliot gelesen? Vielleicht sollte sie ihre Schwester mal anrufen und …

So gedankenverloren bemerkte sie nicht, wie sich Barbara LaFortunys buckliger Wagen von hinten näherte. Reba allerdings entging es nicht, sie stemmte die Beine auf den Boden und bellte einmal leise, aber deutlich, als der Wagen anhielt.

»Schon gut, Mädchen.«

Barbara fuhr ihr Fenster herunter. Im dunklen Wageninneren war sie schwer auszumachen, während Eliza gut sichtbar unter einer Straßenlaterne stand. Trotzdem konnte sie die verschiedenen Formen in Barbaras außergewöhnlicher Frisur erkennen. So viel Zeit und Mühe … dachte sie wirklich, das sähe gut aus? Architektonisch beeindruckend, keine Frage. Aber gut? Dass etwas viel Arbeit kostete, hieß noch nicht, dass es diese Arbeit auch wert war.

»Hallo, Barbara.«

»Ich hoffe, Sie sind stolz auf sich.«

Eliza überlegte. »Ja, in gewisser Weise. Aber eher auf Walter.«

»Sie haben kein Recht, auf ihn stolz zu sein. Er hat es nicht für Sie gemacht.«

Das wusste Eliza. »Trotzdem hat er mit dieser Erklärung am Ende das Richtige getan. Zwei Familien wissen jetzt, was mit ihren Töchtern geschehen ist. Mir tun nur die anderen leid.«

»Welche anderen? Walter hatte keine anderen Opfer, und für die beiden Morde, die er gestanden hat, hätte er nie die Todesstrafe bekommen, wenn nicht …« Barbara gab immer noch die blindwütige Fürsprecherin, die ihre Argumente wie eine Horde geflügelter Affen loshetzte. Wenn sie doch nur hören könnte, was andere in ihren seltenen Pausen zum Luftholen sagten. *Holly, Maude, Dillon, Kelly.* Nun besaßen Elizas Geister alle einen Namen und ein Gesicht. Ob ihre Besuche damit auch ein Ende fanden?

»Mir tun die Familien leid, die ihre Hoffnung darauf gesetzt haben, Walter wäre die Antwort auf ihre quälenden Fragen. Für einen Serienmörder war er nicht gerade erfolgreich, oder?«

Sie hatte einen Scherz machen wollen, brachte Barbara aber nur dazu, erneut loszulegen.

»Im klassischen Sinne war er überhaupt kein Serienmörder. Ich bin überzeugt, dass er an einer Art vorübergehender Unzurechnungsfähigkeit litt ...«

Ein weniger freundlicher Mensch hätte Barbara an dieser Stelle vielleicht ausgelacht. Eliza lachte nicht, aber sie konnte das Gerede auch nicht mehr ertragen. »Es tut mir leid, Barbara.«

»Weil Sie nicht das Richtige getan haben?«

»Nein, weil Sie jemanden verloren haben, den Sie geliebt haben.«

»So war das zwischen uns nicht.« Je heftiger Barbara sofort jede romantische Bindung zu Walter abstritt, desto mehr war Eliza davon überzeugt, dass eine bestanden hatte. Aber wie ihre Eltern gesagt hätten: Wenn es um Barbara ging, war Barbara die Expertin.

»So habe ich das nicht gemeint. Sie haben sich etwas aus ihm gemacht. Das finde ich nett.«

»Sie haben sich mit Sicherheit nichts aus ihm gemacht. Sie haben ihn sterben lassen. Weil er die Wahrheit über Sie kannte, dass Sie feige sind und eine Lügnerin, und jetzt, wo er tot ist, wird das nie jemand erfahren. Deshalb haben Sie ihn sterben lassen. Um Ihre eigene Schande zu begraben.«

Jetzt wurde Eliza wütend, und instinktiv war sie in solchen Situationen immer geflohen. Doch nun sammelte sie stattdessen erst einmal ihre Gedanken. *Das Leben läuft nicht getaktet*, hatte ihr Vonnie einmal erklärt. *Es steht niemand mit einer Stoppuhr neben dir. Lass dir Zeit.* Barbara hatte keine Macht über sie. Wie sich herausgestellt hatte, interessierte sich nach all den Jahren niemand für Elizabeth Lerner. Sie und Peter hatten Iso von Walter erzählt, und sie würden Albie von ihm erzählen, wenn er älter war. Durch das Geheimnis fühlte Iso sich interessanterweise wichtig, auf eine gute Art, auch wenn sie keine Parallelen zwischen ihren Heimlichkeiten und denen ihrer Mutter erkannte und nicht einsehen wollte, dass ihre nicht jugendfreien SMS einer Spur von Brotkrumen den Sucker Branch entlang glichen, einem weiteren Mädchen, das vom Weg abkam und in eine Lage geriet, die es nicht kontrollieren konnte. Iso war einfach stolz, dass ihre Eltern erkannten, dass sie erwachsener war als Albie.

»Ach, Barbara, wenn Sie das so sehen, können Sie immer noch Jared Garrett anrufen, ihm den anderen Brief schicken, den Walter Ihnen diktiert hat, und ihn veröffentlichen lassen. Warum haben Sie das nicht getan?«

»Walter wollte es nicht.« Die Antwort kam schroff und widerwillig. »Vielleicht hole ich das eines Tages nach. Ich mache, was ich für richtig halte, nicht was leicht ist oder einen Vorteil bringt.«

»Das ist eine gute Einstellung«, erwiderte Eliza ehrlich.

Sie ging weiter. Im nächsten Augenblick wurde sie von Barbaras gedrungenem, trübsinnig wirkendem Auto überholt. Eliza fragte sich, warum sich Barbara mit ihren Prinzipien und dem Nummernschild, das zur Rettung der Chesapeake Bay aufrief, nicht für einen Hybrid entschieden hatte. *Everybody wants to rule the world* – aber immer nur mit Sicht auf das, was der Betreffende für wichtig hielt. Jedes Prinzip ließ sich so ins Extreme steigern, dass es mit den ebenso glühenden Überzeugungen anderer aneinandergeriet. Eliza betrachtete die Sterne und wünschte sich, sie würde die Sternbilder kennen, so wie Peter, und mehr als den Großen Wagen und den Polarstern finden. Für sie waren die Sterne nicht mehr als willkürliche Lichtpunkte. Manche heller, andere matter, weit entfernt oder relativ nah. Glückssterne und Unglückssterne.

Sie betrat das Haus mit Reba durch die Küchentür. Das fröhliche Biep-biep der Alarmanlage zeigte an, dass sich eine Tür geöffnet hatte. Sie benutzten das System gewissenhaft, trotzdem würde es nicht reichen, wenn jemand es ernsthaft auf sie abgesehen hätte. Es gab nie genug Alarmanlagen, Wände, Hunde, Tore oder Spyware, um sich und seine Familie zu schützen. Biep-biep-biep. Als würde man vom Road Runner bewacht.

Allerdings war der Road Runner ganz schön zäh.

»Weißt du, was ich heute gerne machen würde?«, fragte sie Peter, der trotz des Alarms kaum von seinem Laptop aufgeblickt hatte, so vertieft war er in die Arbeit, die er mitgebracht hatte.

»Ein Rita's suchen, das im Winter geöffnet hat?«

»Nein.« Lachend dachte sie an die rote Neonreklame vom Rita's. *Das Eis zum Glück.* Konnte Glück wirklich so einfach sein? Vielleicht ja, wenn sie es zuließ. Falls neues Unglück ihre Familie traf – *wenn*, nicht falls, denn niemand wurde sein Leben lang verschont, selbst Trudy Tackett würde noch herausfinden, dass die vielen banalen Tragödien des Lebens auf sie warteten –, wäre es ein schwacher Trost, dass man die ganze Zeit über wachsam, vorsichtig und pessimistisch war. Sie würde sich nur dumm vorkommen, wenn sie sich zu oft ein Eis entgehen ließ.

»Nein, ich habe keinen Hunger. Und wenn ich etwas Leckeres brauche, habe ich noch meinen Geheimvorrat an Keksen.«

»Ich dachte, den hätte Iso längst gefunden.«

»Hat sie. Und ich habe ihn wieder versteckt.«

»Was dann?« Peter zog sie auf seinen Schoß. »Sag, was dein Herz begehrt, und ich gebe es dir.«

Sie verspürte nicht den Drang, ihm zu sagen, dass sie es allein tun konnte. Und tatsächlich würde sie vielleicht seine Hilfe brauchen, wenn man bedachte, was Farbe und Feuchtigkeit einem Haus im Laufe der Jahre antun konnten. Hatten sie ein Rasiermesser? Und einen Spachtel zum Aufstemmen? In Gedanken ging sie alle Schubladen und dann jede

Ecke des Hauses durch. Iso würde in ihrem Zimmer sein und Gott weiß was tun, zu ihren Füßen Reba, die Isos Missachtung scheinbar magisch anzog. Im Zimmer nebenan würde Albie im Bett liegen, mit laufendem Radio und ausgeschaltetem Nachtlicht. Nachdem er im Sommer noch kein Interesse für Baseball aufgebracht hatte, hatte er plötzlich willkürlich beschlossen, er sei ein Fan der Arizona Diamondbacks. Jetzt hörte er sich beim Einschlafen etwas an, das sich Hot Stove nannte, und erzählte am Frühstückstisch atemlos von Pitchern und Spielerwechseln. Von T-Rex zu A-Rod in nur einem Wimpernschlag. Und hier war Peter, warm und stark genug, ihr Gewicht zu tragen. Aber sie könnte auch ihn tragen, wenn es sein müsste.

»Heute würde ich gern bei offenem Fenster schlafen.«

Anmerkung der Autorin

Wie viele meiner Bücher wurde auch dieses von einem wahren Verbrechen inspiriert. Allerdings werde ich die Quelle dieses Mal nicht nennen. Zum einen ist sie in dieser Version nicht wiederzuerkennen, selbst wenn man mit dem echten Fall vertraut ist. Zum anderen geht es dabei um den sexuellen Missbrauch einer Minderjährigen. Daneben bestehen viele andere wichtige Unterschiede, aber eine Aufzählung würde nur zu einem Ratespiel führen, und das ist nicht meine Absicht. Unterm Strich heißt das: Es gab einen Mann, der seine Opfer vergewaltigte und, mit einer Ausnahme, ermordete und der für seine Verbrechen hingerichtet wurde. Irgendwann ging mir der Gedanke an diese Ausnahme, an das einzige überlebende Opfer, nicht mehr aus dem Kopf. Mehr müssen Sie über den Ursprung dieses Buchs nicht wissen.

Wie immer haben mir viele großzügige Menschen bei meiner Recherche geholfen. Meine alte Freundin Kathryn Kase öffnete für mich Türen bei Anwälten, die Häftlinge in der Todeszelle vertreten. Jon Sheldon, der als Anwalt in Virginia Ende 2009 die Hinrichtung zweier seiner Mandanten miterlebt hat, war unglaublich hilfsbereit und großzügig mit seiner Zeit; er hat mir Einzelheiten über Aussehen, Geräusche und den Alltag an Orten beschrieben, die ich nie besuchen durfte: Sussex I, der Hinrichtungstrakt in Virginia und die Todeskammer. (Der Vergleich mit Mayberry stammt von ihm.) Außerdem hat er mir zu einer glaubwürdigen Erklärung darüber verholfen, wie jemand in Virginia mehr als zwanzig Jahre in der Todeszelle verbringen kann, weil Hinrichtungen dort in der Regel schneller vollzogen werden als in den meisten anderen Staaten. Der Staat Virginia stellt online hervorragende Informationen über seine Haftanstalten zur Verfügung, mit Einzelheiten zu allen Bereichen, vom Briefeschreiben an Häftlinge bis hin zu Besuchszeiten. Ich vertrete eine klare Meinung zur Todesstrafe, aber dieses Buch ist ein Roman, keine Streitschrift, deshalb habe ich mir Mühe gegeben, dass jede Seite des Dreiecks – dafür, dagegen, unentschieden – von einer spürbar menschlichen Figur verkörpert wird.

Mein Dank gilt wie immer Vicky Bijur, Carrie Feron und allen bei Marrow, auch, aber nicht nur Tessa Woodward, Liate Stehlik, Sharyn Rosenblum und Nicole Chismar. Danke auch an Alison Chaplin. Ethan Simon hat mich mit unschätzbaren Informationen über öffentliche Schulen und ihre derzeitigen Richtlinien versorgt. Die dargestellte North Bethesda Middle allerdings ist rein fiktiv, auch wenn ihre Vorschriften und Verfahrensweisen mit der Schulwebsite von Montgomery County übereinstimmen. Und obwohl ich mich im Laufe der Jahre bei unzähligen Anekdoten meiner Freunde bedient habe, muss ich doch vor Lisa Groves besonders den Hut ziehen, weil ich die Erdnussstange von Stuckey's aus ihrer Kindheit gestohlen habe.

Im Gegensatz zu meinen anderen Büchern habe ich bei einem Großteil der Ortsbeschreibungen geschummelt, den Sucker Branch im Patapsco State Park gibt es allerdings tatsächlich. Roaring Springs wird man wahrscheinlich für Oella halten, in Wahrheit ist es eine Version meines geliebten Dickeyville. Die Handlung spielt 2008 und stimmt mit dem Kalender überein, wenn auch nicht unbedingt mit dem Wetter. Vor allen Dingen habe ich vor dem Computer gesessen und Dinge erfunden. Das machen Autoren so. Und ich habe auf MTV.com viele Musikvideos aus der Zeit um 1985 herum gesehen, was ich damals zum Schreiben für absolut notwendig hielt. Aber vielleicht habe ich auch nur eine Ausrede gesucht.

Baltimore, Maryland
Januar 2010